Miss Dollar

Stories by Machado de Assis

Other Brazilian Titles from New London Librarium

The Best Chrnoicles of Rubem Alves

Journey on the Estrada Real:
Encounters in the Mountains of Brazil

Quilombo dos Palmares:
Brazil's Lost Nation of Fugitive Slaves

Promised Land:
A Nun's Struggle against Landlessness, Lawlessness, Slavery,
Poverty, Corruption, Injustice, and Environmental Devastation
in Amazonia

Bilingual Titles

Law of the Jungle:
Environmental Anarchy and the Tenharim People of Amazonia

Religions in Rio

Ex Cathedra: Stories by Machado de Assis

Miss Dollar

Stories by Machado de Assis

Bilingual Edition

translated by

Greicy Pinto Bellin, Ph.D.

and

Ana Lessa-Schmidt, Ph.D.

New London Librarium

Miss Dollar: Stories by Machado de Assis -- Bilingual Edition
by Machado de Assis
translated by
Greicy Pinto Bellin, Ph.D.
and
Ana Lessa-Schmidt, Ph.D.

Edited by Glenn Alan Cheney
Cover painting: *Lady and a Greyhound*, Václav Brozík

Published by
New London Librarium
Hanover, CT 06350
USA
NLLibrarium.com

ISBNs
Paperback: 978-0-9966747-4-4
Ebook: 978-0-9966747-6-8

Obra publicada com o apoio do Ministério da Cultura do Brasil/ Fundação Biblioteca Nacional.

Work published with the support of the Ministry of Culture of Brazil/ National Library Foundation.

Conteúdo

Contents

Apresentação

Com exceção de "Miss Dollar", os contos desta edição bilíngue resultam da extensa colaboração de Machado de Assis com vários periódicos brasileiros, sobretudo jornais diários, como a *Gazeta de Notícias*, e revistas femininas, como *A Estação* e o *Jornal das Famílias*. São mais de 200 narrativas publicadas ao longo das quatro últimas décadas do século XIX, as quais atravessam e conectam as duas fases da produção literária do escritor. É, portanto, de se esperar, além de casos interessantes de reaproveitamento de núcleos temáticos, personagens ou mesmo de reescrita, um caráter desigual no que diz respeito à qualidade dos contos, sobretudo quando comparamos os contos longos - quase novelas - das primeiras décadas com obras primas dos anos oitenta e noventa, como "Noite de Almirante", "A Causa Secreta" e "O Caso da Vara". Machado de Assis certamente estava consciente disso e optou por não republicar a grande maioria dos seus contos em formato de livro, tornando o acesso a eles quase impossível por muitos anos. Depois da morte do escritor, as narrativas que haviam sido relegadas às páginas de jornais velhos foram pouco a pouco sendo recuperadas e republicadas

Foreword

With the exception of "Miss Dollar," the stories in this bilingual edition are the product of an extensive collaboration between Machado de Assis and various Brazilian periodicals, especially daily newspapers, such as the *Gazeta de Notícias*, and women's magazines, such as *A Estação* and the *Jornal das Famílias*. More than 200 short stories were published in the last four decades of the 19th century. They span and connect the two phases of the writer's literary production. We can therefore expect, besides interesting cases of the reuse of thematic cores and characters, or even re-writings, an uneven quality of the short stories. This is especially when we compare the long stories—almost novellas—of the first decades with the best works of the 80s and 90s, such as "Noite de Almirante" (Admiral's Night), "A Causa Secreta" (The Secret Cause), and "O Caso da Vara" (The Rod of Justice). Machado de Assis certainly was conscious of this and opted not to republish the great majority of his stories in book form, making access to them almost impossible for many years. Following the death of the writer, works which had been relegated to the pages of old periodicals were little by little recovered and re-published in collections, first in

em coletâneas, primeiro em papel – como as das editoras Jackson e (Nova) Aguilar – e mais recentemente em edições eletrônicas, em sites como www2.uol.com.br/machadodeassis e www.machadodeassis.net. O leitor do século XXI tem, portanto, acesso a totalidade dos contos atribuídos ao escritor. E agora, com iniciativas como esta, seus contos menos conhecidos, exatamente por pertencerem à primeira fase ou por não terem sido publicados em livro em vida do escritor, podem finalmente ser lidos em tradução e comparados com as narrativas mais célebres, estas já há algum tempo disponíveis em inglês.

Por muitos anos defendeu-se que a leitura dessas narrativas se justificava somente pelo seu valor documental, por fazerem parte, como escreve Raimundo Magalhães Júnior, da "história do escritor, mostrando a evolução do seu estilo".[1] É certo que esses contos prenunciam procedimentos narrativos, temas e personagens presentes nas obras consagradas, sejam elas contos ou romances. Por exemplo, a tendência metaficcional está presente desde o primeiro conto, em "Frei Simão", assim como em "Confissões de uma Viúva Moça", e as expectativas do leitor empírico, por sua vez, são ao todo tempo derrubadas em "Miss Dollar".

No que diz respeito à temática, como a grande maioria dos contos foi escrita para ser originalmente publicada em uma revista feminina, muitos deles traçam perfis de mulheres, como "O Carro no 13", "O Segredo de Augusta", "Miss Dollar" e "**Confissões de uma Viúva Moça**", e se debruçam sobre questões que giram em torno do casamento – a infidelidade conjugal, o casamento por cálculo ou de conveniência–, da vida em sociedade, da aparência e da vaidade. Temos também o caso do amor entre um jovem rico e uma agregada em "Frei Simão", tema posteriormente explorado no romance *Helena* (1876). Em "Só!" a análise da psicologia humana num curto período de reclusão de Bonifácio nos faz lembrar a solidão indesejada de Jacobina e a teoria das duas almas de "O Espelho". Além disso, as citações e alusões a figuras históricas ou mitológicas e a obras da literatura brasileira e universal revelam

print—such as those of publishers Jackson and (Nova) Aguilar—and more recently in electronic editions on sites such as www2.ual.com.br/machadodeassis and www.machadodeassiss.net. The 21st century reader therefore has total access to the short stories attributed to Machado de Assis. And now, with initiatives such as this, his less known works, precisely because they belong to the first phase or were never published in book form during the writer's life, can finally be read in translation and compared with the more celebrated stories, which for some time have been available in English.

For many years it was claimed that reading these stories was justified only by their value as documents. They were part of, as Raimundo Magalhães Júnior writes, "the history of the writer, showing the evolution of his style."[1] Certainly these stories foreshadow narrative devices, themes, and characters present in the more widely known works, be they short stories or novels. The metaphysical tendency, for example, is present from the first story, in "Friar Simão," and in "Confessions of a Young Widow," and the expectations of empirical readers, on their part, are overturned in "Miss Dollar".

Certain themes emerged by virtue of the medium for which they were written. In that the great majority of the stories were originally written for women's magazine, many of them, such as "Coach 13," "Augusta's Secret," "Miss Dollar," and "Confessions of a Young Widow," work with profiles of women. These stories also address issues that revolve around marriage—marital infidelity, marriage of convenience or by calculation. They also grapple with social life, appearances, and vanity. In "Friar Simão" we witness the love affair between a young rich man and a dependent, in Portuguese, *agregada*, who was a free and poor person who lived in the shadow of a patriarchic family in a dubious and uncomfortable position as she or he was neither a kin nor a servant. This theme was explored later in the novel *Helena* (1876). In "Alone!" the psychological analysis in Bonifácio's short period of reclusion reminds us of the undesired loneliness of Jacobina and the theory of the

que Machado desde muito cedo teceu relações intertextuais muito produtivas para a caracterização das personagens e para a construção da ambiguidade e ironia do texto.

Talvez o leitor acostumado com a concisão e a unidade de efeito dos contos antológicos estranhe que muitas destas narrativas se alonguem por mais de um fascículo, tenham um tom edificante e terminem com uma leve lição de moral. Essas características revelam que Machado de Assis se preocupou em adequar seus textos à linha editorial do *Jornal das Famílias,* de onde vêm oito dos dez contos desta antologia, e ao formato de publicação em folhetins, sem, no entanto, reduzi-los a uma exemplificação das normas de conduta, dos valores defendidos pelo periódico. Na verdade, ele aproveitou uma característica intrínseca ao folhetim, ou seja, a construção do suspense com a interrupção da leitura no final de cada fascículo, para instigar em seus leitores a possibilidade de interpretações temporárias e inusitadas, que fugissem ao padrão de comportamento defendido pela revista, deixando, portanto, o julgamento moral para o final.[2] Esse procedimento é melhor apreendido quando comparamos contos publicados em periódicos diferentes entre si, por exemplo, "Confissões de uma Viúva Moça", publicado em folhetins mensais no *Jornal das Famílias,* com "Só!", publicado em um único número do jornal diário *Gazeta de Notícias.*

De fato, podemos dividir a maioria dos contos de Machado em dois grandes grupos, segundo o número de fascículos e o tipo de periódico em que foram originalmente publicados: de um lado, os que saíram em folhetins em revistas femininas e, do outro, os contos publicados em apenas um número de um jornal diário. Não se trata necessariamente de uma questão de evolução do conto em folhetins, em que o suspense intermediário é a mola mestra do enredo, para o conto em apenas um fascículo, estruturado em torno da unidade de efeito. São talvez dois paradigmas de conto diferentes, gerados devido às incontornáveis restrições do formato de cada suporte.[3]

two souls in "O Espelho" (The Mirror). Moreover, the citations of and allusions to historical or mythological figures and works of Brazilian and universal literature reveal that Machado, from early on, was knitting together very productive intertextual references to help build characters and construct the ambiguity and irony of his texts.

The reader accustomed to the conciseness and unity of effect of anthologized works might find it strange that many of these stories are stretched out over more than one installment, have an edifying tone, and end with a light moral lesson. These aspects of the stories reveal that Machado de Assis complied with the editorial leanings of the *Jornal das Famílias,* from which eight of the ten stories in this anthology come, and with the format of publication in installments. At the same time, he wanted to avoid reducing the stories to an exemplification of the values and standards of conduct that were defended at the time. In truth, he took advantage of a characteristic intrinsic to installments in literary supplements—the building up of suspense followed by the interruption of reading at the end of each installment. This device instigated in readers the possibility of temporary and unusual interpretations which would not necessarily mirror the standards of behavior upheld by the magazine, therefore leaving the moral judgment for the end.[2] This device is better understood when we compare stories published in different periodicals. "Confessions of a Young Widow," published in monthly installments in the *Jornal das Famílias,* could be compared with "Alone!," published in a single issue of the daily paper *Gazeta de Notícias.*

In fact, we can divide the majority of Machado's short stories into two large groups according to the number of installments and the type of periodical in which they were originally published. On one side are those that came out in installments in women's magazines, and, on the other, the stories published only in one single issue of a daily paper. It isn't necessarily a question of the evolution from stories in installments, in which intermediary suspense is the mainspring of the plot, to stories structured around the unity of effect. Perhaps these are two different

Vemos, portanto, que os contos menos conhecidos de Machado têm muito mais do que um valor documental. Além de apresentarem outro paradigma para a forma do conto, alguns exploram de maneira singular a relação do escritor com o seu público leitor. O narrador de "Miss Dollar", por exemplo, apresenta uma galeria de possíveis leitores, levando o leitor para dentro do texto, antes de revelar a identidade da personagem, portanto aumentando também o suspense e criando expectativas sobre o prosseguimento da história. Segundo Marisa Lajolo, aos transformar seus leitores em personagens, Machado constrói nesse conto uma história social da leitura na segunda metade do século XIX brasileiro.[4]

Outra narrativa que merece ser revisitada é "A Parasita Azul". Segundo John Gledson, nesse conto Machado faz uso criativo e consciente da paródia para ironizar procedimentos românticos empregados pelos seus predecessores brasileiros—Joaquim Manuel Macedo, Manuel Antônio de Almeida e José de Alencar.[5]

A tradução de "Só!" para o inglês pode vir a ser bastante útil para os comparatistas ou estudiosos da obra de Edgar Allan Poe que não dominam o português, pois está comprovado que Machado aproveitou vários elementos do conto "O Homem da Multidão", de Poe, ao qual o narrador alude no início do conto.[6]

A leitura dos contos desta edição nos levam a construir mentalmente o mapa do Rio de Janeiro anterior às grandes reformas urbanísticas da Belle Époque à medida que acompanhamos o deslocamento das personagens pelos interior das casas e ruas da cidade. Ficamos conhecendo melhor os hábitos domésticos – inclusive os de um homem livre realizando tarefas do lar, como preparar o jantar e fazer café –, a vida social na corte e a relação das classes abastadas com a escravidão, nas poucas porém importantes menções aos escravos. A vida agitada no centro da cidade contrasta com a vida nos bairros na época mais afastados, em Petrópolis, cidade serrana que serve como refúgio para muitos durante

paradigms of short story as a literary genre, generated due to the unavoidable restrictions of the format of each physical medium.[3]

We see, therefore, that the less-known stories of Machado have much more than documental value. Besides presenting another paradigm for the form of the short story, some exploit in a singular manner the writer's relationship with his public reader. The narrator of "Miss Dollar," for example, presents a gallery of possible readers, taking the reader inside the text before revealing the character's identity, thereby increasing the suspense and setting up expectations about the unfolding of the story. According to Marisa Lajolo, by transforming readers into characters, Machado builds into this story a social history of readership in the second half of the 19th century of Brazil.[4]

Another story that deserves to be revisited is "The Blue Parasite". According to John Gledson, in this story Machado makes creative and conscious use of parody to bring out the irony of romantic plot devices employed by his Brazilian predecessors Joaquim Manuel Macedo, Manuel Antônio de Almeida and José de Alencar.[5]

The translation of "Alone!" to English can be useful to literary comparitists and scholars of Edgar Allan Poe who do not know Portuguese. It has been shown that Machado took advantage of several elements of Poe's "The Man of the Crowd," to which the narrator alludes at the beginning of the story.[6]

The short stories of this edition allow us to mentally reconstruct the map of Rio de janeiro before the great urban reforms of the Belle Époque, as we accompany the displacement of characters in the interiors of houses and the streets of the city. We get to better know domestic habits—including those of a free man performing household chores, such as preparing dinner and making coffee—the social life in the court and the relationship of members of the well-to-do class with slavery, in the few but important mentions of slaves. The agitated life in the center of the city contrasts with life in the most removed areas, in Petrópolis, a town in the mountains that serves as a refuge for many during the scalding

o escaldante verão carioca, e no interior do país, de onde vêm algumas personagens. Além disso, o Rio dos anos oitenta era uma cidade muito mais movimentada do que o Rio das década de sessenta e setenta. É o que se apreende da leitura de "Três Consequências", único conto desta antologia publicado em 1883, no qual Machado nos faz ver os movimentos dos carros, dos *bonds*, e as damas e rapazes a subirem e descerem a rua do Ouvidor.

Na maioria dos contos, o teatro é um dos principais espaços de socialização. No Teatro Lírico, berço da ópera no Brasil, engedram-se amores secretos ou extraconjugais.[7] O Alcazar Lirique, por sua vez, é frequentado pelos maridos infiéis e pelos bons vivants. Alguns lugares do centro da cidade pertecem ao domínio exclusivo das personagens masculinas, como a Praça (do Comércio), que era o prédio da Alfândega do Rio de Janeiro e abriga atualmente a Casa França-Brasil; a Câmara (dos Deputados), que funcionava no mesmo local onde se encontra hoje o Palácio Tiradentes, sede da Assembleia Legislativa do estado do Rio de Janeiro; a praça Tiradentes, ou melhor, Rossio, como era conhecida na época dos contos; o muito frequentado Hotel da Europa; o Hotel de Milão da rua do Ouvidor ou praça Tiradentes; o café Carceller, que foi a primeira sorveteria do Brasil e ficava na atual rua Primeiro de Março.

As lojas mais elegantes da cidade também aparecem nos contos, como a de sapatos Campas, o salão de cabelereiro do Bernardo, ambos localizados na rua do Ouvidor, e a joalheria Farani, na rua dos Ourives. O que predomina, no entanto, é a menção às ruas residenciais e comerciais do centro do Rio de Janeiro, onde as personagens vivem, possuem imóveis ou pelas quais circulam de *tilbury*, *coupé* ou *bond*, como a rua da Quitanda, da Imperatriz, de São Pedro, de Matacavalos e dos Ciganos. As personagens poucas vezes se deslocam para além dos limites do centro. Os mais reclusos, como Bonifácio, se escondem por alguns dias em Andaraí, um dos bairros mais antigos do Rio, localizado na Zona Norte, ou no Jardim Botânico, na Zona Sul. O mesmo Bonifácio pega a

summers of Rio, and in the interior of the country where other characters come from. Moreover, Rio in the 1880s was a much more lively city than it had been in the 1860s and 1870s. We can glean that from a reading of "Three Consequences," the only story in this anthology published in 1883, in which Machado has us see the movements of coaches, trolleys, and the ladies and young men who go up and down the Rua do Ouvidor.

In most of the stories, the theater is one of the main spaces for socialization. In the Teatro Lírico, which was the cradle of the opera in Brazil, secret or extramarital loves are engendered.[7] The Alcazar Lirique is frequented by unfaithful husbands and bons vivants. A few places in the city center belong to the exclusive domain of male characters, such as the Praça (do Comércio), which was the Customs House of Rio de Janeiro, today housing the Casa França-Brasil; the Chamber (of Deputies), home of the Legislative Assembly of the State of Rio de Janeiro, which was situated where today we find the Palácio Tiradentes; the Praça Tiradentes, or, better, Rossio, as it was known at the time of the stories; the often visited Hotel da Europa; the Hotel de Milão on Rua do Ouvidor or Praça Tiradentes; the Café Carceller, which was the first ice cream shop in Brazil, on today's Rua Primeiro de Março.

The stories also feature the city's most elegant shops, such as Campas shoes and Bernardo's hair salon, both located on Rua do Ouvidor, and the Farani jewelry store, on Rua dos Ourives. Also prominant in the stories are the residential and commercial streets of the center of Rio—Rua da Quitanda, Rua da Imperatriz, Rua de São Pedro, Rua de Matacavalos, and Rua dos Ciganos—where the characters live or own real estate, streets where the tilbury carriage, the coupé, and trolley circulate. Rarely do characters move outside the limits of the center. The most reclusive, such as Bonifácio, hide away for just a few days in Andaraí, one of the oldest *bairros* in Rio, located in the Northern Zone, or in the Botanical Garden in the Southern Zone. The same Bonifácio catches the boat to Niteroi once, and other characters, always men, spend some time in Paris. A legislative representative comes from

barca de Niterói uma vez, e outras personagens, sempre as masculinas, passam uma temporada em Paris. Um deputado vem do "Norte", que pode tanto se referir à região Norte ou Nordeste do Brasil.

Seja para aqueles que buscam conhecer melhor o Machadinho, estudar de mais perto a relação do escritor com a leitora do *Jornal das Famílias*, ou investigar a forma dos seus primeiros contos, esta seleção de histórias oferecerá sem dúvida algumas horas de leitura prazerosa, em português e inglês paralelamente.

Ana Cláudia Suriani da Silva
University College London

Notes

1   Raimundo Magalhães Júnior, "Prefácio", em Machado de Assis, *Contos Esquecidos* (Rio de Janeiro: Civilização Brasileira, 1956), p. 2.

2   Veja, por exemplo, Greicy Bellin, "Machado De Assis e a Imprensa Periódica: Uma Análise de 'Confissões de uma Viúva Moça'", https://periodicos.ufsc.br/index.php/literatura/article/viewFile/2175-7917.2014v19n2p123/28178, consultado em 21 Abril 2016.

3   Ana Cláudia Suriani da Silva, "O texto e imagem nas revistas de moda brasileiras do século XIX", em Tânia de Luca e Lucia Granja, eds., *Impressos, Mediadores, Suportes*, (Campinas, Editora da Unicamp, no prelo).

4   Marisa Lajolo, "Machado de Assis: um Mestre de Leitura", in *Do Mundo da Leitura para a Leitura do Mundo*, 6ª edição (São Paulo: Editora Ática, 2008), pp. 77-85.

5   John Gledson, "'A Parasita Azul': Ficção, Nacionalismo e Paródia", *Cadernos de Literatura Brasileira*, 23 and 24 (São Paulo: Instituto Moreira Salles, 2008), pp. 163-218.

6   Roxana Guadalupe Herrera Alvarez, "Reminiscências de Poe em Contos Machadianos", *Olho d'água* 4: 1 (São José do Rio Preto: UNESP, 2012), pp. 129-140 (http://www.olhodagua.ibilce.unesp.br/index.php/Olhodagua/article/viewFile/114/146), consultado em 21 de abril 2016.

the "North," which would refer as much to the Northern region as to the Northeastern region of Brazil.

Whether for those seeking to know the young Machado better, to examine more closely the relationship between the writer with the readers of the *Jornal das Famílias*, or to analyse the structure of these first stories, this selection of stories will without doubt offer hours of pleasurable parallel reading in both Portuguese and English.

Ana Cláudia Suriani da Silva
University College London

Notes

1   Raimundo Magalhães Júnior, "Prefácio," in Machado de Assis, *Contos Esquecidos* (Rio de Janeiro: Civilização Brasileira, 1956), p. 2.

2   See, for example, Greicy Bellin, "Machado De Assis e a Imprensa Periódica: Uma Análise de 'Confissões De uma Viúva Moça'," https://periodicos.ufsc. br/index.php/literatura/article/viewFile/2175-7917.2014v19n2p123/28178, consulted on 21 April 2016.

3   Ana Cláudia Suriani da Silva,\ "O texto e imagem nas revistas de moda brasileiras do século XIX," in Tânia de Luca and Lucia Granja, eds., *Impressos, Mediadores, Suportes* (Campinas: Editora da Unicamp, forthcoming).

4   Marisa Lajolo, "Machado de Assis: um mestre de leitura," in *Do Mundo da Leitura para a Leitura do Mundo*, 6th edition (São Paulo: Editora Ática, 2008), pp. 77-85.

5   John Gledson, "'A Parasita Azul': Ficção, Nacionalismo e Paródia," in *Cadernos de Literatura Brasileira*, 23 and 24 (São Paulo: Instituto Moreira Salles, 2008) pp. 163-218.

6   Roxana Guadalupe Herrera Alvarez, "Reminiscências de Poe em contos machadianos," *Olho d'água* 4: 1 (São José do Rio Preto: UNESP, 2012), pp. 129-140 (http://www.olhodagua.ibilce.unesp.br/index.php/Olhodagua/article/ viewFile/114/146), consulted on 21 April 2016.

7   Para a localização das citações e alusões histórico-literárias identificadas nos romances e contos de Machado de Assis, ver http:// machadodeassis.net/ dtb_index.asp, consultado em 21 de abril de 2016, de onde foram retiradas as informações sobre os toponômios

7   For the location of historico-literary citations and allusions identified in the novels and stories of Machado de Assis, see http://machadodeassis.net/dtb_index.asp, consulted on 21 April 2016, from which information on the toponyms was taken.

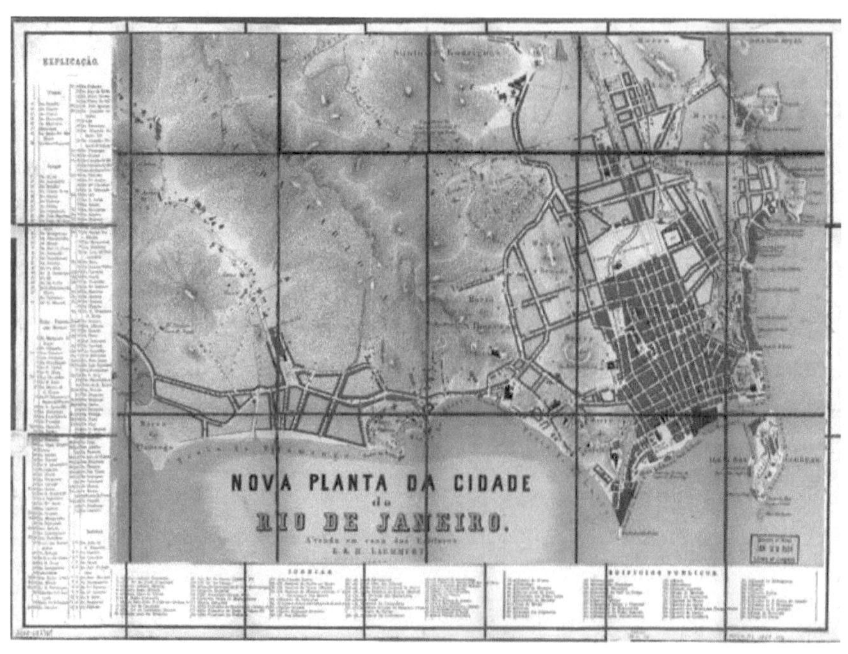

Map of 19th Century Rio de Janeiro

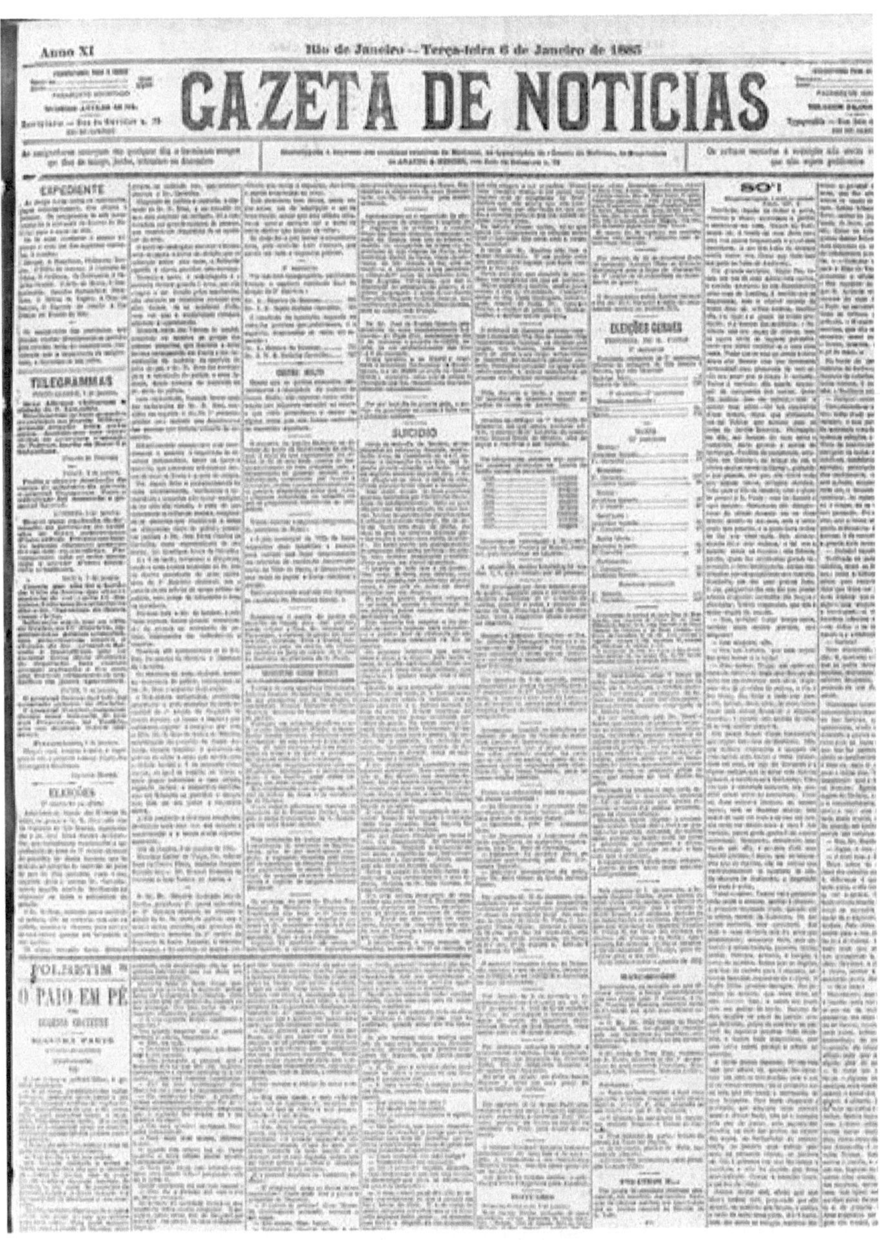

Publication of "Alone!" ("Só!") in *Gazeta de Notícias*
January 6, 1885

Introdução

A inserção de Machado de Assis no contexto da literatura mundial se dá por meio da tradução, o que oferece ao leitor estrangeiro a possibilidade de conhecer e explorar a obra do bruxo do Cosme Velho. Apesar de seus romances e contos mais célebres já terem sido traduzidos, ainda se observa uma lacuna em relação à produção do início da carreira do escritor, que tende a ser deixada em segundo plano pela fortuna crítica machadiana, ainda que tal quadro venha sendo substancialmente alterado nos últimos anos. É esta lacuna que a presente coletânea procura preencher, considerando a importância destas narrativas para a maturidade literária de Machado. Tal maturidade certamente não foi conquistada de um dia para o outro, e sim por meio de um consciente e constante trabalho com a linguagem e com as mais variadas formas de representação, formas estas que já podem ser encontradas nas narrativas do escritor que Augusto Meyer apelidou de "Machadinho".

A experiência moderna é um dos temas mais presentes e relevantes nas narrativas traduzidas nesta coletânea. Tal experiência foi, aliás, tema principal de minha tese de doutorado, defendida no ano de 2015 na Universidade Federal do Paraná. Em minha pesquisa, procurei

Introduction

The introduction of Machado de Assis into the context of world literature happens through translation, which offers the foreign reader the possibility of knowing and exploring the work of the Wizard of Cosme Velho. Though his most celebrated novels and short stories have been translated, we still see a gap in the writer's early career, which tends to left in the background by the body of Machadian literary critics even though this area has been substantially altered in recent years. It is this gap that the present collection seeks to fill, taking into account the importance of these stories for Machado's literary maturity. That maturity certainly was not accomplished overnight. Rather, it was by means of conscious and constant work with the language and with a wide variety of representative forms. These forms can already be found in the narratives of the writer that Augusto Meyer nicknamed "Little Machado."

The modern experience is one of the more present and relevant themes in the stories translated in this collection. That experience, it so happens, was also the main theme of my doctoral thesis, which I

demonstrar de que forma Machado construiu e lapidou a temática moderna em sua obra a partir de um diálogo com outros dois escritores, Edgar Allan Poe e Charles Baudelaire. Com base em tal análise, pode-se perceber que Machado estava realmente preocupado em representar a modernidade brasileira, que começa a se delinear de forma consistente no século XIX com o surgimento das grandes cidades, das inovações tecnológicas e de um novo modo de vida que coloca o sujeito em permanente tensão consigo mesmo. Poe e Baudelaire foram, talvez, os escritores que mais auxiliaram Machado a construir suas representações da modernidade, considerando que o bruxo era, além de escritor, um leitor ávido das obras de ambos. É óbvio que não se trata da mesma modernidade presente na França ou na Inglaterra, mas de uma modernidade singular, surgida a partir de uma tentativa de imitação dos modelos europeus. É justamente este aspecto que o jovem Machado de Assis irá retratar em suas narrativas, mostrando uma total sintonia com a vida cultural e social do Rio de Janeiro entre as décadas de 1860 e 1880.

Cinco das narrativas traduzidas pertencem ao volume intitulado *Contos Fluminenses*, de 1870, sendo que todas elas, com exceção de "Miss Dollar", haviam sido publicadas no periódico *Jornal das Famílias*, editado por Baptiste Louis Garnier, um francês que fixara residência no Brasil e que se tornou um dos maiores responsáveis pela difusão da moderna cultura francesa no Segundo Império. "Frei Simão", "Confissões de uma Viúva Moça", "A Mulher de Preto" e "O Segredo de Augusta" apresentam, à primeira vista, enredos cheios de elementos românticos e folhetinescos, certamente usados por Machado a fim de satisfazer o gosto das leitoras do *Jornal das Famílias*. A grande maioria delas pertencia à alta burguesia carioca e estava acostumada a ler romances românticos do século XIX, entre eles *A moreninha*, de Joaquim Manuel de Macedo, publicado em 1844. Em meio a estes elementos, revela-se uma modernidade muitas vezes não sentida e nem percebida pelo leitor. Tal modernidade está presente nos questionamentos da vontade patriarcal, como em "Frei Simão" e "O Segredo de Augusta", no retrato da elegância e da frivolidade da corte fluminense, como em

defended in 2015 at the Federal University of Paraná. In my research, I sought to demonstrate the way Machado constructed and crafted the modern thematic in his work starting with a dialogue with two other writers, Edgar Allan Poe and Charles Baudelaire. Based on this analysis, it can be observed that Machado was really worried about representing the Brazilian modernity, which began to consistently take shape in the 19th century with the rising of big cities, innovative technologies, and a new way of life that put the individual in permanent tension with himself. Poe and Baudelaire were perhaps the writers who most helped Machado build his representations of modernity, given that the Wizard was, not only a writer but an avid reader of both their works. Obviously it isn't the same modernity present in France or England. Rather, it was a singular modernity, rising from an attempt to imitate the European models. It is precisely this aspect that the young Machado de Assis was to deal with in his stories, showing total harmony with the culture and social life of Rio de Janeiro in the decades from 1860 to 1880.

Five of the translated stories belong to the volume titled *Contos Fluminenses* (Rio de Janeiro Stories) of 1870, in that all of them, with the exception of "Miss Dollar," had been published in the periodical *Jornal das Famílias*, edited by Baptiste Louis Garner, a Frenchman who had settled in Brazil and became one of the most important people responsible for the diffusion of modern French culture in the Brazil's Second Empire period. "Friar Simão," "Confessions of a Young Widow," "The Woman in Black," and "Augusta's Secret" present, at first glance, plots full of romantic and serial story elements. Machado certainly used these elements to appeal to the tastes of the female readers of the *Jornal das Famílias*. The great majority of these women belonged to the upper bourgeoisie of the city of Rio de Janeiro and were used to reading the romantic novels of the 19th century, among them *A Moreninha*, by Joaquim Manuel de Macedo, published in 1844. In the midst of these elements, a modernity came to light that was not always sensed or even recognized by the reader. That modernity is present in the issues of pa-

"Confissões de uma Viúva Moça", e nas tramas arquitetadas por Magdalena e Margarida em "A Mulher de Preto" e "Miss Dollar", respectivamente. Aliás, os perfis de mulher estão presentes em todos os contos traduzidos, evidenciando, talvez, uma maior atenção dada à figura feminina como representativa da modernidade que Machado se propunha a retratar. A associação entre mulher e modernidade está presente na obra de Charles Baudelaire, e certamente não passou despercebida a Machadinho, daí a proliferação de perfis femininos em suas narrativas de início de carreira.

Em se tratando de modernidade na obra machadiana, cabe ressaltar a ironia subjacente ao uso do termo *corte* nos contos traduzidos nesta coletânea, ironia esta que remete a aspectos relevantes da história brasileira na época de Machado. O termo *corte* se referiria mais especificamente à família real portuguesa, que desembarcara no Brasil em 1808, estimulando, com isso, o desenvolvimento da modernidade brasileira. As narrativas traduzidas, no entanto, se passam nas décadas de 1860, 1870 e 1880, período em que se observa o apogeu do Segundo Reinado e o início da República, de forma que o uso do termo seria anacrônico e equivocado. Tal impressão se desfaz quando nos damos conta de que "corte" também pode ser definido como "círculo de aduladores", e é a este círculo que Machado se refere quando utiliza o termo, deixando clara sua postura crítica em relação aos mecanismos sociais que perpetuavam a dominação de classes no Brasil imperial. Tal aspecto é largamente explorado por estudiosos como John Gledson e Roberto Schwarz, que, em *Um Mestre na Periferia do Capitalismo* (1992), analisa a dinâmica do favor como componente da estrutura formal da obra machadiana. Em suma, o uso da palavra "corte" sinaliza uma situação política característica da sociedade brasileira, que determinava a existência de relações de dependência social e econômica entre as classes dominantes e os aduladores ou "agregados", relações estas às quais Machadinho estava bastante atento. É importante ressaltar que tais relações se desenrolavam em um contexto marcado pela existência

triarchal will, as in "Friar Simão" and "Augusta's Secret," in the snapshot of elegance and frivolity of the court of the state of Rio de Janeiro, as in "Confessions of a Young Widow," and in the dramas devised by Magdalena and Margarida in "The Woman in Black" and "Miss Dollar," respectively. Portraits of women are present in all the translated stories, perhaps evidencing the greater attention given to the female figure as representative of the modernity that Machado was trying to depict. The association between women and modernity is present in the work of Charles Baudelaire, and that certainly did not pass unnoticed by Little Machado, hence the proliferation of female profiles in many of the first stories of his career.

In considering modernity in Machadian works, it's worth pointing out the underlying irony of the Portuguese term *corte* (generally translated here as "court") in the stories translated in his collection, an irony going back to aspects of Brazilian history relevant to Machado's times. The term *court* would refer specifically to the Portuguese royal family, which disembarked in Brazil in 1808. Their arrival stimulated the development of Brazilian modernity. These translated stories, however, take place in the decades of 1860, 1870, and 1880, a time that saw the heyday of the Second Empire and the beginning of the Republic. As such, the times would see the use of court as anachronistic and misunderstood. That impression falls apart when we consider that court could also be defined as a "circle of sycophants." It is this circle that Machado is referring to when he uses the term, making clear his critical position with regard to the social mechanisms that perpetuated the domination of classes in the Brazilian empire. That aspect is widely explored by academics such as John Gledson and Roberto Schwarz. In *A Master on the Periphery of Capitalism* (1992), Schwarz analyzes the dynamics of favoritism as a component of the formal structure of Machadian writings. In sum, the use of the word court signals a political and social situation characteristic of Brazilian society that determined the existence of dependent social and economic relationships between dominant classes

da escravidão, que só seria abolida em 1888 e que teve influência significativa na história social e econômica brasileira.

"Frei Simão", a narrativa que abre a coletânea, foi escrita em 1864. A modernidade se faz presente no conto por meio da construção da narrativa. Esta é marcada pela indeterminação, que transparece no trecho a seguir: "Eram, pela maior parte, fragmentos incompletos, apontamentos truncados e notas insuficientes; mas de tudo junto pode-se colher que realmente Frei Simão estivera louco durante certo tempo." Tal indeterminação leva o leitor a se perguntar quem é o autor das memórias de Frei Simão, tendo em vista que o personagem enlouquecera e não teria, por conta disso, condições de fazer um relato confiável de sua própria vida. Além disso, o manuscrito deixado pelo frei não é propriamente um diário, mas um conjunto de apontamentos obscuros e incompletos, o que reforça ainda mais a sensação de indeterminação transmitida pela narrativa. Junta-se a isso a crítica à vontade patriarcal, representada pelo pai de Simão, que arquiteta um plano para afastá-lo de Helena, bem como a loucura do personagem, advinda da descoberta de que a moça estava casada e viva. A loucura é expressa na frase proferida pelo frei em seu leito de morte: "Morro odiando a humanidade!" Simão odeia, na realidade, o sistema social que levou seu pai a agir da forma como agiu, marcando o forte componente crítico e moderno da narrativa. Há, portanto, uma percepção que oscila entre a loucura de Simão, tida como fato quase inegável, e seu "ódio pela humanidade", mostrando que nada é o que parece, uma vez que o personagem não estaria louco e sim, cheio de ódio por aqueles que lhe enganaram.

"Confissões de uma Viúva Moça", de 1865, apresenta, aparentemente, um enredo mais leve do que o de "Frei Simão". Tal impressão se desfaz quando adentramos o universo fútil e superficial de Eugênia, uma jovem casada que se apaixona por Emílio, um rapaz sedutor que havia acabado de chegar da Europa. A história é narrada pela própria Eugênia, em cartas enviadas à sua amiga Carlota após o período de reclusão que se seguira à sua viuvez. Nas cartas, Eugênia relata à amiga toda a decepção sofrida com seu romance secreto, que teve um fim a

and the court sycophants and others who depended on the favoritism of those with wealth or power, relationships that Little Machado was quite aware of. It's important to highlight that these relationships developed in a context marked by the existence of slavery, which would be abolished only in 1888 and which significant influence in the social and economic history of Brazil.

"Friar Simão," the story that opens the collection, was written in 1864. Modernity comes through in the construction of the story. It is marked by the indeterminacy, which shows through this passage: "It consisted, for the most part, of incomplete fragments, truncated and insufficient notes; but a general reading could confirm the suspicion that Friar Simão had been insane for some time." That indetermination leads the reader to ask who is the author of Friar Simão's memoirs, bearing in mind that the character had gone insane and because of that would have no way to give a reliable report of his own life. Furthermore, the manuscript that the friar left isn't an actual diary but a set of obscure and incomplete notes, which reinforces even more the sensation of indetermination transmitted by the story. Added to that is the criticism toward patriarchal will, represented by Simão's father, who devised a plan to distance him from Helena, not to mention the insanity of the character resulting from his discovery that the girl was alive and married. This insanity is expressed in the sentence offered by the friar on his deathbed. "I die hating humanity!" Simão hated, in reality, the social system that had led his father to act as he had acted, highlighting the strong critical and modernistic component of the story. There is, therefore, a perception that oscillates between Simão's insanity, given as an almost undeniable fact, and his "hatred of humanity," showing that nothing is as it seems, since the character wouldn't be insane but full of hatred for those who deceived him.

"Confessions of a Young Widow," from 1865, apparently presents a lighter plot than that of "Friar Simão." That impression falls apart as we enter the futile and superficial universe of Eugênia, a young married

partir do momento em que ela se tornou viúva. Emílio, em suas próprias palavras "homem de hábitos opostos ao casamento", consegue ludibriar a aparentemente sagaz Eugênia, em um jogo textual que, em última instância, revela a crítica de Machado ao modelo de modernidade importado da Europa, personificado no elegante e sedutor Emílio. Os elementos folhetinescos da narrativa adquirem um significado político, no sentido de que revelam, não necessariamente de forma moralista e/ou moralizante, as consequências de se confiar cegamente no modelo europeu. O resultado, como não poderia deixar de ser, é o malogro sentimental de Eugênia, que aprende a não confiar em sedutores vulgares e espera que sua história sirva de alerta para outras moças em situação semelhante. Este aspecto é de fundamental relevância para a compreensão da narrativa, publicada em um periódico destinado a mulheres, em que a postura crítica de Machadinho é exercida de forma sutil e dissimulada pelos elementos do folhetim romântico.

Algo muito semelhante se observa em "A Mulher de Preto", narrativa em que a disputa entre românticos e anti-românticos é encenada pela "memorável luta" entre lagruístas e chartonistas no Teatro Lírico Fluminense e pela amizade entre o jovem médico Estêvão e o deputado Menezes. Os lagruístas eram os fãs da soprano italiana Emilia La Grua, que fizera uma turnê pelo Brasil em 1853 e se apresentara no Teatro Lírico, ao passo que os chartonistas eram os fãs da soprano francesa Anne Charton-Demeur, que havia se apresentado em várias cidades da América do Sul também no ano de 1853. Machado lança mão desta batalha para ilustrar o conflito sub-reptício entre dois homens muito diferentes entre si que amam a mesma mulher, Magdalena. Esta, por sua vez, seduz Estêvão a fim de obter o que tanto deseja: voltar para o marido e recuperar sua família. A conduta romântica é mais uma vez criticada a partir da caracterização de Estêvão, que idealiza a figura feminina a ponto de não perceber as reais intenções de Magdalena. Há ainda uma homossexualidade latente entre Estêvão e Menezes, no sentido de que o deputado também seduz o rapaz a fim de testar sua masculinidade. É na crítica ao sujeito romântico que Machadinho expõe a

woman in love with Emílio, a young seducer who had just arrived from Europe. The story is told by Eugênia herself, in letters sent to her friend Carlota after the period of seclusion that followed her own widowhood. In the letters, Eugênia describes to her friend all the deception she suffered with her secret romance, which came to an end as soon as she became a widow. Emílio, in his own words "a man of habits opposed to marriage," manages to hoodwink the apparently wise Eugênia in a textual game which, in the last instance, reveals Machado's criticism of the model of modernity imported from Europe, personified in the elegant and seductive Emílio. The feuilletonistic elements of the story take on a political significance in the sense that they reveal, not necessarily in a moralist and/or moralizing way, the consequences of blindly following the European model. The inevitable result is Eugênia's sentimental defeat as she learns not to trust vulgar seducers and hopes that her story serves to warn other girls in similar situations. This aspect is of fundamental relevance for the understanding of the story, published in a women's periodical, in which Machado's critical posture is exercised in a subtle and covert way by the elements of the romantic serial.

Something very similar is seen in "The Woman in Black," a story in which the dispute between romantic and anti-romantics is played out by the "memorable struggle" between "Lagruists" and "Chartonists" in the Teatro Lírico Fluminense and by the friendship between young doctor Estêvão and congressman Menezes. The Lagruists were fans of the Italian soprano Emilia La Grua, who did a tour of Brazil in 1853 and performed at the Teatro Lírico. The Chartonists, on the other hand, were fans of the French soprano Anne Charton-Demeur, who had performed in various South American cities in 1853. Machado takes advantage of this battle to illustrate the surreptitious conflict between two very different men in love with the same woman, Magdalena. She, in turn, seduces Estêvão in order to get what she so desires: to return to her husband and recover her family. The romantic conduct is once again criticized through the characterization of Estêvão, who idealizes the female figure

faceta moderna de sua narrativa, usando o Teatro Lírico como espaço de uma disputa que é, a princípio, amorosa, mas que se revela, no final das contas, uma disputa artística, presenciada pelos escritores no contexto literário daquela época.

Os perfis de mulher são também marcantes em "O Segredo de Augusta", de 1868, e "Miss Dollar" de 1870, narrativas que tematizam o comércio matrimonial na época de Machado. Usando uma linguagem simples, "O Segredo de Augusta", assim como "Confissões de uma Viúva Moça", traz uma crítica à futilidade e à superficialidade da corte fluminense. Tais características aparecem sintetizadas tanto em Augusta, personagem que dá título ao conto, quanto em seu marido Vasconcellos e também em Gomes, o pretendente de Adelaide, filha do casal. Aparece, mais uma vez, a modernidade importada da França, principalmente nas noitadas no Alcazar Lírico, palco dos encontros da elite carioca, e na elegância de Augusta, que recusa o casamento da filha pelo simples fato de ter apenas trinta anos e não desejar ser avó. A futilidade está também presente em "Miss Dollar" na figura de Jorge, o primo boêmio de Margarida, viúva por quem Mendonça, médico rico e renomado, se apaixona. O modelo romântico é novamente criticado a partir da constatação de que Miss Dollar não é uma jovem romântica inglesa e sim, uma cadelinha galga, e também com base na ideia, muito pouco idílica, de um casamento arranjado entre Mendonça e Margarida.

Esta crítica também se observa em "O Carro n. 13", publicada em 1868, narrativa muito pouco conhecida pelo público e crítica machadianos. A modernidade francesa invade a vida pacata de Amaro Faria, fazendeiro do interior que recebe a visita de Luís Marcondes, amigo boêmio dos tempos da faculdade de Direito que havia estudado na França. Ele convence Amaro a conhecer Paris, algo que ele acaba fazendo a contragosto. Depois disso, Amaro fixa residência no Rio de Janeiro, onde conhece a jovem Antonina, de quem se torna noivo. A moça, aparentemente dócil e submissa, arquiteta um plano para provar o amor de Amaro, enviando-lhe cartas como se fosse outra mulher.

to the point of not perceiving Magdalena's real intentions. There is also a latent homosexuality between Estêvão and Menezes, in the sense that the congressman also seduces the young man in order to test his masculinity. It is in the criticism of the romantic subject that Little Machado exposes the modern face of his stories, using the Teatro Lírico as the space of a dispute that is, in principle, loving but which is revealed, in the end, as an artistic dispute witnessed by writers in the literary context of those times.

The female profiles are also notable in "Augusta's Secret," of 1886, and "Miss Dollar," of 1870, stories that make a theme of matrimonial commerce in Machado's time. Using simple language, "Augusta's Secret," much as "Confessions of a Young Widow" criticizes the futility and superficiality of the upper class in Rio de Janeiro. These characteristics appear to be synthesized as much in Augusta, the character of the title of the story, as in her husband Vasconcellos and also in Gomes, suitor of Adelaide, the couple's daughter. The modernity imported from France appears again, mainly in the long evenings at Alcazar hall, stage of meetings of the elite of Rio, and in the elegance of Augusta, who refuses the marriage of her daughter for the simple fact that she is only thirty years old and doesn't wish to be a grandmother. The futility is also present in "Miss Dollar" in the character of Jorge, the bohemian cousin of Margarida, a widow with whom Mendonça, a wealthy and renowned doctor, falls in love. The romantic model is again criticized starting with the statement that Miss Dollar isn't a young romantic English woman but a little greyhound bitch, and also in the less than idyllic idea of a marriage arranged between Mendonça and Margarida.

This criticism is also observed in "Coach 13," published in 1868, a story little known by the public and Machadian critics. French modernity invades the quiet life of Amaro Faria, a landowner from the backlands who is visited by Luís Marcondes, a bohemian friend from the days of law school who had been studying in France. Marcondes convinces Amaro to visit Paris, something he ends up doing against his will. Later,

Incentivado por Marcondes, o ingênuo fazendeiro responde a todas as cartas, motivando, com isso, o rompimento do noivado, pois Antonina julga que ele não é digno de confiança: "Aqui estão as suas cartas; lucrei muito. Como depois de casada não será tempo de arrepender-se, foi bom que o conhecesse agora mesmo. Adeus." A modernidade francesa aparece, portanto, como enganadora, pois é acreditando nela que Amaro responde as cartas e causa sua própria frustração amorosa, o que o leva a voltar para a fazenda.

O interior do Brasil está presente em "A Parasita Azul", publicada em 1872 no *Jornal das Famílias* e depois na coletânea *Histórias da meia-noite*. O conto trata do retorno de Camilo Seabra ao Brasil depois de longos anos estudando medicina na França. Observa-se, ao longo da narrativa, um verdadeiro panorama de Paris em meados do século XIX, com todo o esplendor de uma modernidade que fascina Camilo e motiva sua recusa em voltar para a fazenda de seu pai em Goiás. É com uma grande "saudade do coração" que Camilo desembarca no Brasil, sendo acometido da "nostalgia do exílio", causada pela falta que sente da vida boêmia e pela ausência de Leontina Caveau, uma princesa russa por quem havia se apaixonado. O rapaz, no entanto, vem a descobrir que paixão e aventuras podem ser também encontradas no interior de Goiás, o que neutraliza sua crença na modernidade parisiense e faz com que descubra um novo amor que é, aliás, um amor de infância há muito esquecido por ele. A possível superação do modelo francês está presente no final da narrativa, em que Isabel, ao flagrar Camilo lendo o jornal *Le Figaro*, pergunta se sente saudades de Paris e recebe como resposta: "Sinto saudades de você". Esta fala nos dá pistas da postura crítica de Machado em relação à modernidade francesa, neutralizada a partir da experiência individual de Camilo.

Conflitos matrimoniais e suspeitas de adultério sempre tiveram seu lugar na obra de Machado de Assis, e não poderiam ser deixados de lado nesta coletânea. Em "O Relógio de Ouro", publicado em 1870, o narrador machadiano descreve a briga entre Clarinha e Luiz Negreiros, motivada pela aparição inexplicável de um relógio de ouro. A impecável

Amaro settles in Rio de Janeiro, where he meets young Antonina, to whom he got engaged. The girl, apparently docile and submissive, devises a plan to test Amaro's love by sending him letters as if she were another woman. Urged on by Marcondes, the innocent landowner answers all the letters, thus causing the breakup of the engagement, since Antonina judges him unworthy of trust. "Here are your letters. I learned a lot. As it wouldn't be possible for me to regret after the wedding, it was better to get to know who you are beforehand. Goodbye." French modernity therefore appears to be deceitful since it is because of his belief in it that Amaro answers the letters and causes his own amorous frustration, which leads him back to the countryside.

The interior of Brazil is present in "The Blue Parasite," published in 1874 in the *Jornal das Famílias* and later in the Histórias da Meia-noite collection. The story is about Camilo Seabra's return to Brazil after long years studying medicine in France. In the course of the story, a panorama of Paris in the late 19th century is seen in all the splendor of a modernity that fascinates Camilo and drives his refusal to return to his father's farm in Goiás. It is with "great sorrow" that he disembarks in Brazil, afflicted with "the nostalgia of exile" caused by missing the bohemian life and by the absence of Leontina Caveau, a Russian princess he'd fallen in love with. The young man, however, goes on to discover that passion and adventure can also be found in the backlands of Goiás. This neutralizes his belief in Parisian modernity and leads him to discover a new love. She is, moreover, a love from his childhood he'd quite forgotten about. The possible overcoming of the French model appears at the end of the story when Isabel, catching Camilo reading *Le Figaro*, asks if he misses Paris. His response is "I miss you." This conversation hints at Machado's critical position in relation to French modernity, neutralized by Camilo's individual experience.

Marital conflicts and suspicions of adultery, too, have always had their place in the works of Machado de Assis, and they couldn't be left out of this collection. In "The Gold Watch," published in 1870, the

descrição dos estados psicológicos de marido e mulher em muito se assemelha a *Dom Casmurro*, ainda mais se considerarmos a suspeita de adultério que, no final, se confirma de maneira surpreendente. Ao reeditar esta narrativa, tivemos a preocupação de resgatar o original presente no *Jornal das Famílias*, que apresenta divergências em relação à edição que circula nos dias de hoje. Tais divergências afetam a interpretação do texto, uma vez que o nome da amante de Luiz Negreiros aparece apenas no original e não nas edições consagradas. É possível, a partir desta constatação, explorar um novo viés de leitura da narrativa, cuja modernidade recai em um conflito de aparências em que, no final das contas, nada é o que parece.

Os dois últimos contos da coletânea pertencem ao que se convencionou chamar de "segunda fase" ou "fase madura" da obra de Machado de Assis. Esta fase seria marcada por uma maior habilidade literária e por uma maior lucidez na representação dos temas já presentes na primeira fase, entre eles o da modernidade. Haveria, portanto, não propriamente uma ruptura em relação às narrativas da primeira fase, e sim um amadurecimento, observado nas representações da cidade do Rio de Janeiro. Esta se encontrava em profunda transformação, o que traz modificações no modo de vida do homem moderno. Tais modificações aparecem retratadas em "Só", publicado em 1886 no jornal *Gazeta de Notícias*. Cansado da vida social, Bonifácio resolve se isolar em uma chácara em Andaraí, seguindo o conselho do excêntrico filósofo Tobias. Esta atitude, no entanto, acaba não surtindo o efeito desejado, uma vez que o protagonista acaba retornando para a cidade depois de apenas dois dias. De maneira leve e bem-humorada, a narrativa retrata os dilemas do sujeito moderno, cuja dependência em relação à vida cosmopolita é tão forte que compromete sua capacidade de reflexão no isolamento. Esta leitura pode ser confirmada a partir da seguinte fala de Tobias, que, ao ser questionado por Bonifácio a respeito dos benefícios da solidão, responde o seguinte: "Você esqueceu de levar o principal da matalotagem, que são justamente as ideias."

Machadian narrator describes a fight between Clarinha and Luiz Negreiros instigated by the inexplicable appearance of a gold watch. The impeccable description of the psychological states of he husband and wife is in many ways similar to that of Machado's novel *Dom Casmurro*, even more so if we consider the suspicion of adultery which, in the end, is confirmed in a surprising way. Re-editing this story, we worried about preserving the original from the *Jornal das Famílias*, which diverges from the edition which circulates today. These divergences affect the interpretation of the text in that the name of Luiz Negreiros's lover appears only in the original and not in editions that came later and were more widely accepted as authentic. It is possible, from this finding, to explore a new facet of the decoding of the story whose modernity reflects back on a conflict of appearances in which, in the end, nothing is as it seems.

The last two stories of the collection belong to what convention has come to call the "second phase" or "mature phase" of Machado de Assis's work. This phase would be marked by greater literary ability and greater clarity in the representation of themes that were present in the first phase, among them modernity. There would be, however, not a break from the narratives of the first phase but a maturing, observed in his depictions of the city of Rio de Janeiro. This is a profound transformation which brings changes in the lifestyle of modern man. These changes are portrayed in "Alone," published in 1886 in the *Gazeta de Notícias*. Tired of social life, Bonifácio decides to isolate himself at a cottage in Andaraí, following the counsel of the eccentric philosopher Tobias. This move, however, ends up not leading to the desired effect since the protagonist returns to the city after just two days. In a light and humorous style, the story deals with the dilemmas of the modern individual, whose dependency with regard to cosmopolitan life is so strong that it compromises his capacity to reflect in isolation. This reading can be confirmed from the following statement from Tobias, who, on being questioned by Bonifácio about the benefits of being along, says, "You forgot to take the foremost victuals: precisely the ideas…"

Vale ressaltar, nesse sentido, os diálogos estabelecidos entre "Só!" e "O Homem das Multidões", de Edgar Allan Poe, devidamente analisados em minha tese de doutorado. É possível perceber que Machado retoma o conto poeano, que trata da obsessiva caminhada noturna de um estranho homem pelas ruas de Londres com a intenção de nunca ficar só, para construir, de forma irônica e até mesmo paródica, o dilema de Bonifácio, que, no final das contas, padece do mesmo mal que o misterioso personagem de Poe.

"Três Consequências", publicado em 1884 no periódico *A Estação*, também retrata o fascínio em relação à cidade moderna, personificado na figura de Mariana, que resolve se casar novamente após experimentar o burburinho da Rua do Ouvidor, considerada um verdadeiro símbolo da modernidade carioca. Apesar de escritas em tom leve, quase de conversa, estes contos trazem implícitos uma crítica à futilidade e à superficialidade do espaço urbano, sintetizadas nas dificuldades de Bonifácio e na facilidade com a qual Mariana Vaz muda de ideia em relação a casar-se novamente.

Conforme mencionado anteriormente, nos preocupamos em resgatar as versões originais das narrativas tais quais foram publicadas nos periódicos da época. Tal resgate é forte tendência nos estudos machadianos atualmente, tendo sido realizado por estudiosos como John Gledson e Ana Cláudia Suriani da Silva, que republicaram a versão original do romance *Quincas Borba* em formato eletrônico no ano de 2008, em comemoração em centenário da morte do escritor.[1] Em nota explicativa a esta edição, os estudiosos afirmam que a versão em folhetim nos ajuda a ter uma ideia mais clara acerca do processo criativo de Machado, bem como de sua visão da sociedade brasileira do século XIX. O resgate das narrativas em folhetim ainda nos permite visualizar as estratégias utilizadas pelo escritor no sentido de atrair leitores para os jornais nos quais publicava. Tais estratégias não aparecem nas edições em livro, como uso o de ganchos narrativos e elementos criadores de suspense usados com a finalidade de estimular a curiosidade do leitor e consequentemente, a compra da próxima edição. A tendência a resgatar

With that undertanding, it's worth highlighting the dialogues established between Machado's "Alone!" and Edgar Allan Poe's "The Man of the Crowd," duly analyzed in my doctoral thesis. It is possible to see that Machado takes up the Poean story, which deals with the obsessive nocturnal walks of a strange man through the streets of London with the intention of never being alone, to construct, in an ironic and even parodic way, Bonifácio's dilemma. In the end, Bonifácio suffers the same evil as Poe's mysterious character.

"Three Consequences," published in 1884 in the periodical *A Estação*, also deals with fascination with regard to the modern city, as personified in the character Mariana, who decides to marry again after trying the hustle and bustle of the Rua do Ouvidor, considered a true symbol of modern Rio. Despite the light, almost conversational style of the writing, these stories present implicit criticism of the futility and superficiality of urban space, synthesized in Bonifácio's difficulties and the ease with which Mariana Vaz changes her mind regarding getting married again.

As mentioned above, we are concernd with rescuing the original versions of the stories that were published in the periodicals of the day. That rescue is a strong trend among Machado scholars today, having been pursued by scholars such as John Gledson and Ana Cláudia Suriani da Silva, who republished the original of the novel *Quincas Borba* in electronic format in 2008, in commemoration of the centenary of the death of the writer.[1] In an explanatory note in that edition, the scholars affirmed that the periodical version helps us have a clearer idea about Machado's creative process as well as his vision of Brazilian society in the 19th century. The rescue of the stories in periodicals also allows us to visualize the strategies the writer used to attract readers to the newspapers in which the stories were published. The book editions do not include those devices, such as narrative hooks and suspense-creating elements used to stimulate the curiosity of the reader and, consequently, the purchase of the next edition. The trend to save the originals also

os originais também aparece em um artigo publicado em 2015, de autoria do professor Saulo Neiva, da Universidade Blaise-Pascal, que também se dedica aos estudos machadianos, tendo traduzido para o francês a coletânea *Várias Histórias*, publicada pela editora Garnier também no ano de 2015.[2] O artigo trata dos erros de datação em alguns contos da coletânea *Várias Histórias*, publicada em 1896. Em sua pesquisa, Neiva identificou uma série de divergências entre as datas dos originais publicados em periódicos e as datas que constam nas edições em livro. Estas divergências acabaram se perpetuando devido a equívocos dos próprios estudiosos, que passaram a aceitá-las como verdadeiras.[3] Tais divergências também se verificam em relação aos conteúdos das narrativas, afetando sua interpretação e colaborando para a disseminação de equívocos interpretativos em relação à obra do Bruxo. São estes equívocos que procuramos, em certa medida, superar com a realização deste projeto, a fim de desnudar caminhos de interpretação pouco explorados na obra machadiana.

Em suma, esta coletânea pretende não apenas colaborar para a inserção da obra de Machado de Assis no contexto da literatura mundial, mas fazer um verdadeiro resgate de algumas das narrativas no início de sua carreira. Trata-se de uma fase de grande importância para o amadurecimento de Machadinho como escritor, daí nossa preocupação em reeditar e traduzir as histórias a partir dos originais que constam nos arquivos digitais da Fundação Biblioteca Nacional, que muito gentilmente nos cedeu a verba para a realização deste projeto. Nosso objetivo é possibilitar aos leitores brasileiros e estrangeiros o acesso ao texto machadiano tal qual ele realmente foi escrito, a fim de que estes mesmos leitores possam compreender o alcance da modernidade representada por um dos maiores escritores da literatura brasileira.

GREICY PINTO BELLIN, Ph.D.

Curitiba, Paraná, Brasil

appears in an article published in 2015, authored by Professor Saulo Neiva of Blaise-Pascal University, who is also dedicated to Machadian studies, having translated to French the collection *Várias Histórias*, published by Garnier, also in 2015.[2] The article discusses the dating errors in some of the stories in the *Várias Histórias* collection published in 1896. In his research, Neiva identified a series of divergences between the dates of the originals published in periodicals and the dates that are given in the book editions. These divergences end up being perpetuated due to the misunderstandings of academics themselves, who accept them as correct.[3] These divergences are also verified in relation to the contents of the stories, affecing their interpretation and contributing to the spreading of erroneous interpretations in relation to the work of the Wizard. These are the misconceptions that we are seeking, to a certain extent, to overcome in carrying out this project with the objective of clearing paths to interpretation little explored in the works of Machado.

In conclusion, this collection intends not only to collaborate in the placement of Machado de Assis's work into the context of world literature but to virtually rescue some of the stories from the beginning of his career. This is a phase of great importance for the maturing of Little Machado as a writer. From that comes our concern in re-editing and translating the stories, starting with the originals in the digital archives of the Brazilian National Library Foundation, which has very kindly provided funding for this project. Our objective has been to make it possible for Brazilian and foreign readers to access the Machadian texts as they were written so that these readers can understand the reach of the modernity represented by one of the greatest writers of Brazilian literature.

translated by
GLENN ALAN CHENEY
New London Librarium
Hanover, Conn., USA

Notes

1   Para visualizar a edição, acessar http://www.machadodeassis.net/ hiperTx_romances/obras/quincasborbaaestacao.htm, consultado em 18 de março de 2016.

2   Saulo Neiva, *Várias Histórias/Histoires Diverses* (Paris, Classiques Garnier, 2015).

3   Saulo Neiva,"Não creias tu nisso, leitor amado: sobre a datação dos contos de *Várias Histórias*", publicado na revista eletrônica *Matraga*, 22: 37, (Rio de Janeiro: UERJ, 2015), pp. 133-147 (http://dx.doi.org/10.12957/ matraga.2015.19935), consultado em 18/03/2016.

Notes

1   For a view of the edition, see http://www.machadodeassis.net/hiperTx_romances/obras/quincasborbaaestacao.htm, consulted on 18 March 2016.

2   Saulo Neiva, *Várias Histórias/Histoires Diverses* (Paris, Classiques Garnier, 2015).

3   Saulo Neiva, "Não creias tu nisso, leitor amado: sobre a datação dos contos de *Várias Histórias"* published in the electronic magazine *Matraga*, 22: 37, (Rio de Janeiro: UERJ, 2015), pp. 133-147 (http://dx.doi.org/10.12957/matraga.2015.19935), consulted on 18 March 2016.

Frei Simão

I

Frei Simão era um frade da ordem dos Beneditinos. Tinha, quando morreu, cinquenta anos em aparência, mas na realidade trinta e oito. A causa desta velhice prematura derivava da que o levou ao claustro na idade de trinta anos, e, tanto quanto se pode saber por uns fragmentos de memórias que ele deixou, a causa era das mais justas.

Era Frei Simão de caráter taciturno e desconfiado. Passava dias inteiros na sua cela, donde apenas saía na hora do refeitório e dos ofícios divinos. Não contava amizade alguma no convento, porque não era possível entreter com ele os preliminares que fundam e consolidam as afeições.

Em um convento, onde a comunhão das almas deve ser mais pronta e mais profunda, Frei Simão parecia fugir à regra geral. Um dos noviços pôs-lhe alcunha de *Urso*, que lhe ficou, mas só entre os noviços, bem entendido. Os frades professos, esses, apesar do desgosto que o gênio solitário de frei Simão lhes inspirava, sentiam por ele certo respeito e veneração.

Friar Simão

I

Friar Simão belonged to the order of St. Benedict. When he died, he looked like a fifty-year-old man, but he was in fact thirty-eight. The cause of this premature aging came from the one that took him to the cloister when he was thirty years of age and, as far as it was possible to know through some memory fragments left by him, the cause was a worthy one.

Friar Simão had a taciturn and distrustful temperament. He used to spend whole days in his cubicle, the place he left only at lunchtime and for worship services. He didn't have any friends in the friary because it wasn't possible to establish with him the preliminaries in which relationships are founded and consolidated.

In a place like a friary, where the communion of souls should be faster and deeper, Friar Simão seemed to escape the general rule. One of the novices nicknamed him *Bear*, but this designation was well understood only among the novices. The professed friars, on the other

Um dia anuncia-se que Frei Simão adoecera gravemente. Chamaram-se os socorros e prestaram-se ao enfermo todos os cuidados necessários. A moléstia era mortal; depois de cinco dias Frei Simão expirou.

Durante estes cinco dias de moléstia, a cela de Frei Simão esteve cheia de frades. Frei Simão não disse uma palavra durante esses cinco dias; só no último, quando se aproximava o minuto fatal, sentou-se no leito, fez chamar para mais perto o abade, e disse-lhe ao ouvido com voz sufocada e em tom estranho:

- Morro odiando a humanidade!

O abade recuou até a parede ao ouvir estas palavras, e no tom em que foram ditas. Quanto a Frei Simão, caiu sobre o travesseiro e passou à eternidade.

Depois de feitas ao irmão finado as honras que se lhe deviam, a comunidade perguntou ao seu chefe que palavras ouvira tão sinistras que o assustaram. O abade referiu-as, persignando-se. Mas os frades não viram nessas palavras senão um segredo do passado, sem dúvida importante, mas não tal que pudesse lançar o terror no espírito do abade. Este explicou-lhes a ideia que tivera quando ouviu as palavras de Frei Simão, no tom em que foram ditas, e acompanhadas do olhar com que o fulminou: acreditara que Frei Simão estivesse doido; mais ainda, que tivesse entrado já doido para a ordem. Os hábitos da solidão e taciturnidade a que se votara o frade pareciam sintomas de uma alienação mental de caráter brando e pacífico; mas durante oito anos parecia impossível aos frades que Frei Simão não tivesse um dia revelado de modo positivo a sua loucura; objetaram isso ao abade; mas este persistia na sua crença.

Entretanto procedeu-se ao inventário dos objetos que pertenciam ao finado, e entre eles achou-se um rolo de papéis convenientemente enlaçados, com este rótulo: *"Memórias que há de escrever Frei Simão de Santa Águeda, frade beneditino"*.

hand, held a certain respect and veneration for Friar Simão, despite the grief inspired by his solitary temperament.

One day, it was announced that Friar Simão was seriously ill. Medical assistance was rendered and the patient had all the necessary care. The illness was fatal. Friar Simão passed away after five days.

During these five days of illness, Friar Simão's cubicle was full of friars. He didn't say a word during this period, except for the last and fatal minute, he sat up on his bed, called the abbot closer and said the following sentence in his ears with a suffocated voice and strange tone:

"I die hating all humankind!"

The abbot moved back to the wall when he heard these words, especially considering the tone with which they were said. As to the friar, he fell on his pillow and passed way into eternity.

After the honors due the dead brother were done, the religious community asked the abbot about the words he'd heard, which were so sinister that they scared him. The abbot referred to them, making the sign of the cross. But the other friars saw in these words nothing but a secret from the past, undoubtedly important, but not so much as to strike the abbot's spirit with terror. He explained to them the idea that came to his mind when he heard Friar Simão's words, in the tone with which they were said, and accompanied by the stare which fulminated him. He believed that Friar Simão was insane, even more, that he was already insane when he entered the order. Simão's devotion to taciturn and lonely habits seemed to be the symptoms of a light and pacific mental alienation; but during eight years it seemed to be impossible that Friar Simão had never revealed his insanity; they opposed the abbot, but he persisted in his belief.

Nevertheless they proceeded with the inventory of the objects that belonged to the friar, and found, among them, a roll of papers properly bundled, with this label: *"Memories to be written by Friar Simão, of St. Agatha, Benedictine friar."*

Este rolo de papéis foi um grande achado para a comunidade curiosa. Iam finalmente penetrar alguma cousa no véu misterioso que envolvia o passado de Frei Simão, e talvez confirmar as suspeitas do abade.

O rolo foi aberto e lido perante todos.

Eram, pela maior parte, fragmentos incompletos, apontamentos truncados e notas insuficientes; mas de tudo junto pôde-se colher que realmente Frei Simão estivera louco durante certo tempo.

O autor desta narrativa despreza aquela parte das Memórias que não tiver absolutamente importância; mas procura aproveitar a que for menos inútil ou menos obscura.

II

As notas de Frei Simão nada dizem do lugar do seu nascimento nem do nome de seus pais. O que se pôde saber dos seus princípios é que, tendo concluído os estudos preparatórios, não pôde seguir a carreira das letras, como desejava, e foi obrigado a entrar como guarda-livros na casa comercial de seu pai.

Morava então em casa de seu pai uma prima de Simão, órfã de pai e mãe, que haviam por morte deixado ao pai de Simão o cuidado de a educarem e manterem. Parece que os cabedais deste deram para isto. Quanto ao pai da prima órfã, tendo sido rico, perdera tudo no jogo e nos azares do comércio, ficando reduzido à última miséria.

A órfã chamava-se Helena; era bela, meiga e extremamente boa. Simão, que se educara com ela, e juntamente vivia debaixo do mesmo teto, não pôde resistir às elevadas qualidades e à beleza de sua prima. Amaram-se. Em seus sonhos de futuro contavam ambos o casamento, coisa que parece mais natural do mundo para corações amantes.

Não tardou muito que os pais de Simão descobrissem o amor dos dois. Ora é preciso dizer, apesar de não haver declaração formal disto nos apontamentos do frade, é preciso dizer que os referidos pais eram de um egoísmo descomunal. Davam de boa vontade o pão da subsistência a Helena; mas lá casar o filho com a pobre órfã é que não podiam consentir.

This roll of papers was a great find for the curious community. They would finally penetrate the mysterious veil that involved the friar's past life, and perhaps confirm the abbot's suspicions.

The roll was opened and read in the presence of everybody.

It consisted, in its majority, of incomplete fragments, truncated and insufficient notes; but a general reading could confirm the suspicion that Friar Simão had been insane for some time.

The author of this narrative rejects the parts of those Memories that aren't absolutely important; but he seeks to take advantage of the more useful or less obscure ones.

II

Friar Simão's notes have nothing to say about the place where he was born or his parents' names. Of his principles it was possible to know that, having concluded his preparatory studies, he wasn't able to follow his career as a writer, as he wished, and he was obliged to work as a bookkeeper in his father's commercial house.

Simão's cousin was, at that time, living in his father's house, an orphan whose parents left her to be taken care of and educated by Simão's father. It seems that his assets turned him into the right person to do so. As for the orphan's father, once rich, he lost everything in gambling and commercial misfortunes, becoming reduced to the ultimate poverty.

The orphan's name was Helena. She was beautiful, sweet and extremely kind. Simão, who had been educated with her and lived under the same roof, couldn't resist the elevated qualities and the beauty of his cousin. They loved each other. Marriage was in their dreams for the future, which seems to be a natural thing for the hearts of lovers.

It didn't take a long time for Simão's parents to discover their romance. Now it must be said, even if the friar's notes didn't bring any formal declarations about it, it must be said that his parents were extraordinarily egotistical. Maintaining Helena was a gesture of goodwill; but

Tinham posto a mira em uma herdeira rica, e dispunham de si para si que o rapaz se casaria com ela.

Uma tarde, como estivesse o rapaz a adiantar a escrituração do livro mestre, entrou no escritório o pai com ar grave e risonho ao mesmo tempo, e disse ao filho que largasse o trabalho e o ouvisse. O rapaz obedeceu. O pai falou assim:

- Vais partir para a província de ***. Preciso mandar umas cartas ao meu correspondente Amaral, e como sejam elas de grande importância, não quero confiá-las ao nosso desleixado correio. Queres ir no vapor ou preferes o nosso brigue?

Esta pergunta era feita com grande tino.

Obrigado a responder-lhe, o velho comerciante não dera lugar que seu filho apresentasse objeções.

O rapaz enfiou, abaixou os olhos e respondeu:

- Vou onde meu pai quiser.

O pai agradeceu mentalmente a submissão do filho, que lhe poupava o dinheiro da passagem no vapor, e foi muito contente dar parte à mulher de que o rapaz não fizera objeção alguma.

Nessa noite os dois amantes tiveram ocasião de encontrar-se a sós na sala de jantar.

Simão contou a Helena o que se passara. Choraram ambos algumas lágrimas furtivas, e ficaram na esperança de que a viagem fosse de um mês, quando muito.

À mesa do chá, o pai de Simão conversou sobre a viagem do rapaz, que devia ser de poucos dias. Isto reanimou as esperanças dos dois amantes. O resto da noite passou-se em conselhos da parte do velho ao filho sobre a maneira de portar-se na casa do correspondente. Às dez horas, como de costume, todos se recolheram aos aposentos.

Os dias passaram-se depressa. Finalmente raiou aquele em que devia partir o brigue. Helena saiu de seu quarto com os olhos vermelhos de chorar. Interrogada bruscamente pela tia, disse que era uma inflamação

they couldn't consent to marrying their son to the poor orphan. They had a rich heiress in sight and believed that the young man would marry her.

One afternoon, as the lad was making progress in bookkeeping, his father came into the office with a grave and at the same time smiley air, and told his son to stop working in order to listen to him. The young man obeyed. The father said:

"You are going to leave to the province of ***. I need to send some letters to my correspondent Amaral, and, as they are of a great importance, I don't want to trust our sloppy postal service. Do you want to go in the steamboat or you prefer our brig?"

This question was asked with great prudence.

The old tradesman didn't allow his son to object to the request; the young man was forced to answer.

The young man got embarrassed, lowered his eyes and answered:

"I'll go wherever my father wants."

The father mentally appreciated the son's submission, as this made him save the money of the steamboat's ticket, and he happily told his wife that the young man hadn't made any objections to his request.

In the evening the two lovers had the chance to meet alone in the dining room.

Simão told Helena what happened. They both cried furtive tears, and they had the hope that the trip would last a month, if that.

At teatime, Simão's father talked about the trip, which should last only a few days. This revived the hopes of the two lovers. The rest of the evening was used by the old man to give his son advice on how to behave at the correspondent's house. At ten o'clock, as usual, they all retired to their rooms.

The days went by very fast. Finally dawn broke on the day when the brig was to leave. Helena left her room with eyes red from crying. When she was abruptly interrogated by her aunt, she said that the redness was an inflamation she got from many hours of reading the previous night. The aunt prescribed her an abstention from reading and bathing with mallow water.

adquirida pelo muito que lera na noite anterior. A tia prescreveu-lhe abstenção da leitura e banhos de água de malvas.

Quanto ao tio, tendo chamado Simão, entregou-lhe uma carta para o correspondente, e abraçou-o. A mala e um criado estavam prontos. A despedida foi triste. Os dois pais sempre choraram alguma coisa, a rapariga muito.

Quanto a Simão, levava os olhos secos e ardentes. Era refratário às lágrimas, por isso mesmo padecia mais.

O brigue partiu. Simão, enquanto pôde ver terra, não se retirou de cima; quando finalmente se fecharam de todo as *paredes do cárcere que anda*, na frase pitoresca de Ribeyrolles, Simão desceu ao seu camarote, triste e com o coração apertado. Havia como um pressentimento que lhe dizia interiormente ser impossível tornar a ver sua prima. Parecia que ia para um degredo.

Chegando ao lugar do seu destino, procurou Simão o correspondente de seu pai e entregou-lhe a carta. O Sr. Amaral leu a carta, fitou o rapaz e, depois de algum silêncio, disse-lhe, volvendo a carta:

- Bem, agora é preciso esperar que eu cumpra esta ordem de seu pai. Entretanto venha morar para a minha casa.

- Quando poderei voltar? perguntou Simão.

- Em poucos dias, salvo se as coisas se complicarem.

Este salvo, posto na boca de Amaral como incidente, era a oração principal. A carta do pai de Simão versava assim:

> Meu caro Amaral,
>
> Motivos ponderosos me obrigam a mandar meu filho desta cidade. Retenha-o por lá como puder. O pretexto da viagem é ter eu necessidade de ultimar alguns negócios com você, o que dirá ao pequeno, fazendo-lhe sempre crer que a demora é pouca ou nenhuma. Você, que teve na sua adolescência a triste ideia de engendrar romances, vá inventando circunstâncias e ocorrências imprevistas, de modo que o rapaz não me torne cá antes de segunda ordem. Sou, como sempre, etc.

As for the uncle, having called Simão, he handed a letter to the correspondent and gave Simão a hug. The suitcase and a servant were ready. The farewell was sad. The parents cried a little, but the girl cried more.

As for Simão, his eyes were dry and burning. He was resistant to tears, the reason why he suffered more.

The brig left. Simão didn't leave the top deck of the boat for as long as he could see land. When, to use Ribeyrolles'[1] picturesque sentence, all the *walls of the prison that walks* finally closed, Simão went down to his cabin, sad and with a heavy heart. There was a premonition within him saying that it would be impossible to see his cousin again. It seemed he was being deported.

Arriving at the place of his destiny, Simão looked up his father's correspondent and handed him the letter. Mr. Amaral read the letter, looked at the young man and, after some silence, he said, giving back the letter to him:

"Well, now it's necessary to wait for me to obey your father's order. However, come to live in my house."

"When can I go back?" Simão asked.

"In a few days, unless things get complicated."

That *unless*, put in Amaral's mouth as incidental, was the main clause of the sentence. The letter written by Simão's father said the following:

> My dear Amaral,
>
> Ponderous reasons force me to send my son away from this city. Hold him over there however you can. You will say to the boy that the reason for the trip is, supposedly, my necessity to go into business with you, making him believe that the trip won't last long. You, who also had, in your youth, the sad idea of engendering romances, may invent unforeseen circumstances and occurrences, so that the boy doesn't come back before further orders. I am, as always, etc.

III

Passaram-se dias e dias, e nada de chegar o momento de voltar à casa paterna. O ex-romancista era na verdade fértil, e não se cansava de inventar pretextos que deixavam convencido o pobre rapaz.

Entretanto, como o espírito dos amantes não é menos engenhoso que o dos romancistas, Simão e Helena acharam meio de se escreverem, e deste modo podiam consolar-se da ausência, com presença das letras e do papel. Bem diz Heloísa que a arte de escrever foi inventada por alguma amante separada do seu amante. Nestas cartas juravam-se os dois sua eterna fidelidade.

No fim de dois meses de espera baldada e de ativa correspondência, a tia de Helena surpreendeu uma carta de Simão. Era a vigésima, creio eu. Houve grande temporal em casa. O tio, que estava no escritório, saiu precipitadamente e tomou conhecimento do negócio. O resultado foi proscrever de casa tinta, penas e papel, e instituir vigilância rigorosa sobre a infeliz rapariga.

Começaram pois a escassear as cartas ao pobre deportado. Inquiriu a causa disto em cartas choradas e compridas; mas como o rigor fiscal da casa de seu pai adquiria proporções descomunais, acontecia que todas as cartas de Simão iam parar às mãos do velho, que, depois de apreciar o estilo amoroso de seu filho, fazia queimar as ardentes epístolas.

Passaram-se dias e meses. Carta de Helena, nenhuma. O correspondente ia esgotando a veia inventadora, e já não sabia como reter finalmente o rapaz.

Chega uma carta a Simão. Era letra do pai. Só diferençava das outras que recebia do velho em ser esta mais longa, muito mais longa. O rapaz abriu a carta, e leu trêmulo e pálido. Contava nesta carta o honrado comerciante que a Helena, a boa rapariga que ele destinava a ser sua filha casando-se com Simão, a boa Helena tinha morrido. O velho copiara alguns dos últimos necrológios que vira nos jornais, e ajuntara algumas

III

Days and days went by, and it was never the moment of going back to the father's house. The ex-novelist had in fact a fertile imagination and never got tired of inventing excuses to convince the poor young man.

However, as the lovers' spirits are no less ingenious than the novelist's, Simão and Helena found a way to establish correspondence, and this way they were able to console themselves during the absence, with the presence of letters and paper. Héloïse[2] used to say that the art of writing letters was invented by a lover who was separated from the man she loved. In these letters they swore eternal fidelity to each other.

By the end of two months of frustrated waiting and active correspondence, Helena's aunt caught a letter from Simão. I believe it was the twentieth. There was a great storm in the house. The uncle rushed from his office and came to know the facts. As a result, he banished ink and paper from his house and instituted rigorous vigilance over the unhappy girl.

The letters directed to the poor exiled young man began to decrease. The young man inquired the reasons for such thing in long, emotional letters; but as the rigorous control in Simão's house acquired extraordinary proportions, all the letters written by the young man ended in the hands of the old man, who, after appreciating his son's loving style, burned the passionate epistles.

Days and months went by, and no letter from Helena was received. The correspondent exhausted his creative vein, and he didn't know how to hold the young man anymore.

Simão receives a letter. It was his father's handwriting. The only difference was that this letter was longer, much longer than the others. The young man opened the letter and, trembling and pale, read it. In this letter, the honored tradesman told his son that Helena, the good girl he'd intended to make his own daughter by marrying her to Simão, the good Helena had died. The old man copied some of the latest obituaries he saw in the newspapers and added some home consolations. The last consolation told Simão to embark for home to be with him.

consolações de casa. A última consolação foi dizer-lhe que embarcasse e fosse ter com ele.

O período final da carta dizia:

Assim como assim, não se realizam os meus negócios; não te pude casar com Helena, visto que Deus a levou. Mas volta, filho, vem; poderás consolar-te casando com outra, a filha do conselheiro ***. Está moça feita e é um bom partido. Não te desalentes; lembra-te de mim.

O pai de Simão não conhecia bem o amor do filho, nem era grande águia para avaliá-lo, ainda que o conhecesse. Dores tais não se consolam com uma carta nem com um casamento com uma filha de conselheiro. Era melhor mandá-lo chamar, e depois preparar-lhe a notícia; mas dada assim friamente em uma carta, era expor o rapaz a uma morte certa.

Não foi certa, foi contrária a de Simão. Ficou vivo em corpo, mas morreu moralmente, tão morto que por sua própria ideia foi dali procurar uma sepultura. Era melhor dar aqui alguns dos papéis escritos por Simão relativamente ao que sofreu depois da carta; mas há muitas falhas, e eu não quero estropiar a posição ingênua e mísera do frade.

A sepultura que Simão escolheu foi um convento. Respondeu ao pai que agradecia a filha do conselheiro, mas que daquele dia em diante pertencia ao serviço de Deus.

O pai ficou maravilhado. Nunca suspeitou que o filho pudesse vir a ter semelhante resolução. Escreveu às pressas para ver se o desviava da ideia; mas não pôde conseguir.

Quanto ao correspondente, para quem tudo se embrulhava cada vez mais, deixou o rapaz seguir para o claustro, disposto a não figurar em um negócio do qual nada realmente sabia.

IV

Frei Simão de Santa Águeda foi obrigado a ir à província natal em missão religiosa, tempos depois dos fatos que acabo de narrar.

Preparou-se e embarcou.

The last sentence of the letter said the following:

Anyway, my business hasn't worked out; I couldn't marry you to Helena, as God took her. But come back, my son; you could console yourself marrying another girl, the daughter of counselor ***. She is a grown up woman and a good catch. Don't be sad; remember me.

Simão's father didn't know the extension of his son's love, and he wasn't a big genius at assessing him even though he knew him. Such pains cannot be consoled with a letter or with marriage to a counselor's daughter. It was better to call him over and prepare him to receive the news, because to put down coldly in a letter was to expose the young man to certain death.

Simão's death was contrary, not certain. His body was alive, but he was morally dead, so dead that he got the idea to go look for a grave. This would be a good place to show some of the papers Simão had written about his suffering after receiving the letter; but there are many flaws, and I don't want to cripple the friar's naive and miserable position.

The grave chosen by Simão was a friary. He answered his father that he appreciated the counselor's daughter, saying that, from that moment on, he belonged to God's service.

His father was impressed. He never suspected that his son could make such resolution. He hurriedly wrote to him to see if he could make the young man change his mind, but it was impossible.

As for the correspondent, for whom things were more and more embroiled, he allowed the young man to go to the cloister, as he wasn't willing to participate in a business he knew almost nothing about.

IV

Friar Simão of St. Agatha went back to his home province on a religious mission, just after the facts I've just told you.

He got ready and embarked.

The mission wasn't in the capital city but in the countryside. When he arrived at the capital, however, he thought that one of his duties was

A missão não era na capital, mas no interior. Entrando na capital, pareceu-lhe dever ir visitar seus pais. Estavam mudados física e moralmente. Era com certeza a dor e o remorso de terem precipitado seu filho à resolução que tomou. Tinham vendido a casa comercial e viviam de suas rendas.

Receberam o filho com alvoroço e verdadeiro amor. Depois das lágrimas e das consolações, vieram ao fim da viagem de Simão.

- A que vens tu, meu filho?

- Venho cumprir uma missão do sacerdócio que abracei. Venho pregar, para que o rebanho do Senhor não se arrede nunca do bom caminho.

- Aqui na capital?

- Não, no interior. Começo pela vila de ***.

Os dois velhos estremeceram; mas Simão nada viu. No dia seguinte partiu Simão, não sem algumas instâncias de seus pais para que ficasse. Notaram eles que seu filho nem de leve tocara em Helena. Também eles não quiseram magoá-lo falando em tal assunto.

Daí a dias, na vila de que falara Frei Simão, era um alvoroço para ouvir as prédicas do missionário.

A velha igreja do lugar estava atopetada de povo.

À hora anunciada, Frei Simão subiu ao púlpito e começou o discurso religioso. Metade do povo saiu aborrecido no meio do sermão. A razão era simples. Avezado à pintura viva dos caldeirões de Pedro Botelho e outros pedacinhos de ouro da maioria dos pregadores, o povo não podia ouvir com prazer a linguagem simples, branda, persuasiva, a que serviam de modelo as conferências do fundador da nossa religião.

O pregador estava a terminar, quando entrou apressadamente na igreja um par, marido e mulher: ele, honrado lavrador, meio remediado com o sítio que possuía e a boa vontade de trabalhar; ela, senhora estimada por suas virtudes, mas de uma melancolia invencível.

Depois de tomarem água benta, colocam-se ambos em lugar donde pudessem ver facilmente o pregador.

to visit his parents. They'd changed both physically and morally. It was certainly the pain and remorse of having precipitated their son's decision to become a friar. They had sold the business and were living off its revenue.

They welcomed their son with great excitement and true love. After tears and consolations, they asked about the reasons for Simão's trip.

"What brings you here, my son?"

"I came to fulfill a mission from the priesthood that I've embraced. I came to preach, so that the Lord's flock never strays from the good path."

"Here in the capital?'

"No, in the countryside. I'll start in the village of ***."

The old couple trembled, but Simão didn't notice a thing. He left the following day, with some insistence from his parents for him to stay. They noticed that their son didn't even mention Helena. They also didn't want to hurt him by talking about this subject.

Some days later, the village Friar Simão mentioned was excited to hear the missionary's sermons.

The old church in the village was packed with people.

At the announced time, Friar Simão occupied the pulpit and started his religious speech. Half of the people became bored and left the church in the middle of the sermon. The reason was simple. Being used to the lively pictures of Pedro Botelho's[3] cauldrons and other golden tidbits used by the majority of preachers, the people couldn't pleasurably listen to the simple, soft and persuasive language used in the sermons of the man who was the base of our church.

The preacher was almost finished when a couple, husband and wife, rushed into the church. He was an honored ploughman, reasonably well-off with the small farm he owned and the goodwill to work; she, was highly considered for her virtues, but had an invincible melancholy.

After taking holy water, they both chose a place from where they could easily see the preacher.

Ouviu-se então um grito, e todos correram para a recém-chegada, que acabava de desmaiar. Frei Simão teve de parar o seu discurso, enquanto se punha termo ao incidente. Mas, por uma aberta que a turba deixava, pôde ele ver o rosto da desmaiada.

Era Helena.

No manuscrito do frade há uma série de reticências dispostas em oito linhas. Ele próprio não sabe o que se passou. Mas o que se passou foi que, mal conhecera Helena, continuou o frade o discurso. Era então outra coisa: era um discurso sem nexo, sem assunto, um verdadeiro delírio. A consternação foi geral.

V

O delírio de Frei Simão durou alguns dias. Graças aos cuidados, pôde melhorar, e pareceu a todos que estava bom, menos ao médico, que queria continuar a cura. Mas o frade disse positivamente que se retirava ao convento, e não houve forças humanas que o detivessem.

O leitor compreende naturalmente que o casamento de Helena fora obrigado pelos tios.

A pobre senhora não resistiu à comoção. Dois meses depois morreu, deixando inconsolável o marido, que a amava com veras.

Frei Simão, recolhido ao convento, tornou-se mais solitário e taciturno. Restava-lhe ainda um pouco da alienação.

Já conhecemos o acontecimento de sua morte e a impressão que ela causara ao abade.

A cela de Frei Simão de Santa Águeda esteve muito tempo religiosamente fechada. Só se abriu, algum tempo depois, para dar entrada a um velho secular, que por esmola alcançou do abade acabar os seus dias na convivência dos médicos da alma. Era o pai de Simão. A mãe tinha morrido.

Foi crença, nos últimos anos de vida deste velho, que ele não estava menos doido que Frei Simão de Santa Águeda.

A scream was heard, and everybody ran in the direction of the new-comer, who had just fainted. Friar Simão had to stop his sermon while the incident was straightened out. But, through an opening in the crowd, he could see the face of the woman who fainted.

It was Helena.

In the friar's manuscript there is a series of ellipses occupying eight lines. He himself doesn't know what happened afterwards. But the fact was that, after recognizing Helena, the friar continued the sermon, but it was a different one. It wasn't logical and had no subject matter, being true delirium. The consternation was general.

V

Friar Simão's delirium lasted a few days. Thanks to the care he received, he was able to recover, and it seemed to everybody that he was cured, except for the doctor, who wanted to continue the healing. But the friar said positively that he was retiring to the cloister, and there were no human forces that could make him change his mind.

The reader will naturally understand that Helena's marriage was arranged by her uncle and her aunt.

The poor lady couldn't resist the commotion. She died two months later, leaving her husband, who really loved her, inconsolable.

Friar Simão, retired to the cloister, became even more lonely and taciturn. He was still a little alienated.

We already know the facts surrounding his death and the impression it caused in the abbot.

The cellar occupied by Friar Simão of St. Agatha, remained religiously closed for a long time. It was opened only many years after his death for the arrival of a secular old man, who, for alms, got from the abbot the favor of ending his days living with the doctors of the soul. It was Simão's father. The mother had died.

Everybody believed that he, in his last days of life, was no less crazy than Friar Simão of St. Agatha.

Publicação original: *Jornal das Famílias* (Paris, 06/1864), p. 161-168.

Notes

1   Charles Ribeyrolles (1812-1860), a republican French politician and journalist, exiled in Brazil due to his participation in the 1848 revolution in Paris and author of *Brésil pittoresque* (1859), which was translated by Machado de Assis (1839-1908) in 1858. Ribeyrolles was a pioneer in photographing Brazil's agricultural production and the work of the slaves on the farms.

2   Hélöise d'Argenteuil (1101-1164) was a French nun, writer, and abbess who became known for her love affair and correspondence with the famous philosopher and professor Peter Abelard. The romance was discovered by her family, and Abelard was castrated as a consequence.

3   A witchdoctor who lived in Brazil in colonial times, and who used to heal people by using herbs. His bad reputation among the nobles led them to burn his house and kill all his family. Since then, the expression "Pedro Botelho's caldron" is used to refer to hell or the devil.

Confissões de uma Viúva Moça

I

Há dois anos tomei uma resolução singular: fui residir em Petrópolis em pleno mês de junho. Esta resolução abriu largo campo às conjeturas. Tu mesma, nas cartas que me escreveste para aqui, deitaste o espírito a adivinhar e figuraste mil razões, cada qual mais absurda.

A estas cartas, em que a tua solicitude traía a um tempo dois sentimentos, a afeição da amiga e a curiosidade de mulher, a essas cartas não respondi e nem podia responder. Não era oportuno abrir-te o meu coração nem desfiar-te a série de motivos que me arredou da corte, onde as óperas do Theatro Lyrico, as partidas da Campesina e os serões familiares do primo Barroso deviam distrair-me da recente viuvez.

Esta circunstância de viuvez recente acreditavam muitos que fosse o único motivo da minha fuga. Era a versão menos equívoca. Deixei-a passar como todas as outras e conservei-me em Petrópolis.

Logo no verão seguinte vieste com teu marido para cá, disposta a não voltar para a corte sem levar o segredo que eu teimava em não revelar. A palavra não fez mais do que a carta. Fui discreta como um túmulo, indecifrável como a Esfinge. Depuseste as armas e partiste.

Confessions of a Young Widow

I

Two years ago I made a singular resolution: I moved to Petrópolis[1] in the middle of June. This resolution opened a wide space for conjecture. In the letters you wrote to me after I arrived here, your spirit engaged in guessing and imagining a thousand reasons, each more absurd than the rest.

I really didn't, and even couldn't reply to those letters, in which your solicitude showed two feelings: the friend's affection and the woman's curiosity. It wasn't adequate to open my heart to you or unravel the reasons that motivated me to leave the court[2], where the operas at Theatro Lyrico, the matches in Campesina[3] and the familiar evening meetings at cousin Barroso's house might distract me from my recent widowhood.

Everybody believed that the recent state of widowhood was the only reason for my getaway. This was the less equivocal version of the story. I ignored it, like all the others, and remained in Petrópolis.

You came here with your husband the following summer, and you were unwilling to go back to the court without taking the secret that I insisted on not revealing. Words didn't do much more than the letter. I

Desde então não me trataste senão por tua Esfinge.

Era Esfinge, era. E se, como Édipo, tivesses respondido ao meu enigma a palavra "homem", descobririas o meu segredo, e desfarias o meu encanto.

Mas não antecipemos os acontecimentos, como se diz nos romances.

É tempo de contar-te este episódio da minha vida.

Quero fazê-lo por cartas e não por boca. Talvez corasse de ti. Deste modo o coração abre-se melhor e a vergonha não vem tolher a palavra nos lábios. Repara que eu não falo em lágrimas, o que é um sintoma de que a paz voltou ao meu espírito.

As minhas cartas irão de oito em oito dias, de maneira que a narrativa pode fazer-te o efeito de um folhetim de periódico semanal.

Dou-te a minha palavra de que hás de gostar e aprender.

E oito dias depois da minha última carta irei abraçar-te, beijar-te, agradecer-te. Tenho necessidade de viver. Estes dois anos são nulos na conta de minha vida: foram dois anos de tédio, de desespero íntimo, de orgulho abatido, de amor abafado.

Tinha uma companheira no meu infortúnio: era aquela poeta francesa, de que sempre gostei tanto, e que não me esqueci de introduzir na mala de viagem. Era a Desbordes Valmore. Lia e relia aquelas elegias tão repassadas de sentimento, tão simples de frase, tão vivas de inspiração e espontaneidade. Não disse já outro poeta:

> *Lire des vers touchants, les lire d'un coeur pur,*
> *C'est prier, c'est pleurer, et le mal est moins dur?*

Lia, pois. Mas só o tempo, a ausência, a ideia do meu coração enganado, da minha dignidade ofendida, puderam trazer-me a calma necessária, a calma de hoje.

E sabe que não ganhei só isto. Ganhei conhecer um homem cujo retrato trago no espírito e que me parece singularmente parecido com outros muitos. Já não é pouco; e a lição há de servir-me, como a ti, como às nossas amigas inexperientes. Mostra-lhes estas cartas; são folhas de

was as discreet as a sepulcher, indecipherable as the Sphinx. You laid down your weapons and went away.

Since then you didn't address me as anything else than your Sphinx.

I was really a Sphinx. And if, like Oedipus, you would have replied with the word "man" to my riddle, you would have discovered my secret and undone my spell.

Let's not get ahead of the facts, as they say in novels.

It's time to tell you this episode of my life.

I want to tell you by letters and not personally. Perhaps I blushed in front of you. This way, the heart can better open and the shame doesn't hinder the words on the lips. You can notice that I don't speak of tears, which is a symptom of peace returning to my spirit.

My letters will go every eight days, in such a way that the narrative can have the effect of a serialized novel in a weekly periodical.

I give you my word that you will like it and learn something from it.

And eight days after sending my last letter I will hug you, kiss you, and thank you. I have the need to live. These two years are a void in the account of my life. They were two years of boredom, intimate desperation, downcast pride and oppressed love.

I had a companion in my misfortune: that French poet whom I always liked very much, and whom I didn't forget to take in my luggage: Desbordes Valmore.[4] Those elegies are so affectionate, with simple sentences and full of living inspiration and spontaneity. I read them over and over again. Another poet said:

> *Lire des vers touchants, les lire d'un coeur pur,*
> *C'est prier, c'est pleurer, et le mal est moins dur?*[5]

I read it. But only time, and absence, the idea of my deceived heart and my offended dignity, could have brought me the necessary peace, the peace that I have today.

And know that this wasn't the only thing I got. I met a man whose picture I bring in my spirit, and who seems to be singularly similar to other men. That's no small thing; and the lesson suits me as it suits you

um roteiro que se eu tivera antes, talvez, não houvesse perdido uma ilusão e dois anos de vida.

Devo terminar esta. É o prefácio do meu romance, estudo, conto, o que quiseres. Não questiono sobre a designação, nem consulto para isso os mestres da arte.

Estudo ou romance, isto é simplesmente um livro de verdades, um episódio singelamente contado, na confabulação íntima dos espíritos, na plena confiança de dois corações que se estimam e se merecem.

Adeus.

II

Era no tempo de meu marido.

A Corte estava então animada e não tinha esta cruel monotonia que eu sinto aqui através das tuas cartas e dos jornais de que sou assinante.

Minha casa era um ponto de reunião de alguns rapazes conversados e algumas moças elegantes. Eu, rainha eleita pelo voto universal (de minha casa), presidia aos serões familiares. Fora de casa, tínhamos os teatros animados, as partidas das amigas, mil outras distrações que davam à minha vida certas alegrias exteriores em falta das íntimas, que são as únicas verdadeiras e fecundas.

Se eu não era feliz, vivia alegre.

E aqui vai o começo do meu romance.

Um dia meu marido pediu-me como obséquio especial que eu não fosse à noite ao Theatro Lyrico. Dizia ele que não podia acompanhar-me por ser véspera de saída de paquete.

Era razoável o pedido.

Não sei, porém, que espírito mau sussurrou-me ao ouvido e eu respondi peremptoriamente que havia de ir ao teatro, e com ele. Insistiu no pedido, insisti na recusa. Pouco bastou para que eu julgasse a minha honra empenhada naquilo. Hoje vejo que era a minha vaidade ou o meu destino.

and our inexperienced friends. Show the letters to them; they are the pages of a script which, if I'd had it before, perhaps I wouldn't have lost an illusion and two years of my life.

I must finish this letter. This is the preface of my novel, study, story, as you wish. I don't question its designation, nor do I consult the masters of art for that.

Study or novel, this is simply a book of truth, a plainly told episode in the intimate confabulation of spirits, in the full confidence of two hearts that love and deserve each other.

Goodbye.

II

It happened in my husband's time.

The court was lively and didn't have this cruel monotony that I feel here through your letters and through the periodicals I subscribe to.

My house was the meeting point of some talkative youngsters and elegant young ladies. I, elected queen by universal vote (of my household), chaired the family's evening parties. Outside my house, there were lively theaters, friends' matches, a thousand other distractions which gave my life a certain exterior happiness which replaced the intimate ones, which are the only truthful and fertile ones.

If I wasn't happy, I was always cheerful.

My romance starts here.

One day my husband asked, as a special favor, that I not go to the Theatro Lyrico in the evening. He said he couldn't go with me because the ocean liner would leave the following day.

This request was reasonable.

However, I don't know what evil spirit murmured in my ears, so I replied peremptorily that I should go to the theater, and with him. He insisted on his request, and I insisted on my refusal. Soon I considered

Eu tinha certa superioridade sobre o espírito de meu marido. O meu tom imperioso não admitia recusa; meu marido cedeu a despeito de tudo, e à noite fomos ao Theatro Lyrico.

Havia pouca gente e os cantores estavam endefluxados. No fim do primeiro ato meu marido, com um sorriso vingativo, disse-me estas palavras rindo-se:

- Estimei isto.

- Isto? perguntei eu franzindo a testa.

- Este espetáculo deplorável. Fizeste da vinda hoje ao teatro um capítulo de honra; estimo ver que o espetáculo não correspondeu à tua expectativa.

- Pelo contrário, acho magnífico.

- Está bom.

Deves compreender que eu tinha interesse em me não dar por vencida; mas acreditas facilmente que no fundo eu estava perfeitamente aborrecida do espetáculo e da noite.

Meu marido, que não ousava retorquir, calou-se com ar de vencido, e adiantando-se um pouco à frente do camarote percorreu com binóculo as linhas dos poucos camarotes fronteiros em que havia gente.

Eu recuei a minha cadeira, e, encostada à divisão do camarote, olhava para o corredor vendo a gente que passava.

No corredor, exatamente em frente à porta do nosso camarote, estava um sujeito encostado, fumando e com os olhos fitos em mim. Não reparei ao princípio, mas a insistência obrigou-me a isso. Olhei para ele a ver se era algum conhecido nosso que esperava ser descoberto a fim de vir então cumprimentar-nos. A intimidade podia explicar este brinco. Mas não conheci.

Depois de alguns segundos, vendo que ele não tirava os olhos de mim, desviei os meus e cravei-os no pano da boca e na plateia.

Meu marido, tendo acabado o exame dos camarotes, deu-me o binóculo e sentou-se ao fundo diante de mim.

that my honor was involved in that situation. Nowadays I see that it was my vanity or my destiny.

I had a certain superiority over my husband's spirit. My imperious tone didn't admit refusal. In spite of everything, my husband gave in, and we went to the Theatro Lyrico in the evening.

There were few people there, and the singers had runny noses. By the end of the first act my husband, with a vengeful smile, said these words to me, laughing:

"I liked that."

"What?" I asked, frowning.

"Such a deplorable spectacle. Coming to the theater was a matter of honor for you today; I like to see that the show didn't correspond to your expectation."

"On the contrary, I think it's magnificent."

"That's fine."

You must understand that I didn't want to give in; but you can easily believe that I was extremely annoyed with the spectacle and the evening.

My husband, who wouldn't dare retort, fell silent with an air of defeat, and moving forward in the theater box, used the binoculars to go over the few boxes with people across from us.

Moving my chair back and leaning against the division of the box, I looked at the hallway and the people who were passing through it.

In the hallway, exactly in front of the door of our box, there was a man leaning, smoking, and staring at me. I didn't notice at first, but his insistence forced me to. I looked at him to see if he was a friend of ours who would be waiting to be acknowledged so he could come greet us, as his playful attitude could only be explained by intimacy. But I didn't know him.

After some seconds, and noticing that he couldn't take his eyes off me, I turned my eyes away and stared at the curtain and the audience.

Trocamos algumas palavras.

No fim de um quarto de hora a orquestra começou os prelúdios para o segundo ato. Levantei-me, meu marido aproximou a cadeira para a frente, e nesse ínterim lancei um olhar furtivo para o corredor.

O homem estava lá.

Disse a meu marido que fechasse a porta.

Começou o segundo ato.

Então, por um espírito de curiosidade, procurei ver se o meu observador entrava para as cadeiras. Queria conhecê-lo melhor no meio da multidão.

Mas, ou porque não entrasse, ou porque eu não tivesse reparado bem, o que é certo é que não o vi.

Correu o segundo ato mais aborrecido do que o primeiro.

No intervalo recuei de novo a cadeira, e meu marido, a pretexto de que fazia calor, abriu a porta do camarote.

Lancei um olhar para o corredor.

Não vi ninguém; mas daí a poucos minutos chegou o mesmo indivíduo, colocando-se no mesmo lugar, e fitou em mim os mesmos olhos impertinentes.

Somos todas vaidosas da nossa beleza e desejamos que o mundo inteiro nos admire. É por isso que muitas vezes temos a indiscrição de admirar a corte mais ou menos arriscada de um homem. Há, porém, uma maneira de fazê-la que nos irrita e nos assusta; irrita-nos por impertinente, assusta-nos por perigosa. É o que se dava naquele caso.

O meu admirador insistia de modo tal que me levava a um dilema: ou ele era vítima de uma paixão louca, ou possuía a audácia mais desfaçada. Em qualquer dos casos não era conveniente que eu animasse as suas adorações.

Fiz estas reflexões enquanto decorria o tempo do intervalo. Ia começar o terceiro ato. Esperei que o mudo perseguidor se retirasse e disse a meu marido:

My husband, having finished examining the boxes, gave me the binoculars and sat in the back in front of me.

We exchanged some words.

By the end of a quarter of an hour the orchestra began the preludes for the second act. I stood up, my husband moved the chair forward, and as he was doing this I furtively gazed at the hallway.

The man was there.

I asked my husband to close the door.

The second act began.

So, by curiosity, I sought to see if my observer was going to the seats. I wanted to know him better in the middle of the crowd.

But I didn't see him, maybe because he didn't go, or because I didn't notice him well enough.

The second act was more boring than the first.

In the interval, I moved my chair to the back again, and my husband, with the pretext that it was hot, opened the door of the box.

I glanced into the corridor.

I didn't see anyone; but some minutes later the same man appeared, taking the same place, staring at me with the same impertinent eyes.

We are all vain and conscious of our beauty, and we want to be admired by the whole world. That is the reason why we have the indiscretion of admiring the more or less risky courtship of a man. There is, however, a way of courting that may scare and annoy us. It annoys because it's impertinent; it scares because it's dangerous. That's what happened in that case.

My admirer was insisting in such a way that he led me to a dilemma: either he was the victim of a mad passion, or he had the most impudent audacity. In either of the cases, it wasn't appropriate that I stimulated his adoration.

- Vamos?

- Ah!

- Tenho sono simplesmente; mas o espetáculo está magnífico.

Meu marido ousou exprimir um sofisma.

- Se está magnífico como te faz sono?

Não lhe dei resposta.

Saímos.

No corredor encontramos a família do Azevedo que voltava de uma visita a um camarote conhecido. Demorei-me um pouco para abraçar as senhoras. Disse-lhes que tinha uma dor de cabeça e que me retirava por isso.

Chegamos à porta da Rua dos Ciganos.

Aí esperei o carro por alguns minutos.

Quem me havia de aparecer ali, encostado ao portal fronteiro?

O misterioso.

Enraiveci.

Cobri o rosto o mais que pude com o meu capuz e esperei o carro, que chegou logo.

O misterioso lá ficou tão insensível e tão mudo como o portal a que estava encostado.

Durante a viagem a ideia daquele incidente não me saiu da cabeça. Fui despertada na minha distração quando o carro parou à porta da casa, em Matacavalos.

Fiquei envergonhada de mim mesma e decidi não pensar mais no que se havia passado.

Mas acreditarás tu, Carlota? Dormi meia hora mais tarde do que supunha, tanto a minha imaginação teimava em reproduzir o corredor, o portal, e o meu admirador platônico.

No dia seguinte pensei menos. No fim de oito dias tinha-me varrido do espírito aquela cena, e eu dava graças a Deus por haver-me salvo de uma preocupação que podia ser-me fatal.

Such were my reflections during the time for the intermission. The third act was going to start. I waited for the silent stalker to withdraw and said to my husband:

"Shall we go?"

"Ah!"

"I'm sleepy, even though the spectacle is magnificent."

My husband dared express a sophistry.

"If it's magnificent, how come it makes you sleepy?"

I didn't reply to him.

We left.

In the corridor, we met Azevedo's family, who were coming back from the visit to the famous box. It took me some time to hug the young ladies. I said that I had a headache, and that's why I was retiring.

We got to the door facing Rua dos Ciganos.[6]

I waited there for the coach for a few minutes.

Who would appear there, leaning on the front gate?

The mysterious man.

I got enraged.

I covered my face the best I could with my hood and waited for the coach, which soon arrived.

The mysterious man remained there as silent and insensitive as the gate he was leaning on.

During the trip home the idea of that incident wouldn't leave my mind. I was awakened from my distraction when the coach stopped at the front door of my house on Rua dos Matacavalos.[7]

I was ashamed of myself and decided not to think about what happened anymore.

But can you believe it, Carlota? I went to bed half an hour later than I was supposed to, because my imagination insisted on reproducing the corridor, the gate, and my platonic admirer.

Quis acompanhar o auxílio divino, resolvendo não ir ao teatro durante algum tempo.

Sujeitei-me à vida íntima e limitei-me à distração das reuniões à noite.

Entretanto estava próximo o dia dos anos da tua filhinha. Lembrei-me que para tomar parte na tua festa de família, tinha começado um mês antes um trabalhozinho. Cumpria rematá-lo.

Uma quinta-feira de manhã mandei vir os preparos da obra e ia continuá-la, quando descobri dentre uma meada de lã um invólucro azul fechando uma carta.

Estranhei aquilo. A carta não tinha indicação. Estava colada e parecia esperar que a abrisse a pessoa a quem era endereçada. Quem seria? Seria meu marido? Acostumada a abrir todas as cartas que lhe eram dirigidas, não hesitei. Rompi o invólucro e descobri o papel cor-de-rosa que vinha dentro.

Dizia a carta:

> Não se surpreenda, Eugênia; este meio é o do desespero, este desespero é o do amor. Amo-a e muito. Até certo tempo procurei fugir-lhe e abafar este sentimento; não posso mais. Não me viu no Theatro Lyrico? Era uma força oculta e interior que me levava ali. Desde então não a vi mais. Quando a verei? Não a veja embora, paciência; mas que o seu coração palpite por mim um minuto em cada dia, é quanto basta a um amor que não busca nem as venturas do gozo, nem as galas da publicidade. Se a ofendo, perdoe um pecador; se pode amar-me, faça-me um deus.

Li esta carta com a mão trêmula e os olhos anuviados; e ainda durante alguns minutos depois não sabia o que era de mim.

Cruzavam-se e confundiam-se mil ideias na minha cabeça, como estes pássaros negros que perpassam em bandos no céu nas horas próximas da tempestade.

I thought about it less the following day. By the end of eight days that scene disappeared from my spirit, and I thanked God for having saved me from a concern that could have been fatal.

I wanted to reinforce the divine help by deciding not to go to the theater for some time.

I submitted myself to family life and was limited to the distractions brought by the evening gatherings.

However, your little daughter's birthday was getting closer. I remembered that I had started a small piece of work one month early, in order to go to your family's party, and it was time I finished it.

It was a Thursday morning when I asked for the stuff I needed to continue the work, when I discovered a blue envelope enclosing a letter in the middle of a skein of wool.

It was strange. The letter had no address. It was glued and seemed to wait to be opened by the person to whom it was addressed. Who would it be? Would it be my husband? As I was used to opening all the letters that were sent to him, I didn't hesitate. I opened the envelope and uncovered the pink paper inside.

The letter said:

> Don't be surprised, Eugênia; this is a desperate way, and desperation comes from love. I love you so much. For some time I sought to run away from you and smother this feeling; I can't do it anymore. Didn't you see me at the Theatro Lyrico? An occult and interior force took me there. I haven't seen you since then. When will I see you again? I'll be patient if I don't see you; but the idea of your heart beating because of me for one minute each day is what satisfies a love that doesn't look for the ventures of joy, or for public celebrations. Forgive me if I offend you. If you can love me, turn me into a God.

I read this letter with trembling hands and clouded eyes; some minutes later I still didn't know what would happen to me.

Seria o amor que movera a mão daquele incógnito? Seria simplesmente aquilo um meio do sedutor calculado? Eu lançava um olhar vago em derredor e temia ver entrar meu marido.

Tinha o papel diante de mim e aquelas letras misteriosas pareciam-me outros tantos olhos de uma serpente infernal. Com um movimento nervoso e involuntário amarrotei a carta nas mãos.

Se Eva tivesse feito outro tanto à cabeça da serpente que a tentava não houvera pecado. Eu não podia estar certa do mesmo resultado, porque esta que me aparecia ali e cuja cabeça eu esmagava, podia, como a hidra de Lerna, brotar muitas outras cabeças.

Não cuides que eu fazia então esta dupla evocação bíblica e pagã. Naquele momento, não refletia, desvairava; só muito tempo depois pude ligar duas ideias.

Dois sentimentos atuavam em mim: primeiramente, uma espécie de terror que infundia o abismo, abismo profundo que eu pressentia atrás daquela carta; depois uma vergonha amarga de ver que eu não estava tão alta na consideração daquele desconhecido, que pudesse demovê-lo do meio que empregou.

Quando o meu espírito se acalmou é que eu pude fazer a reflexão que devia acudir-me desde o princípio. Quem poria ali aquela carta? Meu primeiro movimento foi para chamar todos os meus fâmulos. Mas deteve-me logo a ideia de que por uma simples interrogação nada poderia colher e ficava divulgado o achado da carta. De que valia isto?

Não chamei ninguém.

Entretanto, dizia eu comigo, a empresa foi audaz; podia falhar a cada trâmite; que móvel impeliu àquele homem a dar este passo? Seria amor ou sedução?

Voltando a este dilema, meu espírito, apesar dos perigos, comprazia-se em aceitar a primeira hipótese: era a que respeitava a minha consideração de mulher casada e a minha vaidade de mulher formosa.

A thousand ideas crossed and confused my mind like black birds in the sky when a storm is coming.

Would love be guiding the hand of that mysterious man? Would that be a strategy from a calculating seducer? I looked around vaguely and feared my husband's arrival.

The paper was in front of me and the mysterious letters seemed to be the eyes of an infernal serpent. With an involuntary and nervous movement I crumpled the letter with my hands.

Sin wouldn't have existed if Eve had done the same with the head of the serpent that tempted her. I couldn't be sure of the same result because other heads might sprout from the serpent, like the Hydra of Lerna[8], that appeared here and whose head I squashed.

Never mind that I made this double evocation, biblical and pagan. At that moment, I didn't reflect on anything, just hallucinated. Only afterwards was I able to link the two ideas.

Two feelings were revolving inside of me: the first was a kind of terror that infused the abyss, the deep abyss that I sensed coming from that letter. The second was a bitter shame when I noticed that the mysterious man's consideration of me wasn't very high, as it couldn't stop him from using this means.

I could only reflect what I should have reflected in the beginning when my spirit calmed down. Who would put the letter there? My first attitude was to call all my servants. But the idea that no information could be obtained from a simple interrogation and also the idea of disclosing the finding of the letter made me control myself. Was that worth it?

I didn't call anybody.

However, I said to myself, the enterprise was bold and could fail at any step. What compelled that man to behave that way? Would it be love or seduction?

Quis adivinhar lendo a carta de novo: li-a, não uma, mas duas, três, cinco vezes.

Uma curiosidade indiscreta prendia-me àquele papel. Fiz um esforço e resolvi aniquilá-lo, protestando que ao segundo caso nenhum escravo ou criado me ficaria em casa.

Atravessei a sala com o papel na mão, dirigi-me para o meu gabinete, onde acendi uma vela e queimei aquela carta que me queimava as mãos e a cabeça.

Quando a última faísca do papel enegreceu e voou, senti passos atrás de mim. Era meu marido.

Tive um movimento espontâneo: atirei-me em seus braços.

Ele abraçou-me com certo espanto.

E quando o meu abraço se prolongava senti que ele me repelia com brandura dizendo-me:

- Está bom, olha que me afogas!

Recuei.

Estristeceu-me ver aquele homem, que podia e devia salvar-me, não compreender, por instinto ao menos, que se eu o abraçava tão estreitamente era como se me agarrasse à ideia do dever.

Mas este sentimento que me apertava o coração passou um momento para dar lugar a um sentimento de medo. As cinzas da carta ainda estavam no chão, a vela conservava-se acesa em pleno dia; era bastante para que ele me interrogasse.

Nem por curiosidade o fez!

Deu dois passos no gabinete e saiu.

Senti uma lágrima rolar-me pela face. Não era a primeira lágrima de amargura. Seria a primeira advertência do pecado?

III

Decorreu um mês.

Returning to this dilemma, my spirit, despite the dangers, leaned toward accepting the first hypothesis, which was the one that respected my consideration of a married woman and my vanity as a beautiful young lady.

I wanted to guess by reading the letter again. I read it not only one, but two, three, five times.

An indiscreet curiosity tied me to that paper. I made an effort and decided to destroy it, objecting that in the second case no slaves or servants would continue to be in my house.

I crossed the room with the paper in my hand, went to my office, where I lighted a candle and burned the letter, which burned my hands and my head.

When the last spark of paper turned black and lifted away, I felt someone walking behind me. It was my husband.

My spontaneous movement was to throw myself in his arms.

He hugged me with a certain amazement.

And when my hug became longer I felt he put me off softly by saying:

"That's enough, you're suffocating me!"

I pulled away.

I was sad to see that man, who could and should protect and save me, not understand, at least by instinct, that holding him so tightly was as if I were holding the idea of duty.

But the feeling that tightened my heart for a moment was replaced by fear. The letter's ashes were on the floor, and the candle was still burning even though it was day; all this was enough for an interrogation.

Not even curiosity stimulated him to do that!

He took two steps in the office and left.

I felt a tear rolling down my face. It wasn't the first tear of bitterness. Would it be the first warning of sin?

Não houve durante esse tempo mudança alguma em casa. Nenhuma carta apareceu mais, e a minha vigilância, que era extrema, tornou-se de todo inútil.

Não me podia esquecer o incidente da carta. Se fosse só isto! As primeiras palavras voltavam-me incessantemente à memória; depois, as outras, as outras, todas. Eu tinha a carta de cor!

Lembras-te? Uma das minhas vaidades era ter a memória feliz. Até neste dote era castigada. Aquelas palavras atordoavam-me, faziam-me arder a cabeça. Por quê? Ah! Carlota! É que eu achava nelas um encanto indefinível, encanto doloroso, porque era acompanhado de um remorso, mas encanto de que eu me não podia libertar.

Não era o coração que se empenhava, era a imaginação. A imaginação perdia-me; a luta do dever e da imaginação é cruel e perigosa para os espíritos fracos. Eu era fraca. O mistério fascinava a minha fantasia.

Enfim os dias e as diversões puderam desviar o meu espírito daquele pensamento único. No fim de um mês, se eu não tinha esquecido inteiramente o misterioso e a carta dele, estava, todavia, bastante calma para rir de mim e dos meus temores.

Na noite de uma quinta-feira, achavam-se algumas pessoas em minha casa, e muitas das minhas amigas, menos tu. Meu marido não tinha voltado, e a ausência dele não era notada nem sentida, visto que, apesar de franco cavalheiro como era, não tinha o dom particular de um conviva para tais reuniões.

Tinha-se cantado, tocado, conversado; reinava em todos a mais franca e expansiva alegria; o tio da Amélia Azevedo fazia rir a todos com as suas excentricidades; a Amélia arrebatava bravos a todos com as notas da sua garganta celeste; estávamos em um intervalo, esperando a hora do chá.

Anunciou-se meu marido.

Não vinha só. Vinha ao lado dele um homem alto, magro, elegante. Não pude conhecê-lo. Meu marido adiantou-se, e no meio do silêncio geral veio me apresentar o rapaz

Ouvi de meu marido que o nosso conviva chamava-se Emílio.

III

A month went by.

There weren't any changes at home during this time. Letters appeared no more, and my extreme vigilance became useless.

I couldn't forget the incident of the letter. If it were only that! Its first words came back incessantly to my memory; afterwards, the others, and others, all of them. I knew the letter by heart!

Do you remember? One of my greatest vanities was having a good memory. So, I was punished with this gift. Those words tortured me and burned my head. Why? Oh! Carlota! The problem was that I found an indefinable enchantment in those words, a painful enchantment accompanied by remorse, and I couldn't get rid of it.

The effort didn't come from the heart but from the imagination. I was lost in imagination; the fight between duty and imagination is cruel and dangerous for weak spirits. I was weak. Mystery fascinated my fantasy.

After all, days and fun could turn my spirit away from that obsessive thought. If I hadn't completely forgotten the mysterious man and his letter after one month, I was, however, calm enough to laugh at myself and at my fears.

On a Thursday evening, there were some people in my house, and many of my friends except you. My husband hadn't returned home, and his absence wasn't felt or noticed because, in spite of being a good gentleman, he didn't have the particular gift of a true host for such meetings.

People sang, played music, and talked; the most sincere and expansive happiness reigned among everyone. Amélia Azevedo's uncle was making everybody laugh with his eccentricities; Amélia was drawing rapturous applause from everyone with the notes from her celestial throat; we were in an intermission, waiting for the tea time.

My husband was announced.

Fixei nele um olhar e retive um grito.

Era *ele*!

O meu grito foi substituído por um gesto de surpresa. Ninguém percebeu. Ele pareceu perceber menos que ninguém. Tinha os olhos fixos em mim, e com um gesto gracioso dirigiu-me algumas palavras de lisonjeira cortesia.

Respondi como pude.

Seguiram-se as apresentações, e durante dez minutos houve um silêncio de acanhamento em todos.

Os olhos voltavam-se todos para o recém-chegado. Eu também voltei os meus e pude reparar naquela figura em que tudo estava disposto para atrair as atenções: cabeça formosa e altiva, olhar profundo e magnético, maneiras elegantes e delicadas, certo ar distinto e próprio que fazia contraste com o ar afetado e prosaicamente medido dos outros rapazes.

Deves saber que há duas espécies: rapazes elegantes e rapazes enfeitados. Emílio era da família dos primeiros; os outros todos pertenciam à tribo dos últimos.

Este exame de minha parte foi rápido. Eu não podia, nem me convinha encontrar o olhar de Emílio. Tornei a abaixar os olhos e esperei ansiosa que a conversação voltasse de novo ao seu curso.

Meu marido encarregou-se de dar o tom. Infelizmente era ainda o novo conviva o motivo da conversa geral.

Soubemos então que Emílio era um provinciano filho de pais opulentos, que recebera uma esmerada educação na Europa, onde não houve um só recanto que não visitasse.

Voltara há pouco tempo ao Brasil, e antes de ir para a província tinha determinado passar algum tempo no Rio de Janeiro.

Foi tudo quanto soubemos. Vieram as mil perguntas sobre as viagens de Emílio, e este com a mais amável solicitude, satisfazia a curiosidade geral.

Só eu não era curiosa. É que não podia articular palavra. Pedia interiormente a explicação deste romance misterioso, começado em um cor-

He didn't come alone. Beside him, there was a tall, elegant and slim man. I didn't know him. My husband took the lead and introduced the man to me in the middle of the general silence.

I heard from my husband that our guest was named Emílio.

I fixed my eyes on him and held back a scream.

It was *him*!

My scream was replaced by a gesture of surprise. Nobody noticed it. He seemed to notice less than anyone. His eyes were fixed on me, and with a gracious gesture he said some words filled with flattering courtesy.

I answered the way I could.

All the introductions were made, and for ten minutes everybody was bashful.

The eyes were all on the newcomer. I was also looking at him, and I could notice that everything in him attracted attention: the beautiful and lofty head, the deep and magnetic gaze, the elegant and delicate manners, a certain distinct and unique look that contrasted with the cocky and prosaically measured look of the other young men.

You should know that there are two species of young men: the ones who are elegant, and the ones who are simply embellished. Emílio belonged to the first family, while the others belonged to the second.

I made this a quick examination. I couldn't, nor did I desire to, meet Emílio's eyes. I lowered my eyes and anxiously waited for the conversation to restart normally.

My husband became responsible for the general tone. Unfortunately the new guest was the main topic of the conversation.

We came to know that Emílio was a provincial son of opulent parents and that he had received a polished education in Europe, where there was no place he didn't visit.

He had recently come back to Brazil, and before going to the countryside had decided to spend some time in Rio de Janeiro.

redor do teatro, continuado em uma carta anônima e na apresentação em minha casa por intermédio do meu próprio marido.

De quando em quando levantava os olhos para Emílio e achava-o calmo e frio, respondendo polidamente às interrogações dos outros e narrando ele próprio, com uma graça modesta e natural, alguma das suas aventuras de viagem.

Ocorreu-me uma ideia. Seria realmente ele o misterioso do teatro e da carta? Pareceu-me ao princípio que sim, mas eu podia ter-me enganado; eu não tinha as feições do outro bem presentes à memória; parecia-me que as duas criaturas eram uma e a mesma; mas não podia explicar-se o engano por uma semelhança miraculosa?

De reflexão em reflexão, foi-me correndo o tempo, e eu assistia à conversa de todos como se não estivesse presente. Veio a hora do chá. Depois cantou-se e tocou-se ainda. Emílio ouvia tudo com atenção religiosa e mostrava-se tão apreciador do gosto como era conversador discreto e pertinente.

No fim da noite tinha cativado a todos. Meu marido, sobretudo, estava radiante. Via-se que ele se considerava feliz por ter feito a descoberta de mais um amigo para si e um companheiro para as nossas reuniões de família.

Emílio saiu prometendo voltar algumas vezes.

Quando eu me achei a sós com meu marido, perguntei-lhe:

- Donde conheces este homem?

- É uma pérola, não é? Foi-me apresentado no escritório há dias; simpatizei logo; parece ser dotado de boa alma, é vivo de espírito e discreto como o bom senso. Não há ninguém que não goste dele...

E como eu o ouvisse séria e calada, meu marido interrompeu-se e perguntou-me:

- Fiz mal em trazê-lo aqui?

- Mal, por quê? perguntei eu.

- Por coisa nenhuma. Que mal havia de ser? É um homem distinto...

That was everything we got to know about him. A thousand questions came up about Emílio's travels, and he satisfied the general curiosity with the most adorable solicitude.

I was the only one who wasn't curious. The fact is that I couldn't utter a word. I intimately searched for the explanation for this mysterious romance, which began in a theater hallway, continued with an anonymous letter and with an introduction, in my own house, intermediated by my own husband.

Once in a while I raised my eyes towards Emílio and found him calm and cool, answering to all the questions politely and narrating some of his traveling adventures with a modest and natural grace.

I had an idea. Would he really be the mysterious man from the theater and from the letter? At first I thought he was, but I could be wrong; the other man's facial features weren't very clear in my memory, and it seemed that the two creatures were one and the same; but couldn't the mistake be explained by a miraculous resemblance?

From reflection to reflection, time was going by, and I watched everybody's conversations as if I weren't there. Tea time came. Then we sang and played music. Emílio listened to everything with religious attention and showed himself to be as much an appreciator of taste as a discreet and pertinent converser.

By the end of the evening it was possible to notice that everybody was fascinated by him. My husband, especially, was radiant. One could see that he was considering himself happy for having found another friend and a guest for our family meetings.

Emílio left, promising he would return a few times.

When I found myself alone with my husband, I asked him:

"Where do you know this man from?"

"He's a pearl, isn't he? He was introduced to me in the office some days ago; I was immediately fond of him; he seems to be a good person,

Pus termo ao novo louvor do rapaz, chamando um escravo para dar algumas ordens.

E retirei-me ao meu quarto.

O sono dessa noite não foi o sono dos justos, podes crer. O que me irritava era a preocupação constante em que eu andava depois destes acontecimentos. Já eu não podia fugir inteiramente a essa preocupação: era involuntária, subjugava-me, arrastava-me. Era a curiosidade do coração, esse primeiro sinal das tempestades em que sucumbe a nossa vida e o nosso futuro.

Parece que aquele homem lia na minha alma e sabia apresentar-se no momento mais próprio a ocupar-me a imaginação como uma figura poética e imponente. Tu, que o conheceste depois, dize-me se, dadas as circunstâncias anteriores, não era para produzir esta impressão no espírito de uma mulher como eu!

Como eu, repito. Minhas circunstâncias eram especiais; se não o soubeste nunca, suspeitaste-o ao menos.

Se meu marido tivesse em mim uma mulher, e se eu tivesse nele um marido, minha salvação era certa. Mas não era assim. Entramos no nosso lar nupcial como dois viajantes estranhos em uma hospedaria, e aos quais a calamidade do tempo e a hora avançada da noite obrigam a aceitar pousada sob o teto do mesmo aposento.

Meu casamento foi resultado de um cálculo e de uma conveniência. Não culpo meus pais. Eles cuidavam fazer-me feliz e morreram na convicção de que o era.

Eu podia, apesar de tudo, encontrar no marido que me davam um objeto de felicidade para todos os meus dias. Bastava para isso que meu marido visse em mim uma alma companheira da sua alma, um coração sócio do seu coração. Não se dava isto; meu marido entendia o casamento ao modo da maior parte da gente; via nele a obediência às palavras do Senhor no *Gênese*.

Fora disso, fazia-me cercar de certa consideração e dormia tranquilo na convicção de que havia cumprido o dever.

his spirit is lively and he is as discreet as common sense. There isn't anyone who doesn't like him..."

As I was listening to him, serious and quiet, my husband stopped and asked me:

"Was I wrong bringing him here?"

"Wrong, why?" I asked.

"No reason. Why should it be wrong? He's a distinguished man..."

I stopped any further praise of the young man, calling a slave to give him some orders.

I retired to my bedroom.

You can believe that I didn't have the sleep of righteous people that night. What annoyed me was the constant worry I was experiencing after these events. I couldn't run away from the worry at all, it was involuntary and it dominated me, dragged me. It was a curiosity from the heart, this first sign of the storms to which our life and our future succumb.

It seems that that man was reading my soul and knew how to introduce himself at the most proper moment to fill my imagination as a poetical and imposing figure. You, who came to know him afterward, can tell me whether, given the previous circumstances, he could really produce such impressions in the spirit of a woman like me!

Like me, I repeat. My circumstances were special. You may not have known, but at least you suspected.

If my husband saw me as a real wife, and if I saw him as a real husband, salvation would be certain. But the situation wasn't like that. We entered our nuptial home like two strange travelers to an inn, two people who the stormy weather and advanced hour of the night force to stay for a while below the same roof.

My marriage was the result of a calculation and a convenience. I don't blame my parents. They took care of my happiness and died believing that I was happy.

O dever! Esta era a minha tábua de salvação. Eu sabia que as paixões não eram soberanas e que a nossa vontade pode triunfar delas. A este respeito eu tinha em mim forças bastantes para repelir ideias más. Mas não era o presente que me abafava e atemorizava; era o futuro. Até então aquele romance influía no meu espírito pela circunstância do mistério em que vinha envolto; a realidade havia de abrir-me os olhos; consolava-me a esperança de que eu triunfaria de um amor culpado. Mas, poderia nesse futuro, cuja proximidade eu não calculava, resistir convenientemente à paixão e salvar intactas a minha consideração e a minha consciência? Esta era a questão.

Ora, no meio destas oscilações, eu não via a mão do meu marido estender-se para salvar-me. Pelo contrário, quando na ocasião de queimar a carta, atirava-me a ele, lembras-te que ele me repeliu com uma palavra de enfado.

Isto pensei, isto senti, na longa noite que se seguiu à apresentação de Emílio.

No dia seguinte estava fatigada de espírito; mas, ou fosse calma ou fosse prostração, senti que os pensamentos dolorosos que me haviam torturado durante a noite esvaeceram-se à luz da manhã, como verdadeiras aves da noite e da solidão.

Então abriu-se ao meu espírito um raio de luz. Era a repetição do mesmo pensamento que me voltava no meio das preocupações daqueles últimos dias.

Por que temer? dizia eu comigo. Sou uma triste medrosa; e fatigo-me em criar montanhas para cair extenuada no meio da planície. Eia! Nenhum obstáculo se opõe ao meu caminho de mulher virtuosa e considerada. Este homem, se é o mesmo, não passa de um mau leitor de romances realistas. O mistério é que lhe dá algum valor; visto de mais perto há de ser vulgar ou hediondo.

IV

I could, after all, find in the husband they gave me an object of happiness for all the days of my life. This would have happened if my husband saw in me a soul which could be a companion of his soul, a heart partner of his own heart. This wasn't what happened, as my husband understood marriage like the majority of people; he saw in it the obedience to the Lord's words in the *Genesis*.

Apart from that, he surrounded me with a certain consideration and slept peacefully with the conviction that he had done his duty.

Duty! This was my lifeline. I knew that passions weren't superior and that our will may triumph over them. In this regard, I had enough strength in me to repress bad ideas. But what I feared most, and what suffocated me most wasn't the present, but the future. Until now, that romance influenced my spirit because of the mystery that surrounded it; reality would open my eyes, and the hope that I would triumph over a guilty love consoled me. But could I, in this future, the proximity of which I couldn't calculate, conveniently resist the passion and preserve my consideration and my conscience intact? That was the question.

Well, in the midst of these oscillations, I didn't see my husband offering his hand to save me. On the contrary, when I was burning the letter, I threw myself in his arms, and, as you remember, he repelled me with annoyed words.

This was what I thought and felt in the long night that followed Emilio's introduction.

My spirit was tired the following day, but, be it peace or prostration, what I felt was that the painful thoughts faded away with the morning light like true birds of loneliness and night.

Then a ray of light opened to my spirit. It was a repetition of the same thoughts that returned to me in the midst of my concerns from the latest days.

"Why should I fear?" I said to myself. I'm a sad and fearful woman; and I tire myself by climbing a mountain and then falling in the middle

Não te quero fatigar com a narração minuciosa e diária de todos os acontecimentos.

Emílio continuou a frequentar a nossa casa, mostrando sempre a mesma delicadeza e gravidade, e encantando a todos por suas maneiras distintas sem afetação, amáveis sem fingimento.

Não sei por que meu marido revelava-se cada vez mais amigo de Emílio. Este conseguira despertar nele um entusiasmo novo para mim e para todos. Que capricho era esse da natureza?

Muitas vezes interroguei meu marido acerca desta amizade tão súbita e tão estrepitosa; quis até inventar suspeitas no espírito dele; meu marido era inabalável.

- Que queres? respondia-me ele. Não sei por que simpatizo extraordinariamente com este rapaz. Sinto que é uma bela pessoa, e eu não posso dissimular o entusiasmo de que me possuo quando estou perto dele.

- Mas sem conhecê-lo... objetava eu.

- Ora essa! Tenho as melhores informações; e demais, vê-se logo que é uma pessoa distinta...

- As maneiras enganam muitas vezes.

- Conhece-se...

Confesso, minha amiga, que eu podia impor a meu marido o afastamento de Emílio; mas quando esta ideia me vinha à cabeça, não sei por que ria-me dos meus temores e declarava-me com forças de resistir a tudo o que pudesse sobrevir.

Demais, o procedimento de Emílio autorizava-me a desarmar. Ele era para mim de um respeito inalterável, tratava-me como a todas as outras, sem deixar entrever a menor intenção oculta, o menor pensamento reservado.

Sucedeu o que era natural. Diante de tal procedimento não me ficava bem proceder com rigor e responder com a indiferença à amabilidade.

As coisas marchavam de tal modo que eu cheguei a persuadir-me de que tudo o que sucedera antes não tinha relação alguma com aquele rapaz, e que não havia entre ambos mais do que um fenômeno da seme-

of the plains. Oh! No obstacle can be opposed to my path of a virtuous and considerate woman. This man, if he is the same, doesn't seem to be more than a bad reader of realistic novels. The mystery gives him some value; he's vulgar or hideous when closely observed.

IV

I don't want to tire you out with the daily and detailed narration of all events.

Emílio continued to visit our house, always showing the same softness and gravity and fascinating everyone with his distinct and unaffected manners, which were lovely without pretense.

I don't know why my husband was becoming more and more friendly with Emílio, who could arouse in him an enthusiasm that was new for me and for everyone. What whim of nature was that?

Many times I questioned my husband about that sudden and dazzling friendship. I wanted to arouse suspicions in his spirit, but he was unshakeable.

"What do you want?" he answered. "I don't know why I feel such fondness towards this young man. I feel he's a beautiful person, and I can't conceal my enthusiasm when I'm around him."

"But you don't even know him at all..." I objected.

"Well now! I have the best information; and besides, one can see he is a distinguished person."

"Manners deceive many times."

"This is known..."

I confess, my friend, that I could have imposed on my husband to pull away from Emílio; but when this idea came to my mind, I don't know why I laughed at my fears and declared myself strong enough to resist everything that could befall.

lhança, o que aliás eu não podia afirmar, porque, como te disse já, não pudera reparar bem no homem do teatro.

Aconteceu que dentro de pouco tempo estávamos na maior intimidade, e eu era para ele o mesmo que todas as outras: admiradora e admirada.

Das reuniões passou Emílio às simples visitas de dia, nas horas em que meu marido estava presente, e mais tarde, mesmo quando ele se achava ausente.

Meu marido de ordinário era quem o trazia. Emílio vinha então no seu carrinho que ele próprio dirigia, com a maior graça e elegância. Demorava-se horas e horas em nossa casa, tocando piano ou conversando.

A primeira vez que o recebi só, confesso que estremeci; mas foi um susto pueril; Emílio procedeu sempre do modo mais indiferente em relação às minhas suspeitas. Nesse dia, se algumas me ficaram, desvaneceram-se todas.

Nisto passaram-se dois meses.

Um dia, era de tarde, eu estava só; esperava-te para irmos visitar teu pai enfermo. Parou um carro à porta. Mandei ver. Era Emílio.

Recebi-o como de costume.

Disse-lhe que íamos visitar um doente, e ele quis logo sair. Disse-lhe que ficasse até à tua chegada. Ficou como se outro motivo o detivesse além de um dever de cortesia.

Passou-se meia hora.

Nossa conversa foi sobre assuntos indiferentes.

Em um dos intervalos da conversa Emílio levantou-se e foi à janela. Eu levantei-me igualmente para ir ao piano buscar um leque. Voltando para o sofá reparei pelo espelho que Emílio me olhava com um olhar estranho. Era uma transfiguração. Parecia que naquele olhar estava concentrada toda a alma dele.

Estremeci.

Todavia fiz um esforço sobre mim e fui sentar-me, então mais séria que nunca.

Emílio encaminhou-se para mim.

In addition, Emílio's attitudes authorized me to disarm. He was extremely respectful toward me, treating me like the others, without letting people notice any occult intentions, or the least reserved thoughts.

Naturally, it wasn't adequate to act rigorously and reciprocate politeness with indifference.

Things happened in such a way that I came to convince myself that all that happened beforehand wasn't related to that young man, and that he had nothing but a resemblance to the man in the theater. Besides, I wasn't sure about this because, as I told you, I couldn't observe the mysterious man in the theater very well.

It happened that within a short period of time we were in the greatest intimacy, and I was for him the same thing that the others were: admirer and admired.

Emílio began to visit us during the day, when my husband was at home, and later, even when he was absent.

He was normally brought by my husband. Emílio would come in the small carriage he himself used to drive, with grace and elegance. He spent hours on end in our house, playing the piano or talking.

The first time I welcomed him alone, I confess I trembled; but it was a puerile shock, as Emílio always acted in the same indifferent way in relation to my suspicions. That day, the only ones that had remained simply vanished.

Two months went by.

One afternoon, I was alone, waiting for you to visit your ill father. A coach stopped at the front door. I asked somebody to check who it was. It was Emílio.

I welcomed him as I usual.

I told him I was going to visit an ill person, and he said he was going to leave. I told him to stay until your arrival. He stayed, as if he were held by reasons other than a courteous duty.

Half an hour went by.

Olhei para ele.

Era o mesmo olhar.

Baixei os meus olhos.

- Assustou-se? perguntou-me ele.

Não respondi nada. Mas comecei a tremer de novo e parecia-me que o coração me queria pular fora do peito.

É que naquelas palavras havia a mesma expressão do olhar; as palavras faziam-me o efeito das palavras da carta.

- Assustou-se? repetiu ele.

- De quê? perguntei eu procurando rir para não dar maior gravidade à situação.

- Pareceu-me.

Houve um silêncio.

- D. Eugênia, disse ele sentando-se; não quero por mais tempo ocultar o segredo que faz o tormento da minha vida. Fora um sacrifício inútil. Feliz ou infeliz, prefiro a certeza da minha situação. D. Eugênia, eu amo-a.

Não te posso descrever como fiquei, ouvindo estas palavras. Senti que empalidecia; minhas mãos estavam geladas. Quis falar: não pude.

Emílio continuou:

- Oh! Eu bem sei a que me exponho. Vejo como este amor é culpado. Mas que quer? É fatalidade. Andei tantas léguas, passei à ilharga de tantas belezas, sem que o meu coração pulsasse. Estava-me reservada a ventura rara ou o tremendo infortúnio de ser amado ou desprezado pela senhora. Curvo-me ao destino. Qualquer que seja a resposta que eu possa obter, não recuso, aceito. Que me responde?

Enquanto ele falava, eu podia, ouvindo-lhe as palavras, reunir algumas ideias. Quando ele acabou levantei os olhos e disse:

- Que resposta espera de mim?

- Qualquer.

- Só pode esperar uma...

- Não me ama?

Our conversation was mainly about indifferent subjects.

In one of the intervals of the conversation Emílio stood up and went to the window. I also stood up to go to the piano to get a fan. When I returned to the sofa I could see through the mirror that Emílio was looking at me in a strange way. It was a transfiguration. It seemed that all his soul was concentrated in that gaze.

I trembled.

However, I made an effort and sat down, more serious than ever.

Emílio walked toward me.

I looked at him.

I lowered my eyes.

"Are you scared?" he asked me.

I didn't answer anything. But I started trembling again, and it seemed that my heart wanted to jump out of my chest.

The fact is that in his look was the same expression in those words of the letter that had the same effect on me.

"Are you scared?" he repeated.

There was a silence.

"Mrs. Eugênia," he said taking a seat. "I don't want to hide the secret that became the torment of my life. It was a useless sacrifice. Happy or unhappy, I prefer the certainty of my situation. Mrs. Eugênia, I love you."

I can't describe how I heard these words. I felt that I paled; my hands were cold. I wanted to speak, but I couldn't.

Emílio continued:

"Oh! I know I am exposing myself. I see how this is a guilty love. But what to do? It's inevitable. I walked so many leagues, I walked by so many beauties without feeling my heart throb. What life reserved for me was either the rare venture or the great misfortune of being loved or rejected by you. I bow to fate. I will accept and not refuse any answer you give me. What's your answer?"

- Não! Nem posso e nem amo, nem amaria se pudesse ou quisesse... Peço que se retire.

E levantei-me.

Emílio levantou-se.

- Retiro-me, disse ele; e parto com o inferno no coração.

Levantei os ombros em sinal de indiferença.

- Oh! Eu bem sei que isso lhe é indiferente. É isso o que eu mais sinto. Eu preferia o ódio; o ódio, sim; mas a indiferença, acredite, é o pior castigo. Mas eu o recebo resignado. Tamanho crime deve ter tamanha pena.

E tomando o chapéu chegou-se a mim de novo.

Eu recuei dois passos.

- Oh! Não tenha medo. Causo-lhe medo?

- Medo? retorqui eu com altivez.

- Asco? perguntou ele.

- Talvez... murmurei.

- Uma única resposta, tornou Emílio; conserva aquela carta?

- Ah! disse eu. Era o autor da carta?

- Era. E aquele misterioso do corredor do Theatro Lyrico. Era eu. A carta?

- Queimei-a.

- Preveniu o meu pensamento.

E cumprimentando-me friamente dirigiu-se para a porta. Quase a chegar à porta senti que ele vacilava e levava a mão ao peito.

Tive um momento de piedade. Mas era necessário que ele se fosse, quer sofresse quer não. Todavia, dei um passo para ele e perguntei-lhe de longe:

- Quer dar-me uma resposta?

Ele parou e voltou-se.

- Pois não!

- Como é que para praticar o que praticou fingiu-se amigo de meu marido?

While he was speaking, I could, by listening to his words, put together some ideas. When he finished I looked at him and said:

"What answer do you expect from me?"

"Any."

"You can only wait for one…"

"Don't you love me?"

"No! I can't love you, and I wouldn't love if I could or wanted… I ask you to leave."

I stood up.

Emílio stood up.

"I will leave," he said, "and I will go with hell in my heart."

I shrugged with indifference.

"Oh! I well know that you're indifferent. That's what hurts more. Hate is what I would have preferred; but you can believe that indifference is the worst punishment. But I'm resigned. Such a crime must have such punishment."

And taking his hat, he got close to me again.

I took two steps back.

"Oh! Don't be afraid. Are you afraid of me?"

"Fear," I retorted haughtily.

"Do you loathe me?" he asked.

"Perhaps…" I murmured.

"Just one answer," Emílio rejoined, "do you still have that letter?"

"Ah!" I said. "Were you the author of that letter?"

"I was. The mysterious man in the corridor of the Theatro Lyrico. It was me. What about the letter?"

"I burned it."

"You foresaw my thought."

He went to the door, said good-bye to me in a cold way. Almost reaching the door I felt that he faltered and put his hand on his chest.

- Foi um ato indigno, eu sei; mas o meu amor é daqueles que não recuam ante a indignidade. É o único que eu compreendo. Mas, perdão; não quero enfadá-la mais. Adeus! Para sempre!

E saiu.

Pareceu-me ouvir um soluço.

Fui sentar-me ao sofá. Daí a pouco ouvi o rodar do carro.

O tempo que mediou entre a partida dele e a tua chegada não sei como se passou. No lugar em que fiquei aí me achaste.

Até então eu não tinha visto o amor senão nos livros. Aquele homem parecia-me realizar o amor que eu sonhara e vira descrito. A ideia de que o coração de Emílio sangrava naquele momento, despertou em mim um sentimento vivo de piedade. A piedade foi um primeiro passo.

"Quem sabe, dizia eu comigo mesma, o que ele está agora sofrendo? E que culpa é a dele, afinal de contas? Ama-me, disse-me; o amor foi mais forte do que a razão; não viu que eu era sagrada para ele; revelou-se. Ama, é a sua desculpa."

Depois repassava na memória todas as palavras dele e procurava recordar-me do tom em que ele as proferira. Lembrava-me também do que eu dissera e o tom com que respondera às suas confissões.

Fui talvez severa demais. Podia manter a minha dignidade sem abrir-lhe uma chaga no coração. Se eu falasse com mais brandura podia adquirir dele o respeito e a veneração. Agora há de amar-me ainda, mas não se recordará do que se passou sem um sentimento de amargura.

Estava nestas reflexões quando entraste.

Lembras-te que me achaste triste e perguntaste a causa disso. Nada te respondi. Fomos à casa da tua tia, sem que eu nada mudasse do ar que tinha antes.

À noite quando meu marido me perguntou por Emílio, respondi sem saber o que respondia:

- Não veio cá hoje.

- Deveras? disse ele. Então está doente.

- Não sei.

I had a moment of pity. But it was necessary for him to go, suffering or not. However, I took a step towards him and asked:

"Could you give me an answer?"

He stopped and turned to me.

"Yes!"

"To do what you did, how did you pretend to be my husband's friend?"

"I know it was a dishonest act, but my love is the kind that doesn't retreat when faced with indignity. It's the only feeling I understand. But forgive me; I don't want to bother you anymore. Goodbye! Forever!"

And he left.

I thought I heard him sobbing.

I sat on the sofa. In a few minutes I heard the coach rolling.

I don't know how the time went by between his departure and your arrival. I stayed in the place where you found me.

Until that moment I hadn't seen love except in books. That man seemed to fulfill the love I dreamt about and saw being described. The idea that Emílio's heart was bleeding aroused in me a lively feeling of pity. Pity was the first step.

"Who knows," I said to myself, "what he's suffering now? Is this his fault, after all? He loves me, as he said: love was stronger than reason; he didn't see I was sacred of him; he revealed himself. He loves me, that's his excuse."

Afterwards I remembered all his words, as well as the tone he used to say them. I also remembered what I had said and the tone I had used to respond to his confessions.

Perhaps I was too severe. I could have kept my dignity without opening a wound in his heart. I could have achieved more respect and veneration if I had spoken more softly. He may still love me, but he won't remember what happened without a sense of bitterness.

I was reflecting on this when you arrived.

- Lá vou amanhã.

- Lá onde?

- À casa dele.

- Para quê?

- Talvez esteja doente.

- Não creio; esperemos até ver...

Passei uma noite angustiosa. A ideia de Emílio perturbava-me o sono.

Afigurava-se-me que ele estaria àquela hora chorando lágrimas de sangue no desespero do amor não aceito.

Era piedade? Era amor?

Carlota, era uma e outra coisa. Que podia ser mais? Eu tinha posto o pé em uma senda fatal; uma força me atraía. Eu fraca, podendo ser forte. Não me culpo senão a mim.

Até domingo.

V

Na tarde seguinte, quando meu marido voltou perguntei por Emílio.

- Não o procurei, respondeu-me ele; tomei o conselho; se não vier hoje, sim.

Passou-se, pois, um dia sem ter notícias dele. No dia seguinte, não tendo aparecido, meu marido foi lá.

Serei franca contigo, eu mesma lembrei isso a meu marido.

Esperei ansiosa a resposta.

Meu marido voltou pela tarde. Tinha um certo ar triste. Perguntei o que havia.

- Não sei. Fui encontrar com o rapaz de cama. Disse-me que era uma ligeira constipação; mas eu creio que não é isso só...

- Que será então? perguntei eu, fitando um olhar em meu marido.

- Alguma coisa mais. O rapaz falou-me em embarcar para o Norte. Está triste, distraído, preocupado. Ao mesmo tempo que manifesta a esperança de ver os pais, revela receios de não tornar a vê-los. Tem ideias

Do you remember you found me sad and asked me what the cause was? I answered nothing. We went to your aunt's house, and I didn't change anything of what I said.

When my husband asked about Emílio that evening, I replied without knowing what I was doing:

"He didn't come here today."

"Really?" he said. "So he's sick."

"I don't know."

"I'll go there tomorrow."

"There where?"

"To his house."

"What for?"

"Maybe he's sick."

"I don't believe so…. Let's wait and see."

I spent an anguished night. Emílio's image troubled my sleep. I thought he would be, at that moment, crying tears of blood in the despair of unrequited love.

Was it pity? Was it love?

Carlota, it was one thing or the other. What else could it be? I put my feet in a fatal path; a force was attracting me. I was weak, and I was able to be strong. I can't blame anybody else but myself.

I'll write again on Sunday.

V

When my husband returned the following afternoon, I asked him about Emílio.

"I didn't look for him," he answered me. "I accepted your advice; I'll do that if he doesn't come over today."

In fact, we didn't hear about him for one day. As he didn't visit the following day, my husband went to look for him.

de morrer na viagem. Não sei que lhe aconteceu, mas foi alguma coisa. Talvez...

- Talvez?

- Talvez alguma perda de dinheiro.

Esta resposta transtornou o meu espírito. Posso afirmar-te que esta resposta entrou por muito nos acontecimentos posteriores.

Depois de algum silêncio perguntei:

- Mas que pretendes fazer?

- Abrir-me com ele. Perguntar o que é, e acudir-lhe se for possível. Em qualquer caso não o deixarei partir. Que achas?

- Acho que sim.

Tudo o que ia acontecendo contribuía poderosamente para tornar a ideia de Emílio cada vez mais presente à minha memória, e, é com dor que o confesso, não pensava já nele sem pulsações do coração.

Na noite do dia seguinte estávamos reunidas algumas pessoas. Eu não dava grande vida à reunião. Estava triste e desconsolada. Estava com raiva de mim própria. Fazia-me algoz de Emílio e doía-me a ideia de que ele padecesse ainda mais por mim.

Mas, seriam nove horas, quando meu marido apareceu trazendo Emílio pelo braço.

Houve um movimento geral de surpresa.

Realmente porque Emílio não aparecia alguns dias já todos começavam a perguntar por ele; depois, porque o pobre moço vinha pálido de cera.

Não te direi o que se passou nessa noite. Emílio parecia sofrer, não estava alegre como dantes; ao contrário, era naquela noite de uma taciturnidade, de uma tristeza que incomodava a todos, mas que me mortificava atrozmente, a mim que me fazia causa das suas dores.

Pude falar-lhe em uma ocasião, a alguma distância das outras pessoas.

I'll be honest with you, I myself asked my husband to do so.

I anxiously waited for the answer.

My husband came back in the afternoon. He seemed to be sad. I asked to him what happened.

"I don't know. I found him ill, lying on his bed. It seemed to be a little cold, but I believe that this is not the main reason…"

"What would it be?" I asked, staring at my husband.

"Something else. He said he is traveling north. He's sad, distracted, worried. He wants to see his parents but, at the same time, he's afraid he won't see them again. He's afraid of dying during the trip. I don't know what happened to him, but something happened. Perhaps…"

"Perhaps?"

"Perhaps it's a loss of money."

This answer really disturbed my spirit. I can assure you that such an answer was key to the things that happened afterwards.

After a moment of silence I asked:

"But what do you intend to do?"

"Open my heart to him, ask him what happened, offer help if it's possible. In any case I won't let him leave. What do you think?"

"I think you're right."

Everything that happened powerfully contributed to turn Emílio's image ever more present in my memory. I painfully confess that I couldn't think about him without feeling my heart throb.

I was meeting some people the following evening. I couldn't cheer up the meeting. I was sad and desperate. I was angry at myself. I became Emílio's tormentor, and the idea that he was suffering because of me was even more torturous.

But it was nine o'clock when my husband appeared, leading Emílio by the arm.

There was a general movement of surprise.

- Desculpe-me, disse-lhe eu, se alguma palavra dura lhe disse. Compreende a minha posição. Ouvindo bruscamente o que me disse não pude pensar no que dizia. Sei que sofreu; peço-lhe que não sofra mais, que esqueça...

- Obrigado, murmurou ele.

- Meu marido falou-me de projetos seus...

- De voltar à minha província, é verdade.

- Mas doente...

- Esta doença há de passar.

E dizendo isto lançou-me um olhar tão sinistro que eu tive medo.

- Passar? Passar como?

- De algum modo.

- Não diga isso...

- Que me resta mais na terra?

E voltou os olhos para enxugar uma lágrima.

- Que é isso? disse eu. Está chorando?

- As últimas lágrimas.

- Oh! Se soubesse como me faz sofrer! Não chore; eu lhe peço. Peço-lhe mais. Peço-lhe que viva.

- Oh!

- Ordeno-lhe.

- Ordena-me? E se eu não obedecer? Se eu não puder?... Acredita que se possa viver com um espinho no coração?

Isto que te escrevo é feio. A maneira por que ele falava é que era apaixonada, dolorosa, comovente. Eu ouvia sem saber de mim.

Aproximavam-se algumas pessoas. Quis pôr termo à conversa e disse-lhe:

- Ama-me? disse eu. Só o amor pode ordenar? Pois é o amor que lhe ordena que viva!

Emílio fez um gesto de alegria. Levantei-me para ir falar às pessoas que se aproximavam.

It was really because Emílio didn't appear for some days that everyone began to ask about him. But the surprise was bigger because he was as pale as wax.

I wouldn't tell you what happened that evening. Emílio seemed to be suffering. He wasn't happy as before; on the contrary, his disposition was so sad and taciturn that everybody was disturbed. I was atrociously mortified, as I was the cause of his pain.

I was able to talk to him once, keeping the distant from others.

"I'm sorry," I said, "if I said tough words to you. You understand my position. I couldn't think about what you said, as I heard it abruptly. I know you suffered; I ask you not to suffer anymore and to forget..."

"Thank you," he murmured.

"My husband told me about some of your projects..."

"Of going back to my province. That's true."

"But you're ill..."

"This illness will have an end."

He looked at me in a sinister way. I was afraid.

"Have an end? How?"

"Somehow."

"Don't say that."

"What else do I have to do on Earth?"

And he turned his eyes to wipe his tears.

"What's this?" I said. "Are you crying?"

"The last tears."

"Oh! If you knew how you're making me suffer! Don't cry, I ask you. I ask you more. I ask you to live."

"Oh!"

"I command you to live."

- Obrigado, murmurou-me ele aos ouvidos.

Quando, no fim do serão, Emílio se despediu de mim, dizendo-me, com um olhar em que a gratidão e o amor irradiavam juntos: Até amanhã! - não sei que sentimento de confusão e de amor, de remorso e de ternura se apoderou de mim.

- Bem; Emílio está mais alegre, dizia-me meu marido.

Eu olhei para ele sem saber o que responder.

Depois retirei-me precipitadamente. Parecia-me que via nele a imagem da minha consciência.

No dia seguinte recebi de Emílio esta carta:

Eugênia. Obrigado. Torno-me à vida, e à senhora o devo. Obrigado! Fez de um cadáver um homem, faça agora de um homem um deus. Ânimo! Ânimo!

Li esta carta, reli, e... dir-te-ei, Carlota? Beijei-a. Beijei-a repetidas vezes com alma, com paixão, com delírio. Eu amava! Eu amava!

Então houve em mim a mesma luta, mas estava mudada a situação dos meus sentimentos. Antes era o coração que fugia à razão, agora a razão fugia ao coração.

Era um crime, eu bem o via, bem o sentia; mas não sei qual era a minha fatalidade, qual era a minha natureza; eu achava nas delícias do crime desculpa ao meu erro, e procurava com isso legitimar a minha paixão.

Quando meu marido se achava perto de mim eu me sentia melhor e mais corajosa...

Paro aqui desta vez. Sinto uma opressão no peito. É a recordação de todos estes acontecimentos.

Até domingo.

VI

"You command me? And what if I don't obey you? And what if I couldn't? Do you believe it's possible to live with a thorn in your heart?"

What I write to you is ugly. The way he spoke was infatuated, painful and heartbreaking. I listened without knowing about myself.

Some people were approaching. I finished the conversation and said:

"Do you love me?" I said. "Could only love give orders? Love commands you to live!"

Emílio made a gesture of happiness. I stood up to talk to the people who were coming closer.

"Thank you," he murmured in my ears.

When Emílio bid me goodbye at the end of the evening, saying, with eyes full of love and gratitude, "see you tomorrow," I don't know what kind of feelings of love and confusion, remorse and tenderness took hold of me.

"Well, Emílio is happier," my husband said.

I looked at him without knowing how to respond.

Then I hastily retired. It seemed I saw in my husband the image of my consciousness.

The following day I received this letter from Emílio:

"Eugênia. Thank you. I came back to life and I owe this to you. Thank you! You turned a corpse into a man, now turn a man into a god. Courage! Courage!"

I read this letter over and over again and… what can I tell you, Carlota? I kissed it. I kissed it many times with my soul, my passion and my delirium. I was in love! I was in love!

Then I felt the same struggle, but my feelings changed. Earlier, my heart that fled from reason; now reason fled from my heart.

Seguiram-se alguns dias às cenas que eu te contei na minha carta passada.

Ativou-se entre mim e Emílio uma correspondência. No fim de quinze dias eu só vivia do pensamento dele.

Ninguém dos que frequentavam a nossa casa, nem mesmo tu, pôde descobrir este amor. Éramos dois namorados discretos ao último ponto.

É certo que muitas vezes me perguntavam por que é que eu me distraía tanto e andava tão melancólica; isto chamava-me à vida real e eu mudava logo de parecer.

Meu marido sobretudo parecia sofrer com as minhas tristezas.

A sua solicitude, confesso, incomodava-me. Muitas vezes lhe respondia mal, não já porque eu o odiasse, mas porque de todos era ele o único a quem eu não quisera ouvir destas interrogações.

Um dia voltando para casa à tarde chegou-se ele a mim e disse:

- Eugênia, tenho uma notícia a dar-te.

- Qual?

- E que te há de agradar muito.

- Vejamos qual é.

- É um passeio.

- Aonde?

- A ideia foi minha. Já fui ao Emílio e ele aplaudiu muito. O passeio deve ser domingo à Gávea; iremos daqui muito cedinho. Tudo isto, é preciso notar, não está decidido. Depende de ti. O que dizes?

- Aprovo a ideia.

- Muito bem. A Carlota pode ir.

- E deve ir, acrescentei eu; e algumas outras amigas.

Pouco depois recebias tu e outras um bilhete de convite para o passeio.

Lembras-te que lá fomos. O que não sabes é que nesse passeio, a favor da confusão e a distração geral, houve entre mim e Emílio um diálogo que foi para mim a primeira amargura de amor.

I could see and feel that it was a crime; but I don't know what my fate was, what my nature was, and I found excuses for my crime in the delights of my own mistakes, and used this idea to legitimize my passion.

I felt better and braver when my husband was close to me.

I'll stop here this time. I feel my chest oppressed due to the memory of all these events.

I'll write again on Sunday.

VI

Some days went by after the facts I told you in my last letter.

Emílio and I began to write letters to each other. By the end of fifteen days I lived only by thoughts of him.

None of the people who came to our house, not even you, were able to discover this love. We were two extremely discreet lovers.

Some people asked why I was so absent-minded and melancholic; such an observation called me back for real life, and I soon changed my disposition.

My husband seemed to suffer with my sadness.

I confess that his solicitude annoyed me. Many times I answered him in a rough way, not because I hated him but because he was the only person from whom I did not want to hear these questionings.

One afternoon, having come back home, he said:

"Eugênia, I have some news for you."

"What?"

"This is something that will please you very much."

"What is it?"

"It's a walk."

"Where?"

- Eugênia, dizia ele dando-me o braço, estás certa de que me amas?

- Estou.

- Pois bem. O que te peço, nem sou eu que te peço, é o meu coração, é o teu coração que te pedem, um movimento nobre e capaz de nos engrandecer aos nossos próprios olhos. Não haverá um recanto no mundo em que possamos viver, longe de todos e perto do céu?

- Fugir?

- Sim!

- Oh! Isso nunca!

- Não me amas.

- Amo, sim; é já um crime, não quero ir além.

- Recusas a felicidade?

- Recuso a desonra.

- Não me amas.

- Oh! Meu Deus, como respondê-lo? Amo, sim; mas desejo ficar a seus olhos a mesma mulher, amorosa é verdade, mas até certo ponto... pura.

- O amor que calcula, não é amor.

Não respondi. Emílio disse estas palavras com uma expressão tal de desdém e com uma intenção de ferir-me que eu senti o coração bater-me apressado, e subir-me o sangue ao rosto.

O passeio acabou mal.

Esta cena tornou Emílio frio para mim; eu sofria com isso; procurei torná-lo ao estado anterior; mas não consegui.

Um dia em que nos achávamos a sós, disse-lhe:

- Emílio, se eu amanhã te acompanhasse, o que farias?

- Cumpria essa ordem divina.

- Mas depois?

- Depois? perguntou Emílio com ar de quem estranhava a pergunta.

- Sim, depois? continuei eu. Depois quando o tempo volvesse não me havias de olhar com desprezo?

"It was my idea. I went to Emílio and he agreed with it. The walk should be in Gávea[9] on Sunday; we will leave very early. But we haven't decided anything yet. It depends on you. Do you accept?"

"I do."

"Very well. Carlota can go."

"She should go," I added, "She and some other friends."

Soon afterwards you and the others received a note with an invitation for the walk.

You remember that we went there. What you don't know is that on this walk, to the benefit of the general confusion and distraction, Emílio and I had a dialogue which represented, to me, the first souring of love.

"Eugênia," he said when he gave me his arm, "are you sure that you love me?"

"Yes, I am."

"Well. What I ask you, and it's not me who's asking you, it's my heart, it's your heart that ask for a noble attitude able to ennoble ourselves before our own eyes. Wouldn't there be a place where we could live far from everyone and next to heaven?"

"You mean, run away?"

"Yes!"

"Oh, I would never do that!"

"You don't love me."

"I do love you, and it's a crime, and I don't want to go any further."

"Do you refuse happiness?"

"I refuse dishonor."

"You don't love me."

"Oh! My God, how could I answer to you? I do love you, but I wish I were always the same woman before your eyes, loving but… pure."

"Love which is calculated is not love."

- Desprezo? Não vejo...

- Como não? Que te mereceria eu depois?

- Oh! Esse sacrifício seria feito por minha causa, eu fora covarde se te lançasse isso em rosto.

- Di-lo-ias no teu íntimo.

- Juro que não.

- Pois a meus olhos é assim; eu nunca me perdoaria esse erro.

Emílio pôs o rosto nas mãos e pareceu chorar. Eu que até ali falava com esforço, fui a ele e tirei-lhe o rosto das mãos.

- Que é isto? disse eu. Não vês que me fazes chorar também?

Ele olhou para mim com os olhos rasos de lágrimas. Eu tinha os meus úmidos.

- Adeus, disse ele repentinamente. Vou partir.

E deu um passo para a porta.

- Se me prometes viver, disse-lhe, parte; se tens alguma ideia sinistra, fica.

Não sei o que viu ele no meu olhar, mas tomando a mão que eu lhe estendia beijou-a repetidas vezes (eram os primeiros beijos) e disse-me com fogo:

- Fico, Eugênia!

Ouvimos um ruído fora. Mandei ver. Era meu marido que chegava enfermo. Tinha tido um ataque no escritório. Tornara a si, mas achava-se mal. Alguns amigos o trouxeram dentro de um carro.

Corri para a porta. Meu marido vinha pálido e desfeito. Mal podia andar ajudado pelos amigos.

Fiquei desesperada, não cuidei de mais coisa alguma. O médico que acompanhara meu marido mandou logo fazer algumas aplicações de remédios. Eu estava impaciente; perguntava a todos se meu marido estava salvo.

I didn't answer him. Emílio said these words with a scornful expression and with the intention of hurting me. I felt my heart throbbing fast, and blood rose into my face.

The walk ended in a bad way.

After that day Emílio became cold towards me. I suffered with that. I tried to restore him to his previous state, but I couldn't.

One day when we were alone I said to him:

"Emílio, if I followed you tomorrow, what would you do?"

"I would obey such a divine order."

"But what about afterwards?"

"Afterwards?" Emílio asked as if he thought it was a strange question.

"Yes, afterwards," I continued, "after some time wouldn't you look at me disdainfully?"

"Disdain? I don't…"

"You don't? What would I deserve from you then?"

"Oh! You'd make this sacrifice because of me, and I would be a coward if I rubbed it in your face."

"You would say this to yourself."

"I swear I wouldn't."

"I see things this way. I would never forgive myself for this mistake."

Emílio put his face in his hands and seemed to start crying. I was speaking with an effort until that moment, when I went to him and took his face in my hands.

"What's this?" I said. "Don't you see I am crying, too?"

He looked at me with his eyes full of tears. My eyes were humid.

"Goodbye," he said suddenly. "I will leave."

He went to the door.

"Leave if you promise me you will live," I said, "Stay if you have sinister ideas."

Todos me tranquilizavam.

Emílio mostrou-se pesaroso com o acontecimento. Foi a meu marido e apertou-lhe a mão.

Quando Emílio quis sair, meu marido disse-lhe:

- Olhe, sei que não pode estar aqui sempre; peço-lhe, porém, que venha, se puder, todos os dias.

- Pois não, disse Emílio.

E saiu.

Meu marido passou mal o resto daquele dia e a noite. Eu não dormi. Passei a noite no quarto.

No dia seguinte estava exausta. Tantas comoções diversas e uma vigília tão longa deixaram-me prostrada: cedia à força maior. Mandei chamar a prima Elvira e fui deitar-me.

Fecho esta carta neste ponto. Pouco falta para chegar ao termo da minha triste narração.

Até domingo.

VII

A moléstia de meu marido durou poucos dias. De dia para dia agravava-se. No fim de oito dias os médicos desenganaram o doente.

Quando recebi esta fatal nova fiquei como louca. Era meu marido, Carlota, e apesar de tudo eu não podia esquecer que ele tinha sido companheiro da minha vida e a ideia salvadora nos desvios do meu espírito.

Emílio achou-me num estado de desespero. Procurou consolar-me. Eu não lhe ocultei que esta morte era um golpe profundo para mim.

Uma noite estávamos juntos todos, eu, a prima Elvira, uma parenta de meu marido e Emílio. Fazíamos companhia ao doente. Este, depois de um longo silêncio, voltou-se para mim e disse-me:

- A tua mão.

E apertando-me a mão com uma energia suprema, voltou-se para a parede.

I don't know what he saw in my look, but he took my hand and kissed it many times (these were the first kisses) and said to me, infatuated:

"I stay, Eugênia!"

We heard a noise outside. I asked somebody to check. My husband was arriving, and he was sick. He'd had some kind of attack in his office. He came to, but he was really bad. Some friends brought him in a carriage.

I ran to the door. My husband was pale and weak. He could hardly walk without the help of his friends.

I was desperate, and I couldn't take care of anything else. The doctor who accompanied my husband soon asked him to take some remedies. I was impatient and asking everyone if he could be saved.

Everybody was trying to calm me down.

Emílio was sorry for such a happening. He went to my husband and squeezed his hand.

When Emílio said he wanted to leave, my husband said to him:

"Look, I know you can't always be here, but I ask you to come here every day."

"But of course," Emílio said.

And he left.

My husband was ill for the rest of the day and the night. I didn't sleep. I spent the night in the bedroom.

I was exhausted the following day. I was prostrated by a confusion of feeleings and by a long vigil. I couldn't stand it anymore. I asked my cousin Elvira to come over, and I went to sleep.

I finish the letter at this point. My sad story is coming to an end.

'Til Sunday.

Expirou.

Passaram-se quatro meses depois dos fatos que te contei. Emílio acompanhou-me na dor e foi dos mais assíduos em todas as cerimônias fúnebres que se fizeram ao meu finado marido.

Todavia, as visitas começaram a escassear. Era, parecia-me, por motivo de uma delicadeza natural.

No fim do prazo de que te falei, soube, por boca de um dos amigos de meu marido, que Emílio ia partir. Não pude crer. Escrevi-lhe uma carta.

Eu amava-o então, como dantes, mais ainda agora que estava livre.

Dizia a carta:

> Emílio. Constou-me que ias partir. Será possível? Eu mesma não posso acreditar nos meus ouvidos! Bem sabes que eu te amo. Não é tempo de coroar os nossos votos; mas não faltará muito para que o mundo nos revele uma união que o amor nos impõe. Vem tu mesmo responder-me por boca. Tua Eugênia.

Emílio veio em pessoa. Asseverou-me que, se ia partir, era por negócio de pouco tempo, mas que voltaria logo. A viagem devia ter lugar daí a oito dias.

Pedi-lhe que jurasse o que dizia, e ele jurou.

Deixei-o partir.

Daí a quatro dias recebia eu a seguinte carta dele:

> Menti, Eugênia; vou partir já. Menti ainda, eu não volto. Não volto porque não posso. Uma união contigo seria para mim o ideal da felicidade se eu não fosse homem de hábitos opostos ao casamento. Adeus. Desculpa-me, e reza para que eu faça boa viagem. Adeus. Emílio.

Avalias facilmente como fiquei depois de ler esta carta. Era um castelo que se desmoronava. Em troca do meu amor, do meu primeiro amor, recebia deste modo a ingratidão e o desprezo. Era justo: aquele amor culpado não podia ter bom fim; eu fui castigada pelas consequências mesmo do meu crime.

VII

My husband's illness lasted for eight days. It became even worse day by day. By the end of the eight days the doctors gave the patient up as incurable.

I went insane when I received this fatal news. He was my husband, Carlota, and I couldn't forget he had been my life's companion and the saving grace in the deviations of my spirit.

Emílio found me in a state of despair. He tried to comfort me. I didn't hide from him that my husband's death was a deep pain.

One evening we were all together, me, cousin Elvira, one of my husband's relatives, and Emílio. We kept my husband's company. After a long silence, he said to me:

"Your hand."

He grabbed my hand with supreme energy and turned to the wall.

He expired.

Four months went by after all the facts that I have told you. Emílio was my assiduous companion in the pain and in all the mournful ceremonies held for my deceased husband.

His visits, however, became scarce. I interpreted it as a natural courtesy on his part.

By the end of the four months, some friends told me that Emílio was leaving. I could hardly believe it. I wrote him a letter.

I loved him as before and more than ever, as I was now free.

The letter said:

> Emílio. I heard you are leaving. Would that be possi
> ble? I can't believe my ears. You know that I love you.
> It's not time to celebrate our vows; but little time is left
> for the world to give us the union love imposes on us.
> Come here to answer me in person. Yours, Eugênia.

He came. He assured me he was traveling for business, but he would come back soon. He would be traveling in eight days.

I asked him to swear to what he'd said, and he did.

Mas, perguntava eu, como é que este homem, que parecia amar-me tanto, recusou aquela de cuja honestidade podia estar certo, visto que pôde opor uma resistência aos desejos de seu coração? Isto me pareceu um mistério.

Hoje vejo que não era; Emílio era um sedutor vulgar e só se diferençava dos outros em ter um pouco mais de habilidade que eles.

Tal é a minha história. Imagina o que sofri nestes dois anos. Mas o tempo é um grande médico: estou curada.

O amor ofendido e o remorso de haver de algum modo traído a confiança de meu esposo fizeram-me doer muito. Mas eu creio que caro paguei o meu crime e acho-me reabilitada perante a minha consciência.

Achar-me-ei perante Deus?

E tu? É o que me hás de explicar amanhã; vinte e quatro horas depois de partir esta carta eu serei contigo.

Adeus!

Publicação original: *Jornal das Famílias* (Paris, 04/1865), Parte 1, Edição 4, p. 97-103; (05/1865), Parte 2, Edição 5, p. 129-137, e (06/1865), Parte 3, Edição 6, p. 161-167.

I let him go.

Four days later I received this other letter from him:

> I lied to you, Eugênia; I will leave now. I also lied when I said that I will be back. I won't because I can't. Marrying you would be the ideal happiness if I weren't a man with habits that are opposed to marriage. Goodbye. I apologize and ask you to pray so that I can have a nice trip. Goodbye. Emílio.

You can easily evaluate what I felt when I finished reading this letter. The castle collapsed. I was receiving indifference and ingratitude in exchange for my love, my first love. It was fair: such a guilty love couldn't end well; I was being punished with the consequences of my crime.

I asked myself why such a man, who seemed to love me so much, refused a woman in whose honesty he could believe, as she opposed some resistance to the desires of his heart? This seemed to be a mystery.

Today I see that it wasn't. Emílio was a vulgar seducer but he was a little bit more skilled than the others.

That's my story. You can imagine how I suffered these two years. But time is a good doctor: I am cured.

The offended love and the remorse for having cheated on my husband's trust hurt me very much. But I believe that I paid an expensive price for my crime and I find myself rehabilitated with my conscience.

Would I be also rehabilitated before God?

What about you? You will explain this to me tomorrow; I will be with you twenty four hours after sending this letter

Goodbye!

Notes

1   A municipality located to the north of the city of Rio de Janeiro, at Serra da Estrela, which belongs to the set of mountains called Serra dos Órgãos.

2   It can also be used to refer to a circle of flatterers who surround a figure of authority. This word has an ironical connotation in Machado's works, as he uses it to refer to a political situation in which the Portuguese court, having arrived in Brazil in 1808, didn't rule the country anymore, since Brazilian independence happened in 1822 and his narratives take place after that. Machado also uses the word to refer to the flatterers surrounding people who belonged to the upper classes, characterized as futile and superficial.

3   An informal way to refer to Sociedade Musical Beneficente Campesina, founded in 1870 by republicans and abolitionists. It is an offshoot of the Sociedade Musical Beneficente Euterpe, founded in 1863.

4   Marceline Desbordes-Valmore (1786-1859), French actress, singer and romantic poet. She was also the only woman among the so-called "cursed poets," and used to write about love relationships and women life difficulties.

5   Charles Augustin Saint-Beuve (1804-1869), a French poet and literary critic. "Read these touching verses, read them with a pure heart/It's a prayer, it's a cry, so evil is less hard?"

6   A street where gypsies used to live, as they were discriminated by the population in Rio de Janeiro. Nowadays it is called Rua da Constituição, in the center of the city.

7   Today called Rua do Riachuelo, in the center of the city. The street received its original designation in 1848 because of the quagmires that blocked the passages of the animals, leading them to get hurt and sacrificed as a consequence.

8   A Greek mythological monster that lived in a swamp next to Lerna Lake. It had a dragon body and three serpent heads which had the power of regeneration. The monster used to kill men with its poisoning breath until it was defeated by Hércules.

9   A rich neighborhood in the south of Rio de Janeiro, overlooking Mount Corcovado.

O Carro N. 13

I

A fazenda da Soledade está situada no centro de um rico município fluminense, e pertencia há dez anos ao comendador Faria, que a deixou em herança ao único filho que teve do primeiro matrimônio, e que se chama o Dr. Amaro de Faria. O comendador morreu em 185..., e poucos meses depois morreu a viúva, madrasta de Amaro. Não havendo filhos nem colaterais, veio o Dr. Amaro a ficar senhor e possuidor da fazenda da Soledade, com trezentos escravos, moendas de cana, grandes plantações de café, e vastíssimas florestas de magníficas madeiras. Conta redonda, possuía o Dr. Amaro de Faria uns dois mil contos e vinte oito anos de idade. Tinha uma chave de ouro para abrir todas as portas.

Era formado em direito pela Faculdade de S. Paulo, e os cinco anos que ali passou foram os únicos em que esteve ausente da casa paterna. Não conhecia a corte, onde apenas estivera algumas vezes de passagem. Apenas recebeu a carta de bacharel retirou-se para a fazenda, e já ali se achava havia cinco anos quando lhe faleceu o pai.

Coach 13

I

Soledade farm is situated in the center of a rich fluminense[1] municipality, and for ten years it belonged to Commander Faria, who died and left it as an inheritance for the only son from his first marriage, Dr. Amaro Faria. The Commander died in the 1850s, as did his widow, Amaro's stepmother, some months later. As they didn't have any other children or relatives, Dr. Amaro became the sole owner of Soledade farm, with its three hundred slaves, sugar mills, great coffee plantations, and extensive forests with magnificent wood. Dr. Amaro had exactly two thousand *contos de réis*[2] and was twenty-eight years of age. He had a golden key to open all doors.

He was graduated in Law by Faculdade de São Paulo,[3] and the five years he spent there were the only ones in which he had been absent from his father's house. He didn't know the royal court[4], which he had only passed by. He retired to the farm when he received his bachelor's degree, and had been living there for five years when his father died.

Todos supuseram, apenas morreu o comendador, que o dr. Amaro continuasse a ser exclusivamente fazendeiro sem importar-se com mais coisa alguma do resto do mundo. Efetivamente eram essas as intenções do moço; o diploma de bacharel servia lhe apenas para mostrar em qualquer tempo, se necessário fosse, um título científico; mas ele não tinha intenção alguma de usar dele. O presidente da província, andando um dia em viagem, hospedou-se na fazenda da Soledade, e depois de uma hora de conversa ofereceu ao dr. Amaro um cargo qualquer; mas o jovem fazendeiro recusou, dando em resposta que desejava simplesmente cultivar o café e a cana sem importar-se com o resto da república. O presidente dificilmente conciliou o sono, pensando em tamanha abnegação e indiferença da parte do rapaz. Uma das convicções do presidente era que não havia Cincinatos.

Estavam as coisas neste pé, quando apareceu na fazenda da Soledade um antigo colega de Amaro, formado ao mesmo tempo em que ele e possuidor de alguma fortuna.

Amaro recebeu alegremente o companheiro, que se chamava Luís Marcondes, e vinha da corte expressamente para visitá-lo. A recepção foi como costuma ser no nosso hospitaleiro interior. Tomada a primeira xícara de café, Marcondes disparou contra o colega esta carga de palavras:

— Então, que é isto? Estás metido em corpo e alma no café e no açúcar? Disseram-me isto apenas cheguei à corte, porque, não sei se sabes, vim há poucos meses de Paris.

— Ah!

— É verdade, meu Amaro, estive em Paris, e hoje compreendo que a maior desgraça deste mundo é não ter estado naquela grande cidade. Não imaginas, meu rico, que viver é aquele! Ali não falta nada; é pedir por boca. Corridas, bailes, teatros, cafés, *parties de plaisir*, é uma coisa ideal, é um sonho, é o *chic*... É verdade que os cobres não se conservam muito tempo na algibeira. Ainda bem o correspondente não acaba de

Once the Commander died, everybody supposed that Dr. Amaro would continue to be exclusively a farmer having no concerns with anything else in the world. These were effectively the lad's intentions. The only function of the bachelor's degree was to display, anytime and if necessary, a scientific title; but he had no intention of using it. The province president stayed at Soledade farm during a trip and, after an hour of talking, offered Dr. Amaro some post, but the young farmer refused, saying that he simply wanted to cultivate coffee and sugar cane without worrying about the rest of the republic. The president could hardly sleep that night, thinking about Amaro's abnegation and indifference. One of the president's convictions was that there was no such a thing as Cincinnatus.[5]

That's the way things stood when an old friend of Amaro showed up at Soledade farm. They had graduated together, and the lad had some money.

Amaro welcomed his friend joyfully. His name was Luís Marcondes, and he came from the royal court especially to visit him. The reception was the way it is in our hospitable countryside. After drinking his first cup of coffee, Marcondes fired off this charge of words:

"So, what the hell is this? Are you body and soul in coffee and sugar? I learnt of this as soon as I arrived in court, because, I don't know if you know, I arrived from Paris a few months ago."

"Oh!"

"It is true, my dear Amaro, I have been to Paris, and now I understand that not having been to that city can be the biggest disgrace in the world. You can't imagine, my friend, what life style that is! There is nothing missing in that city; you only have to ask. Racings, balls, theaters, cafés, *parties de plaisir,*[6] it's an ideal thing, it's a dream, it's chic… It's true that you can't keep the coppers in your pocket for long. A thousand francs run out of the door as soon as they are delivered by the correspondence clerk; yet one can live on it. But, as I was saying,

entregar os mil francos, já eles correm pela porta fora; mas vive-se. Mas, como ia dizendo, quando cheguei à corte, a primeira notícia que me deram foi que tu estavas fazendeiro. Custou-me a acreditar. Tanto teimaram, que eu quis vir examinar a coisa com os meus próprios olhos. Parece que é exato.

— É, respondeu Amaro. Bem sabes que eu estou acostumado a isto; aqui fui educado, e, apesar de ter estado algum tempo fora, creio que em nenhuma parte estarei tão bem como aqui.

— O hábito é uma segunda natureza, disse sentenciosamente Marcondes.

— É verdade, retorquiu Amaro. Dou-me bem, e não acho que a vida seja má.

— Que a vida seja má? Em primeiro lugar, não está provado que isto seja vida; é vegetação. Comparo-te a um pé de café; nasceste, cresceste, vives, dás fruto, e morrerás na perfeita ignorância das coisas da vida... Para um rapaz da tua idade, que é inteligente, e possui dois mil contos, semelhante viver equivale a um suicídio. A sociedade exige...

A conversa foi interrompida pelo jantar, que livrou ao fazendeiro e ao leitor de um discurso de Marcondes. Na academia o jovem bacharel era conhecido pela alcunha de *perorador*, graças à mania que ele tinha de discursar a propósito de tudo. Amaro ainda se lembrava da arenga que Marcondes pregou a um bilheteiro de teatro por uma questão de preço de bilhete.

II

A maçada estava apenas adiada.

Durante o jantar a conversa versou sobre as recordações dos tempos acadêmicos, e as novidades mais frescas da corte. No fim do jantar Marcondes consentiu em ir ver os engenhos e algumas obras da fazenda, em companhia de Amaro e do professor público da localidade, que, estando em férias de Natal, fora passar alguns dias com o jovem fazendeiro. O

when I arrived in court, the first news they gave me was that you became a farmer. It was hard to believe. They insisted so much that I decided to come and examine it with my own eyes. It seems that it's true."

"Yes," Amaro answered. "You know that I am used to doing this; I was educated here, and, even though I was absent for some time, I believe I wouldn't be finer anywhere."

"Habit is a second nature," Marcondes said sententiously.

"It is true," Amaro rejoined. "I am fine, and I don't think I have a bad life."

"Bad life? Firstly, this is not life; this is vegetation. You can be compared to a coffee tree: you were born, you grew up, you live, you bear fruit, and you will die in a perfect state of ignorance in relation to many things in life... For a lad of your age, who is intelligent and has two thousand *contos*, such a lifestyle is like suicide. Society demands...

The conversation was interrupted by dinner, which freed both the farmer and the reader from Marcondes's speech. In the academy the young graduate was known as a stubborn speaker due to the habit of making long speeches about everything. Amaro still remembered the harangue Marcondes threw at a theater ticket seller because of the price of a ticket.

II

The botheration was only postponed.

During dinner, the conversation revolved around the memories of academic times and the freshest news from the court. By the end of dinner Marcondes agreed to go and see the sugar mills and some other works on the farm, accompanied by Amaro and the local public school teacher, who, being on Christmas holiday, decided to spend a few days with Amaro on the farm. The teacher had the habit of citing ancient agricultural practices against modern improvements, which provoked Marcondes's speeches and Amaro's yawning.

professor tinha a mania de citar os usos agrícolas dos antigos a propósito de cada melhoramento moderno, o que provocava um discurso de Marcondes e um bocejo de Amaro.

Chegou a noite, e o professor foi deitar-se, menos por ter sono que por fugir às perorações de Marcondes. Este e Amaro ficaram sós na sala de jantar, para onde vieram café e charutos, e entraram ambos a conversar de novo sobre os tempos da academia. Cada um deles deu notícia dos companheiros de ano, os quais andavam todos dispersados, uns juízes municipais, outros presidentes de província, outros deputados, outros advogados, muitos inúteis, entre os quais o jovem Marcondes, que dizia ser o homem mais feliz da América.

— E a receita é simples, dizia ele a Amaro; deixa a fazenda, faze uma viagem, e verás.

— Não posso deixar a fazenda.

— Por quê? Não és bastante rico?

— Sou; mas, enfim, a minha felicidade é esta. Demais, eu aprendi com meu pai a não deixar a realidade pelo incógnito; o que eu não conheço pode ser muito bom; mas se o que eu tenho é igualmente bom, nada de arriscá-lo para investigar o desconhecido.

— Bela teoria! exclamou Marcondes pondo no pires a xícara de café que ia levando à boca. Desse modo, se o mundo pensasse sempre assim, ainda hoje vestíamos as peles dos primeiros homens. Colombo não teria descoberto a América; o capitão Cook...

Amaro interrompeu esta ameaça de discurso, dizendo:

— Mas eu não quero descobrir nada, nem imponho os meus sentimentos como opinião. Estou bem; por que motivo irei eu agora ver se encontro melhor felicidade, arriscando-me a não encontrá-la?

— És um carranca! Não falemos nisto.

Cessou, com efeito, a discussão. Entretanto Marcondes, ou de propósito, ou por vaidade - talvez ambos os motivos - entrou a contar a Amaro as suas intermináveis aventuras no país e no estrangeiro. A

The night came and the teacher went to bed, not because he wanted to sleep but because he wished he could escape from Marcondes's perorations. Marcondes and Amaro were alone in the dining room, where they went for coffee and cigars, and began to talk again about school days. They both had news about the other fellows, who were all dispersed. Some became municipal judges, others became province presidents, or deputies, or lawyers, many of them useless people like the young Marcondes, who claimed he was the happiest man in the Americas.

"And the recipe is simple," he said to Amaro; "leave the farm, travel, and you will see."

"I can't just leave the farm."

"Why not? Aren't you rich enough?"

"I am; but, after all, this is my happiness. Besides, I learned from my father that I shouldn't exchange reality for the unknown. What I don't know can be very good; but if what I have is equally good, I won't dare risking it to investigate the unknown."

"Beautiful theory!" Marcondes exclaimed, putting the cup of coffee he was drinking on the saucer. "Therefore, if people in the world always thought like you, we would be still wearing the first men's clothing. Columbus wouldn't have discovered America; Captain Cook..."

Amaro interrupted this threat of a speech by saying:

"But I don't want to discover anything or even impose my feelings as an opinion. I am fine. Why would I try to find a better happiness, risking not finding it?"

"You're stubborn! Let's not talk about this."

The discussion was really over. However, Marcondes, on purpose or for vanity – maybe both – began to tell Amaro all his interminable adventures in the country and outside it. His narrative was a mix of history and fable, truth and invention, which entertained Amaro's spirit until dawn.

narrativa dele era uma mistura de história e de fábula, de verdade e de invenção, que entreteve largamente o espírito de Amaro até alta noite.

Marcondes conservou-se na fazenda da Soledade cerca de oito dias, e jamais cessou de conversar acerca do contraste que oferecia aquilo que ele chamava vida com o que lhe parecia simples e absurda vegetação. O caso é que no fim de oito dias tinha conseguido que Amaro fosse viajar à Europa com ele.

— Quero obsequiar-te, dizia Amaro a Marcondes.

— Hás de agradecer-me, respondia este.

Marcondes foi para a corte, esperou pelo jovem fazendeiro, que daí a um mês aí se achou, tendo entregue a fazenda a um velho amigo de seu pai. No primeiro paquete embarcaram os dois colegas da academia, caminho de Bordéus.

III

Importa-nos pouco, e mesmo nada, o saber da vida que passaram os dois viajantes na Europa. Amaro, que tinha tendências sedentárias, apenas chegou a Paris aí ficou, e como Marcondes não desejava passar além, não o importunou por mais.

Uma capital como aquela tem sempre que ver e admirar: Amaro ocupou-se com o estudo da sociedade em que vivia, dos monumentos, dos melhoramentos, dos costumes, das artes, de tudo. Marcondes, que tinha outras tendências, tratou de levar o amigo para o centro dos que ele chamava prazeres celestes. Amaro não resistiu, e foi; mas tudo cansa, e o fazendeiro não encontrou em nada daquilo a felicidade que o amigo lhe anunciara. No fim de um ano, Amaro determinou voltar para a América, com grande desgosto de Marcondes, que em vão procurou retê-lo.

Voltou Amaro aborrecido com ter gasto um ano sem vantagem alguma, a não ser o ter visto e admirado uma grande capital. Mas a felicidade que ele devia ter? Essa nem por sombra.

Marcondes stayed on Soledade farm for eight days and never ceased to talk about the contrast offered by what Amaro called life with what seemed to him to be simple and absurd vegetation. By the end of the eight days, he convinced Amaro to go to Europe with him.

"I want to do you a favor." Amaro said to Marcondes.

"You will thank me for this," he answered.

Marcondes went to the royal court, waited for the young farmer, who arrived after a month, having entrusted the farm to an old friend of his father. The two academy colleagues boarded the first liner to Bordeaux.

III

It is of little importance, actually none at all, knowing about the life of the two travelers in Europe. Amaro, who had sedentary tendencies, arrived in Paris and stayed there, and as Marcondes didn't want to leave the city, he didn't bother his friend anymore.

A city like Paris has many things to be seen and admired. Amaro occupied himself studying the society in which he was living, its monuments, its improvements, its customs, its arts, everything. Marcondes, who had other tendencies, took his friend to the center of what he called the celestial pleasures. Amaro didn't resist, and went. But things become tiring, and the farmer didn't find in anything the happiness announced by his friend. By the end of one year, Amaro was determined to return to South America, to Marcondes's chagrin who tried in vain to dissuade him.

Amaro returned annoyed by the idea of having spent one year without getting anything out of it, except having seen and admired a great city. But what about the happiness he should have? He saw not even the shadow of it.

"I didn't do a good thing," he said to himself, "to have yielded to his advice. I came to search for the unknown. It's a lesson I should learn."

— Fiz mal, dizia ele consigo, em ter cedido aos conselhos. Vim em busca do desconhecido. É uma lição que me há de aproveitar.

Embarcou, e chegou ao Rio de Janeiro, com grande alegria no coração. O seu desejo era seguir logo para a fazenda da Soledade. Mas lembrou-se de que existiam na corte algumas famílias da amizade da sua, a quem cumpria ir falar antes de partir para o interior.

— Quinze dias é o bastante, pensou ele.

Meteu-se num hotel, e logo no dia seguinte começou a romaria das visitas.

Uma das famílias a quem Amaro visitou era a de um fazendeiro de Minas, que em virtude de vários processos que teve por motivo de relações comerciais viu reduzidos os seus bens, e mudara-se para a corte, onde vivia com a fortuna que lhe restava. Chamava-se Carvalho.

Aí achou Amaro, como fazendo parte da família, uma moça de vinte e cinco anos, de nome Antonina. Era viúva. Estava em casa de Carvalho, porque este fora íntimo amigo do pai dela, e como este já não existisse, e ela não quisesse viver só, depois de viúva, Carvalho recebeu-a em casa, onde era tratada como filha mais velha. Antonina tinha alguma coisa de seu. Era prendada, espirituosa, elegante. Carvalho admirava sobretudo a sua penetração de espírito, e não cessava de elogiar-lhe essa qualidade, que para ele era suprema.

Amaro Faria foi lá duas vezes em três dias, como simples visita; mas no quarto dia sentiu já em si uma necessidade de lá voltar. Se tivesse partido para a fazenda era possível que não lhe lembrasse mais nada; mas a terceira visita produziu outra, e outras, até que no fim de quinze dias, em vez de partir para a roça, Amaro dispunha-se a residir largo tempo na corte.

Estava namorado.

Antonina merecia ser amada por um rapaz como Faria. Sem ser deslumbrantemente formosa, tinha umas feições regulares, uns olhos ardentes, e era muito simpática. Gozava de geral consideração.

He embarked, and arrived in Rio de Janeiro with great happiness in his heart. His desire was to go directly to Soledade farm. But he remembered that there were some families in the court which used to have relations with his own family, and he decided to visit them before going back to the countryside.

"Fifteen days is enough," he thought.

He stayed in a hotel and began the visiting pilgrimage the following day.

One of the families Amaro visited was of a farmer from Minas, who had his fortune reduced because of proceedings involving commercial relations, and who decided to live in the court with the rest of his money. His name was Carvalho.

In Carvalho's house, Amaro met a twenty-five year old lady named Antonina, who was part of the family. She was a widow. Carvalho had been her deceased father's intimate friend, and as she didn't want to live alone after her husband died, she was living at his house, where she was welcomed after her widowhood and treated like an older daughter. Antonina was unique. She was gifted, witty, elegant. Carvalho admired, above all, her penetration of spirit, and he didn't stop praising this quality, which for him was supreme.

Amaro Faria went there twice in three days, as a simple guest; but on the fourth day he felt the need of going there again. It was possible that he wouldn't have remembered anything had he gone to the farm; but the third visit produced another one, and another, until, by the end of fifteen days, instead of going back to the countryside, Amaro was willing to live for longer in the court.

He was in love.

Antonina deserved to be loved by a young man like Faria. Even though she wasn't stunningly beautiful, she had regular facial features, fiery eyes, and was extremely friendly. She was much admired by all.

O rapaz era correspondido? Era. A jovem correspondeu logo ao afeto do fazendeiro, com certo ardor que aliás o mancebo partilhava.

Quando Carvalho desconfiou do namoro, disse a Amaro Faria:

— Já sei que você tem namoro cá em casa.

— Eu?

— Sim, você.

— Pois sim, é verdade.

— Não há nada de mau nisto. Eu apenas quero dizer-lhe que tenho olho vivo, e nada me escapa. A rapariga merece.

— Oh! Se merece! Quer saber de uma coisa? Eu já abençoo aquele maldito Marcondes que me arrancou lá da fazenda, pois que eu venho achar aqui a minha felicidade.

— Então é decidido?

— Se é! Pensando bem, eu não posso deixar de casar-me. Quero ter uma vida calma, é o meu natural. Achando uma mulher que não exija modas nem bailes estou contente. Creio que esta é assim. Além disso, é bonita...

— E mais que tudo discreta, acrescentou Carvalho.

— É o caso.

— Bravo! Posso avisá-la de que...

— Toque-lhe nisso...

Carvalho trocou estas palavras com Amaro na tarde em que este lá jantou. Na mesma noite, quando Amaro se despediu, disse-lhe Carvalho em particular:

— Toquei-lhe naquilo: a disposição é excelente!

Amaro foi para casa disposto a fazer no dia seguinte a sua proposta de casamento a Antonina.

E, com efeito, no dia seguinte apareceu Amaro em casa de Carvalho, como costumava, e aí, em conversa com a viúva, perguntou-lhe francamente se queria casar com ele.

— Ama-me então? perguntou ela.

Was the young man reciprocated? Yes, he was. The young lady soon reciprocated the young farmer's affection, with a certain fervor which was shared by him.

When Carvalho suspected the romance, he said to Amaro Faria:

"I know you have romance here in my house."

"Me?"

"Yes, you."

"Yes, that's true."

"There is nothing wrong with that. I just want to let you know that I have keen eyes, and nothing escapes me. The young lady deserves it."

"Oh! She really does! You know what? I already bless that damned Marcondes, who took me out of that farm, because I found my happiness over here."

"So, is it decided?"

"Yes, it is! When I think about it, I can't miss the opportunity of getting married. I want to have a peaceful life, it's my nature. I would be happy with a woman who doesn't demand fashion or formal balls. I believe she is the right one. Besides, she is beautiful..."

"And discreet above all," Carvalho added.

"That's the case."

"Bravo! Can I tell her that..."

"Yes, you can..."

These words were exchanged with Amaro in the afternoon he had dinner at Carvalho's house. In the same night, when Amaro said goodbye, Carvalho said privately to him:

"I talked to her, and her attitude is excellent!"

Amaro went home intending to propose to Antonina the next day.

And, indeed, Amaro turned up at Carvalho's house the next day, as usual, and then talking to the widow, he sincerely asked Antonina if she wanted to marry him.

"Do you love me then?" she asked.

— Deve tê-lo percebido, porque eu também percebi que sou amado.

— É, disse ela com a voz um pouco trêmula.

— Aceita-me por marido?

— Aceito, disse ela. Mas repita que me ama.

— Cem vezes, mil vezes, se quer. Amo-a muito.

— Não será um fogo passageiro?

— Se eu empenho a minha vida inteira!

— Todos a empenham; mas depois...

— Começa então por uma dúvida?

— Um receio natural, um receio de quem ama...

— Não me conhece ainda; mas verá que eu digo a verdade. É minha, sim?

— Perante Deus e os homens, respondeu Antonina.

IV

Estando as coisas assim tratadas, não havendo obstáculo algum, fixou-se o casamento para dali a dois meses.

Amaro já abençoava o haver saído da fazenda, e nesse sentido escreveu uma carta a Marcondes agradecendo-lhe a tentação que exercera nele.

A carta terminava assim:

> Mefistófeles do bem, eu te agradeço as tuas inspirações. Na Soledade havia tudo, menos a mulher quem agora encontrei.

Como se vê, não aparecia a menor sombra no céu da vida do nosso herói. Parecia impossível que alguma coisa viesse turvá-lo.

Pois veio.

Uma tarde, entrando Amaro Faria para jantar achou uma carta com o selo do correio.

Abriu-a e leu-a.

A carta dizia isto:

"You might have noticed, because I've noticed that I'm loved."

"Yes," she said with a trembling voice.

"Do you accept me as your husband?"

"I do," she said. "But say that you love me again."

"A hundred times, a thousand times if you want. I love you so much."

"It isn't just a flash in the pan?"

"If I pledge my whole life!"

"All people do; but then…"

"Do you begin with a doubt?"

"A natural fear, of a person who is in love…"

"You don't know me yet; but you will see that I tell the truth. Are you mine?"

"Before God and all men," Antonina answered.

IV

With everything set, and having no obstacles, the wedding was arranged for within two months.

Amaro had blessed his having left the farm and wrote a letter to Marcondes thanking him for the temptation exerted over him.

The letter ended the following way:

> Good Mephistopheles,[7] I thank you for your inspirations. At Soledade farm I had everything, but I didn't have the woman whom I have now found.

As can be seen, there were no shades in the sky of our hero's life. It seemed impossible that something would happen to cloud it.

But it happened.

One afternoon, when Amaro Faria arrived for dinner, he found a letter with a stamp from the post office.

He opened the letter and read it.

This is what the letter said:

Uma pessoa que o viu há dias no Theatro Lyrico, num camarote da segunda ordem, é quem escreve esta carta.

Há quem atribua o amor a simpatias elétricas; não tenho nada com essas investigações; mas o que me acontece faz crer que os que adotam aquela teoria tenham razão.

Era a primeira vez que o via e logo, sem saber como, nem por que razão, senti-me dominada pelo seu olhar.

Passei uma noite horrível.

O senhor estava ao pé de duas senhoras, e conversava ternamente com uma delas. É sua noiva? é sua mulher? Não sei; mas seja o que for, bastou-me vê-lo assim, para odiar o objeto das suas atenções.

Talvez que haja loucura neste passo que dou; é possível, porque eu perdi a razão. Amo-o doidamente, e bem quisera poder dizer-lhe em face. É o que nunca farei. Os meus deveres obrigam-me a esta reserva; estou condenada a amá-lo sem confessar que o amo.

Basta, porém, que o senhor saiba que há uma mulher, entre todas as desta capital, que apenas o vê estremece de júbilo e de desespero, de amor e de ódio, por não poder ser sua, unicamente sua.

Amaro Faria leu e releu esta carta. Não conhecia a letra, nem podia imaginar quem fosse a autora. Soube apenas o que lhe dizia a carta; nada mais.

Passado, porém, esse primeiro movimento de curiosidade, o fazendeiro da Soledade guardou a carta, e foi passar a noite em casa de Carvalho, onde Antonina o recebeu com a ternura do costume.

Amaro quis referir a aventura da carta; mas receando que um fato tão inocente pudesse causar infundados ciúmes à futura esposa, não disse palavra a esse respeito.

Daí a dois dias nova carta o esperava.

A person who saw you at Theatro Lyrico Fluminense[8] days ago, in a second class box. That's who writes this letter.

There are people who attribute love to electric affections; I don't know anything about these investigations, but what happens to me makes me believe that the ones who adopt such theory are right.

It was the first time I saw you and soon, without knowing how or why, I felt I was subdued by your eyes.

I had a terrible night.

You were accompanied by two ladies and talked affectionately to one of them. Is she your fiancée? Is she your wife? I don't know, but whatever she is, it was enough to see you like that for me to start hating the object of your attentions.

Maybe the step I am taking is insane; it's possible, because I've lost my mind. I love you madly, and I wish I could tell you face to face. That's something I will never do. My duties force me to be reserved. I'm doomed to love you without confessing that I love you.

It is enough, however, that you know that there is a woman, amongst all women in this city, who trembles in jubilation and despair, in hatred and love, when she sees you, because she can't be yours, only yours.

Amaro Faria read the letter over and over again. He didn't know the handwriting, and couldn't imagine who the writer was. He only knew what the letter was saying, and nothing more.

After this first moment of curiosity, however, the farmer from Soledade put the letter away and spent the night at Carvalho's house, where Antonina welcomed him with the usual tenderness.

Amaro wanted to refer to the adventure of the letter, but didn't say a word about it as he feared that such an innocent fact could cause unfounded jealousy in his future wife.

Two days later a new letter was waiting for him.

Desta vez Amaro abriu a carta apressadamente, por ter visto que a letra era a mesma.

O romance começava a interessá-lo.

Dizia a carta:

> Foi inútil o meu protesto. Quis deixar de escrever-lhe mais; apesar de tudo, sinto que não posso deixar de fazê-lo. É uma necessidade fatal...
>
> Ah! Os homens ignoram quanto esforço é preciso a uma mulher para conter-se nos limites do dever.
>
> Hesitei muito em escrever-lhe a primeira carta, e esta mesmo não sei se lhe remeterei; mas o amor triunfou e triunfará sempre, porque eu já não vivo senão pela sua lembrança! De noite e de dia, a todas as horas, em todas as circunstâncias, a sua pessoa está sempre presente ao meu espírito.
>
> Sei o seu nome, sei a sua posição. Sei mais que é um homem de bem. O senhor é que não sabe quem eu sou, e pensará ao ler estas cartas, que eu ando em busca de um romance que me rejuvenesça o coração e as feições. Não; sou moça, e posso afirmar que sou bela. Não é porque mo digam; poderão querer lisonjear-me; mas o que não é lisonja é o murmúrio de admiração que eu ouço apenas entro numa sala ou passo em alguma rua.
>
> Desculpe se lhe falo de mim com esta linguagem.
>
> O que importa saber é que eu o amo perdidamente, e que a ninguém mais pertenço, nem pertencerei.
>
> Uma carta sua, uma linha, uma lembrança, para que eu tenha uma relíquia e um talismã.
>
> Se quiser fazer esta graça em favor de uma mulher desgraçada, escreva a P. L., e mande pôr no correio, que eu lá mandarei buscar.
>
> Adeus! Adeus!

This time Amaro opened the letter hurriedly, seeing that the handwriting was the same.

The romance began to interest him.

The letter said:

> My protest was useless. I didn't want to write to you anymore; above all, I feel that I can't control myself. It's a fatal need...
>
> Ah! Men ignore the effort it takes for a woman to hold herself back within the limits of her duties.
>
> I very much hesitated to write the first letter, and I don't know if I will send this one to you; but love triumphed and will always triumph, because I no longer live without you. Night and day, every hour, in all the circumstances, you are always in my spirit.
>
> I know your name and the position you occupy. I know you're a good man. You don't know who I am, and you will think, when reading these letters, that I am seeking an affair which can make my heart and features younger. No. I am a young lady, and I can claim I am beautiful. It's not because people tell me; they could flatter me; but what is not flattering is the murmur of admiration that I hear when I enter a room or walk on the street.
>
> I am sorry if I speak to you about myself in such language.
>
> What is important to know is that I love you madly, and that I don't belong and won't belong to anybody else but you.
>
> A letter from you, a line, a keepsake, so that I have a relic and a talisman.
>
> If you want to do this grace in favor of a disgraced woman, write to P.L., and post it, so I can send somebody to get it.
>
> Goodbye! Goodbye!

Amaro Faria não estava acostumado a romances destes, nem eles são comuns na vida.

A primeira carta produzira-lhe uma certa curiosidade, que aliás passou; mas a segunda já lhe produzira mais; sentia-se atraído para o misterioso e o desconhecido, isso a que ele fugira sempre, contentando-se com a realidade prática das coisas.

— Devo escrever-lhe? perguntava ele consigo. É positivo que esta mulher ama-me; não se escrevem cartas assim. É bonita, porque o confessa sem medo de prová-lo algum dia. Mas devo escrever-lhe?

Nisto batem palmas.

V

Era Luís Marcondes que chegava da Europa.

— Que é isto? Já de volta? perguntou-lhe Amaro.

— É verdade; para variar. Eu é que me admiro de achar-te na corte, quando já te fazia na fazenda.

— Não, não fui à Soledade depois que voltei; e vais espantar-te da razão; vou casar-me.

— Casar-te!

— É verdade.

— Com a mão esquerda, morganaticamente...

— Não, publicamente, e com a mão direita.

— É assombroso.

— Dizes isso porque não conheces a minha noiva; é um anjo.

— Então dou-te os meus parabéns.

— Hei de apresentar-te hoje. E para festejar a tua chegada jantas comigo.

— Sim.

À mesa do jantar, Amaro contou a Marcondes a história das cartas; e leu-lhes ambas.

— Bravo! disse Marcondes. Que lhe respondeste?

— Nada.

Amaro Faria wasn't used to such romances, nor are they common in life.

The first letter yielded a certain curiosity in him, which had actually passed; but the second one produced more enthusiasm. He felt attracted to the mysterious and the unknown, things he has always avoided, satisfied with the practical reality of things.

"Should I write to her?" he asked himself. "It is true that this woman loves me; writing letters like these is not usual. She is beautiful, because she confesses this without being afraid of proving it one day. But should I write to her?"

Then someone claps their hands at the door.[9]

V

It was Luís Marcondes returning from Europe.

"What is this? Are you back already?" Amaro asked him.

"That's true; for a change. I am the one surprised to find you in the court, when I thought you were already at the farm."

"No, I didn't go to Soledade after I returned, and you will be amazed with the reason: I'm going to get married."

"Get married?"

"That's true."

"With the left hand, morganatically…"

"No, publicly, and with the right hand."

"It's staggering."

"You say this because you don't know my fiancée; she's an angel."

"Then I congratulate you."

"I will introduce you to her today. And I invite you for dinner to celebrate your arrival."

"Yes."

At the dinner table, Amaro told Marcondes the story of the letters, and read them both.

— Nada! És um grosseirão e um tolo. Pois uma mulher escreve-te, mostra-se apaixonada por ti, e tu nada lhe respondes? Não fará isso o Marcondes. Desculpa se te falo em verso... O velho Horácio...

Estava iminente um discurso. Faria, para atalhá-lo, apresentou-lhe a lista, e Marcondes passou rapidamente do velho Horácio a um assado com batatas.

— Mas - continuou o amigo de Amaro, não me dirás por que motivo lhe não respondeste?

— Eu sei lá. Primeiramente porque não estou acostumado a esta espécie de romances vivos, começando por cartas anônimas, e depois porque vou casar...

— A isso respondo eu que uma vez é a primeira, e que o ires casar não impede nada. Indo daqui para Botafogo, não há motivo nenhum que me impeça de entrar no Passeio Público ou na Biblioteca Nacional... Queres tu ceder-me o romance?

— Isso nunca: seria uma deslealdade...

— Pois então responde.

— Mas que lhe hei de dizer?

— Dize-lhe que a amas.

— É impossível; ela não pode acreditar...

— Pateta! disse Marcondes pondo vinho nos cálices. Dize-lhe que a simples leitura das cartas te pôs a cabeça a arder, e que já sentes que hás de vir a amá-la, se já não a amas... e neste sentido escreve-lhe três ou quatro laudas.

— Então achas que eu devo...

— Sem dúvida alguma.

— Para falar a verdade eu tenho certa curiosidade...

— Pois avante.

Amaro escreveu nessa mesma tarde uma carta concebida nestes termos, que Marcondes aprovou integralmente:

> Senhora. Quem quer que seja, é uma alma grande e
> um coração de fogo. Só um grande amor pode aconsel-
> har um passo destes tão arriscado.

"Amazing!" Marcondes said. "What did you answer to her?"

"Nothing."

"Nothing! You're rude and a fool. A woman writes to you, showing she's in love with you, and you don't answer anything? Marcondes wouldn't do that. I'm sorry if I speak to you in verses... The old Horatius..."

A speech was imminent. In order to avoid it, Faria presented the menu to him, and Marcondes rapidly went from old Horatius to roast beef with potatoes.

"But," Amaro's friend continued, "won't you tell me why you didn't reply to her?"

"I don't know. Firstly, because I'm not used to this kind of vivid romance, starting with the anonymous letters, and because I'm going to get married..."

"To that I say that there's always a first time, and that getting married doesn't stop anything. If I'm going from here to Botafogo, there is nothing to stop me from entering the Passeio Público[10] or the Biblioteca Nacional...[11] Do you want to give the romance to me?"

"I would never do that. It would be unfair..."

"So then, reply to the letters."

"But what will I say to her?"

"Tell her you love her."

"It's impossible; she cannot believe this..."

"You goof," Marcondes said, while pouring wine into the chalices. "Tell her that the simple reading of the letters sets your head on fire, and that you feel you can love her, if you don't already... write three or four pages this way."

"So you think I must..."

"No doubt."

"To tell the truth, I feel a bit curious..."

"So go ahead."

Li e reli as suas duas cartas; e hoje, quer que lhe diga? Penso nelas exclusivamente; fazem-me o efeito de um sonho. Eu pergunto a mim mesmo se é possível que eu inspirasse tal amor, e agradeço aos deuses o ter-me demorado aqui na corte, pois que tive ocasião de ser feliz.

Na minha solidão as suas cartas são um íris de esperança e de felicidade.

Mas eu seria mais completamente feliz se pudesse conhecê-la; se me fosse dado vê-la de perto, adorar sob a forma humana este mito que a minha imaginação está criando.

Ousarei esperá-lo?

É já grande atrevimento conceber semelhante ideia; mas espero que me perdoará, porque o amor perdoa tudo.

Em qualquer caso, fique certa de que eu sinto-me com forças para corresponder ao seu amor, e adorá-la como merece.

Uma palavra sua, e ver-me-á correr por entre os mais insuperáveis obstáculos.

A carta foi para o correio com as indicações necessárias; e Amaro, que ainda hesitou no momento de mandá-la, dirigiu-se à noite para casa da noiva em companhia de Luís Marcondes.

VI

Antonina recebeu o noivo com a mesma alegria do costume. Marcondes agradou a todas as pessoas da casa pelo gênio galhofeiro que tinha, e apesar da tendência para os discursos intermináveis.

Quando, pelas onze horas e meia da noite, saíram de casa de Carvalho, Marcondes apressou-se a dizer ao amigo:

— A tua noiva é linda.

— Não achas?

Amaro wrote the letter within those terms that same afternoon, which was fully approved by Marcondes:

> My lady. Whoever you are, you are a great soul and a heart of fire. Only a great love may advise such a risky step.
>
> I read your two letters over and over again; and today, do you want me to tell you? I think about them exclusively. They have the effect of a dream on me. I ask myself if it's possible for me to inspire such love, and I thank the gods for having me stay in the court, as now I have an opportunity to be happy.
>
> In my loneliness your letters are a rainbow of hope and happiness.
>
> But I would be more completely happy if I could meet you, if I could see you up close, and adore in human form the myth my imagination is creating.
>
> Should I dare hope for this?
>
> It's really bold to conceive such an idea, but I hope you will forgive me, because love forgives everything.
>
> In any case, be assured that I feel I have the strength to correspond to your love, and love you the way you deserve. A word from you and you will see me overcoming the most insuperable obstacles.

The letter was posted with the necessary information. Amaro, who still hesitated when sending it, went to his fiancée's house with Marcondes in the evening.

VI

Antonina welcomed her fiancée with the same usual happiness. Marcondes pleased all the people in the house with his playful spirit, despite his tendency for interminable speeches.

When they left Carvalho's house around eleven-thirty, Marcondes was eager to talk to his friend:

— Decerto. E parece que te quer muito...

— É por isso que eu lamento ter escrito aquela carta - disse Amaro suspirando.

— Olha que parvo! exclamou Marcondes. Por que motivo há de Deus dar nozes a quem não tem dentes?

— Acreditas que ela responda?

— Se responde! Eu estou traquejado nisto, meu rico!

— Que responderá ela?

— Mil coisas bonitas.

— Afinal em que dará tudo isto? perguntou Amaro. Eu creio que ela gosta de mim... Não te parece?

— Já te disse que sim!

— Estou ansioso por ver a resposta.

— E eu também...

Marcondes dizia consigo mesmo:

— Era bem bom que eu tomasse para mim este romance, porque o palerma estraga tudo.

Amaro percebeu que o amigo hesitava em dizer-lhe alguma coisa.

— Em que pensas? perguntou-lhe.

— Penso que tu és um palerma; e sou capaz de continuar o teu romance por minha conta.

— Isso não! já agora deixa-me acabar. Vamos ver que resposta vem. Quero que me ajudes, sim?

— Pronto, com a condição de que não hás de ser tolo.

Separaram-se.

Amaro foi para casa, e tarde conciliou o sono. A história das cartas enchia-lhe o espírito; imaginava a mulher misteriosa, construía dentro de si uma figura ideal; dava-lhe cabelos de ouro...

"Your fiancée is beautiful."

"Don't you think?"

"For sure. It seems she really loves you…"

"That's the reason why I regret having written that letter." Amaro said with a sigh.

"How silly you are!" Marcondes exclaimed. "For what reason must God send nuts to those who have no teeth?"

"Do you believe she will reply to the letter?"

"Yes, she will! I'm experienced in those things, my friend!"

"What will she reply?"

"A thousand beautiful things."

"After all, what will be the consequences of all this?" Amaro asked. "I believe she likes me… Doesn't it seem to you?"

"I told you so!"

"I am anxious to see the reply."

"Me too…"

Marcondes said to himself:

"It would be good if I took this romance for myself because this dunce spoils everything."

Amaro noticed that his friend was hesitating to tell him something:

"What are you thinking about?"

"I think you're a fool. I am capable of continuing your romance by myself."

"No! Now let me finish it. Let's see what answer comes. I want you to help me!"

"Yes, on the condition that you won't be a fool."

They parted.

Amaro went home, and only late could fall asleep. The story of the letters filled his spirit. He imagined a mysterious woman and built an ideal figure inside himself, giving her hairs of gold…

VII

A próxima carta da misteriosa mulher era um hino de amor e de alegria; ela agradecia ao seu amado aquelas linhas; prometia que só deixaria a carta quando morresse.

Havia, porém, dois períodos que aguaram o prazer de Amaro Faria. Um dizia assim:

> Há dias vi-o passar na rua do Ouvidor com uma família. Disseram-me que o senhor vai casar com uma das moças. Sofri horrivelmente; vai casar, quer dizer que a ama... e esta certeza mata-me!

O outro período pode resumir-se a estes termos:

> Quanto ao pedido que me faz de querer ver-me, respondo-lhe que não há de ver-me nunca; nunca, ouviu? Basta que saiba que eu o amo, muito mais do que há de amá-lo a viúva Antonina. Perca a esperança de ver-me.

— Estás vendo - disse Amaro Faria a Marcondes mostrando-lhe a carta, está tudo perdido.

— Oh! pateta! disse-lhe Marcondes. Tu não vês que esta mulher não diz o que sente? Pois acreditas que isto seja a expressão exata do pensamento dela? Acho a situação excelente para responderes; trata bem o período do teu casamento, e insiste de novo no desejo de contemplá-la.

Amaro Faria aceitou facilmente este conselho; o seu espírito o predispunha para aceitá-lo.

No dia seguinte uma nova epístola do fazendeiro da Soledade foi para a caixa do correio.

Os pontos capitais da carta foram tratados por mão de mestre. O instinto de Amaro supria-lhe a experiência.

Quanto à noiva, dizia ele que era exato que ia casar-se, e que naturalmente a moça com quem o viu a sua incógnita amadora era Antonina; entretanto, se era certo que o casamento fazia-se por inclinação, não

VII

The next letter from the mysterious woman was a hymn of love and happiness. She thanked her beloved for those lines. She promised she would let go of the letter only when she died.

There were, however, two paragraphs which spoiled Amaro Faria's pleasure. One said:

> Some days ago I saw you walking with a family at Rua do Ouvidor. People told me that you are going to get married to one of the young ladies. I suffered horribly. You're going to get married. That means you love her… and this certainty kills me!

The other paragraph can be summarized as follows:

> In relation to the request you made, I must answer that you will never see me; never, do you hear? Knowing that I love you much more than the widow Antonina loves you is enough. Give up on seeing me.

"You see," Amaro Faria said when he showed the letter to Marcondes. "Everything is lost."

"Oh! You fool!" Marcondes said to him. "Can't you see that this woman doesn't say what she feels? Do you believe that the letter is the exact expression of her thoughts? I think the situation is excellent for a reply. Write a good paragraph about your wedding, and insist again on your desire to see her."

Amaro Faria accepted this advice easily; his spirit predisposed him to accept.

A new epistle from the Soledade farmer was posted the next day.

The main points of the letter were explained masterfully. Amaro's instinct compensated for his experience.

As for the fiancée, he said that his wedding was happening, and that the young lady with whom he had been seen by his secret lover was in fact Antonina. However, if the marriage was being arranged by

era de estranhar que um novo amor viesse substituir aquele; e a própria demora do enlace era uma prova de que o destino lhe preparava uma felicidade maior no amor da autora das cartas.

Por fim, Amaro pedia instantemente para vê-la, ainda que fosse um minuto, porque, dizia ele, queria guardar as feições que devia adorar eternamente.

A incógnita respondeu, e a carta dela era um composto de expansões e reticências, protestos e negativas.

Marcondes animava o abatido e recruta Amaro Faria, que em mais duas cartas resumiu a maior força de eloquência de que podia dispor.

A última produziu o desejado efeito. A misteriosa correspondente terminava a sua resposta com estas textuais palavras:

> Consinto em que me veja, mas apenas um minuto. Irei com a minha criada, antes amiga que criada, em um carro, no dia 15, esperá-lo na praia do Flamengo, às sete horas da manhã. Para que se não engane, o carro tem o número 13; é o de um cocheiro que já esteve ao meu serviço.

— Que te dizia eu? perguntou Marcondes ao amigo quando este lhe mostrou esta resposta. Se não estivesse eu aqui lá se te ia por água abaixo este romance. Meu caro, dizem que a vida é um caminho cheio de espinhos e flores; se é assim, acho tolice que um homem não apanhe as flores que encontra.

Desta vez Marcondes pôde fazer tranquilamente o discurso; porque Amaro Faria, todo entregue às emoções que a carta lhe produzia, não procurou atalhá-lo.

— Enfim, hoje são 13 - disse Marcondes; 15 é o dia marcado. Se for bonita como diz, vê se foges com ela; o paquete do Rio da Prata sai a 23, e a tua fazenda é um quadrilátero.

an inclination, it wouldn't be a surprise that a new love could come and replace the first one. The time taken for the wedding to take place was the proof that destiny was preparing a greater happiness with the love of the author of the letters.

As a conclusion, Amaro instantaneously asked to see her, even for a minute, because, as he said, he wanted to keep the facial features of the one he would love eternally.

The secret lover replied, and her letter was a mix of expansions and reservations, protests and denials.

Marcondes encouraged the dispirited and unpracticed Amaro Faria, who, in two more letters, gathered all the strength of the eloquence he could muster.

The last letter produced the desired effect. The mysterious correspondent finished her answer with these words:

> I allow you to see me, but just for one minute. I will go with my servant, more of a friend than a servant, in a coach, on the 15th, to wait for you at Praia do Flamengo,[12] at 7 a.m. So that you don't get mistaken, the number of the coach is 13. It belongs to a coachman that has already worked for me.

"What did I tell you?" Marcondes asked his friend when he showed him the answer. "If I hadn't been here, your romance would have gone down the drain. My dear, it is said that life is a path full of thorns and flowers. If it is like that, I think it would be foolishness not to take the flowers a man finds along the way."

This time Marcondes could make his speech calmly, because Amaro Faria, given in to the emotions produced by the letter, didn't seek to stop him.

"After all, today is the 13th," Marcondes said. "The 15th is the scheduled day. If she is as beautiful as she says, run away with her; the La Plata River liner leaves on the 23rd, and your farm is a quadrilateral."

— Vê que letra fina! E que perfume!

— Não tem dúvida; é uma mulher elegante. O que eu desejo é saber o resultado; no dia 15 vou esperar em tua casa.

— Sim.

VIII

Rompeu finalmente o dia 15, ansiosamente esperado por Amaro Faria.

O jovem fazendeiro perfumou-se e enfeitou-se o mais que pôde. Estava adorável. Depois de um último olhar lançado ao espelho, Amaro Faria saiu e entrou num tílburi.

Tinha calculado o tempo de lá chegar; mas, como todo o namorado, chegou um quarto de hora antes.

Deixou o tílburi a certa distância, e entrou a passear ao longo da praia.

De cada vez que assomava um carro ao longe, Amaro Faria sentia-se enfraquecer; mas o carro passava, e em vez do número feliz trazia um 245 ou 523, que o deixava em profunda tristeza.

Amaro consultava o relógio de minuto a minuto.

Afinal assoma ao longe um carro que andava vagarosamente como devem andar os carros que entram em tais mistérios.

— Será este? disse Amaro consigo.

O carro aproximava-se com lentidão e vinha fechado, de maneira que ao passar junto de Amaro, este não pôde ver quem ia dentro.

Mas apenas passou, Amaro leu o número 13.

As letras pareceram-lhe de fogo.

Foi imediatamente atrás; o carro parou dali a vinte passos. Amaro aproximou-se e bateu na portinhola.

A portinhola abriu-se.

Havia dentro duas mulheres, ambas tinham um véu na cabeça, de maneira que Amaro não podia distinguir as suas feições.

"See what an elegant letter! And what a perfume!"

"No doubt she is an elegant woman. I wish to know the results. I will wait for you in your house on the 15th."

"Yes."

VIII

The 15th finally arrived, the day anxiously awaited by Amaro Faria.

The young farmer perfumed and groomed himself the best he could. He was adorable. After a last glance in the mirror, Amaro Faria left and got into a tilbury.

He had calculated the time he would take to arrive there; but, like all infatuated people, he arrived a quarter of an hour earlier.

He left the tilbury at a certain distance and began to walk along the beach.

Every time he saw a coach coming, Amaro Faria felt like weakening; but the coach would pass by and, instead of the happy number, it brought a 245 or a 523, which made him extremely sad.

Amaro looked at his watch every minute.

At last, along came a coach, moving as slowly as all those mysterious cars should run.

"Would that be the one?" Amaro said to himself.

The coach approached slowly and had the windows closed in such a way that, when it passed by Amaro's side, he couldn't identify who was inside.

But as the coach passed by, he could read the number 13.

The letters seemed to be made of fire.

He immediately went after it. It stopped twenty steps away. Amaro approached and knocked on the small door.

The small door opened.

There were two women inside, both of them with veils over their heads in such a way that Amaro couldn't distinguish their facial features.

"It's me!" he said shyly. "You promised me I would see you…"

— Sou eu! disse ele timidamente. Prometeu-me que eu a veria...

E dizendo isto dirigia-se alternadamente para uma e outra, pois não sabia qual delas era a misteriosa correspondente.

— Vê-la somente, e irei com a sua imagem no meu coração!

Uma das mulheres descobriu o rosto.

— Veja! disse ela.

Amaro recuou um passo.

Era Antonina.

A viúva continuou:

— Aqui estão as suas cartas; lucrei muito. Como depois de casada não será tempo de arrepender-se, foi bom que o conhecesse agora mesmo. Adeus.

Fechou a portinhola, e o carro partiu.

Amaro ficou alguns minutos no mesmo lugar, olhando sem ver, e com ímpetos de correr atrás do carro; mas era impossível apanhá-lo o mais ligeiro tílburi, porque o carro, levado a galope, ia longe.

Amaro chamou de novo o seu tílburi e voltou para a cidade.

Apenas chegou à casa, saiu-lhe ao encontro o jovem Marcondes, com um sorriso nos lábios.

— Então, é bonita?

— É o diabo! Deixa-me!

Instado por Marcondes, o fazendeiro da Soledade contou tudo ao amigo, que o consolou como pôde, mas saiu de lá rindo às gargalhadas.

IX

Amaro voltou para a fazenda.

Quando entrava pelo portão da Soledade foi dizendo consigo estas filosóficas palavras:

He was talking to both women as he said this, as he didn't know which one was the mysterious correspondent.

"I just want to see you, and I will go on with your image in my heart!"

One of the women took the veil off her face.

"Look!" she said.

Amaro retreated.

It was Antonina.

The widow continued:

"Here are your letters. I learned a lot. As it wouldn't be possible for me to regret after the wedding, it was better to get to know who you are beforehand. Goodbye."

She closed the small door, and the coach drove away.

Amaro stood a few minutes in the same place, looking without seeing anything, and with an impulse to run after the coach, but it was impossible for the fastest tilbury to reach it, because the coach, at a gallop, was already far away.

Amaro called his tilbury and returned to town.

As he entered the house, Marcondes went to meet him with a smile on his lips.

"So, is she beautiful?"

"The devil she is! Leave me alone!"

As Marcondes insisted, the Soledade farmer told his friend everything. Marcondes comforted him the way he could, but left the house laughing out loud.

IX

Amaro returned to the farm.

As he entered through Soledade gates, he said these philosophical words to himself:

"I return to my coffee. I had a bad experience every time I searched for the unknown; now I lock my doors and will live in the middle of my plantation."

— Volto ao meu café; sempre que fui em busca do desconhecido dei-me mal; agora tranco as portas e viverei no meio das minhas plantações.

Publicação original: *Jornal das Famílias*, Paris (03/1868), Edição 3, p. 69-83.

Notes

1   Everything that is related to the state of Rio de Janeiro.

2   Expression used in Brazil and in Portugal to indicate one million *réis*, the name of the Portuguese monetary unit that circulated in Brazil in the 19th and 20th centuries.

3   It was created in 1827, some years after the Brazilian Independence, as a key institution for the development of the nation. Its aim was to form men to act in the government.

4   It can also be used to refer to a circle of flatterers who surround a figure of authority. This word has an ironical connotation in Machado's works, as he uses it to refer to a political situation in which the Portuguese court, having arrived in Brazil in 1808, didn't rule the country anymore, since Brazilian independence happened in 1822 and his narratives take place after that. Machado also uses the word to refer to the flatterers surrounding people who belonged to the upper classes, characterized as futile and superficial.

5   Lucius Quinctius Cincinnatus (519BC-439BC), a Roman dictator known for his virtuosity and simplicity. He believed that virtue could be obtained with parsimony and not with money or luxury.

6   French, 'parties of pleasure.'

7   A satanic character from the Middle Ages, known as an evil incarnation, who used to capture innocent souls through irresistible seduction. He first appears in the legend of Faust as a feature of German folklore.

8   One of the most important theaters in Rio de Janeiro in the nineteenth century. It was founded in 1854 and demolished due to the foundation of Teatro D. Pedro II. It had a very important role in the socialization of the most privileged social classes in the city, being responsible for propagating European social and literary habits.

9   It is a Brazilian tradition to clap hands rather than knock on a door to announce one's arrival.

10   Built in 1783, this park was considered to be one of the most famous meeting points in Rio de Janeiro in the nineteenth century.

11 One of the most important libraries in Brazil, and one of the greatest in Latin

America. It was founded by D. João VI in 1810 and opened to the public only in 1814, after the full transfer of the book collection.

12   A beach located in the south of Rio de Janeiro, within Guanabara Bay.

A Mulher de Preto

I

A primeira vez que o Dr. Estêvão Soares falou ao deputado Menezes foi no Theatro Lyrico Fluminense no tempo da memorável luta entre *lagruístas* e *chartonistas*. Um amigo comum os apresentou ao outro. No fim da noite separaram-se oferecendo cada um deles os seus serviços e trocando os respectivos cartões de visita.

Só dois meses depois encontraram-se outra vez.

Estêvão Soares teve de ir à casa de um ministro de Estado para saber de uns papéis relativos a um parente da província, e aí encontrou o deputado Menezes, que acabava de ter uma conferência política.

Houve sincero prazer em ambos encontrando-se pela segunda vez; e Menezes arrancou de Estêvão a promessa de que iria à casa dele daí a poucos dias.

O ministro depressa despachou o jovem médico.

Chegando ao corredor, Estêvão foi surpreendido com uma tremenda bátega d'água, que nesse momento caía, e começava a alagar a rua.

The Woman in Black

I

The first time Dr. Estêvão Soares talked to deputy[1] Menezes was at Theatro Lyrico Fluminense,[2] in the time of the memorable dispute between *Lagruists and Chartonists*.[3] A mutual friend introduced them. By the end of the evening, they parted, offering each other their services and exchanging their respective business cards.

They only met again two months later.

Estêvão Soares had to go to a cabinet member's house to find out about some papers related to a relative from the province, and in this house he met deputy Menezes, who had just finished a political conference.

A sincere pleasure was felt by both men when they met for the second time; and Menezes took from Estêvão the promise that he would go to his house in a few days.

The cabinet member promptly dismissed the young doctor.

At the hallway, Estêvão was surprised by a tremendous downpour, falling at that moment and beginning to flood the street.

O rapaz olhou a um e outro lado a ver se passava algum veículo vazio, mas procurou inutilmente; todos que passavam iam ocupados.

Apenas à porta estava um *coupé* vazio à espera de alguém, que o rapaz supôs ser o deputado.

Daí a alguns minutos desce com efeito o representante da nação, e admirou-se de ver o médico ainda à porta.

— Que quer? disse-lhe Estêvão; a chuva impediu-me de sair; aqui fiquei a ver se passa um tílburi.

— É natural que não passe, e nesse caso ofereço-lhe um lugar no meu *coupé*. Venha.

— Perdão; mas é um incômodo...

— Ora, incômodo! É um prazer. Vou deixá-lo em casa. Onde mora?

— Rua da Misericórdia nº...

— Bem, suba.

Estêvão hesitou um pouco; mas não podia deixar de subir sem ofender o digno homem que de tão boa vontade lhe fazia um obséquio.

Subiram.

Mas em vez de mandar o cocheiro para a Rua da Misericórdia, o deputado gritou:

— João, para casa!

E entrou.

Estêvão olhou para ele admirado.

— Já sei, disse-lhe Menezes; admira-se de ver que faltei à minha palavra; mas eu desejo apenas que fique conhecendo a minha casa a fim de lá voltar quanto antes.

O *coupé* rolava já pela rua fora debaixo de uma chuva torrencial.

Menezes foi o primeiro que rompeu o silêncio de alguns minutos, dizendo ao jovem amigo:

— Espero que o romance da nossa amizade não termine no primeiro capítulo.

The young man looked at both sides of the street to see if there was an empty vehicle passing by, but his search was useless; all of them were occupied.

By the door there was an empty *coupé*[4] waiting for someone, who the young man supposed to be the deputy.

In a few minutes, the national representative in fact came down the stairs, and was surprised to see the doctor still by the door.

"What do you want me to do?" Estêvão said; "the rain didn't let me go; I stayed here waiting for a tilbury."

"It's natural not to find one, and in this case I'll offer you a place in my *coupé*. Come on."

"I beg your pardon; it's an imposition…"

"It's not! It's a pleasure. I'll drop you at your house. Where do you live?"

"Rua da Misericórdia,[5] number…"

"Well, come on."

Estêvão hesitated a little; but he couldn't refuse the offer without offending the dignified man, who was willingly doing him a favor.

They got in.

But instead of sending the coachman to Rua da Misericórdia, the deputy screamed:

"Home, João!"

And he got in.

Estêvão looked at him admiringly.

"I know," Menezes said to him, "you're surprised to see that I broke my word; but I only wish you to see my house so that you can return there as soon as possible."

The *coupé* was going down the street under a torrential rain.

Menezes was the first to break the silence of some minutes, saying to his young friend:

"I hope that the novel of our friendship doesn't end in the first chapter."

Estêvão, que já reparara nas maneiras solícitas do deputado, ficou inteiramente pasmado quando lhe ouviu falar no romance da amizade. A razão era simples. O amigo que os havia apresentado no Theatro Lyrico disse no dia seguinte:

— Meneses é um misantropo, e um cético; não crê em nada, nem estima ninguém. Na política como na sociedade faz um papel puramente negativo.

Esta era a impressão com que Estêvão, apesar da simpatia que o arrastava, falou a segunda vez a Menezes, e admirava-se de tudo, das maneiras, das palavras, e do tom de afeto que elas pareciam revelar.

À linguagem do deputado o jovem médico respondeu com igual franqueza.

— Por que acabaremos no primeiro capítulo? perguntou ele; um amigo não é coisa que se despreze, acolhe-se como um presente dos deuses.

— Dos deuses! disse Menezes rindo; já vejo que é pagão.

— Alguma coisa, é verdade; mas no bom sentido, respondeu Estêvão rindo também. Minha vida assemelha-se um pouco à de Ulisses...

— Tem ao menos uma Ítaca, sua pátria, e uma Penélope, sua esposa.

— Nem uma nem outra.

— Então entender-nos-emos.

Dizendo isto o deputado voltou a cara para o outro lado, vendo a chuva que caía na vidraça da portinhola.

Decorreram dois ou três minutos, durante os quais Estêvão teve tempo de contemplar a seu gosto o companheiro de viagem.

Menezes voltou-se e entrou em novo assunto.

Quando o *coupé* entrou na Rua do Lavradio, Menezes disse ao médico:

— Moro nesta rua; estamos perto de casa. Promete-me que há de vir ver-me algumas vezes?

Estêvão, who had already noticed the deputy's solicitous manners, was completely astonished when he heard him talking about the novel of the friendship. The reason was a simple one. The friend who had introduced them to each other in Theatro Lyrico said to Estêvão on the following day:

"Menezes is a misanthrope, and he's skeptic; he doesn't believe in anything and doesn't like anybody. He plays a purely negative role both in politics and society."

Such was the impression with which Estêvão, despite sympathy that drew him, talked to Menezes for the second time, and he was surprised by everything—the manners, the words, and the affectionate tone that they seemed to reveal.

The young doctor replied to the deputy's language with a similar sincerity.

"Why will we end in the first chapter?" he asked. "A friend isn't something one despises; it's something one welcomes as a gift from the gods."

"From the gods!" Menezes said, laughing; "I see you're a pagan."

"A bit, it's true, but in a good sense," Estêvão answered, laughing as well. "My life is a little like that of Odysseus…"

"At least you have an Ithaca, your homeland, and a Penelope, your wife."

"Neither one nor the other."

"So we'll get along with each other."

As he said this, the deputy turned his face to the other side, watching the rain falling on the window of the door.

Two or three minutes went by, during which Estêvão had time to contemplate his traveling partner at ease.

Menezes turned back and got into another topic.

When the *coupé* entered Rua do Lavradio,[6] Menezes said to the doctor:

"This is the street where I live; we're close to home. Do you promise you'll come and see me again?"

"I can come tomorrow."

"Well. How's your clinic doing?"

— Amanhã mesmo.

— Bem. Como vai a sua clínica?

— Apenas começo, disse Estêvão; trabalho pouco; mas espero fazer alguma coisa.

— O seu companheiro, na noite em que me apresentou, disse-me que o senhor é moço de muito merecimento.

— Tenho vontade de fazer alguma coisa.

Daí a dez minutos parava o *coupé* à porta de uma casa da Rua do Lavradio.

Apearam-se os dois e subiram.

Menezes mostrou a Estêvão o seu gabinete de trabalho, onde havia duas longas estantes de livros.

— É a minha família, disse o deputado mostrando os livros. História, filosofia, poesia... e alguns livros de política. Aqui estudo e trabalho. Quando cá vier é aqui que o hei de receber.

Estêvão prometeu voltar no dia seguinte, e desceu para entrar no *coupé* que esperava por ele, e que o levou à Rua da Misericórdia.

Entrando em casa Estêvão dizia consigo:

"Onde está a misantropia daquele homem? As maneiras de misantropo são mais rudes do que as dele; salvo se ele, mais feliz do que Diógenes, achou em mim o homem que procurava."

II

Estêvão era o tipo do rapaz sério. Tinha talento, ambição e vontade de saber, três armas poderosas nas mãos de um homem que tenha consciência de si. Desde os dezesseis anos a sua vida foi um estudo constante, aturado e profundo. Destinado ao curso médico, Estêvão entrou na academia um pouco forçado; não queria desobedecer ao pai. A sua vocação era toda para as matemáticas. Que importa? disse ele ao saber da resolução paterna; estudarei a medicina e a matemática. Com efeito teve tempo para uma e outra coisa; teve tempo ainda para estudar a lite-

"I'm just beginning," Estêvão said. "I work a little; but I hope I can do something."

"Your fellow, the night I was introduced to you, said you're a really worthy young man."

"I have the will to do something."

Ten minutes later, the *coupé* stopped at a house's front door in Rua do Lavradio.

They got off the vehicle and went upstairs.

Menezes showed Estêvão his working office, where there were two long bookshelves.

"They're my family," the deputy said, showing the books. "History, philosophy, poetry... and some books about politics. I work and study here. When you come back again, here is where I'll welcome you."

Estêvão promised he would come back the following day, and went down the stairs to get in the *coupé* that was waiting for him and that took him to Rua da Misericórdia.

Entering home, Estêvão said to himself:

"Where's that man's misanthropy? A misanthrope's manners are rougher than his; except if he, happier than Diógenes,[7] found in me the man he was looking for."

II

Estêvão was the serious young man type. He had talent, ambition and willingness to learn new things, three powerful weapons in the hands of a self-aware man. Since he was sixteen years old his life had been a constant, deep and enduring study. Destined for the medical course, Estêvão was a little forced to join academia; he hadn't wanted to disobey his father. His vocation was entirely to mathematics. "What's the matter?" he said when he learnt of his father's resolution; "I'll study both Medicine and mathematics." Effectively, he had time for one thing and the other; he still had time to study literature, and the main ancient and

ratura, e as principais obras da antiguidade e contemporâneas eram-lhe tão familiares como os tratados de operações e de higiene.

Para estudar tanto, foi-lhe preciso sacrificar uma parte da saúde. Estêvão aos vinte e quatro anos adquirira uma magreza, que não era a dos dezesseis; tinha a tez pálida e a cabeça pendia-lhe um pouco para a frente pelo longo hábito da leitura. Mas esses vestígios de uma longa aplicação intelectual não lhe alteraram a regularidade e harmonia das feições, nem os olhos perderam nos livros o brilho e a expressão. Era além disso naturalmente elegante, não digo enfeitado, que é coisa diferente: era elegante nas maneiras, na atitude, no sorriso, no trajo, tudo mesclado de uma certa severidade que era o cunho do seu caráter. Podiam-se notar-lhe muitas infrações ao código da moda; ninguém poderia dizer que ele faltasse nunca às boas regras do *gentleman*.

Perdera os pais aos vinte anos, mas ficara-lhe bastante juízo para continuar sozinho a viagem do mundo. O estudo serviu-lhe de refúgio e bordão. Não sabia nada do que era o amor. Ocupara-se tanto com a cabeça que esquecera-se de que tinha um coração dentro do peito. Não se infira daqui que Estêvão fosse puramente um positivista. Pelo contrário, a alma dele possuía ainda em toda a plenitude da graça e da força as duas asas que a natureza lhe dera. Não raras vezes rompia ela do cárcere da carne para ir correr os espaços do céu, em busca de não sei que ideal mal definido, obscuro, incerto. Quando voltava desses êxtases, Estêvão curava-se deles enterrando-se nos volumes à cata de uma verdade científica. Newton era-lhe o antídoto de Goethe.

Além disso, Estêvão tinha ideias singulares. Havia um padre, amigo dele, rapaz de trinta anos, da escola de Fénelon, que entrava com Telêmaco na ilha de Calipso. Ora, o padre dizia muitas vezes a Estêvão que só uma coisa lhe faltava para ser completo: era casar-se.

— Quando você tiver, dizia-lhe, uma mulher amada e amante ao pé de si, será um homem feliz e completo. Dividirá então o tempo entre as

contemporary works were both as familiar to him as the treatises on surgery and hygiene.

In order to study so hard, he needed to sacrifice part of his health. At the age of twenty-four Estêvão was quite slender, and that wasn't the same as when he was sixteen; he had a pale skin and his head tipped slightly forward due to his longtime reading habit. But these remnants of an extended intellectual application didn't change the harmony and the regularity of his facial features, and the eyes didn't lose their shine and expression to the books. Besides, he was naturally elegant; I don't say embellished, which is different; he was elegant in his manners, in his attitudes, in his smile, in his outfit, all of this blended with a certain severity that was the hallmark of his personality. It was possible to notice his many infringements to the fashion code; nobody could say that Estêvão broke the good rules of the gentleman.

He lost his parents when he was twenty years-old, but he still had much common sense to continue his journey in the world alone. His study habits served him both as a refuge and a protection. He knew nothing about love. He was so busy with his own mind that he forgot he had a heart inside his chest. Let's not infer from this that Estêvão was purely a positivist. On the contrary, his soul still possessed the two wings given by nature in all the fullness of grace and force. Not rarely his soul ruptured the prison of the flesh to run through the spaces in the sky in search of an indefinite, uncertain and obscure ideal. When he came back from these trances, Estêvão cured them by burying himself in books, searching for a scientific truth. Newton was the antidote of Goethe.

Moreover, Estêvão had singular ideas. There was a priest, a friend of his, a thirty-year old man, from Fénelon's school,[8] Fenelon who came in with Telemachus on Calypso's island.[9] Well, the priest said many times to Estêvão that only one thing was missing for his complete happiness: getting married.

duas coisas mais elevadas que a natureza deu ao homem, a inteligência e o coração. Nesse dia quero eu mesmo casá-lo...

— Padre Luís, respondia Estêvão, faça-me então o serviço completo: traga-me a mulher e a bênção.

O padre sorria-se ao ouvir a resposta do médico, e como o sorriso parecia a Estêvão uma nova pergunta, o médico continuava:

— Se encontrar uma mulher tão completa como eu exijo, afirmo-lhe que me casarei. Dirá que as obras humanas são imperfeitas, e eu não contestarei, padre Luís; mas nesse caso deixe-me caminhar só com as minhas imperfeições.

Daqui engendrava-se sempre uma discussão, que se animava e crescia até o ponto em que Estêvão concluía por este modo:

— Padre Luís, uma menina que deixa as bonecas para ir decorar mecanicamente alguns livros mal escolhidos; que interrompe uma lição para ouvir contar uma cena de namoro; que em matéria de arte só conhece os figurinos parisienses; que deixa as calças para entrar no baile, e que antes de suspirar por um homem, examina-lhe a correção da gravata, e o apertado do botim; padre Luís, esta menina pode vir a ser um esplêndido ornamento de salão e até uma fecunda mãe de família, mas nunca será uma mulher.

Esta sentença de Estêvão tinha o defeito de certas regras absolutas. Por isso, o padre dizia-lhe sempre:

— Tem você razão; mas eu não lhe digo que case com a regra; procure a exceção que há de encontrar e leve-a ao altar, onde eu estarei para os unir.

Tais eram os sentimentos de Estêvão em relação ao amor e à mulher. A natureza dera-lhe em parte esses sentimentos; mas em parte adquiriu-os ele nos livros. Exigia a perfeição intelectual e moral de uma Heloísa; e partia da exceção para estabelecer uma regra. Era intolerante para os erros veniais. Não os reconhecia como tais. Não há erro venial, dizia ele, em matéria de costumes e de amor.

"When you have," he said, "a loved and loving woman at your feet, then you'll be a happy and complete man. You'll share your time between the two most elevated things that nature gave men—intelligence and heart. I want to marry both of you on this day…"

"Father Luís," Estêvão replied, "do me the complete service then: bring me the woman and the blessing."

The priest smiled when he heard the doctor's reply, and as his smile seemed to be a new question to Estêvão, the doctor continued:

"If you find a woman as complete as I demand, I can say that I'll get married. You'll say that human works are imperfect, and I won't contest you, Father Luís; but in this case I ask you to let me walk alone with my imperfections."

At this point a discussion was usually engendered, a discussion that livened up and became longer until the point that Estêvão concluded this way:

"Father Luís, a girl who abandons the dolls to mechanically learn badly chosen books by heart; who interrupts a lesson to hear a story about a romance; who, in the matter of art, only knows the Parisian fashion; who abandons her pants to enter a ball and who, before sighing for a man, examines a tie's straightness and a boot's tightness; Father Luís, this girl may come to be a splendid saloon ornament and even a fruitful family mother, but she'll never be a woman."

Estêvão's sentence had the same flaw of certain absolute rules. This is the reason why the priest always said:

"You're right; but I'm not telling you to marry the rule; look for the exception that you may find and take her to the altar, the place where I'll be to marry you both."

These were Estêvão's feelings in relation to love and women. Nature had given him part of them, but they were partly acquired in the books. He demanded the moral and intellectual perfection of Hélöise;[10] and he used the exception to establish a rule. He was intolerant in relation to

Contribuíra para esta rigidez de ânimo o espetáculo da própria família de Estêvão. Até aos vinte anos foi ele testemunha do que era a santidade do amor mantido pela virtude doméstica. Sua mãe, que morrera com trinta e oito anos, amou o marido até os últimos dias, e poucos meses lhe sobreviveu. Estêvão soube que fora ardente e entusiástico o amor de seus pais, na estação do noivado, durante a manhã conjugal; conheceu-o assim por tradição; mas na tarde conjugal a que ele assistiu viu o amor calmo, solícito e confiante, cheio de dedicação e respeito, praticado como um culto; sem recriminações nem pesares, e tão profundo como no primeiro dia. Os pais de Estêvão morreram amados e felizes na tranquila serenidade do dever.

No ânimo de Estêvão, o amor que funda a família devia ser aquilo ou não seria nada. Era justiça; mas a intolerância de Estêvão começava na convicção que ele tinha de que com a dele morrera a última família, e fora com ela a derradeira tradição do amor. Que era preciso para derrubar todo este sistema, ainda que momentâneo? Uma coisa pequeníssima: um sorriso e dois olhos.

Mas como esses dois olhos não apareciam, Estêvão entregava-se na maior parte do tempo aos seus estudos científicos, empregando as horas vagas em algumas distrações que o não prendiam por muito tempo.

Morava só; tinha um escravo, da mesma idade que ele, e cria da casa do pai - mais irmão do que escravo, na dedicação e no afeto. Recebia alguns amigos, a quem visitava de quando em quando de quando, entre os quais incluímos o jovem padre Luís, a quem Estevão chamava - Platão de sotaina.

Naturalmente bom e afetuoso, generoso e cavalheiresco, sem ódios nem rancores, entusiasta por todas as coisas boas e verdadeiras, tal era o Dr. Estevão Soares, aos vinte e quatro anos de idade.

Do seu retrato físico já dissemos alguma coisa. Bastará acrescentar que tinha uma bela cabeça, coberta de bastos cabelos castanhos, dois olhos da mesma cor, vivos e observadores; a palidez do rosto fazia

venial mistakes. He didn't recognize them as such. There aren't venial mistakes, he said, in terms of habits and love.

The spectacle of Estêvão own family contributed to his rigidity of spirit. Until his twenties, he witnessed the sanctity of love maintained by domestic virtue. His mother, who had died at thirty-eight, loved her husband until his death, and survived him by a few months. Estêvão knew that the love between his parents was ardent and enthusiastic, in the engagement season, during the marital morning; he knew it this way as a tradition; but in the marital afternoon that he watched he saw a calm, confident and solicitous love, full of dedication and respect, practiced as worship, without recriminations or grief, and as deep as it was in the first day. Estêvão's parents died loved and happy in the peaceful serenity of their duty.

In Estêvão's spirit, the love that founds family should be like that or would be nothing. That was fair; but Estêvão's intolerance began with the idea that the conviction he had was the same held by his family when they died, and that the ultimate tradition of love was also sustained by it. What was necessary to shake this whole system, even though it was momentary? A very small thing: two eyes and a smile.

But as these eyes didn't appear, Estêvão devoted the greatest part of his time to his scientific studies, using his free time in distractions that didn't really hold his attention for long.

He lived alone; he had one slave, his same age, and who had grown up in his father's house – more like a brother than a slave, in dedication and affection. He welcomed a few friends, whom he visited sometimes, among whom we include Father Luís, whom he called Plato in a cassock.

Naturally nice and affectionate, generous and courteous, without hatreds or resentments, an enthusiast of all good and true things, this was Estêvão Soares at the age of twenty-four.

We have already said something about his physical portrait. It will be enough to add that he had a beautiful head, covered with thick brown hair, two eyes of the same color, lively and observant; the paleness of

realçar o bigode naturalmente encaracolado. Era alto e tinha mãos admiráveis.

III

Estêvão Soares visitou Menezes no dia seguinte.

O deputado esperava-o, e recebeu-o como se fosse um amigo velho.

Estêvão marcara a hora da visita, que impossibilitava a presença de Menezes na Câmara; mas o deputado importou-se pouco com isso: não foi à Câmara. Mas teve a delicadeza de o não dizer a Estevão.

Menezes estava no gabinete quando o criado anunciou-lhe a chegada do médico. Foi recebê-lo à porta.

— Pontual como um rei, disse-lhe alegremente.

— Era dever. Lembro-lhe que não me esqueci.

— E agradeço-lhe.

Sentaram-se os dois.

— Agradeço-lhe porque eu receava, sobretudo, que me houvesse compreendido mal; e que os impulsos da minha simpatia não merecessem da sua parte nenhuma consideração...

Estêvão ia protestar.

— Perdão, continuou Menezes, bem vejo que me enganei, e é por isso que lhe agradeço. Eu não sou rapaz; tenho 47 anos; e para a sua idade as relações de um homem como eu já não têm valor.

— A velhice, quando é respeitável, deve ser respeitada; e amada quando é amável. Mas V. Exa. não é velho; tem os cabelos apenas grisalhos: pode-se dizer que está na segunda mocidade.

— Parece-lhe isso...

— Parece e é.

— Seja como for, disse Menezes, a verdade é que podemos ser amigos. Quantos anos tem?

— Vinte e quatro.

— Olhe lá, podia ser meu filho. Tem seus pais vivos?

his face highlighted the naturally curly mustache. He was tall and had admirable hands.

III

Estêvão Soares visited Menezes the following day.

The deputy was waiting for him and welcomed him as if he were an old friend.

Estêvão set a time for the visit, which made Menezes's presence in the Chamber impossible; but the deputy worried just a little about this: he didn't go to the Chamber. But he had the courtesy of saying nothing to Estêvão.

Menezes was in his office when the servant announced the doctor's arrival. He welcomed him at the front door.

"Punctual as a king," he said, joyfully.

"It was my duty. I remind you that I didn't forget it."

"And I thank you."

They both sat down.

"I thank you because I feared, above all, that you had misunderstood me; and that the impulses of my affection didn't deserve any consideration from you..."

Estêvão was going to protest.

"I beg your pardon," Menezes continued, "I can clearly see that I was wrong, and that's why I thank you. I'm not a young man; I'm 47 years old; and for a young man of your age the relations of a man like me doesn't hold value."

"Old-age, when respectable, should be respected; and loved when it's lovable. But Your Excellency isn't old; you're just gray-headed. It's possible to say that you're experiencing your second youth."

"Does it look like to you..."

"Yes, and that's what it is."

"Whatever it is," Menezes said, "the truth is that we can be friends. How old are you?"

— Morreram há quatro anos.

— Lembra-me haver dito que era solteiro...

— É verdade.

— De maneira que os seus cuidados são todos para a ciência?

— É a minha esposa.

— Sim, a sua esposa intelectual; mas essa não basta a um homem como o senhor... Enfim, isso é com o tempo; está ainda moço.

Durante este diálogo, Estevão contemplava e observava Menezes, em cujo rosto batia a claridade que entrava por uma das janelas. Era uma cabeça severa, cheia de cabelos já grisalhos, que lhe caíam em gracioso desalinho. Tinha os olhos negros e um pouco amortecidos; adivinhava-se porém que deviam ter sido vivos e ardentes. As suíças também grisalhas eram como as de lorde Palmerston, segundo dizem as gravuras. Não tinha rugas de velhice; tinha uma ruga na testa, entre as sobrancelhas, indício de concentração de espírito, e não vestígio do tempo. A testa era alta, o queixo e as maçãs do rosto um pouco salientes. Adivinhava-se que devia ter sido formoso no tempo da primeira mocidade; e antevia-se já uma velhice imponente e augusta. Sorria de quando em quando; e o sorriso, embora aquele rosto não fosse de um ancião, produzia uma impressão singular; parecia um raio de lua no meio de uma velha ruína. É que o sorriso era amável, mas não era alegre.

Todo aquele conjunto impressionava e atraía; Estêvão sentia-se cada vez mais arrastado para aquele homem, que o procurava, e lhe estendia a mão.

A conversa continuou no tom afetuoso com que começara; a primeira entrevista da amizade é o oposto da primeira entrevista do amor; nesta a mudez é a grande eloquência; naquela inspira-se e ganha-se a confiança, pela exposição franca dos sentimentos e das ideias.

Não se falou de política. Estêvão aludiu de passagem às funções de Menezes, mas foi um verdadeiro incidente a que o deputado não prestou atenção.

"Twenty-four."

"Look, you could be my son. Are your parents alive?"

"They died four years ago."

"I remember you told me you're single…"

"That's true."

"So, your attention is all focused on science?"

"It's my wife."

"Yes, your intellectual wife, but she's not enough for a man like you… After all, time will solve this; you're still young."

During this dialogue, Estêvão contemplated and observed Menezes, whose face was illuminated by the sunlight which penetrated through a window. He had a severe head, full of gray hair, which fell in a gracious disarray. His eyes were black and slightly droopy; one could guess, however, that they should have been lively and fiery. The whiskers, also gray, were similar to Lord Palmerston's,[11] according to the pictures. He didn't have the wrinkles brought by old-age; he had a wrinkle in his forehead, between the eyebrows, an indication of concentration of the spirit, not a sign of time. The forehead was high, the chin and the cheekbones a little prominent. It was possible to guess that he had been handsome in the time of his first youth; and it was possible to anticipate an imposing and august old-age for him. He smiled every once in a while; and even though his face wasn't that of an old man, his smile produced a singular impression; it seemed to be a moonbeam in the middle of an old ruin. The fact is that the smile was amiable, but not happy.

The whole set of characteristics was impressive and attractive; Estêvão felt increasingly drawn to that man, who sought him out and reached out his hand to him as well.

The conversation continued in the affectionate tone in which it began; the first interview of friendship is different from the first interview of love; in this one, muteness is a great eloquence; in that one, confidence is inspired and won by the sincere exposition of feelings and ideas.

No fim de uma hora, Estêvão levantou-se para sair; tinha de ir ver um doente.

— O motivo é sagrado; senão retinha-o.

— Mas eu voltarei outras vezes.

— Sem dúvida alguma, e eu irei vê-lo algumas vezes. Se no fim de quinze dias não se aborrecer... Olhe, venha de tarde; janta algumas vezes comigo; depois da Câmara estou completamente livre.

Estêvão saiu prometendo tudo.

Voltou lá, com efeito, e jantou duas vezes com o deputado, que também visitou Estêvão em casa; foram ao teatro juntos; relacionaram-se intimamente com as famílias conhecidas. No fim de um mês eram dois amigos velhos. Tinham observado reciprocamente o caráter e os sentimentos. Menezes gostava de ver a seriedade do médico e o seu bom senso; estimava-o com as suas intolerâncias, aplaudindo a generosa ambição que o dominava. Pela sua parte o médico via em Menezes um homem que sabia ligar a austeridade dos anos à amabilidade de cavalheiro, modesto nas suas maneiras, instruído, sentimental. Da misantropia anunciada não encontrou vestígios. É verdade que em algumas ocasiões Menezes parecia mais disposto a ouvir do que a falar; e então o olhar tornava-se sombrio e parado, como se em vez de ver os objetos exteriores, estivesse contemplando a sua própria consciência. Mas eram rápidos esses momentos, e Menezes voltava logo aos seus modos habituais.

— Não é um misantropo, pensava então Estêvão; mas este homem tem um drama dentro de si.

A observação de Estêvão adquiriu certo caráter de verossimilhança quando uma noite em que se achavam no Theatro Lyrico, Estêvão chamou a atenção de Menezes para uma mulher vestida de preto que se achava em um camarote da primeira ordem.

— Não conheço aquela mulher, disse Estêvão. Sabe quem é?

They didn't talk about politics. Estêvão alluded in passing to Menezes's functions, but it was a real incident to which the deputy paid no attention.

By the end of one hour, Estêvão stood up to leave; he had to see a patient.

"The reason is sacred; otherwise, I'd hold you."

"But I'll be back other times."

"No doubt, and I'll also go and see you again. If by the end of fifteen days you're not annoyed… Look, come in the afternoon; have dinner with me sometimes; after the Chamber I'm completely free."

Estêvão left, promising everything.

He returned indeed, and twice had dinner with the deputy, who also visited Estêvão in his house. They went to the theater together; they established intimate relationships with the families they knew. By the end of one month they were two old friends. They had both observed each other's characters and feelings. Menezes appreciated the doctor's seriousness and common sense; he liked him even with his intolerances, praising the generous ambition which dominated him. From his side the doctor saw Menezes as a man who knew how to associate the austerity of his age with the kindness of a gentleman, being modest in his manners, well-read and sentimental. He found no traces of said misantropy. It's true that, on some occasions, Menezes seemed to be more willing to listen than to speak; and then his look became gloomy and lifeless, as if he were contemplating his own consciousness instead of seeing exterior objects. But these moments were quick, and Menezes soon returned to his usual behavior.

"He's not a misanthrope," Estêvão thought, "but he has some tragedy inside himself."

Estêvão's observation acquired a certain air of verisimilitude one night when they were both at Theatro Lyrico, and Estêvão called Menezes's attention to a woman in black, who was in a first-class box.

Menezes olhou para o camarote indicado, contemplou a mulher por alguns instantes e respondeu:

— Não conheço.

A conversa ficou aí; mas o médico reparou que a mulher duas vezes olhou para Menezes, e este duas vezes para ela, encontrando-se os olhos de ambos.

No fim do espetáculo, os dois amigos dirigiram-se pelo corredor do lado em que estivera a mulher de preto. Estêvão teve apenas nova curiosidade, a curiosidade de artista: quis vê-la de perto. Mas a porta do camarote estava fechada. Teria já saído ou não? Era impossível sabê-lo. Menezes passou sem olhar. Ao chegarem ao patamar da escada que dá para o lado da Rua dos Ciganos, pararam os dois porque havia grande afluência de gente. Daí a pouco ouviu-se passo apressado; Menezes voltou o rosto; e dando o braço a Estêvão desceu imediatamente, apesar da dificuldade.

Estêvão compreendeu, mas nada viu.

Pela sua parte, Menezes não deu sinal algum. Apenas se desembaraçaram da multidão, o deputado encetou uma alegre conversa com o médico.

— Que efeito lhe faz, perguntou ele, quando passa no meio de tantas damas elegantes, aquela confusão de sedas e de perfumes?

Estêvão respondeu distraidamente, e Menezes continuou a conversa no mesmo estilo; daí a cinco minutos a aventura do teatro tinha-se-lhe varrido da memória.

IV

Um dia Estêvão Soares foi convidado para um baile em casa de um velho amigo de seu pai.

A sociedade era luzida e numerosa; Estêvão, embora vivesse muito arredado, achou ali grande número de conhecidas. Não dançou; viu, conversou, riu um pouco e saiu.

"I don't know that woman," Estêvão said. "Do you know who she is?"

Menezes looked at the indicated box, contemplated the woman for a moment and replied:

"No, I don't."

The conversation ended at this point; but the doctor noticed that the woman looked twice at Menezes, and he looked twice at her, their eyes meeting each other's.

At the end of the show, the two friends went down the hallway to the side where the woman in black was. Estêvão just had a new curiosity, the artist's curiosity: he wanted to see her closely. But the box's door was closed. Would she have already left or not? It was impossible to know. Menezes passed by the box without looking at it. When they arrived at the top of the stairs facing one of the sides of Rua dos Ciganos,[12] they both stopped because there was a great number of people. After a while hasty steps were heard; Menezes turned his face to the other side, and giving his arm to Estêvão, went down the stairs immediately, despite the difficulty.

Estêvão understood, even though he hadn't seen anything.

On his part, Menezes didn't give any sign. When they were free from the crowd, the deputy began a cheerful conversation with the doctor.

"What happens to you," he asked, "when you walk in the middle of so many elegant ladies, with all the confusion of silk and fragrances?"

Estêvão answered absently, and Menezes continued the conversation in the same style; within five minutes the adventure in the theater had been swept away from his memory.

IV

One day Estêvão Soares was invited to a ball in the house of an old friend of his father.

Mas ao entrar levava o coração livre; ao sair trouxe nele uma flecha, para falar a linguagem dos poetas da Arcádia; era a flecha do amor.

Do amor? A falar a verdade não se pode dar este nome ao sentimento experimentado por Estêvão; não era ainda o amor, mas bem pode ser que viesse a sê-lo. Por enquanto era um sentimento de fascinação doce e branda; uma mulher que lá estava produzira nele a impressão que as fadas produziam nos príncipes errantes ou nas princesas perseguidas, segundo nos rezam os contos das velhas.

A mulher em questão não era uma virgem; era uma viúva de trinta e quatro anos, bela como o dia, graciosa e terna. Estêvão via-a pela primeira vez; pelo menos não se lembrava daquelas feições. Conversou com ela durante meia hora, e tão encantado ficou com as maneiras, a voz, a beleza de Magdalena, que ao chegar à casa não pôde dormir.

Como verdadeiro médico que era, sentia em si os sintomas dessa hipertrofia do coração que se chama amor e procurou combater a enfermidade nascente. Leu algumas páginas de matemáticas, isto é, percorreu-as com os olhos; porque apenas começava a ler o espírito alheava do livro onde apenas ficavam os olhos: o espírito ia ter com a viúva.

O cansaço foi mais feliz que Euclydes: sobre a madrugada Estêvão Soares adormeceu.

Mas sonhou com a viúva.

Sonhou que a apertava em seus braços, que a cobria de beijos, que era seu esposo perante a Igreja e perante a sociedade.

Quando acordou e lembrou-se do sonho, Estêvão sorriu.

— Casar-me! disse ele. Era o que me faltava. Como poderia eu ser feliz com o espírito receoso e ambicioso que a natureza me deu? Acabemos com isto; nunca mais verei aquela mulher... e boa noite.

Começou a vestir-se.

Trouxeram-lhe o almoço; Estêvão comeu rapidamente, porque era tarde, e saiu para ir ver alguns doentes.

Society was pompous and numerous; even though Estêvão was always aloof, he found a great number of female acquaintances there. He didn't dance; he saw, he talked, he laughed a little and left.

But when he went in, he had a free heart; when he left, he had an arrow in it, to speak the language of Arcadian poets;[13] it was the arrow of love.

Of love? To tell the truth, tone cannot give such a name to the feeling experienced by Estêvão; it wasn't love yet, but it could easily turn into it. For the time being it was a sweet and soft feeling of fascination; a woman who was there produced in him the impression that the fairies produced in wandering princes or pursued princesses, according to the old wives' tales.

The woman in question wasn't a virgin; she was a thirty-four year-old widow, as beautiful as the day, gracious and tender. Estêvão saw her for the first time; at least he didn't remember those facial features. He talked to her for half an hour, and he was so fascinated by Magdalena's voice, manners and beauty that he couldn't sleep when he got back home.

As he was a true doctor, he felt in himself those symptoms of this hypertrophy of the heart called love, and he sought to fight against the nascent illness. He read some Mathematics pages; that is, he ran his eyes over them; because as soon as he began reading, his spirit wandered from the place where only his eyes remained: his spirit went to see the widow.

Tiredness was happier then Euclid;[14] by dawn Estêvão Soares fell asleep.

But he dreamt about the widow.

He dreamt he was holding her tight in his arms, that he covered her with kisses, that he was her husband before church and society.

When he woke up and remembered the dream, Estêvão smiled.

Mas ao passar pela Rua do Conde lembrou-se que Magdalena lhe dissera morar ali; mas aonde? A viúva disse-lhe o número; o médico porém estava tão embebido em ouvi-la falar que não o decorou.

Queria e não queria; protestava esquecê-la, e contudo daria o que se lhe pedisse para saber o número da casa naquele momento.

Como ninguém podia dizer-lhe, o rapaz tomou o partido de ir-se embora.

No dia seguinte, porém, teve o cuidado de passar duas vezes pela Rua do Conde a ver se descobria a encantadora viúva. Não descobriu nada; mas quando ia tomar um tílburi e voltar para casa encontrou o amigo de seu pai em cuja casa encontrara Magdalena.

Estêvão já tinha pensado nele; mas imediatamente tirou dali o pensamento, porque ir perguntar-lhe onde morava a viúva era uma coisa que podia traí-lo.

Estêvão já empregava o verbo *trair*.

O homem em questão, depois de cumprimentar ao médico, e trocar com ele algumas palavras, disse-lhe que ia à casa de Magdalena, e despediu-se.

Estêvão estremeceu de satisfação.

Acompanhou de longe o amigo e viu-o entrar em uma casa.

"É ali", pensou ele.

E afastou-se rapidamente.

Quando entrou em casa achou uma carta para ele; a letra, que lhe era desconhecida, estava traçada com elegância e cuidado: a carta recendia de sândalo.

O médico rompeu o lacre.

A carta dizia assim:

> Amanhã toma-se chá em minha casa. Se quiser vir
> passar algumas horas conosco dar-nos-á sumo prazer.
> *Magdalena C...*

"Getting married!" he said. "Just what I needed. How could I be happy with the fearful and ambitious spirit that nature has given me? Let's stop this; I'll never see that woman again… and goodnight."

He began to get dressed.

They brought him lunch; Estêvão ate quickly, because it was late, and he left to see some patients.

But when he passed by Rua do Conde[15] he remembered that Magdalena had told him she lived there; but where? The widow had told him the number; the doctor was, however, so absorbed on listening to her that he didn't memorize it.

He wanted her and he didn't; he vowed to forget her, though at that moment he would give everything to get the number of her house.

Since nobody could tell him, he took the initiative of going away.

The next day, however, he took care to pass twice down Rua do Conde to see if he could find the fascinating widow. He didn't find anything; but when he was going to get a tilbury to go back home, he met his father's friend, in whose house he had met Magdalena.

Estêvao had thought about him already; but he immediately removed the thought because asking where the widow lived was something that could betray him.

Estêvão was already using the verb *betray*.

The man in question, after greeting the doctor and exchanging some words with him, said he was going to Magdalena's house, and took his leave.

Estêvão trembled with satisfaction.

He kept his eyes on his friend and saw him entering a house.

"It's there," he thought.

And quickly walked away.

When he got home he found a letter addressed to him; the handwriting, which was unknown to him, was drawn with elegance and care; the letter gave off a smell of sandalwood.

The doctor broke the seal.

Estêvão leu e releu o bilhete; teve ideia de levá-lo aos lábios, mas envergonhado diante de si próprio por uma ideia que lhe parecia de fraqueza, cheirou simplesmente o bilhete e meteu-o no bolso.

Estêvão era um pouco fatalista.

"Se eu não fosse àquele baile não conhecia esta mulher, não andava agora com estes cuidados, e tinha conjurado uma desgraça ou uma felicidade, porque ambas as coisas podem nascer deste encontro fortuito. Que será? Eis-me na dúvida de Hamlet. Devo ir à casa dela? A cortesia pede que vá. Devo ir; mas irei encouraçado contra tudo. É preciso romper com estas ideias, e continuar a vida tranquila que tenho tido."

Estava nisto quando Menezes lhe entrou por casa. Vinha buscá-lo para jantar. Estêvão saiu com o deputado. Em caminho fez-lhe perguntas curiosas.

Por exemplo:

— Acredita no destino, meu amigo? Pensa que há um deus do bem e um deus do mal, em conflito travado sobre a vida do homem?

— O destino é a vontade, respondia Menezes; cada homem faz o seu destino.

— Mas enfim nós temos pressentimentos... Às vezes adivinhamos acontecimentos em que não tomamos parte; não lhe parece que é um deus benfazejo que nos segreda?

— Fala como um pagão; eu não creio em nada disso. Creio que tenho o estômago vazio, e o que melhor podemos fazer é jantar aqui mesmo no hotel de Europa em vez de ir à Rua do Lavradio.

Subiram ao hotel de Europa.

Ali havia vários deputados que conversavam de política, e os quais se reuniram a Menezes. Estêvão ouvia e respondia, sem esquecer nunca a viúva, a carta e o sândalo.

Assim, pois, davam-se contrastes singulares entre a conversa geral e o pensamento de Estêvão.

Dizia por exemplo um deputado:

The letter said:

> Tomorrow there will be tea in my house. If you want
> to come and spend some hours with us, you'll give us
> extreme pleasure. *Magdalena C...*

Estêvão read and reread the note; he thought of taking it to his lips, but, ashamed of himself for a thought that seemed like weakness, he only smelled the note and put it in his pocket.

Estêvão was a little fatalist.

"If I didn't go to that ball I wouldn't have met this woman, I wouldn't be worrying, and I would have conjured up a disgrace or happiness, because both things can be born of this fortuitous encounter. What will it be? Here I'm with doubt of Hamlet. Should I go to her house? Courtesy calls me to go. I should go; but I'll go shielded against everything. It's necessary to break away from these ideas and keep having the peaceful life I've had."

He was in this situation when Menezes arrived at his house. He was coming to take him to dinner. Estêvão left with the deputy. He asked him some curious questions while they were on their way.

For example:

"Do you believe in fate, my friend? Do you think that there's a god of good and a god of evil, battling over mankind's life?"

"Fate is will," Menezes answered, "each man makes his own fate."

"But after all we have some premonitions... Sometimes, we divine events in which we don't participate; doesn't it seem to you that there's a good god who whispers to us?"

"You speak like a pagan; I don't believe in these things. I believe my stomach is empty, and that the best thing we can do is to have dinner here at Hotel de Europa[16] instead of going to Rua do Lavradio."

They went to Hotel de Europa.

There were many deputies there talking about politics, and who joined Menezes. Estêvão listened and answered, without ever forgetting the widow, the letter and the sandalwood.

— O governo é reator; as províncias não podem mais suportá-lo. Os princípios estão todos preteridos, na minha província foram demitidos alguns subdelegados pela circunstância única de serem meus parentes; meu cunhado, que era diretor das rendas, foi posto fora do lugar, e este deu-se a um peralta contraparente dos Valladares. Eu confesso que vou romper amanhã a oposição.

Estêvão olhava para o deputado; mas no interior estava dizendo isto:

— Com efeito, Magdalena é bela, é admiravelmente bela. Tem uns olhos de matar. Os cabelos são lindíssimos: tudo nela é fascinador. Se pudesse ser minha mulher, eu seria feliz; mas quem sabe?... Contudo sinto que vou amá-la. Já é irresistível; é preciso amá-la; e ela? Que quer dizer aquele convite? Amar-me-á?

Estêvão embebera-se tanto nesta contemplação ideal, que, acontecendo perguntar-lhe um deputado se não achava a situação negra e carrancuda, Estêvão entregue ao seu pensamento respondeu:

— É lindíssima!

— Ah! disse o deputado, vejo que o senhor é ministerialista.

Estêvão sorriu; mas Menezes franziu o sobrolho.

Compreendera tudo.

V

Quando saíram, o deputado disse ao médico:

— Meu amigo, você é desleal comigo...

— Por quê? perguntou Estêvão meio sério e meio risonho, não compreendendo a observação do deputado.

— Sim, continuou Menezes; você esconde-me um segredo...

— Eu?

— É verdade; e um segredo de amor.

— Ah!... disse Estêvão; por que diz isso?

— Reparei há pouco que, ao passo que os mais conversavam em política, você pensava em uma mulher, e mulher... *lindíssima...*

That's how singular contrasts between Estêvão's thoughts and the general conversation were established.

For example, a deputy was saying:

"The government is reactionary; the provinces can't support it anymore. The principles are all waived; in my province two sub-delegates were fired only because they were my relatives; my brother-in-law, who was a revenue director, was removed from his position, which was given to a rascal who was Valladares's distant relative. I confess that I'll break with the opposition tomorrow."

Estêvão was looking at the deputy; but inside himself he was saying the following:

"Indeed, Magdalena is beautiful, striklingly beautiful. She has killer eyes. Her hair is gorgeous: everything about her is fascinating. If she could be my wife I'd be happy; but who knows?... However, I feel I'll love her. It's already irresistible; it's necessary to love her, but what about her? What does that invitation mean? Will she love me?"

Estêvão was so absorbed in this ideal contemplation that when the deputy asked him if he thought the situation was dark and grim, the young man, surrendered to his thoughts, replied:

"It's gorgeous!"

"Ah!" the deputy said, "I see you're a ministerialist."

Estêvao smiled; but Menezes frowned.

He understood everything.

V

When they left, the deputy said to the doctor:

"My friend, you're disloyal to me..."

"Why?" Estêvão asked, partly serious, partly smiling, as he didn't understand the deputy's observation.

"Yes," Menezes continued, "You're hiding a secret from me."

"Me?"

"Yes; and it's a love secret."

"Ah!..." Estêvão said; "why are you saying this?"

Estêvão compreendeu que estava descoberto; não negou.

— É verdade, pensava em uma mulher.

— E eu serei o último a saber?

— Mas saber o quê? Não há amor, não há nada. Encontrei uma mulher que me impressionou e ainda agora me preocupa; mas é bem possível que não passe disto. Aí está. É um capítulo interrompido; um romance que fica na primeira página. Eu lhe digo: há de me ser difícil amar.

— Por quê?

— Eu sei? Custa-me a crer no amor.

Menezes olhou fixamente para Estêvão, sorriu, abanou a cabeça e disse:

— Olhe, deixe a descrença para os que já sofreram as decepções; o senhor está moço, não conhece ainda nada desse sentimento. Na sua idade ninguém é cético... Demais, se a mulher é bonita, eu aposto que daqui a pouco há de dizer-me o contrário.

— Pode ser... respondeu Estêvão.

E ao mesmo tempo entrou a pensar nas palavras de Menezes, palavras que ele comparava ao episódio do Teatro Lyrico.

Entretanto, Estêvão foi ao convite de Magdalena. Preparou-se e perfumou-se como se fosse falar a uma noiva. Que sairia daquele encontro? Viria de lá livre ou cativo? Já seria amado? Estêvão não deixou de pensá-lo; aquele convite parecia-lhe uma prova irrecusável. O médico entrando num tílburi começou a formar vários castelos no ar.

Enfim chegou à casa.

VI

Magdalena estava na sala acompanhada de um filho.

Ninguém mais.

Eram nove horas e meia.

— Viria eu cedo demais? perguntou ele à dona da casa.

"I noticed that, while they were talking about politics, you were thinking about a woman, and a *gorgeous* woman…"

Estêvão understood he was found out; and he didn't deny it.

"It's true, I was thinking about a woman."

"And will I be the last to know?"

"But to know what? There isn't love, there isn't anything. I met a woman who impressed me and who's still occupying my thoughts; but it's possible that it doesn't go beyond that. Here it is. It's an interrupted chapter; a novel that stops on its first page. I tell you: for me it will be difficult to love."

"Why?"

"Do I know? For me it's hard to believe in love."

Menezes stared at Estêvão, smiled, shook his head and said:

"Look, leave incredulity for those who have already suffered deceptions; you're young, and you don't know anything about this feeling yet. At your age nobody's a skeptic… Moreover, if the woman is beautiful, I bet that after some time you're going to tell me something different."

"It may be…" Estêvão replied.

And at the same time he began to think about Menezes's words, which he compared to the episode at the Theatro Lyrico.

However, Estêvão accepted Magdalena's invitation. He prepared himself and anointed himself as if he were going to talk to a bride. What would come out of that meeting? Would he leave free or captive? Would he be already loved? Estêvão didn't stop thinking about it; that invitation seemed to be an irrefutable proof to him. Catching a tilbury, the doctor began to build many castles in the air.

He soon arrived at the house.

VI

Magdalena was in the living room with her son.

And nobody else.

It was nine-thirty.

— O senhor nunca vem cedo.

Estêvão inclinou-se.

Magdalena continuou:

— Se me acha só, é porque, tendo enfermado um pouco, mandei desavisar as poucas pessoas que eu havia convidado.

— Ah! Mas eu não recebi...

— Naturalmente; eu não lhe mandei dizer nada. Era a primeira vez que o convidava; não queria por modo algum arredar de casa um homem tão distinto.

Estas palavras de Magdalena não valiam coisa alguma, nem mesmo como desculpa, porque a desculpa é fraquíssima.

Estêvão compreendeu logo que havia algum motivo oculto.

Seria o amor?

Estêvão pensou que era, e doeu-se, porque, apesar de tudo, sonhara uma paixão mais reservada e menos precipitada. Não queria, embora lhe agradasse, ser objeto daquela preferência; e mais que tudo achava-se embaraçadíssimo diante de uma mulher a quem começava a amar, e que talvez o amasse. Que lhe diria? Era a primeira vez que o médico achava-se em tais apuros. Há toda a razão para supor que Estêvão naquele momento preferia estar cem léguas distante, e contudo, longe que estivesse pensaria nela.

Magdalena era excessivamente bela, embora mostrasse no rosto sinais de longo sofrimento. Era alta, cheia, tinha um belíssimo colo, magníficos braços, olhos castanhos e grandes, boca feita para ninho de amores.

Naquele momento trajava um vestido preto.

A cor preta ia-lhe muito bem.

Estêvão contemplava aquela figura com amor e adoração; ouvia-a falar e sentia-se encantado e dominado por um sentimento que não podia explicar.

Era um misto de amor e de receio.

"Have I arrived too early?" he asked the owner of the house.

"You never arrive too early."

Estêvão bowed.

Magdalena continued:

"If you find me alone, that's because, having been a little ill, I dismissed the few people I had invited."

"Ah! But I didn't receive…"

"Naturally; I didn't send to have you told you anything. It was the first time I was inviting you; I didn't want to keep a distinguished man away from my house."

Magdalena's words weren't worth anything, not even as an excuse, because the excuse was really weak.

Estêvão soon understood that there was an hidden reason for that.

Could it be love?

Estêvão thought it was love, and he felt sorry for himself because, despite everything, he dreamt of a more reserved and less rushed passion. He didn't want to be the object of that preference, even though it pleased him; and more than ever he found himself really embarrassed before a woman he was beginning to love, and who perhaps loved him back. What would he say to her? It was the first time the doctor had found himself in such a plight. There are reasons to suppose that Estêvão, at that moment, preferred to be a hundred leagues away, and but no matter how far, he would be thinking of her.

Magdalena was excessively beautiful, even though her face showed signs of long suffering. She was tall and full, she had a very beautiful bosom, magnificent arms, big, brown eyes, and a mouth made for a love nest.

At the moment, she was wearing a black dress.

The color black suited her very well.

Estêvão contemplated that figure with love and adoration; he heard her speaking and was both fascinated and dominated by a feeling he couldn't explain.

Magdalena mostrou-se delicada e solícita. Falou no merecimento do rapaz e na sua nascente reputação, e instou com ele para que fosse algumas vezes visitá-la.

Às 10 horas e meia serviu-se o chá na sala. Estêvão conservou-se lá até às 11 horas.

Chegando à rua o médico estava completamente namorado. Magdalena tinha-o atado no seu carro, e o pobre rapaz nem vontade tinha de quebrar o jugo.

Caminhando para casa ia ele formando projetos: via-se casado com ela, amado e amante, causando inveja a todos, e mais que tudo feliz no seu interior.

Quando chegou à casa, lembrou-se de escrever uma carta que mandaria no dia seguinte a Menezes. Escreveu cinco e rasgou-as todas.

Afinal redigiu um simples bilhete nestes termos:

Meu amigo. Você tem razão; na minha idade crê-se; eu creio e amo. Nunca o pensei; mas é verdade. Amo... Quer saber a quem? Hei de apresentá-lo em casa dela. Há de achá-la bonita... Se o é!...

A carta dizia muitas coisas mais; era tudo, porém, uma glosa do mesmo mote.

Estêvão voltou à casa de Magdalena e as suas visitas começaram a ser regulares e assíduas.

A viúva usava para com ele de tanta solicitude que não era possível duvidar do sentimento que a dirigia. Pelo menos Estêvão assim o pensava. Achava-se quase sempre só, e deliciava-se em ouvi-la. A intimidade começou a estabelecer-se.

Logo na segunda visita, Estêvão falou-lhe em Menezes pedindo licença para apresentá-lo. A viúva disse que teria muito prazer em receber amigos de Estêvão; mas pedia-lhe que adiasse a apresentação. Todos os pedidos e todas as razões de Magdalena eram dignas para o médico; não disse mais nada.

It was a mixture of love and fear.

Magdalena appeared to be delicate and thoughtful. She talked about the young man's merit as well as his nascent reputation and urged him to visit her sometimes.

At ten-thirty, tea was served in the tearoom. Estêvão stayed there until eleven o'clock.

The doctor was completely in love when he got to the street. Magdalena had tied him to her carriage, and the poor young man didn't even have the will to break loose.

He was building projects as he walked home: he saw himself married to her, loving her and being loved, making everybody envious, and more than anything, he was happy with himself.

When he arrived at his house, he remembered to write a letter he would send Menezes the following day. He wrote five letters and tore them all into pieces.

In the end he wrote a simple note in these terms:

My friend. You're right; believing is part of my age; I believe and I love. I've never thought about that, but it's true. I love... do you know who? I'll introduce you in her house. You'll find her beautiful... If she is!...

The letter said much more; however, it was just gloss on the same motto.

Estêvão returned to Magdalena's house and his visits began to be regular and punctilious.

The widow was so thoughtful toward him that it wasn't possible to doubt the feeling that guided her. At least this was Estêvão's opinion. He was almost always alone, and was delighted listening to her. Intimacy began to be established.

On the very second visit, Estêvão talked about Menezes, asking permission to introduce him. The widow said that it would be a pleasure to welcome Estêvão's friends; but she asked him to postpone the introduc-

Como era natural, ao passo que as visitas à viúva eram mais assíduas, as visitas ao amigo eram mais raras.

Menezes não se queixou; compreendeu, e disse-o ao rapaz.

— Não se desculpe, acrescentou o deputado; é natural; a amizade deve ceder o passo ao amor. O que eu quero é que seja feliz.

Um dia Estêvão pediu ao amigo que lhe contasse o motivo que o tinha feito descrer do amor, e se algum grande infortúnio lhe havia acontecido.

— Nada me aconteceu, disse Menezes.

Mas ao mesmo tempo, compreendendo que o médico merecia-lhe toda a confiança, e podia não acreditá-lo absolutamente, disse:

— Por que negá-lo? Sim, aconteceu-me um grande infortúnio; amei também, mas não encontrei no amor as doçuras e a dignidade do sentimento; enfim, é um drama íntimo de que não quero falar: limite-se a pateá-lo.

VII

— Quando quiser que eu lhe apresente o meu amigo Menezes... dizia Estêvão uma noite à viúva Magdalena.

— Ah! É verdade; um dia destes. Vejo que o senhor é amigo dele.

— Somos amigos íntimos.

— Verdadeiros?

— Verdadeiros.

Magdalena sorriu; e como estava brincando com os cabelos do filho deu-lhe um beijo na testa.

A criança riu alegremente e abraçou a mãe.

A ideia de vir a ser pai honorário do pequeno apresentou-se ao espírito de Estêvão. Contemplou-o, chamou por ele, acariciou-o e deu-lhe um beijo no mesmo lugar em que pousaram os lábios de Magdalena.

Estêvão tocava piano, e às vezes executava algum pedaço de música a pedido de Magdalena.

tion. All Magdalena's requests and reasons were good enough for the doctor; he didn't say anything else.

Naturally, as the visits to the widow became more assiduous, the visits to his friend were rarer.

Menezes didn't complain; he understood and communicated his feelings to the young man.

"Don't apologize for that," the deputy added, "it's natural; friendship should give way to love. I want you to be happy."

One day Estêvão asked his friend to tell him the reason that led him to not believe in love, and whether some terrible misfortune had happened to him.

"Nothing has happened to me," Menezes said.

But at the same time, understanding that the doctor deserved all his trust, and that he could absolutely not believe in him, he said:

"Why should I deny it? Yes, I experienced a great misfortune; I also loved, but I couldn't find in love the sweetness and the dignity of such a feeling; after all, it's an intimate drama I don't want to talk about: to defeat it, control yourself."

VII

"When you want me to introduce my friend Menezes…" Estêvão was saying one evening to Magdalena.

"Ah! That's true; one of these days. I see you're a friend of his."

"We're intimate friends."

"True friends?"

"True friends."

Magdalena smiled; and as she was playing with her son's hair she kissed him on the forehead.

The child laughed joyfully and hugged his mother.

The idea of becoming the little one's honorary father presented itself to Estêvão's spirit. He contemplated him, called him, caressed him and gave him a kiss in the same place where Magdalena had landed her lips.

Nessas e noutras distrações lá passavam as horas.

O amor não adiantava um passo.

Podiam ser ambos duas crateras prestes a rebentar a lava; mas até então não davam o menor sinal de si.

Esta situação incomodava o rapaz, acanhava-o, e fazia-o sofrer; mas quando ele pensava em dar um ataque decisivo, era exatamente quando se mostrava mais covarde e poltrão.

Era o primeiro amor do rapaz: ele nem conhecia as palavras próprias desse sentimento.

Um dia resolveu escrever à viúva.

— É melhor, pensava ele; uma carta é eloquente e tem a grande vantagem de deixar a gente longe.

Entrou para o gabinete e começou uma carta.

Gastou nisso uma hora; cada frase ocupava-lhe muito tempo. Estêvão queria fugir à hipótese de ser classificado como tolo ou como sensual. Queria que a carta não respirasse sentimentos frívolos nem maus: queria revelar-se puro como era.

Mas de que não dependem às vezes os acontecimentos? Estêvão estava relendo e emendando a carta quando lhe entrou por casa um rapazola que tinha intimidade com ele. Chamava-se Oliveira e passava por ser o primeiro janota do Rio de Janeiro.

Entrou com um rolo de papel na mão.

Estêvão escondeu rapidamente a carta.

— Adeus, Estêvão! disse o recém-chegado. Estavas escrevendo algum libelo ou carta de namoro?

— Nem uma nem outra coisa, respondeu Estêvão secamente.

— Dou-te uma notícia.

— Que é?

— Entrei na literatura.

— Ah!

— É verdade, e venho ler-te a primeira comédia.

Estêvão used to play the piano, and sometimes he performed a piece of a song at Magdalena's request.

They spent hours and hours there with this and other distractions.

The affair didn't advance one step.

They both could be two craters ready to burst lava; but until that moment they didn't show any signs.

This situation was bothering the young man. It shied him away and made him suffer; but when he thought about a decisive attack he became even more of a coward and poltroon.

It was the young man's first love; he didn't even know the proper words to define this feeling.

One day, he decided to write the widow a letter.

"It's better," he thought. "The letter is eloquent and has the great advantage of keeping us at a distance."

He went to his office and began to write the letter.

He spent an hour doing this; each sentence occupied him a long time. Estêvão wanted to run away from the hypothesis of being classified as fool or sensual. He didn't want the letter to breathe either frivolous or evil feelings: he wanted to revel himself as pure as he was.

But on what circumstances do events depend upon sometimes? Estêvão was rereading and patching the letter when a young man who had some intimacy with him entered the house. His name was Oliveira and he had the reputation of being the prime dandy of Rio de Janeiro.

He entered with a roll of paper in his hand.

Estêvão quickly hid the letter.

"Hello, Estêvão!" the newcomer said. "Were you writing a libel or a love letter?"

"Neither one nor the other," Estêvão replied dryly.

"I have news for you."

"What is it?"

"I've gotten into literature."

"Ah!"

— Deus me livre! disse Estêvão levantando-se.

— Hás de ouvir, meu amigo; ao menos algumas cenas; dar-se-á caso que não me protejas nas letras? Anda cá; ao menos duas cenas. Sim? É pouca coisa.

Estêvão sentou-se.

O dramaturgo continuou:

— Talvez prefiras ouvir a minha tragédia intitulada — *O punhal de Bruto*...

— Não, não; prefiro a comédia: é menos sanguinária. Vamos lá.

O Oliveira abriu o rolo, arranjou as folhas, tossiu e começou a ler o que se segue, com voz pausada e fanhosa:

CENA I

CÉSAR (entrando pela direita); JOÃO (pela esquerda)

CÉSAR

Fechada! A sinhá já se levantou?

JOÃO

Já, sim senhor; mas está incomodada.

CÉSAR

O que tem?

JOÃO

Tem... está incomodada.

CÉSAR

Já sei. (Consigo) "Os incômodos do costume". (A João) Qual é então o remédio hoje?

JOÃO

O remédio? (Depois de uma pausa) Não sei.

CÉSAR

Está bom, vai-te!

"It's true, and I'm coming to read you my first comedy."

"God forbid!" Estêvão said, standing up.

"You'll hear, my friend; at least two scenes; wouldn't I be your protégé in the literary scene? Come on; at least two scenes. Yes? It's a little thing."

Estêvão sat down.

The playwright continued:

"Maybe you prefer to hear my tragedy entitled – *Bruto's dagger…*"

"No, no; I prefer the comedy; it's less bloody. Go on."

Oliveira opened the roll, arranged the paper sheets, coughed and began to read the following, with a slow and twangy voice:

SCENE I

CÉSAR *(entering the right side)*; JOÃO *(entering the left)*

CÉSAR

Closed! Is the *sinhá*[17] awake?

JOÃO

Yes, sir; but she's indisposed.

CÉSAR

What's the matter with her?

JOÃO

The matter is… she's indisposed.

CÉSAR

I know it already. (To himself) "The usual indispositions." (To João) What would be today's remedy?

JOÃO

The remedy? (After a pause) I don't know.

CÉSAR

That's fine, go!

CENA II

CÉSAR, FREITAS (pela direita)

CÉSAR

Bom dia. Sr. procurador...

FREITAS

De causas perdidas. Só me ocupo em procurar as perdidas. Procurar o que se não perdeu é tolice. A minha constituinte?

CÉSAR

Disse-me o João que está incomodada.

FREITAS

Mesmo para V.S.?

CÉSAR (sentando-se)

Mesmo para mim. Por que me olha com esse olhar? Tem inveja?

FREITAS

Não é inveja, é admiração! De ordinário ninguém corresponde ao nome que recebeu na pia; mas o Sr. Cesar, benza-o Deus, não desmente que traz um nome significativo, e trata de ser nas páginas amorosas o que foi o outro nas batalhas campais.

CÉSAR

Pois também os procuradores dizem coisas destas?

FREITAS

De vez em quando. (Indo sentar-se) V.S. admira-se?

CÉSAR (tirando charutos)

Como não é de costume... quer um charuto?

FREITAS

Obrigado... Eu tomo rapé. (Tira a boceta) Quer uma pitada?

CÉSAR

Obrigado.

FREITAS (sentando-se)

Pois a causa da minha constituinte vai às mil maravilhas. A parte contrária requereu assinação de dez dias, mas eu vou...

SCENE II

CÉSAR, FREITAS (on the right)

CÉSAR

Good morning, Mr. prosecutor...

FREITAS

Of lost causes. I'm only busy in search of the lost ones. It's foolishness to search for the causes we didn't lose. What about my constituent?

CÉSAR

João told me she's indisposed.

FREITAS

Even for Your Excellency?

CÉSAR (having a seat)

Even for myself. Why do you look at me like that? Are you envious?

FREITAS

It's not envy, it's admiration! Nobody ordinarily responds to the name received at the baptismal font; but Mr. Cesar, God bless him, doesn't deny his name is significant, and he tries to be in the pages of a novel what he has been in the battlefields.

CÉSAR

Do prosecutors also say these kind of things?

FREITAS

Sometimes (having a seat). Is Your Excellency admired?

CÉSAR (taking cigars out)

As it's not usual... would you like a cigar?

FREITAS

Thank you... I usually take snuff. (He takes the snuffbox). Do you want a pinch?

CÉSAR

Thank you.

FREITAS (having a seat)

CÉSAR

Está bom, Sr. Freitas, eu dispenso o resto; ou então não me fale linguagem do foro. Em resumo, ela vence?

FREITAS

Está claro. Tratando provar que...

CÉSAR

Vence, é quanto basta.

FREITAS

Pudera não vencer! Pois se eu ando nisto...

CÉSAR

 Tanto melhor!

FREITAS

Ainda não me lembro de ter perdido uma só causa: isto é, já perdi uma, mas é porque nas vésperas de ganhar disse-me o constituinte que desejava perdê-la. Dito e feito. Provei o contrário do que já tinha provado, e perdi... Ou antes, ganhei, porque perder assim é ganhar.

CÉSAR

É a fênix dos procuradores.

FREITAS (modestamente)

São os seus bons olhos...

CÉSAR

Mas a consciência?

FREITAS

Quem é a consciência?

CÉSAR

A consciência, a sua consciência?

FREITAS

A minha consciência? Ah! Essa também ganha.

CÉSAR (levantando-se)

Ah! Também?...

My constituent's cause is going smoothly. The contrary part required a ten-day notification, but I'll...

CÉSAR

That's good, Mr. Freitas, I dismiss the rest; or don't talk to me in a forensic language. In summary, does she win?

FREITAS

It's clear. Since she proves that...

CÉSAR

She wins, and that's enough.

FREITAS

Could I not win! As I'm involved in it...

CÉSAR

All the better!

FREITAS

I still don't remember having lost a cause; that is, I lost one, but it's because, on the eve of winning, the constituent told me he wished to lose it. No sooner said than done. I proved the contrary of what I had already proved, and I lost it... Or rather, I won, because losing this way is the same as winning.

CÉSAR

You're a phoenix among prosecutors.

FREITAS (modestly)

For your good eyes...

CÉSAR

But what about conscience?

FREITAS

Whose conscience?

CÉSAR

Conscience, your conscience?

FREITAS

My conscience? Ah! It also wins!

FREITAS (o mesmo)

Tem V. S. alguma demandazinha?

CÉSAR

Não, não, não tenho; mas, quando tiver, fique descansado, vou bater à sua porta...

FREITAS

Sempre às ordens de V. S.

VIII

Estêvão interrompeu violentamente a leitura, o que desgostou bastante ao poeta novel. O pobre candidato às musas mal pôde balbuciar uma súplica; Estêvão mostrou-se surdo, e o mais que lhe concedeu foi ficar com a comédia para lê-la depois.

Oliveira contentou-se com isso; mas não se retirou sem recitar-lhe de cor uma fala do protagonista da tragédia, em versos duros e compridos, dando-lhe por quebra uma estrofe de uma poesia lírica, no estilo do *Djinns* de Victor Hugo.

Enfim saiu.

Entretanto havia passado o tempo.

Estêvão releu a carta e quis ainda mandá-la; mas a interrupção do poeta fora proveitosa; relendo a carta, Estêvão achou-a fria e nula; a linguagem era ardente, mas não lhe correspondia ao fogo do coração.

— É inútil, disse ele rasgando a carta em mil pedaços, a língua humana há de ser sempre impotente para exprimir certos afetos da alma; tudo aquilo era frio e diferente do que sinto. Estou condenado a não dizer nada ou a dizer mal. Ao pé dela não tenho forças, sinto-me fraco...

Estêvão parou diante da janela que dava para a rua, no momento em que passava um antigo colega dele, com a mulher de braço, a mulher que era bonita, e com quem se casara um mês antes.

Os dois iam alegres e felizes.

CÉSAR (standing up)

Ah! Does it?

FREITAS (the same)

Does Your Excellency have any little request?

CÉSAR

No, no, I don't; but, when I have, don't worry, I'll knock at your door…

FREITAS

I'm always at Your Excellency's services.

VIII

Estêvão violently interrupted the reading, an attitude that really displeased the novice poet. The poor candidate to the muses could hardly babble a plea; Estêvão was deaf to it, and allowed him to leave the comedy behind so that he could read it afterwards.

Oliveira was content with that; but he didn't go away without reciting a speech of the tragedy's protagonist, in tough and long verses, breaking it with a stanza of poetry, in the style of Victor Hugo's *Djinns*.[18]

He finally left.

However, time had passed.

Estêvão reread the letter and still wanted to send it; but the poet's interruption was fruitful; rereading the letter, Estêvão thought it was cold and empty; its language was fiery, but it didn't correspond to the fire that was burning his heart.

"It's useless," he said, tearing the letter into a thousand pieces. "Human language will always be impotent to express certain affections of the soul; all of that was cold and different from what I feel. I'm condemned to say nothing or say it in a bad way. Before her I don't have any strength, I feel weak…"

Estêvão stopped in front of the window which faced the street in the moment an old colleague was passing by, arm-in-arm with his wife, a beautiful wife whom he'd married a month earlier.

Estêvão contemplou aquele quadro com adoração e tristeza. O casamento já não era para ele aquele impossível de que falava quando apenas tinha ideias e não sentimentos. Agora era uma ventura realizável.

O casal que passara dera-lhe nova força.

— É preciso acabar com isto, dizia ele; eu não posso deixar de ir àquela mulher e dizer-lhe que a amo, que a adoro, que desejo ser seu marido. Ela amar-me-á, se já me não ama: sim, ama-me...

E começou a vestir-se.

Quando calçava as luvas e lançava um olhar para o relógio, o criado trouxe-lhe uma carta.

Era de Magdalena.

Espero, meu caro doutor, que não deixe de vir hoje; esperei-o ontem em vão. Desejo falar-lhe.

Estêvão acabou de ler este bilhete na escada, com tal pressa descia e tal urgência tinha de achar-se em casa da viúva.

O que ele não queria era perder aquele assomo de coragem.
Partiu.

Quando chegou à casa de Magdalena achava-se esta à janela. Recebeu-o com a costumada afabilidade. Estêvão desculpou-se como pôde por não ter podido vir na véspera, acrescentando que só com desgosto do seu coração havia faltado.

Que melhor ocasião do que era essa para lançar a bomba de uma declaração franca e apaixonada? Estêvão hesitou alguns segundos; mas tomando ânimo, ia continuar o período, quando a viúva lhe disse:

— Estava ansiosa por vê-lo para comunicar-lhe uma coisa de certa importância, e que só a um homem de honra, como o senhor, se pode confiar.

Estêvão empalideceu.

— Sabe onde foi que eu o vi pela primeira vez?

— No baile de ***.

— Não; foi antes disso; foi no Theatro Lyrico.

The couple was happy and joyful.

Estêvão contemplated that picture with sorrow and adoration. Marriage wasn't for him that impossibility he talked about when he had only ideas and not feelings. Now it was an achievable happiness.

The passing couple gave him new strength.

"I have to end this," he said; "I can't fail to go to that woman and tell her that I love her, that I adore her, that I want to be her husband. She'll love me if she doesn't already: yes, she loves me…"

And he began to get dressed.

When he was putting his gloves on and glancing at the clock, the servant brought him a letter.

It was from Magdalena.

I hope, my dear doctor, that you don't fail to come here today; yesterday I waited for you in vain. I want to talk to you.

Estêvão finished reading this note on the stairs as he hurried down with great urgency to get to the widow's house.

He didn't want to miss that outburst of courage.

He left.

Magdalena was by the window when he arrived at her house. She welcomed him with her usual kindness. Estêvão excused himself as best he could for not being able to go there the previous day, adding that he had been absent with a regret in his heart.

Would he have a better occasion to drop the bomb of a sincere and passionate love declaration? Estêvão hesitated for a few seconds; but, taking courage, he was going to continue the sentence when the widow said:

"I was anxious to see you so that I can tell you an important thing, which can only be confided to a man of honor like you."

Estêvão turned pale.

"Do you know where I saw you for the first time?"

"In the ball of ***."

"No, it was before this occasion; it as at Theatro Lyrico."

— Ah!

— Lá o vi com o seu amigo Menezes.

— Fomos algumas vezes lá!

Magdalena entrou então em uma longa exposição, que o rapaz ouviu sem pestanejar, mas pálido e agitado por comoções íntimas. As últimas palavras da viúva foram estas:

— Bem vê, senhor; coisas destas só uma grande alma pode ouvi-las. As pequenas não as compreendem. Se lhe mereço alguma coisa, e se esta confiança pode ser paga com um benefício, peço-lhe que faça o que lhe pedi.

O médico passou a mão pelos olhos, e apenas murmurou:

— Mas...

Neste momento entrava na sala o filhinho de Magdalena; a viúva levantou-se e trouxe-o pela mão até o lugar onde se achava Estêvão Soares.

— Se não por mim, disse ela, ao menos por esta criança inocente!

A criança, sem nada compreender, atirou-se aos braços de Estêvão.

O moço deu-lhe um beijo na testa, e disse para a viúva:

— Se hesitei não foi porque duvidasse do que a senhora acaba de contar-me; foi porque a missão é espinhosa; mas prometo que hei de cumpri-la.

IX

Estêvão saiu da casa da viúva agitado por diversos sentimentos, com passo trêmulo e a vista turva. A conversa com a viúva fora um longo combate; a última promessa foi um golpe decisivo e mortal. Estêvão saía dali como um homem que acabava de matar as suas esperanças em flor; caminhava ao acaso, precisava de ar e queria meter-se em um quarto sombrio; quisera ao mesmo tempo estar solitário e no meio de imensa multidão.

No caminho encontrou Oliveira, o poeta novel.

"Ah!"

"I saw you there with your friend Menezes."

"We went there a few times."

Magdalena began a long exposition, which the young man heard without blinking, but pale and shaken by inner commotions. These were the widow's last words:

"As you can see, sir; only a great soul can hear these things. The poor ones wouldn't understand them. If I deserve something from you and if this confidence can be paid with a benefit, I'll ask you to do what I requested."

The doctor passed his hands over his eyes and just murmured:

"But…"

At that moment Magdalena's little son entered the room; the widow stood up and brought him by the hand to the place where Estêvão Soares was.

"If you can't do it for me," she said, "do it for this innocent child!"

The child, without understanding anything, threw himself into Estêvão's arms.

The young man kissed him on his forehead and said to the widow:

"If I have hesitated it wasn't because I doubted what you just told me; it was because the mission is thorny; but I promise I'll fulfill it."

XI

With trembling steps and blurred vision, Estêvão left the widow's house shaken by several feelings. The conversation with the widow had been a long struggle; the last promise was a decisive and fatal blow. Estêvão was leaving the house as a man who had just finished killing his blossoming hopes; he walked at random, needing fresh air and wishing he could retire to a dark room; he wanted to be alone and in the middle of a huge crowd at the same time.

On his way he met Oliveira, the novice poet.

Lembrou-se que a leitura da comédia impedira a remessa da carta, e portanto poupou-lhe um tristíssimo desengano.

Estêvão involuntariamente abraçou o poeta com toda a efusão d'alma.

Oliveira correspondeu ao abraço, e quando pôde desligar-se do médico, disse-lhe:

— Obrigado, meu amigo; estas manifestações são muito honrosas para mim; sempre te conheci como um perfeito juiz literário, e a prova que acabas de dar-me é uma consolação e uma animação; consola-me do que tenho sofrido, anima-me para novos cometimentos. Se Torquato Tasso...

Diante desta ameaça de discurso, e sobretudo vendo a interpretação do seu abraço, Estêvão resolveu-se a continuar caminho abandonando o poeta.

— Adeus, tenho pressa.

— Adeus, obrigado!

Estêvão chegou à casa e atirou-se à cama. Ninguém o soube nunca, só as paredes do quarto foram testemunhas; mas a verdade é que Estêvão chorou lágrimas amargas.

Enfim que lhe dissera Magdalena e que exigira dele?

A viúva não era viúva; era mulher de Menezes; viera do Norte meses antes do marido, que só veio como deputado; Menezes, que a amava doidamente, e que era amado com igual delírio, acusava-a de infidelidade; uma carta e um retrato eram os indícios; ela negou, mas explicou-se mal; o marido separou-se e mandou-a para o Rio de Janeiro.

Magdalena aceitou a situação com resignação e coragem: não murmurou nem pediu, cumpriu a ordem do marido.

Todavia Magdalena não era criminosa; o seu crime era uma aparência; estava condenada por fidelidade de honra. A carta e o retrato não lhe pertenciam; eram apenas um depósito imprudente e fatal. Magdale-

He remembered that the reading of the comedy prevented him from sending the letter, and therefore saved him from a very sad disillusionment.

Estêvão involuntarily hugged the poet with all the effusion of his soul.

The hug was reciprocated by Oliveira, who said the following as soon as he could disentangle from the doctor:

"Thank you, my friend; these manifestations are very honorable to me; I've always known you as a perfect literary judge, and the proof you're giving me is both a consolation and an encouragement; it consoles me from what I've been suffering, and encourages for new commitments. If Torquato Tasso...[19]"

In the face of this threat of a speech, and especially seeing the interpretation of his hug, Estêvão decided to continue his way, abandoning the poet.

"Goodbye, I'm in a hurry."

"Goodbye, and thank you!"

Estêvão arrived home and threw himself onto his bed. Nobody ever knew, only the bedroom's walls witnessed, but the truth is that Estêvão cried bitter tears.

After all, what did Magdalena tell him, and what were her demands?

The widow wasn't a widow; she was Menezes's wife; she had come from the north months before her husband, who only came as a deputy. Menezes, who loved her madly, and was also loved with equal delirium, accused her of infidelity; a letter and a portrait were the evidence. She denied it but explained herself badly; the husband separated from her and sent her to Rio de Janeiro.

Magdalena accepted the situation with resignation and courage: she didn't murmur or ask for anything, and she followed her husband's order.

na podia dizer tudo, mas era trair uma promessa; não quis; preferiu que a tempestade doméstica caísse unicamente sobre ela.

Agora, porém, a necessidade do segredo expirara; Magdalena recebeu do Norte uma carta em que a amiga, no leito da morte, pedia que inutilizasse a carta e o retrato, ou os restituísse ao homem que lhes dera. Essa carta era uma justificação.

Magdalena podia mandar a carta ao marido, ou pedir-lhe uma entrevista; mas receava tudo; sabia que seria inútil, porque Menezes era extremamente severo.

Vira o médico uma noite no teatro em companhia de seu marido; indagara e soube que eram amigos; pedia-lhe pois que fosse mediador entre os dois, que a salvasse e que reconstruísse uma família.

Não era pois somente o amor de Estêvão que sofria; era também o seu amor-próprio. Estêvão facilmente compreendeu que não fora atraído àquela casa para outra coisa. É verdade que a carta só chegara na véspera; mas a carta apenas vinha apressar a resolução. Naturalmente Magdalena pedir-lhe-ia, sem haver carta, algum serviço análogo àquele.

Se se tratasse de qualquer outro homem, Estêvão recusaria o serviço que lhe pedia a *viúva*, mas tratava-se do seu amigo, de um homem a quem ele devia estima e serviços de amizade.

Aceitou, pois, a cruel missão.

— Cumpra-se o destino, disse ele; hei de ir lançar a mulher que amo aos braços de outro; e por desgraça maior, em vez de gozar com este restabelecimento de concórdia doméstica, vejo-me na dura situação de amar a mulher do meu amigo, isto é, de fugir para longe...

Estêvão não saiu mais de casa nesse dia.

Quis escrever ao deputado contando-lhe tudo; mas pensou que o melhor era falar-lhe de viva voz. Embora lhe custasse mais, era de mais efeito para o desempenho da sua promessa.

However, Magdalena wasn't a criminal; her crime was an appearance; she was condemned by honorable fidelity. The letter and the portrait didn't belong to her; they were only an imprudent and fateful deposit. Magdalena could tell everything, but she would betray a promise; she didn't want to, and preferred that the domestic storm fall solely on her.

Now, however, the need for secrecy was over; Magdalena received a letter from the north in which her friend, on her deathbed, asked her to discard the letter and the portrait, or to return them to the man who had given them to her. This letter was a justification.

Magdalena could send the letter to her husband, or ask him for a meeting; but she feared everything; she knew it would be useless because Menezes was extremely severe.

She saw the doctor one evening at the theater in the company of her husband; she inquired and discovered that they were friends; therefore, she was asking him to be a mediator between the two, that he saved her and rebuilt a family.

Thus, Estêvão's love wasn't the only thing suffering; his self-esteem also. Estêvão easily understood that he wasn't attracted to her house because of something else. It's true that the letter only arrived the day before; but it only came to hasten the resolution. Magdalena would naturally have asked him a service like that even if she hadn't received the letter.

If the involved man had been someone else, Estêvão would have refused the task the *widow* had requested, but it was about his friend, a man to whom he owed the esteem and favors of friendship.

So he accepted the cruel mission.

"Fate will be fulfilled," he said; "I'll throw the woman I love into another man's arms; and for a greater disgrace, instead of enjoying the reestablishment of domestic harmony, I see myself in the tough situation of loving my friend's wife, which means I'll have to go away…"

Adiou, porém, para o dia seguinte, ou antes para o mesmo dia, porque a noite não lhe interrompeu o tempo, visto que Estêvão não dormiu um minuto sequer.

X

Levantou-se da cama o pobre namorado sem ter conseguido dormir. Vinha nascendo o sol.

Quis ler os jornais e pediu-os.

Já os ia pondo de lado, por haver acabado de ler, quando repentinamente viu o seu nome impresso no *Jornal do Commercio*.

Era um artigo *a pedido* com o título de *Uma obra-prima*.

Dizia o artigo:

> Temos o prazer de anunciar ao país o próximo aparecimento de uma excelente comédia, estreia de um jovem literato fluminense, de nome Antônio Carlos de Oliveira.

> Este robusto talento, por muito tempo incógnito, vai enfim entrar nos mares da publicidade, e para isso procurou logo ensaiar-se em uma obra de certo vulto.

> Consta-nos que o autor, solicitado por seus numerosos amigos, leu há dias a comédia em casa do Sr. Dr. Estêvão Soares, diante de um luzido auditório, que aplaudiu muito e profetizou no Sr. Oliveira um futuro Shakespeare.

> O Sr. Dr. Estêvão Soares levou a sua amabilidade a ponto de pedir a comédia para ler segunda vez, e ontem ao encontrar-se na rua com o Sr. Oliveira, de tal entusiasmo vinha possuído que o abraçou estreitamente, com grande pasmo dos numerosos transeuntes.

> Da parte de um juiz tão competente em matérias literárias este ato é honroso para o Sr. Oliveira.

> Estamos ansiosos por ler a peça do Sr. Oliveira, e ficamos certos de que ela fará fortuna de qualquer teatro.

> O amigo das letras

Estêvão didn't leave his house that day.

He wanted to write to the deputy telling him everything; but he thought it was better to tell him face to face. Even though it would cost him more, it was more effective for the fulfillment of his promise.

However, he postponed it for the following day, or rather for the same day, because the night didn't interrupt time, as Estêvão didn't sleep a single minute.

X

The poor lover got up from his bed without having slept. The sun was rising.

He wanted to read the newspapers and asked for them.

He was putting them aside, having finished reading them, when he suddenly saw his name printed in the *Jornal do Commercio*.[20]

It was an article *on request*, with the title of *A masterpiece*.

The article said:

> We have the pleasure to announce to the country the next appearance of an excellent comedy, the premiere of a young *fluminense*[21] littérateur named Antônio Carlos de Oliveira.
>
> This robust talent, for a long time incognito, will finally enter the seas of publicity, and that's why he soon sought to experiment with a work of certain importance.
>
> It appears to us that the author, requested by his many friends, read the comedy days ago at Dr. Estêvão Soares's house, before a luminous audience, who applauded him very much and prophesied Mr. Oliveira a future Shakespeare.
>
> Dr. Estêvão Soares used his kindness to the point of asking for a second reading of the comedy, and when he met Mr. Oliveira on the street yesterday, he was so enthusiastic that he hugged him tightly, to great astonishment of the many passersby.
>
> As that comes from a really competent judge in literary matters, this is an honorable act for Mr. Oliveira.

Estêvão, apesar dos sentimentos que o agitavam então, enfureceu-se com o artigo que acabava de ler. Não havia dúvida que o autor dele era o próprio autor da comédia. O abraço da véspera fora mal interpretado, e o poetastro aproveitava-o em seu favor. Se ao menos não falasse no nome de Estêvão, este poderia desculpar a vaidadezinha do escritor. Mas o nome ali estava como cúmplice da obra.

Pondo de lado o *Jornal do Commercio*, Estêvão lembrou-se de protestar, e ia já escrever um artigo quando recebeu uma cartinha de Oliveira.

Dizia a carta:

> Meu Estêvão. Lembrou-se um amigo meu de escrever alguma coisa a propósito da minha peça. Expliquei-lhe como se dera a leitura em tua casa, e disse-lhe como é que, apesar do vivo desejo que tinhas de ouvir lê-la, interrompeste-me para ir cuidar de um doente. Apesar de tudo isto, o meu referido amigo contou hoje no *Jornal do Commercio* a história *alterando um pouco a verdade*. Desculpa-o; é a linguagem da amizade e da benevolência.
>
> Ontem entrei para casa tão orgulhoso com o teu abraço que escrevi uma ode, e assim manifestou-se em mim a veia lírica, depois da cômica e da trágica. Aí te mando o rascunho; se não prestar, rasga-a.

A carta tinha, por engano, a data da véspera.

A ode era muito comprida; Estêvão nem a leu, atirou-a para um canto.

A ode começava assim:

> Sai do teu monte, ó musa!
> Vem inspirar a lira do poeta;
> Enche de luz a minha fronte ousada,
> E mandemos aos evos,
> Nas asas de uma estrofe ingente e altíssona,

We look forward to read Mr. Oliveira's play, and we're sure that it will make a fortune for any theater.

The friend of literature.

Despite the feelings that shook him, Estêvão was angry at the article he had just read. There wasn't any doubt that its author was the author of the comedy himself. The hug on the previous day had been misinterpreted, and the great poet was using it to favor himself. If at least he hadn't mentioned Estêvão's name, he could even forgive the writer's bit of vanity. But his name figured as an accomplice to the work.

Putting the *Jornal do Commercio* aside, Estêvão remembered to protest, and he was going to write an article when he received a short letter from Oliveira.

The letter said:

My dear Estêvão. A friend of mine remembered to write something about my play. I explained to him about the reading in your house, and told him how, in spite of your lively desire to listen to the reading, you interrupted me to take care of a patient. Despite all this, my friend told the story today in *Jornal do Commercio, changing the truth just a little.* I apologize for this; it's the language of benevolence and friendship.

Yesterday, I came home so proud with your hug that I wrote an ode, and my lyrical vein manifested this way, after the comic and the tragic veins. I'm sending you the draft; if it's not good, tear it up.

The letter had, by mistake, the date of the previous day.

The ode was too long; Estêvão didn't even read it; he threw it in a corner.

The ode began thus:

Leave your mount, oh, muse!
Come and inspire the poet's lyre;
Fill with light my bold forehead,

Do caro amigo o animador abraço!

Não canto os altos feitos
De Aquiles, nem traduzo os sons tremendos
Dos rufos marciais enchendo os campos!
Outro assunto me inspira.
Não canto a espada que dá morte e campa;
Canto o abraço que dá vida e glória!

XI

Como havia prometido, Estêvão foi logo procurar o deputado Menezes. Em vez de ir direito ao fim, quis antes sondá-lo a respeito do seu passado. Era a primeira vez que o moço tocava em tal. Menezes não desconfiou, mas estranhou; mas tal confiança tinha nele que não recusou nada.

— Sempre imaginei, dissera-lhe Estêvão, que há na sua vida um drama. E talvez engano meu, mas a verdade é que ainda não perdi a ideia.

— Há, com efeito, um drama; mas um drama pateado. Não sorria; é assim. Que supõe então?

— Não suponho nada. Imagino que...

— Pede dramas a um homem político?

— Por que não?

— Eu lhe digo. Sou político e não sou. Não entrei na vida pública por vocação; entrei como se entra em uma sepultura: para dormir melhor. Por que o fiz? A razão é o drama de que me fala.

— Uma mulher, talvez...

— Sim, uma mulher.

— Talvez mesmo, disse Estêvão procurando sorrir, talvez uma esposa.

Menezes estremeceu e olhou para o amigo, espantado e desconfiado.

— Quem lhe disse?

And we shall send to the eternity,
In the wings of a colossal and resounding stanza,
The encouraging hug of a dear friend!

I don't sing the high achievements
Of Achilles, or translate the pounding
Of the martial drums filling the fields!
Another subject inspires me.
I don't sing the sword which provides death and grave,
I sing the hug which provides life and glory!

XI

As he had promised, Estêvão went to look for the deputy Menezes immediately. Instead of going directly to the point, he wanted to delve into his past. It was the first time the young man had touched upon this subject. Menezes wasn't suspicious, but he thought the attitude was strange; but such was his confidence in the young man that he didn't refuse talking about anything.

"I've always imagined," Estêvão said, "that there's a drama in your life. And perhaps I'm deceived, but the truth is that I still haven't lost this idea."

"There is, in effect, a drama, but an ill-fated drama. Don't smile; life is like that. What do you suppose?"

"I don't suppose anything. I imagine that..."

"Are you asking a politician for dramas?"

"Why not?"

"I'll tell you. I'm a politician and I'm not. I didn't enter public life by vocation; I entered as one enters a grave: to sleep better. Why did I do that? The reason is the drama you're talking about."

"A woman, perhaps..."

"Yes, a woman."

— Pergunto.

— Uma esposa, sim; mas não lhe direi mais nada. É a primeira pessoa que ouve tanta coisa de mim. Deixemos o passado que morreu: *parce sepultis*.

— Conforme, disse Estêvão; e se eu pertencer a uma seita filosófica que pretenda ressuscitar os mortos, mesmo quando é um passado...

— As suas palavras, ou querem dizer muito, ou nada. Qual é a sua intenção?

— A minha intenção não é ressuscitar o passado unicamente; é repará-lo, é restaurá-lo em todo o seu esplendor, com toda a legitimidade do seu direito; o meu fim é dizer-lhe, meu caro amigo, que a mulher condenada é uma mulher inocente.

Ouvindo estas palavras Menezes deu um pequeno grito.

Depois levantando-se com rapidez pediu a Estêvão que lhe dissesse o que sabia e como sabia.

Estêvão referiu tudo.

Quando concluiu a sua narração, o deputado abanou a cabeça com aquele último sintoma de incredulidade que é ainda um eco das grandes catástrofes domésticas.

Mas Estêvão ia armado contra as objeções do marido. Protestou energicamente pela defesa da mulher; instou pelo cumprimento do dever.

A última resposta de Menezes foi esta:

— Meu caro Estêvão, a mulher de César nem deve ser suspeitada. Acredito em tudo; mas o que está feito, está feito.

— O princípio é cruel, meu amigo.

— É fatal.

Estêvão saiu.

Ficando só, Menezes caiu em profunda meditação; ele acreditava em tudo, e amava a mulher; mas não acreditava que os belos dias pudessem voltar.

Recusando, pensava ele, era ficar no túmulo em que tivera tão brando sono.

"Perhaps indeed," Estêvão said, trying to smile, "perhaps a wife."

Menezes trembled and looked at his friend, amazed and suspicious.

"Who told you that?"

"That's what I ask you."

"Yes, a wife; but I won't tell you anything else. You're the first person who hears so much of me. Let's forget the dead past: *parce sepultis*."[22]

"As you wish," Estêvão said. "And what if I belong to a philosophical sect that intends to revive dead people, even if they belong in the past..."

"Your words have much or nothing to say. What's your intention?"

"My intention isn't only to resurrect the past; it's to repair it, and restore it in all its splendor, with all the legitimacy of its rights; my aim is to tell you, my dear friend, that the convicted woman is an innocent woman."

When he listened to these words, Menezes gave a little scream.

After that, he stood up quickly and asked Estêvão to tell him what he knew and how he came to know it.

Estêvão told him everything.

When he concluded his narration, the deputy shook his head with that last symptom of incredulity which is still an echo of the major domestic catastrophes.

But Estêvão was armed against the husband's objections. He vigorously objected in favor of the woman; he urged his friend to fulfill his duty.

This was Menezes's last answer:

"My dear Estêvão, Caesar's wife shouldn't even be put under suspicion. I believe in everything you say; but what is done can't be undone."

"The principle is cruel, my friend."

"It's fatal."

Estêvão left.

Estêvão, porém, não desanimou.

Quando entrou em casa, escreveu uma longa carta ao deputado exortando-o a que restaurasse a família por um momento separada e desfeita. Estêvão era eloquente; o coração de Menezes com pouco se contentava.

Enfim, nesta missão diplomática, o médico houve-se com suprema habilidade. No fim de alguns dias dissipara-se a nuvem do passado, e o casal reunira-se.

Como?

Magdalena soube das disposições de Menezes e recebeu o anúncio de uma visita de seu marido.

Quando o deputado preparava-se para sair, vieram dizer-lhe que uma senhora o procurava.

A senhora era Magdalena.

Menezes nem quis abraçá-la; ajoelhou-se aos pés.

Tudo estava esquecido.

Quiseram celebrar a reconciliação, e Estêvão foi convidado para lá passar o dia em companhia dos seus amigos, que lhe deviam a felicidade.

Estêvão não foi.

Mas no dia seguinte Menezes recebeu este bilhete:

Desculpe, meu amigo, se não vou despedir-me pessoalmente. Sou obrigado a partir repentinamente para Minas. Voltarei daqui a alguns meses.

Estimo que sejam felizes, e espero que não se esqueçam de mim.

Menezes foi apressadamente à casa de Estêvão, e ainda o achou preparando as malas.

Achou singular a viagem, e mais singular o bilhete; mas o médico não revelou por modo nenhum o verdadeiro motivo da sua partida.

Quando Menezes voltou, comunicou à mulher as suas impressões; e perguntou se ela compreendia aquilo.

— Não, respondeu Magdalena.

Mas tinha compreendido enfim.

"Nobre alma!" disse ela consigo.

When he was alone, Menezes fell into deep meditation; he believed in everything, and loved his wife; but he couldn't believe that the good days could return.

If he refused, he thought, he would remain in the grave in which he had such soft sleep.

However, Estêvão wasn't discouraged.

When he arrived home, he wrote the deputy a long letter, urging him to restore his family, which had been undone and separated for a moment. Estêvão was eloquent; Menezes's heart needed little to be satisfied.

Finally, in this diplomatic mission, the doctor was supremely skillful. After a few days, the clouds of the past dissipated, and the couple was reunited.

How?

Magdalena learnt about Menezes's dispositions and received the news of her husband's visit.

When the deputy was ready to leave, someone told him that a lady was waiting for him.

This lady was Magdalena.

Menezes didn't even want to hug her; he knelt down at her feet.

Everything was forgotten.

They wanted to celebrate their reconciliation, and Estêvão was invited to go there to spend the day with his friends, who owed their happiness to him.

He didn't go.

But next day Menezes received this note:

I'm sorry, my friend, if I'm not saying goodbye personally. I'm suddenly forced to go to Minas.[23] I'll be back in a few months. I hope you to be happy, and I also hope you won't forget me.

Menezes hurried to Estêvão's house, and found him still packing up.

Nada disse ao marido; nisso mostrava-se esposa solícita pela tranquilidade conjugal; mas mostrava-se sobretudo mulher.

Menezes não foi à Câmara durante muitos dias, e no primeiro paquete seguiu para o Norte.

A ausência transtornou algumas votações, e a sua partida logrou muitos cálculos.

Mas o homem tem o direito de procurar a sua felicidade e a felicidade de Menezes era independente da política.

Publicação original: *Jornal das Famílias*, Paris (04/1868), Parte 1, Edição 3, p. 114-122; (05/1868), Parte 2, Edição 5, p. 133-151.

He thought the trip was strange, and the note even stranger; but by no means did the doctor reveal the true reason for his departure.

When Menezes returned home, he communicated his impressions to his wife and asked if she understood the situation.

"No," Magdalena answered.

But she had finally understood.

"Noble soul!" she said to herself.

She said nothing to her husband; she seemed to be concerned about marital tranquility; but, above all, she showed herself to be a woman.

Menezes didn't go to the Chamber for many days, and he took the first ship to the north.

His absence affected some of the voting, and his departure frustrated many calculations.

But a man has the right to search for his happiness, and Menezes's happiness was independent from politics.

Notes

1   A deputy is a congressional representative, in this case, federal. At the time of the story, Rio de Janeiro was the capital of Brazil.

2   One of the most important theaters in Rio de Janeiro in the nineteenth century. It was founded in 1854 and demolished due to the foundation of Teatro D. Pedro II. It had a very important role in the socialization of the most privileged social classes in the city, being responsible for propagating European social and literary habits.

3   Lagruists and Chartonists were the respective fans of Emilie La Grua (1831-1869), a very famous Italian opera singer who presented at Theatro Lyrico in 1853, and Anne Charton Demeur (1827-1892), who also had a tour in South America the same year. They were enthusiastically supported by their fans, who used to clash with each other.

4   French word that designates an old and closed chariot, with two doors, pulled by animals and with a driver's seat at the front chair.

5   The first street of Rio de Janeiro.

6   A residential street located in the historical center of Rio de Janeiro.

7   Diógenes from Sinop (404 or 412 BC – 323 BC) was a philosopher in ancient Greece. He became a beggar in order to prove the ideas that people could be self-sufficient and turn poverty into a virtuous ideal of life. When people asked him why he was doing so, he used to say that he was in search of a true man.

8   François Fénelon (1651-1715), a French writer and orator known for the elegance and suavity of his style. His most famous book is *The Adventures of Telemachus, the Son of Ulysses*, published in 1699, which became one of the most widely read novels in 19th century Brazil.

9   Calypso was a nymph in Greek mythology, who lived in the island of Ogygia where she detained Odysseus for many years.

10 Hélöise d'Argenteuil (1101-1164) was a French nun, writer, and abbess who became known for her love affair and correspondence with the famous philosopher and professor Peter Abelard. The romance was discovered by her

family, and Abelard was castrated as a consequence.

11 Henry Palmerston (1784-1865), British statesman who vigorously defended British interests against France.

12 A street where gypsies used to live, as they were discriminated by the population in Rio de Janeiro. Nowadays it is called Rua da Constituição.

13 An association of poets who wrote their works inspired in the themes and works of Classical Antiquity.

14 Euclid of Alexandria (300 BCE), a Greek mathematician who created the basis of plane geometry.

15 A street in downtown Rio named after Count of Eu, originally Gaston d'Orléans (1842-1922), a member of the French royal family who belonged to the House of Orléans. He was also a military commander who fought in the Spanish-Moroccan War of 1859, and in the Paraguayan War of 1860 to 1865. He arrived in Brazil on 2 September 1864 and, on the 15 October, married Princess Isabel (1846-1921), daughter of D. Pedro II. One of the most famous hotels in Rio de Janeiro in the 19th century.

16 A Portuguese word used to refer to a lady who owned black slaves. It was often used by husbands to refer to their wives, as in this scene.

17 *Djinns* was a poem with short verses, published in 1829, that had a mystical content.

18 Italian poet born in 1544, one of the most famous representatives of European Renaissance.

19 One of the most important newspapers in Rio de Janeiro in the nineteenth century. It was founded by Pierre Plancher (1779-1844) in 1827, being the first daily newspaper of Latin America.

20 Fluminense refers to anything related to the state of Rio de Janeiro.

21 Latin expression used in Virgil's *Aeneid*, which means "peace for the dead."

22 The state of Minas Gerais.

O Segredo de Augusta

I

São onze horas da manhã.

D. Augusta Vasconcellos está reclinada sobre um sofá, com um livro na mão. Adelaide, sua filha, passa os dedos pelo teclado do piano.

- Papai já acordou? pergunta Adelaide à sua mãe.

- Não, responde esta sem levantar os olhos do livro.

Adelaide levantou-se e foi ter com Augusta.

- Mas é tão tarde, mamãe, disse ela. São onze horas. Papai dorme muito.

Augusta deixou cair o livro no regaço, e disse olhando para Adelaide:

- É que naturalmente recolheu-se tarde.

- Reparei já que nunca me despeço de papai quando me vou deitar. Anda sempre fora.

Augusta sorriu.

- És uma roceira, disse ela; dormes com as galinhas. Aqui o costume é outro. Teu pai tem que fazer de noite.

Augusta's Secret

I

It's eleven in the morning.

Mrs. Augusta Vasconcellos is reclined on a sofa, a book in her hands. Adelaide, her daughter, runs her fingers over the keyboard of the piano.

"Is dad awake?" Adelaide asks her mother.

"No," she answered without raising her eyes from the book.

Adelaide stood up and went to Augusta.

"But it's so late, mom," she said. "It's eleven o'clock. Dad sleeps a lot."

Augusta let the book fall in her lap and said, looking at Adelaide:

"Naturally he retired late last night."

"I've noticed that I never say good night to dad when I go to bed. He's never at home."

Augusta smiled.

"You're a hick," she said, "you sleep with the chickens. Here our habits are different. Your father has things to do at night."

- É política, mamãe? perguntou Adelaide.

- Não sei, respondeu Augusta.

Comecei dizendo que Adelaide era filha de Augusta, e esta informação, necessária no romance, não o era menos na vida real em que se passou o episódio que vou contar, porque à primeira vista ninguém diria que havia ali mãe e filha; pareciam duas irmãs, tão jovem era a mulher de Vasconcellos.

Tinha Augusta trinta anos e Adelaide quinze; mas comparativamente a mãe parecia mais moça ainda que a filha. Conservava a mesma frescura dos quinze anos, e tinha de mais o que faltava a Adelaide, que era a consciência da beleza e da mocidade, consciência que seria louvável se não tivesse como consequência uma imensa e profunda vaidade. A sua estatura era mediana, mas imponente. Era muito alva e muito corada. Tinha os cabelos castanhos, e os olhos garços. As mãos compridas e bem feitas, pareciam criadas para os afagos de amor. Augusta dava melhor emprego às suas mãos; calçava-as de macia pelica.

As graças de Augusta estavam todas em Adelaide, mas em embrião. Adivinhava-se que aos vinte anos Adelaide devia rivalizar com Augusta; mas por enquanto havia na menina uns restos da infância que não davam realce aos elementos que a natureza pusera nela.

Todavia, era bem capaz de apaixonar um homem, sobretudo se ele fosse poeta, e gostasse das virgens de quinze anos, até porque era um pouco pálida, e os poetas em todos os tempos tiveram sempre queda para as criaturas descoradas.

Augusta vestia com suprema elegância; gastava muito, é verdade; mas aproveitava bem as enormes despesas, se acaso é isso aproveitá-las. Deve-se fazer-lhe uma justiça; Augusta não regateava nunca; pagava o preço que lhe pediam por qualquer coisa. Punha nisso a sua grandeza, e achava que o procedimento contrário era ridículo e de baixa esfera.

"Is it politics, mommy?" Adelaide asked.

"I don't know," Augusta answered.

I began by saying that Adelaide was Augusta's daughter, and this information, necessary to the narrative, wasn't less necessary in real life where the event that I'm going to tell you about took place, because, at first sight, nobody would say that they were mother and daughter, so young was Vasconcellos's wife.

Augusta was thirty years old and Adelaide was fifteen; but comparatively the mother looked younger than the daughter. She kept the same freshness from when she was fifteen, and she had something which was absent in Adelaide: the awareness of her youth and beauty, an awareness that would be commendable if it hadn't had an immense and deep vanity as a consequence. Her stature was average but imposing. She was very niveous and very rosy-cheeked. She had brown hair, and greenish eyes. Her long and well-made hands seemed to be created for loving caresses. Augusta used to employ her hands for something else; she put soft kid leather gloves on them.

Augusta's graces were all embryonically in Adelaide. One could guess that Adelaide would rival Augusta in her twenties; but, for a while, the girl had some remnants of childhood, which didn't highlight the elements nature gave her.

However, she was able to make a man fall in love with her, especially if he was a poet, and liked fifteen year-old virgins, because she was a bit pale, and poets of all times have always fallen for discolored creatures.

Augusta dressed with supreme elegance; it's true that she spent a lot of money, but she enjoyed huge expenses very well, if that can be called enjoyment. We should do her justice; Augusta never haggled; she paid the price asked for anything. She used to pride herself on this attitude, and she thought that the opposite procedure was ridiculous and low-brow.

Neste ponto Augusta partilhava os sentimentos e servia aos interesses de alguns mercadores, que entendem ser uma desonra abater alguma coisa no preço das suas mercadorias.

O fornecedor de fazendas de Augusta, quando falava a este respeito, costumava dizer-lhe:

- Pedir um preço e dar a fazenda por outro preço menor, é confessar que havia intenção de esbulhar o freguês.

O fornecedor preferia fazer a coisa sem a confissão.

Outra justiça que devemos reconhecer era que Augusta não poupava esforços para que Adelaide fosse tão elegante como ela.

Não era pequeno o trabalho.

Adelaide desde a idade de cinco anos fora educada na roça em casa de uns parentes de Augusta, mais dados ao cultivo do café que às despesas do vestuário. Adelaide foi educada nesses hábitos e nessas ideias. Por isso quando chegou à corte, onde se reuniu à família, houve para ela uma verdadeira transformação. Passava de uma civilização para outra; viveu numa hora uma longa série de anos. O que lhe valeu é que tinha em sua mãe uma excelente mestra. Adelaide reformou-se, e no dia em que começa esta narração já era outra; todavia estava ainda muito longe de Augusta.

No momento em que Augusta respondia à curiosa pergunta de sua filha acerca das ocupações de Vasconcellos, parou um carro à porta.

Adelaide correu à janela.

- É D. Carlota, mamãe, disse a menina voltando-se para dentro.

Daí a alguns minutos entrava na sala a D. Carlota em questão. Os leitores ficarão conhecendo esta nova personagem com a simples indicação de que era um segundo volume de Augusta; bela, como ela; elegante, como ela; vaidosa, como ela.

Tudo isto quer dizer que eram ambas as mais afáveis inimigas que podem haver neste mundo.

On this point Augusta shared feelings and served the interests of some merchants, who think it's a dishonor to knock down the price of their goods.

When Augusta's textiles supplier talked about this, he used to tell her:

"Asking for one price and selling the textiles for a lower price is to confess that the intention was to exploit the customer."

The supplier preferred to do such things without the confession.

Another justice that we should make is that Augusta didn't spare any efforts to make Adelaide as elegant as she was.

It wasn't an easy job.

From the age of five, Adelaide had been brought up on the farm in the house of some of Augusta's relatives, who were more given to coffee growing than to clothing expenses. Adelaide has been brought up within these habits and ideas. That's the reason why there was a deep transformation when she arrived at the court where she joined her family. She was going from one civilization to another; she lived a long number of years in one hour. What mattered to her was the fact that her mother was an excellent mistress. Adelaide reformed herself, and the day when this story starts she was already another girl; however, she was still quite far from Augusta.

A coach stopped at the front door at the moment Augusta was answering her daughter's curious question about Vasconcellos's occupations.

Adelaide ran to the window.

"It's Carlota, mom," the girl said, turning round.

A few minutes later aforementioned D. Carlota entered the living room. The readers will know this new character by the simple statement that she was a second volume of Augusta; beautiful, like her; elegant, like her; vain, like her.

All this means that they were both the friendliest enemies that could be in this world.

Carlota vinha pedir a Augusta para ir cantar num concerto que ia dar em casa, imaginado por ela para o fim de inaugurar um magnífico romance musical de sua composição.

Augusta de boa vontade acedeu ao pedido.

- Como está seu marido? perguntou ela a Carlota.

- Foi para a praça; e o seu?

- O meu dorme.

- Como um justo? perguntou Carlota sorrindo maliciosamente.

- Parece, respondeu Augusta.

Neste momento, Adelaide, que por pedido de Carlota tinha ido tocar um noturno ao piano, voltou para o grupo.

A amiga de Augusta perguntou-lhe:

- Aposto que já tem algum noivo em vista?

A menina corou muito, e balbuciou:

- Não fale nisso.

- Ora, há de ter! Ou então aproxima-se da época em que há de ter um noivo, e eu já lhe profetizo que há de ser bonito...

- É muito cedo, disse Augusta.

- Cedo!

- Sim, está muito criança; casar-se-á quando for tempo, e o tempo está longe...

- Já sei, disse Carlota rindo, quer prepará-la bem... aprovo-lhe a intenção. Mas nesse caso não lhe tire as bonecas.

- Já não as tem.

- Então é difícil impedir os namorados. Uma coisa substitui a outra.

Augusta sorriu, e Carlota levantou-se para sair.

- Já? disse Augusta.

- É preciso; adeus!

- Adeus!

Trocaram-se alguns beijos e Carlota saiu logo.

Carlota came to ask Augusta to go sing in a concert she was organizing in her house, which she dreamed up with the purpose of inaugurating a magnificent musical romance she had composed.

Augusta willingly accepted the request.

"How's your husband?" she asked Carlota.

"He went to the Praça;[1] and yours?"

"Mine is sleeping."

"Like a just man?" Carlota asked, smiling maliciously.

"It seems," Augusta answered.

At this moment Adelaide, who had, by her mother's request, gone to the piano to play a nocturne, went back to the group.

Augusta's friend asked her:

"I bet you already have a fiancé in sight?"

The girl blushed and babbled:

"Don't talk about that."

"Oh, you must have! Or it's approaching the time when you'll have a fiancé, and I already prophesy that he'll be handsome…"

"It's too early," Augusta said.

"Early?"

"Yes, she's too young; she will marry when the time comes, and time is far…"

"I know," Carlota said, laughing, "you want to prepare her well… I approve your intention. But in this case don't take the dolls away from her."

"She doesn't have them anymore."

"So it's difficult to prevent the boyfriends. One thing replaces the other."

Augusta smiled, and Carlota stood up to go.

"Already?" Augusta said.

"I need to; goodbye!"

"Goodbye!"

They exchanged some kisses, and Carlota left.

Logo depois chegaram dois caixeiros: um com alguns vestidos e outro com um romance; eram encomendas feitas na véspera. Os vestidos eram caríssimos, e o romance tinha este título: *Fanny*, por Ernesto Feydeau.

II

Pela uma hora da tarde do mesmo dia levantou-se Vasconcellos da cama.

Vasconcellos era um homem de quarenta anos, bem apessoado, dotado de um maravilhoso par de suíças grisalhas, que lhe davam um ar de diplomata, coisa de que estava afastado umas boas cem léguas. Tinha a cara risonha e expansiva; todo ele respirava uma robusta saúde.

Possuía uma boa fortuna e não trabalhava, isto é, trabalhava muito na destruição da referida fortuna, obra em que sua mulher colaborava conscienciosamente.

A observação de Adelaide era verídica; Vasconcellos recolhia-se tarde; acordava sempre depois do meio-dia; e saía às ave-marias para voltar na madrugada seguinte. Quer dizer que fazia com regularidade algumas pequenas excursões à casa da família.

Só uma pessoa tinha o direito de exigir de Vasconcellos mais alguma assiduidade em casa: era Augusta; mas ela nada lhe dizia. Nem por isso se davam mal, porque o marido em compensação da tolerância de sua esposa não lhe negava nada, e todos os caprichos dela eram de pronto satisfeitos.

Se acontecia que Vasconcellos não pudesse acompanhá-la a todos os passeios e bailes, incumbia-se disso um irmão dele, comendador de duas ordens, político de oposição, excelente jogador de voltarete, e homem amável nas horas vagas, que eram bem poucas. O irmão Lourenço era o que se pode chamar um irmão terrível. Obedecia a todos os desejos da cunhada, mas não poupava de quando em quando um sermão ao irmão. Boa semente que não pegava.

A little later two door-to-door salesmen arrived: one with some dresses and the other with a novel; these had been ordered the day before. The dresses were really expensive, and the novel had the following title: *Fanny*,[2] by Ernesto Feydeau.

II

That day Vasconcellos woke up around one in the afternoon.

Vasconcellos was a forty-year-old man, good-looking and with a pair of wonderful gray-haired sideburns that gave him a diplomatic air, something he was a good hundred leagues far from being. He had a smiley and expansive face; his whole self breathed robust health.

He had a good fortune and didn't work, that is, he worked hard on the destruction of it, work in which his wife collaborated conscientiously.

Adelaide's observation was true; Vasconcellos retired late; he always woke up after midday; and he left at the Ave Marias[3] to return at dawn. Which meant he regularly made few short excursions to his family's house.

Augusta was the only person who had the right to demand from Vasconcellos a certain assiduity at home; but she never said anything to him. But that doesn't mean they didn't get along, as the husband, in compensation for her tolerance, didn't deny his wife anything, and all her whims were rapidly satisfied.

If it turned out that Vasconcellos couldn't go with her to all the promenades and balls, his brother was entrusted to do so. He was a commander of two orders,[4] an opposition politician, an excellent voltarete[5] player, and a kind man in his spare time, which was very little. This brother, Lourenço, was what could be called a terrible brother. He obeyed all his sister-in-law's desires, but didn't save his brother from sermons. A good seed that didn't thrive.

Acordou, pois, Vasconcellos, e acordou de bom humor. A filha alegrou-se muito ao vê-lo, e ele mostrou-se de uma grande afabilidade com a mulher, que lhe retribuiu do mesmo modo.

- Por que acorda tão tarde? perguntou Adelaide acariciando as suíças de Vasconcellos.

- Porque me deito tarde.

- Mas por que se deita tarde?

- Isso agora é muito perguntar! disse Vasconcellos sorrindo.

E continuou:

- Deito-me tarde porque assim o pedem as necessidades políticas. Tu não sabes o que é política; é uma coisa muito feia, mas muito necessária.

- Sei o que é política, sim! disse Adelaide.

- Ah! Explica-me lá então o que é.

- Lá na roça, quando quebraram a cabeça ao juiz de paz, disseram que era por política; o que eu achei esquisito, porque a política seria não quebrar a cabeça...

Vasconcellos riu muito com a observação da filha, e foi almoçar, exatamente quando entrava o irmão, que não pôde deixar de exclamar:

- A que boa hora almoças tu!

- Aí vens tu com as tuas reprimendas. Eu almoço quando tenho fome... Vê se me queres agora escravizar às horas e às denominações. Chama-lhe almoço ou *lunch*, a verdade é que estou comendo.

Lourenço respondeu com uma careta.

Terminado o almoço, anunciou-se a chegada do Sr. Baptista. Vasconcellos foi recebê-lo no gabinete particular.

Baptista era um rapaz de vinte e cinco anos; era o tipo acabado do pândego; excelente companheiro numa ceia de sociedade equívoca, nulo conviva numa sociedade honesta. Tinha chiste e certa inteligência, mas era preciso que estivesse em clima próprio para que se lhe desenvolvessem essas qualidades. No mais era bonito; tinha um lindo bigode;

Vasconcellos finally woke up, and in a good mood. The daughter was very cheerful when she saw him, and he showed great affability towards his wife, who reciprocated the same way.

"Why do you wake up so late?" Adelaide asked, caressing Vasconcellos's whiskers.

"Because I go to bed late."

"But why do you go to bed late?"

"Now you're asking too much!" Vasconcellos said, smiling.

And he continued:

"I go to bed late because of the demands of my political necessities. You don't know what politics is; it's a very ugly but necessary thing."

"I do know what politics is!" Adelaide said.

"Ah! Then, explain to me what it is."

"In the country, when they broke the justice of the peace's head, they said that it was because of politics; which I thought it was weird, because politics would not be to break the head..."

Vasconcellos laughed a lot at his daughter's observation and went to have lunch exactly upon the arrival of his brother, who couldn't help exclaiming:

"Good time to have lunch!"

"There you come with your reprimands. I have lunch when I'm hungry... Now you see if you want me to be a slave to the hours and denominations. Call it luncheon or lunch, the truth is that I'm eating."

Lourenço replied with a grimace.

When lunch was finished, Mr. Baptista's arrival was announced. Vasconcellos welcomed him in his private office.

Baptista was a young man of twenty-five; he was the perfect archetype of debauchery, an excellent companion at a dubious group's supper but an inept guest in an honest group. He had wit and a certain intelligence, but it was necessary for him to be in a proper environment for these qualities to develop. All in all he was good-looking; he had a

calçava botins do Campas, e vestia no mais apurado gosto; fumava tanto como um soldado e tão bem como um *lord*.

- Aposto que acordaste agora? disse Baptista entrando no gabinete do Vasconcellos.

- Há três quartos de hora; almocei neste instante. Toma um charuto.

Baptista aceitou o charuto, e estirou-se numa cadeira americana, enquanto Vasconcellos acendia um fósforo.

- Viste o Gomes? perguntou Vasconcellos.

- Vi-o ontem. Grande notícia; rompeu com a sociedade.

- Deveras?

- Quando lhe perguntei por que motivo ninguém o via há um mês, respondeu-me que estava passando por uma transformação, e que do Gomes que foi só ficará lembrança. Parece incrível, mas o rapaz fala com convicção.

- Não creio; aquilo é alguma caçoada que nos quer fazer. Que novidades há?

- Nada; isto é, tu é que deves saber alguma coisa.

- Eu, nada...

- Ora essa! Não foste ontem ao Jardim?

- Fui, sim; houve uma ceia...

- De família, sim. Eu fui ao Alcazar. A que horas acabou a reunião?

- Às quatro da manhã...

Vasconcellos estendeu-se numa rede, e a conversa continuou por esse tom, até que um moleque veio dizer a ele que estava na sala o Sr. Gomes.

- Eis o homem! disse Baptista.

- Manda subir, ordenou Vasconcellos.

O moleque desceu para dar o recado; mas só um quarto de hora depois é que Gomes apareceu, por demorar-se algum tempo em baixo conversando com Augusta e Adelaide.

beautiful mustache; he wore Campas[6] boots, and dressed in the most refined taste; he smoked as much as a soldier and as well as a lord.

"I bet you just woke up?" Baptista said, entering Vasconcellos's office.

"I've been awake for three quarters of an hour; I've just had lunch. Please take a cigar."

Baptista accepted the cigar and stretched out in an Adirondack chair as Vasconcellos lighted a match.

"Have you seen Gomes?" Vasconcellos asked.

"I saw him yesterday. The great news is that he broke up with society."

"Really?"

"When I asked him why nobody had seen him in a month, he answered that he was undergoing a transformation, and that only memories will remain of the Gomes he used to be. It seems incredible, but he speaks with conviction."

"I don't believe it. He seems to be playing a joke on us. What's new?"

"Nothing; I mean, you might know something."

"I know nothing..."

"Please! Didn't you go to Jardim[7] yesterday?"

"Yes, I did. There was a dinner..."

"Yes, a family party. I went to Alcazar.[8] At what time did the meeting finish?"

"At four in the morning..."

Vasconcellos stretched out on a hammock and the conversation continued in this tone, until a pickaninny came to tell him that Mr. Gomes was in the living room.

"That's the man!" Baptista said.

"Ask him to come upstairs," Vasconcellos ordered.

- Quem é vivo sempre aparece, disse Vasconcellos ao avistar o rapaz.

- Não me procuram... disse ele.

- Perdão; eu já lá fui duas vezes, e disseram-me que havias saído.

- Só por grande fatalidade, porque eu quase nunca saio.

- Mas então estás completamente ermitão?

- Estou crisálida; vou reaparecer borboleta, disse Gomes sentando-se.

- Temos poesia... guarda debaixo, Vasconcellos...

O novo personagem, o Gomes tão desejado e tão escondido, representava ter cerca de trinta anos. Ele, Vasconcellos e Baptista eram a trindade do prazer e da dissipação, ligada por uma indissolúvel amizade. Quando Gomes, cerca de um mês antes, deixou de aparecer nos círculos do costume, todos repararam nisso, mas só Vasconcellos e Baptista sentiram deveras. Todavia, não insistiram muito em arrancá-lo à solidão, somente pela consideração de que talvez houvesse nisso algum interesse do rapaz.

Gomes foi portanto recebido como um filho pródigo.

- Mas onde te meteste? Que é isso de crisálida e de borboleta? Cuidas que eu sou do mangue?

- É o que lhes digo, meus amigos. Estou criando asas.

- Asas! disse Baptista sufocando uma risada.

- Só se são asas de gavião para cair...

- Não, estou falando sério.

E com efeito Gomes apresentava um ar sério e convencido.

Vasconcellos e Baptista olharam um para o outro.

- Pois se é verdade isso que dizes, explica-nos lá que asas são essas, e sobretudo para onde é que queres voar.

A estas palavras de Vasconcellos, acrescentou Baptista:

The boy went down to take the message; but Gomes appeared only a quarter of an hour later, as he spent some time downstairs talking to Augusta and Adelaide.

"A bad penny always turns up," Vasconcellos said when he saw the young man.

"You don't come see me anymore..." he said.

"I beg your pardon; I've been there twice already, and people told me you had gone out."

"This would be only for a great coincidence, because I never go out."

"So then you became a complete hermit?"

"I'm a chrysalis; I'll reappear as a butterfly," Gomes said, having a seat.

"We have poetry... wait and see, Vasconcellos..."

The new character, the so widely desired and hidden Gomes, looked like he was thirty years old. Gomes, Vasconcellos and Baptista were the trinity of pleasure and dissipation, linked by an indissoluble friendship. Everybody noticed when Gomes, around a month earlier, failed to appear in the usual social circles, but Vasconcellos and Baptista were the only ones who really felt his absence. However, they didn't insist much upon pulling him out from loneliness, just out of consideration that this might be of his own interest.

Therefore, Gomes was welcomed as a prodigal son.

"But where have you been? What is this chrysalis and butterfly thing? Be aware that I'm from the swamps.

"That's what I tell you, my friends. I'm sprouting wings."

"Wings!" Baptista said, stifling a laugh.

"Only if they are hawk wings to fall..."

"No, I'm serious."

And with effect Gomes was presenting a serious and conceited air.

Vasconcellos and Baptista looked at each other.

- Sim, deves dar-nos uma explicação, e se nós que somos o teu conselho de família, acharmos que a explicação é boa, aprovamo-la; senão, ficas sem asas, e ficas sendo o que sempre foste...

- Apoiado, disse Vasconcellos.

- Pois é simples; estou criando asas de anjo, e quero voar para o céu do amor.

- Do amor! disseram os dois amigos de Gomes.

- É verdade, continuou Gomes. Que fui eu até hoje? Um verdadeiro estroina, um perfeito pândego, gastando às mãos largas a minha fortuna e o meu coração. Mas isto é bastante para encher a vida? Parece que não...

- Até aí concordo... isso não basta; é preciso que haja outra coisa; a diferença está na maneira de...

- É exato, Vasconcellos; é exato; é natural que vocês pensem de modo diverso, mas eu acho que tenho razão em dizer que sem o amor casto e puro a vida é um puro deserto.

Baptista deu um pulo...

Vasconcellos fitou os olhos em Gomes:

- Aposto que vais casar? disse-lhe.

- Não sei se vou casar; sei que amo, e espero acabar por casar-me com a mulher a quem amo.

- Casar! exclamou Baptista.

E soltou uma estridente gargalhada.

Mas Gomes falava tão seriamente, insistia com tanta gravidade naqueles projetos de regeneração, que os dois amigos acabaram por ouvi-lo com igual seriedade.

Gomes falava uma linguagem estranha, e inteiramente nova na boca de um rapaz que era o mais doido e ruidoso nos festins de Baco e de Citera.

- Assim, pois, deixas-nos? perguntou Vasconcellos.

"If what you're saying is true, explain to us what your wings are for, and above all where you want to fly to."

Following Vasconcellos's word, Baptista added:

"Yes, you should give us an explanation, and we, your family council, will approve it if we think you have a good explanation; otherwise, your will have no wings, and you'll still be what you have always been…"

"You have my support," Vasconcellos said.

"That's simple: I'm sprouting wings of love, and I want to fly to love's heaven."

"Love!" Gomes's friends said.

"That's true," Gomes continued. "What have I been until now? A true reveler, a perfect joker, spending my money and my heart generously. But is this enough to fill a life? Apparently not…"

"Up to there, I agree with you… it's not enough; other things are also necessary; the difference consists in the way we…"

"It's true, Vasconcellos, it's true, it's natural that you think in a different way, but I think I'm right to say that life is pure desert without a pure and chaste love."

Baptista jumped…

Vasconcellos stared at Gomes.

"I bet you're going to get married?" he said.

"I don't know if I'm going to get married; I know I'm in love, and I wait to end up marrying the woman who I love."

"Getting married!" Baptista exclaimed.

And he let out a strident laugh.

But Gomes spoke so seriously and insisted so seriously in those projects of regeneration that the two friends finally listened to him with similar gravity.

Gomes spoke a strange language that was entirely new on the lips of a young man who was the craziest and noisiest in the parties of Bacchus[9] and Kythera.[10]

"Are you really leaving us?" Vasconcellos asked.

- Eu? Sim e não; encontrar-me-ão nas salas; nos hotéis e nas casas equívocas, nunca mais.

- De profundis... cantarolou Baptista.

- Mas, afinal de contas, disse Vasconcellos, onde está a tua Marion? Pode-se saber quem ela é?

- Não é Marion, é Virgínia... Pura simpatia ao princípio, depois afeição pronunciada, hoje paixão verdadeira. Lutei enquanto pude; mas abati as armas diante de uma força maior. O meu grande medo era não ter uma alma capaz de oferecer a essa gentil criatura. Pois tenho-a, e tão fogosa, e tão virgem como no tempo dos meus dezoito anos. Só o casto olhar de uma virgem poderia descobrir no meu lodo essa pérola divina. Renasço melhor do que era...

- Está claro, Vasconcellos, o rapaz está doido; mandemo-lo para a Praia Vermelha; e como pode ter algum acesso, eu vou-me embora...

Baptista pegou no chapéu.

- Onde vais? disse-lhe Gomes.

- Tenho que fazer; mas logo aparecerei em tua casa; quero ver se ainda é tempo de arrancar-te a esse abismo.

E saiu.

III

Os dois ficaram sós.

- Então é certo que estás apaixonado?

- Estou. Eu bem sabia que vocês dificilmente acreditariam nisto; eu próprio não creio ainda, e contudo é verdade. Acabo por onde tu começaste. Será melhor ou pior? Eu creio que é melhor.

- Tens interesse em ocultar o nome da pessoa?

- Oculto-o por ora a todos, menos a ti.

- É uma prova de confiança...

Gomes sorriu.

"Me? Yes and no; you'll meet me at the saloons; but in the hotels and houses of ill repute, never more."

"De profundis…"[11] Baptista hummed.

"But after all," Vasconcellos said, "where's your Marion?[12] Can we know who she is?"

"It's not Marion, it's Virgínia…[13] Pure congeniality at first, then pronounced affection, now true passion. I fought as much as I could; but I dropped my weapons before a stronger force. My great fear was not having a soul to offer this gentle creature. Now I have it, and it's so high-spirited and as virgin as it was when I was eighteen. Only the chaste gaze of a virgin could discover this divine pearl in my sludge. I'm reborn better than I was….

"It's clear, Vasconcellos, the young man is insane; let's send him to Praia Vermelha;[14] and since he might have a fit, I'm leaving…"

Baptista got his hat.

"Where are you going?" Gomes said.

"I've got something to do; but I'll soon come to your house; I want to see if there's still time to drag you back from this abyss."

And he left.

III

The two men were alone.

"So, is it true you're in love?"

"I am. I knew you both would hardly believe it; I myself still don't believe it, and, nevertheless, it's true. I finish where you start. Would it be better or worse? I believe it's better."

"Are you interested in hiding the person's name?"

"I'm hiding it from everyone except from you."

"That's proof of trust…"

Gomes smiled.

- Não, disse ele, é uma condição *sine qua non*; antes de todos tu deves saber quem é a escolhida do meu coração; trata-se de tua filha.

- Adelaide? perguntou Vasconcellos espantado.

- Sim, tua filha.

A revelação de Gomes caiu como uma bomba. Vasconcellos nem por sombras suspeitava semelhante coisa.

- Este amor é da tua aprovação? perguntou-lhe Gomes.

Vasconcellos refletia, e depois de alguns minutos de silêncio, disse:

- O meu coração aprova a tua escolha; és meu amigo, estás apaixonado, e uma vez que ela te ame...

Gomes ia falar, mas Vasconcellos continuou sorrindo:

- Mas a sociedade?

- Que sociedade?

- A sociedade que nos tem em conta de libertinos, a ti e a mim, é natural que não aprove o meu ato.

- Já vejo que é uma recusa, disse Gomes entristecendo.

- Qual recusa, pateta! É uma objeção, que tu poderás destruir dizendo: a sociedade é uma grande caluniadora e uma famosa indiscreta. Minha filha é tua, com uma condição.

- Qual?

- A condição da reciprocidade. Ama-te ela?

- Não sei, respondeu Gomes.

- Mas desconfias...

- Não sei; sei que a amo e que daria a minha vida por ela, mas ignoro se sou correspondido.

- Hás de ser... Eu me incumbirei de apalpar o terreno. Daqui a dois dias dou-te a minha resposta. Ah! Se ainda tenho de ver-te meu genro!

A resposta de Gomes foi cair-lhe nos braços. A cena já roçava pela comédia quando deram três horas. Gomes lembrou-se que tinha *rendez-vous* com um amigo; Vasconcellos lembrou-se que tinha de escrever algumas cartas.

"No," he said, "it's a *sine qua non* condition; before everybody else, you must know who was chosen by my heart; it's your daughter."

"Adelaide?" Vasconcellos asked, scared.

"Yes, your daughter."

Gomes's revelation fell like a bomb. Vasconcellos not even by far had suspected such a thing.

"Do you approve of this love?" Gomes asked him.

Vasconcellos reflected, and after some minutes of silence he said:

"My heart approves your choice; you're my friend, you're in love, and once she loves you..."

Gomes was going to talk, but Vasconcellos kept smiling:

"But what about society?"

"Which society?"

"The society that sees us as libertines, you and me, and it's natural that it doesn't approve what I do."

"I already see that it's a refusal," Gomes said, becoming upset.

"What refusal, goofy! It's an objection you could destroy by saying: society is a great slanderer and a famous prier. My daughter is yours, but I have one condition."

"Which one?"

"Reciprocity. Does she love you?"

"I don't know," Gomes answered.

"But do you suspect..."

"I don't know. I know that I love her and that I would give my life for her, but I don't know if I'm reciprocated."

"You will be... I'll test the water. I'll give you my answer in two days. Oh! I'll see you become my son-in-law!"

Gomes replied by falling in his arms. The scene bordered on comedy when the clock struck three in the afternoon. Gomes remembered he had a rendezvous with a friend; Vasconcellos remembered he had to write a few letters.

Gomes saiu sem falar às senhoras.

Pelas quatro horas Vasconcellos dispunha-se a sair, quando vieram anunciar-lhe a visita do Sr. José Brito.

Ao ouvir este nome o alegre Vasconcellos franziu o sobrolho.

Pouco depois entrava no gabinete o Sr. José Brito.

O Sr. José Brito era para Vasconcellos um verdadeiro fantasma, um eco do abismo, uma voz da realidade; era um credor.

- Não contava hoje com a sua visita, disse Vasconcellos.

- Admira, respondeu o Sr. José Brito com uma placidez de apunhalar, porque hoje são 21.

- Cuidei que eram 19, balbuciou Vasconcellos.

- Anteontem, sim; mas hoje são 21. Olhe, continuou o credor pegando no *Jornal do Commercio* que se achava numa cadeira: quinta-feira, 21.

- Vem buscar o dinheiro?

- Aqui está a letra, disse o Sr. José Brito tirando a carteira do bolso e um papel da carteira.

- Por que não veio mais cedo? perguntou Vasconcellos, procurando assim espaçar a questão principal.

- Vim às oito horas da manhã, respondeu o credor, estava dormindo; vim às nove, idem; vim às dez, idem; vim às onze, idem; vim ao meio-dia, idem. Quis vir à uma hora, mas tinha de mandar um homem para a cadeia, e não me foi possível acabar cedo. Às três jantei, e às quatro aqui estou.

Vasconcellos puxava o charuto a ver se lhe ocorria alguma ideia boa de escapar ao pagamento com que ele não contava.

Não achava nada; mas o próprio credor forneceu-lhe ensejo.

- Além de que, disse ele, a hora não importa nada, porque eu estava certo de que o senhor me vai pagar.

- Ah! disse Vasconcellos, é talvez um engano; eu não contava com o senhor hoje, e não arranjei o dinheiro...

Gomes left the house without talking to the ladies.

At around four o'clock Vasconcellos was ready to go out, when a visit by Mr. José Brito was announced.

The joyful Vasconcellos frowned when he heard this name.

Shortly thereafter, Mr. José Brito entered the office.

For Vasconcellos, Mr. José Brito was a real ghost, an echo from the abyss, a voice of reality; he was a creditor.

"I wasn't expecting your visit today," Vasconcellos said.

"I'm surprised," Mr. José Brito replied with stabbing tranquility, "because today is the 21st."

"I thought it was the 19th," Vasconcellos muttered.

"The 19th was the day before yesterday, but today is the 21st. Look," the creditor said, taking Jornal do Commercio,[15] which was on a chair, "Thursday, he 21st."

"Did you come to collect the money?"

"Here you have the letter of credit," Mr. José Brito said, taking the wallet from his pocket and a piece of paper from the wallet.

"Why didn't you come earlier?" Vasconcellos asked, seeking to space out the main topic of the conversation.

"I came at eight," the creditor answered, "you were sleeping; the same happened when I came at nine, ditto; at ten, ditto; at eleven, ditto, I came at midday, ditto. I wanted to come at one, but I had to send a man to prison, and I couldn't finish this job earlier. I had lunch at three, and I'm here at four."

Vasconcellos pulled out a cigar to see if he had a good idea to get out of the payment he wasn't counting on.

He wasn't able to come up with any ideas, but the creditor provided him with an opportunity.

"Besides," he said, "the time doesn't matter because I was sure you would pay me."

"Ah!" Vasconcellos said, "maybe it's a mistake; I wasn't expecting you today, and I didn't get the money…"

- Então, como há de ser? perguntou o credor com ingenuidade.

Vasconcellos sentiu entrar-lhe n'alma a esperança.

- Nada mais simples, disse; o senhor espera até amanhã...

- Amanhã quero assistir à penhora de um indivíduo que mandei processar por uma larga dívida; não posso...

- Perdão, eu levo-lhe o dinheiro à sua casa...

- Isso seria bom se os negócios comerciais se arranjassem assim. Se fôssemos dois amigos é natural que eu me contentasse com a sua promessa, e tudo acabaria amanhã; mas eu sou seu credor, e só tenho em vista salvar o meu interesse... Portanto, acho melhor pagar hoje...

Vasconcellos passou a mão pelos cabelos.

- Mas se eu não tenho, disse ele.

- É uma coisa que o deve incomodar muito, mas que a mim não me causa a menor impressão... Isto é, deve causar-me alguma, porque o senhor está hoje em situação precária.

- Eu?

- É verdade; as suas casas da Rua da Imperatriz estão hipotecadas; a da Rua de S. Pedro foi vendida, e a importância já vai longe; os seus escravos têm ido a um e um, sem que o senhor o perceba, e as despesas que o senhor há pouco fez para montar uma casa a certa dama da sociedade equívoca são imensas. Eu sei tudo; sei mais do que o senhor...

Vasconcellos estava visivelmente aterrado.

O credor dizia a verdade.

- Mas enfim, disse Vasconcellos, o que havemos de fazer?

- Uma coisa simples; duplicamos a dívida, e o senhor passa-me agora mesmo um depósito.

- Duplicar a dívida! Mas isto é um...

- Isto é uma tábua de salvação; sou moderado. Vamos lá, aceite. Escreva-me aí o depósito, e rasga-se a letra.

Vasconcellos ainda quis fazer objeção; mas era impossível convencer o Sr. José Brito.

"So, how's it going to be?" the creditor asked with naivety.

Vasconcellos felt hope penetrating his soul.

"Nothing simpler," he said, "you wait until tomorrow…"

"Tomorrow I can't, as I want to watch the garnishment of a man I sued for a large debt…"

"Pardon me; I'll take the money to your house."

"It would be good if commercial business were arranged so. If we were two friends, it would be natural that I content myself with your promise, and all would be over tomorrow; but I'm your creditor, and I only have a view of saving my interests… Therefore, I think it would be better you pay me today…"

Vasconcellos ran his hand through his hair.

"But if I don't have the money," he said.

"It's something that must bother you very much, but it doesn't make the slightest impression on me… That is, it should make some impression on me, because your situation is precarious today."

"Mine?"

"That's true; your houses at Rua da Imperatriz[16] are all mortgaged; the one at Rua de São Pedro[17] has been sold, and the amount paid already has already gone away; your slaves have been going one by one, without you noticing; and the expenses you've just made to furnish a house for a certain lady from the equivocal society are immense. I know everything… I know more than you do…"

Vasconcellos was visibly frightened.

The creditor was telling the truth.

"But anyway," Vasconcellos said, "what shall we do?"

"A simple thing: we double the debt, and you put down a deposit right now."

"Double the debt! But that's a…"

"This is a lifeline; I'm going easy on you. Come on, accept it. Write me the deposit, and we tear the letter to pieces."

Assinou o depósito de dezoito contos.

Quando o credor saiu, Vasconcellos entrou a meditar seriamente na sua vida.

Até então gastara tanto e tão cegamente que não reparara no abismo que ele próprio cavara a seus pés.

Veio, porém, adverti-lo a voz de um dos seus algozes.

Vasconcellos refletiu, calculou, recapitulou as suas despesas e as suas obrigações, e viu que da fortuna que possuía tinha na realidade menos da quarta parte.

Para viver como até ali vivera, aquilo era nada menos que a miséria.

Que fazer em tal situação?

Vasconcellos pegou no chapéu e saiu.

Vinha caindo a noite.

Depois de andar algum tempo pelas ruas entregue às suas meditações, Vasconcellos entrou no Alcazar.

Era um meio de distrair-se.

Ali encontraria a sociedade do costume.

Baptista veio ao encontro do amigo.

- Que cara é essa? disse-lhe.

- Não é nada, pisaram-me um calo, respondeu Vasconcellos, que não encontrava melhor resposta.

Mas um pedicuro que se achava perto de ambos ouviu o dito, e nunca mais perdeu de vista o infeliz Vasconcellos, a quem a coisa mais indiferente incomodava. O olhar persistente do pedicuro aborreceu-o tanto, que Vasconcellos saiu.

Entrou no hotel de Milão, para jantar. Por mais preocupado que ele estivesse, a exigência do estômago não se demorou.

Ora, no meio do jantar lembrou-lhe aquilo que não devia ter-lhe saído da cabeça: o pedido de casamento feito nessa tarde por Gomes.

Foi um raio de luz.

Vasconcellos still wanted to object; but it was impossible to convince Mr. José Brito.

He signed a deposit of eighteen contos.[18]

When the creditor left, Vasconcellos began to seriously meditate on his life.

Until then he had spent so much money, and so blindly, that he didn't notice the abyss he himself had dug under his feet.

The voice of one of his tormentors, however, came to warn him.

Vasconcellos reflected, calculated, recapitulated his expenses and his obligations, and saw that he had less than a fourth of the fortune he used to have.

To live as he had hitherto lived, that was nothing less than absolute poverty.

What to do in such situation?

Vasconcellos took his hat and left.

Night was falling.

After walking on the street for some time, surrendered to his meditations, Vasconcellos entered Alcazar.

It was a way to distract himself.

He would find the usual society there.

Baptista came to meet his friend.

"Why that face?" he said.

"It's nothing, someone stepped on my toes," Vasconcellos replied, as he couldn't find a better answer.

But a pedicurist who was next to them listened to what he said, and never took his eyes off the unhappy Vasconcellos, whom the most indifferent thing bothered. The pedicurist's persistent look annoyed him so much that Vasconcellos left.

He went to the Milan Hotel[19] for dinner. The demands of his stomach didn't linger despite his concerns.

Well, in the middle of dinner he remembered something that couldn't have left his mind: Gomes's wedding proposal that afternoon.

- Gomes é rico, pensou Vasconcellos; o meio de escapar a maiores desgostos é este; Gomes casa-se com Adelaide, e como é meu amigo não me negará o que eu precisar. Pela minha parte procurarei ganhar o perdido... Que boa fortuna foi aquela lembrança do casamento!

Vasconcellos comeu alegremente; voltou depois ao Alcazar, onde alguns rapazes e *outras pessoas* fizeram esquecer completamente os seus infortúnios.

Às três horas da noite Vasconcellos entrava para casa com a tranquilidade e regularidade do costume.

IV

No dia seguinte o primeiro cuidado de Vasconcellos foi consultar o coração de Adelaide. Queria, porém, fazê-lo na ausência de Augusta. Felizmente esta precisava ir ver à Rua da Quitanda umas fazendas novas, e saiu com o cunhado, deixando a Vasconcellos toda a liberdade.

Como os leitores já sabem, Adelaide queria muito ao pai, e era capaz de fazer por ele tudo. Era, além disso, um excelente coração. Vasconcellos contava com essas duas forças.

- Vem cá, Adelaide, disse ele entrando na sala; sabes quantos anos tens?

- Tenho quinze.

- Sabes quantos anos tem tua mãe?

- Vinte e sete, não é?

- Tem trinta; quer dizer que tua mãe casou-se com quinze anos.

Vasconcellos parou, a fim de ver o efeito que produziam estas palavras; mas foi inútil a expectativa; Adelaide não compreendeu nada.

O pai continuou:

- Não pensaste no casamento?

A menina corou muito, hesitou em falar, mas como o pai instasse, respondeu:

- Qual, papai! Eu não quero casar...

It was a ray of light.

"Gomes is rich," Vasconcellos thought, "this is the way to escape the greatest grief; Gomes marries Adelaide, and as he's my friend he won't deny the help I need. I'll try to win what's lost if it depends on me... What good fortune was the recollection of the wedding!"

Vasconcellos ate joyfully; afterwards he returned to Alcazar, where some young men and *other people* made him completely forget his misfortunes.

At three in the morning Vasconcellos entered his house with his usual tranquility and regularity.

IV

The following day Vasconcellos's first concern was to check on Adelaide's heart. However, he wanted to do so when Augusta was absent. Fortunately she needed to go to Rua da Quitanda[20] to see some new fabrics, and she went out with her brother-in-law, leaving Vasconcellos completely free.

As the readers already know, Adelaide liked her father very much and was willing to do everything for him. She had, moreover, an excellent heart. Vasconcellos was counting on these two forces.

"Come here, Adelaide," he said, entering the living room, "do you know how old you are?"

"I'm fifteen."

"Do you know how old is your mother?"

"Twenty-seven, isn't she?"

"She's thirty; it means she got married when she was fifteen."

Vasconcellos stopped, in order to see the effect produced by these words; but his expectation was useless; Adelaide didn't understand anything.

The father continued:

"Haven't you thought about marriage?"

- Não queres casar? É boa! Por quê?

- Porque não tenho vontade, e vivo bem aqui.

- Mas tu podes casar e continuar a viver aqui...

- Bem; mas não tenho vontade.

- Anda lá... amas alguém, confessa.

- Não me pergunte isso, papai... eu não amo ninguém.

A linguagem de Adelaide era tão sincera que Vasconcellos não podia duvidar.

- Ela fala a verdade, pensou ele; é inútil tentar por esse lado...

Adelaide sentou-se ao pé dele, e disse:

- Portanto, meu paizinho, não falemos mais nisso...

- Falemos, minha filha; tu és criança, não sabes calcular. Imagina que eu e a tua mãe morremos amanhã. Quem te há de amparar? Só um marido.

- Mas se eu não gosto de ninguém...

- Por ora; mas hás de vir a gostar se o noivo for um bonito rapaz, de bom coração... Eu já escolhi um que te ama muito, e a quem tu hás de amar.

Adelaide estremeceu.

- Eu? disse ela, Mas... quem é?

- É o Gomes.

- Não o amo, meu pai...

- Agora, creio; mas não negas que ele é digno de ser amado. Dentro de dois meses estarás apaixonada por ele.

Adelaide não disse palavra. Curvou a cabeça e começou a torcer nos dedos uma das tranças bastas e negras. O seio arfava-lhe com força; a menina tinha os olhos cravados no tapete.

- Vamos, está decidido, não? perguntou Vasconcellos.

- Mas, papai, e se eu for infeliz?...

- Isso é impossível, minha filha; hás de ser muito feliz; e hás de amar muito a teu marido.

The girl blushed a lot and hesitated to speak, but at her father's urging, she replied:

"Why, dad! I don't want to get married."

"You don't! That's a good one! Why?"

"Because I don't feel such desire, and I live well here."

"But you can get married and continue to live here..."

"Well; but I don't have such desire."

"Come on... Confess to me that you are in love with someone."

"Don't you ask me that, dad... I'm not in love with anyone."

Adelaide's speech was so sincere that Vasconcellos couldn't doubt it.

"She speaks the truth," he thought, "it's useless to try it this way."

Adelaide sat at his feet, and said:

"So, daddy, let's not talk about that anymore..."

"We will, my daughter; you're a child, you don't know how to calculate things. Imagine if your mother and I die tomorrow. Who will support you? Only a husband."

"But what if I don't like anyone..."

"That's for a while; but you'll come around to come to like a fiancé who is good-looking and good-hearted... I've already chosen one who loves you very much, and whom you'll love too."

Adelaide shivered.

"Loves me?" she said, "But... who is he?"

"It's Gomes."

"I don't love him, my father."

"Now, I believe it; but you can't deny that he's worthy of being loved. Within two months you'll be in love with him."

Adelaide didn't say a word. She bowed her head and began twisting one of her thick, black plaits in her fingers. Her chest was heaving strongly; the girl had her eyes fixed on the carpet.

"Come on, it's decided, right?" Vasconcellos asked.

"But daddy, and if I am unhappy?..."

- Oh! Papai, disse-lhe Adelaide com os olhos rasos de água, peço-lhe que não me case ainda...

- Adelaide, o primeiro dever de uma filha é obedecer a seu pai, e eu sou teu pai. Quero que te cases com o Gomes; hás de casar.

Estas palavras, para terem todo o efeito, deviam ser seguidas de uma retirada rápida. Vasconcellos compreendeu isso, e saiu da sala deixando Adelaide na maior desolação.

Adelaide não amava ninguém. A sua recusa não tinha por ponto de partida nenhum outro amor; também não era resultado de aversão que tivesse pelo seu pretendente.

A menina sentia simplesmente uma total indiferença pelo rapaz.

Nestas condições o casamento não deixava de ser uma odiosa imposição.

Mas que faria Adelaide? A quem recorreria?

Recorreu às lágrimas.

Quanto a Vasconcellos, subiu ao gabinete e escreveu as seguintes linhas ao futuro genro:

Tudo caminha bem; autorizo-te a vires fazer a corte à pequena, e espero que dentro de dois meses o casamento esteja concluído.

Fechou a carta e mandou-a.

Pouco depois voltaram de fora Augusta e Lourenço.

Enquanto Augusta subiu para o quarto da *toilette* para mudar de roupa, Lourenço foi ter com Adelaide, que estava no jardim.

Reparou que ela tinha os olhos vermelhos, e inquiriu a causa; mas a moça negou que fosse de chorar.

Lourenço não acreditou nas palavras da sobrinha, e instou com ela para que lhe contasse o que havia.

Adelaide tinha grande confiança no tio, até por causa da sua rudeza de maneiras. No fim de alguns minutos de instâncias, Adelaide contou a Lourenço a cena com o pai.

- Então, é por isso que estás chorando, pequena?

"That's impossible my daughter; you'll be very happy, and you'll love your husband very much."

"Oh! Daddy," Adelaide said with her eyes full of tears, "I ask you not to marry me yet…"

"Adelaide, the first duty of a daughter is to obey her father, and I'm your father. I want you to marry Gomes; and you shall."

These words, to have any effect, should be followed by a quick withdrawal. Vasconcellos understood this, and left the living room leaving Adelaide in the most complete desolation.

Adelaide wasn't in love with anybody. Her refusal wasn't based on having another love; it also wasn't the result of an aversion for her suitor.

The girl felt absolute disinterest in the young man.

Under these conditions the marriage was nothing more than an odious imposition.

But what would Adelaide do? To whom would she resort?

She resorted to tears.

As for Vasconcellos, he went to his office and wrote his future son-in-law the following lines:

Everything goes well; I authorize you to court the little one, and I hope the marriage to be concluded in two months.

He closed the letter and sent it.

Augusta and Lourenço returned home shortly after that.

While Augusta went to the dressing room to change her clothes, Lourenço went to talk to Adelaide, who was in the garden.

He noticed that her eyes were red from crying and questioned her the cause; but the girl denied it was from crying.

Lourenço didn't believe his niece's words, and urged her to tell him what was happening.

Adelaide had a great confidence in her uncle, even because of the roughness of his manners. After a few minutes of insistence, Adelaide told Lourenço her quarrel with her father.

"So, is that why are you crying, little one?"

- Pois então? Como fugir do casamento?

- Descansa, não te casarás; eu te prometo que não te hás de casar...

A moça sentiu um estremecimento de alegria.

- Promete, meu tio, que há de convencer a papai?

- Hei de vencê-lo ou convencê-lo, não importa; tu não te hás de casar. Teu pai é um tolo.

Lourenço subiu ao gabinete de Vasconcellos, exatamente no momento em que este se dispunha a sair.

- Vais sair? perguntou-lhe Lourenço.

- Vou.

- Preciso falar-te.

Lourenço sentou-se, e Vasconcellos, que já tinha o chapéu na cabeça, esperou de pé que ele falasse.

- Senta-te, disse Lourenço.

Vasconcellos sentou-se.

- Há dezesseis anos...

- Começas de muito longe; vê se abrevias uma meia dúzia de anos, sem o que não prometo ouvir o que me vais dizer.

- Há dezesseis anos, continuou Lourenço, que és casado; mas a diferença entre o primeiro dia e o dia de hoje é grande.

- Naturalmente, disse Vasconcellos. *Tempora mutantur et...*

- Naquele tempo, continuou Lourenço, dizias que encontraras o paraíso, o verdadeiro paraíso, e foste durante dois ou três anos o modelo dos maridos. Depois mudaste completamente; e o paraíso tornar-se-ia verdadeiro inferno se tua mulher não fosse tão indiferente e fria como é, evitando assim as mais terríveis cenas domésticas.

- Mas, Lourenço, que tens com isso?

- Nada; nem é disso que vou falar-te. O que me interessa é que não sacrifiques tua filha por um capricho, entregando-a a um dos teus companheiros de vida solta...

Vasconcellos levantou-se:

"So? How can I escape marriage?"

"Don't worry, you won't get married; I promise you shall not get married…"

The young lady felt a thrill of joy.

"Do you promise me, my uncle, that you will convince my father?"

"I shall defeat or convince him, it doesn't matter; you won't get married. Your father is a fool."

Lourenço went up to Vasconcellos's office, exactly at the moment he was about to leave.

"Are you going out?" Lourenço asked.

"Yes, I am."

"I need to talk to you."

Lourenço sat down, and Vasconcellos, who already had the hat on his head, stood up waiting for him to speak.

"Sit down," Lourenço said.

Vasconcellos sat down.

"For sixteen years …"

"You start from long ago; see if you can abbreviate a half dozen years, otherwise I can't promise I'll listen to what you're going to tell me."

"For sixteen years," Lourenço continued, you've been married, but the difference between the first day and today is great."

"This is natural," Vasconcellos said. "*Tempora mutantur et…*"[21]

"At that time," Lourenço said, "you used to say that you had found heaven, the true heaven, and for two or three years you were the model husband. Then you changed completely; and heaven would turn into a complete hell if your wife wasn't as dispassionate and cold as she is, thus avoiding the most terrible domestic scenes."

"But Lourenço, what do you have to do with it?"

"Nothing; and I'm not going to talk to you about that. What interests me is that you don't sacrifice your daughter because of a whim, handing her over to one of your fellow libertines…"

- Estás doido! disse ele.

- Estou calmo, e dou-te o prudente conselho de não sacrificares tua filha a um libertino.

- Gomes não é libertino; teve uma vida de rapaz, é verdade, mas gosta de Adelaide, e reformou-se completamente. É um bom casamento, e por isso acho que todos devemos aceitá-lo. É a minha vontade, e nesta casa quem manda sou eu.

Lourenço procurou falar ainda, mas Vasconcellos já ia longe.

- Que fazer? pensou Lourenço.

V

A oposição de Lourenço não causava grande impressão a Vasconcellos. Ele podia, é verdade, sugerir à sobrinha ideias de resistência; mas Adelaide, que era um espírito fraco, cederia ao último que lhe falasse, e os conselhos de um dia seriam vencidos pela imposição do dia seguinte.

Todavia era conveniente obter o apoio de Augusta. Vasconcellos pensou em tratar disso o mais cedo que lhe fosse possível.

Entretanto, urgia organizar os seus negócios, e Vasconcellos procurou um advogado a quem entregou todos os papéis e informações, encarregando-o de orientá-lo em todas as necessidades da situação, quais os meios que poderia opor em qualquer caso de reclamação por dívida ou hipoteca.

Nada disto fazia supor da parte de Vasconcellos uma reforma de costumes. Preparava-se apenas para continuar a vida anterior.

Dois dias depois da conversa com o irmão, Vasconcellos procurou Augusta, para tratar francamente do casamento de Adelaide.

Já nesse intervalo o futuro noivo, obedecendo ao conselho de Vasconcellos, fazia corte prévia à filha. Era possível que, se o casamento não lhe fosse imposto, Adelaide acabasse por gostar do rapaz. Gomes era um homem belo e elegante; e, além disso, conhecia todos os recursos de que se deve usar para impressionar uma mulher.

Vasconcellos stood up.

"You're crazy!" he said.

"I'm calm, and I'm giving you this wise advice: don't sacrifice your daughter to a libertine."

"Gomes isn't a libertine; it's true that he had a common young man's life, but he likes Adelaide and has reformed completely. It's a good marriage, and so I think we should all accept it. It's my will, and in this house, I'm the boss."

Lourenço still tried to speak, but Vasconcellos was already off.

"What to do?" Lourenço thought.

V

Lourenço's opposition didn't make a great impression on Vasconcellos. It's true that he could suggest ideas of resistance to his niece; but Adelaide, who had a weak spirit, would give in to the last one who spoke to her, and the advice given on one day would be overcome by imposition of the next day.

However, it was advantageous to get Augusta's support. Vasconcellos thought of dealing with it as soon as possible.

Meanwhile it was urgent to organize his business, and Vasconcellos sought a lawyer to whom he handed all the papers and information, trusting him with guidance about all the necessities of the situation, by which means he could oppose any case of claim for debt or mortgage.

None of this meant that Vasconcellos would change his habits. He was only getting ready to continue his previous life.

Two days after the conversation with his brother, Vasconcellos went to talk to Augusta, in order to frankly discuss Adelaide's marriage.

During this interval the fiancé, obeying Vasconcellos's advice, was already courting Adelaide. It was possible that, if the marriage wasn't imposed, Adelaide would end up liking the young man. Gomes was an

Teria Augusta notado a presença assídua do moço? Vasconcellos fazia essa pergunta ao seu espírito no momento em que entrava na *toilette* da mulher.

- Vais sair? perguntou ele.

- Não; tenho visitas.

- Ah! Quem?

- A mulher do Seabra, disse ela.

Vasconcellos sentou-se, e procurou um meio de encabeçar a conversa especial que ali o levava.

- Estás muito bonita hoje!

- Deveras? disse ela sorrindo. Pois estou hoje como sempre, e é singular que o digas hoje...

- Não; realmente hoje estás mais bonita do que costume, a ponto que sou capaz de ter ciúmes...

- Qual! disse Augusta com um sorriso irônico.

Vasconcellos coçou a cabeça, tirou o relógio, deu-lhe corda; depois entrou a puxar as barbas, pegou uma folha, leu dois ou três anúncios, atirou a folha ao chão, e afinal, depois de um silêncio já prolongado, Vasconcellos achou melhor atacar a praça de frente.

- Tenho pensado ultimamente em Adelaide, disse ele.

- Ah! Por quê?

- Está moça...

- Moça! exclamou Augusta, é uma criança...

- Está mais velha do que tu quando te casaste...

Augusta franziu ligeiramente a testa.

- Mas então... disse ela.

- Então é que desejo fazê-la feliz e feliz pelo casamento. Um rapaz, digno dela a todos os respeitos, pediu-ma há dias, e eu disse-lhe que sim. Em sabendo quem é, aprovarás a escolha; é o Gomes. Casamo-la, não?

- Não! respondeu Augusta.

elegant, good-looking young man; and moreover, he knew all the strategies that should be used to impress a woman.

Would Augusta have noticed the young man's assiduous presence? Vasconcellos was asking this question to his soul when he entered his wife's dressing room.

"Are you going out?" he asked.

"No; I have some visitors."

"Ah! Who?"

"Seabra's wife," she said.

Vasconcellos sat down, and sought a way to start the special conversation which had led him there.

"You look very beautiful today!"

"Really?" she said smiling. "I look the same as ever, and it's strange that you say that today…"

"No; really, today you're more beautiful than usual, to the point that I can be jealous."

"What!" Augusta said with an ironic smile.

Vasconcellos scratched his head, took off his watch and wound it up; then, he began to pull his beard, took out a sheet of paper, read two or three advertisements, threw the sheet on the floor and at last, after an already long silence, Vasconcellos thought it would be better to assault the fortress head on.

"I've been thinking about Adelaide lately," he said.

"Ah! Why?"

"She's a young lady…"

"Young lady?" Augusta exclaimed. "She's a child."

"She's older than you were when you got married…"

Augusta frowned slightly.

"But then…" she said.

"Then that I want is to make her happy, and happy for the marriage. A young man, worthy of her in every respect, asked me for her days ago

- Como, não?

- Adelaide é uma criança; não tem juízo nem idade própria... Casar-se-á quando for tempo.

- Quando for tempo? Estás certa se o noivo esperará até que seja tempo?

- Paciência, disse Augusta.

- Tens alguma coisa que notar no Gomes?

- Nada. É um moço distinto; mas não convém a Adelaide.

Vasconcellos hesitava em continuar; parecia-lhe que nada se podia arranjar; mas a ideia da fortuna deu-lhe forças, e ele perguntou:

- Por quê?

- Estás certo de que ele convenha a Adelaide? perguntou Augusta, eludindo a pergunta do marido.

- Afirmo que convém.

- Convenha ou não, a pequena não deve casar já.

- E se ela amasse?...

- Que importa isso? Esperaria!

- Entretanto, Augusta, não podemos prescindir deste casamento... É uma necessidade fatal.

- Fatal? Não compreendo.

- Vou explicar-me. O Gomes tem uma boa fortuna.

- Também nós temos uma...

- É o teu engano, interrompeu Vasconcellos.

- Como assim?

Vasconcellos continuou:

- Mais tarde ou mais cedo havias de sabê-lo, e eu estimo ter esta ocasião de dizer-te toda a verdade. A verdade é que, se não estamos pobres, estamos arruinados.

Augusta ouviu estas palavras com os olhos espantados. Quando ele acabou, disse:

- Não é possível!

and I said 'yes.' You'll approve the choice when you know who he is: it's Gomes. We will marry her, won't we?"

"No!" Augusta answered.

"Why not?"

"Adelaide is a child; she isn't sensible, and her age isn't appropriate. She will get married when the time is right."

"When the time is right? Are you sure that the bridegroom will wait until the time is right?"

"Patience," Augusta said.

"Do you have any problems with Gomes?"

"No, he's a distinguished young man; but he's not appropriate for Adelaide."

Vasconcellos hesitated to continue; it seemed that nothing could be arranged; but the idea of the fortune gave him strength, and he asked:

"Why?"

"Are you sure he suits Adelaide?" Augusta asked, eluding her husband's question.

"I say that he suits her."

"Suitable or not, the little one shouldn't get married now."

"And if she loved him...?"

"What does it matter? She would wait!"

"But Augusta, we can't do without this marriage... It's a fatal necessity."

"Fatal? I don't understand."

"I'll explain myself. Gomes has a great fortune."

"We also have a..."

"That's your mistake," Vasconcellos interrupted.

"What do you mean?"

Vasconcellos continued:

- Infelizmente é verdade!

Seguiu-se algum tempo de silêncio.

- Tudo está arranjado, pensou Vasconcellos.

Augusta rompeu o silêncio.

- Mas, disse ela, se a nossa fortuna está abalada, creio que o senhor tem coisa melhor para fazer do que estar conversando; é reconstruí-la.

Vasconcellos fez com a cabeça um movimento de espanto, e como se fosse aquilo uma pergunta, Augusta apressou-se a responder:

- Não se admire disto; creio que o seu dever é reconstruir a fortuna.

- Não me admira esse dever; admira-me que me lembres por esse modo. Dir-se-ia que a culpa é minha...

- Bom! disse Augusta, vais dizer que fui eu...

- A culpa, se culpa há, é de nós ambos.

- Por quê? É também minha?

- Também. As tuas despesas loucas contribuíram em grande parte para este resultado; eu nada te recusei nem recuso, e é nisso que sou culpado. Se é isso que me lanças em rosto, aceito.

Augusta levantou os ombros com um gesto de despeito; e deitou a Vasconcellos um olhar de tamanho desdém que bastaria para intentar uma ação de divórcio.

Vasconcellos viu o movimento e o olhar.

- O amor do luxo e do supérfluo, disse ele, há de sempre produzir estas consequências. São terríveis, mas explicáveis. Para conjurá-las era preciso viver com moderação. Nunca pensaste nisso. No fim de seis meses de casada entraste a viver no turbilhão da moda, e o pequeno regato das despesas tornou-se um rio imenso de desperdícios. Sabes o que me disse uma vez meu irmão? Disse-me que a ideia de mandar Adelaide para a roça foi-te sugerida pela necessidade de viver sem cuidados de natureza alguma.

Augusta tinha-se levantado, e deu alguns passos; estava trêmula e pálida.

"You would find out sooner or later, and I appreciate having the opportunity to tell you the whole truth. The truth is that, if we aren't poor, we're ruined."

Augusta heard these words with scared eyes. When he finished, she said:

"It's not possible!"

"Unfortunately it's true!"

This was followed by a moment of silence.

"It's all arranged," Vasconcellos thought.

Augusta broke the silence:

"But," she said, "if our fortune is shattered, I think you have better things to do than be talking; you must rebuild it."

Vasconcellos made a gesture of astonishment with his head, and, as if the gesture were a question, Augusta was quick to answer:

"Don't be surprised; I believe that it's your duty to rebuild the fortune."

"I'm not surprised with that obligation, I'm surprised at the way you're reminding me of it, as if it were my fault…"

"Well!" Augusta said, "are you going to say it was me…"

"The blame, if there's blame, is on us both."

"Why? Is it also mine?"

"Yes. Your crazy spending contributed largely to this result; I never refused and I don't refuse you anything, and that's what I'm guilty of. If that's what you rub in my face, I accept."

Augusta shrugged with contempt; and laid a look on Vasconcellos with such scorn that it would be enough to bring a divorce action.

Vasconcellos saw the movement and the look.

"The love for luxury and the superfluous," he said, "will always produce these consequences. They're terrible but explainable. To conjure them up it would be necessary to live with moderation. You never thought about that. At the end of six months of marriage you began to

Vasconcellos ia por diante nas suas recriminações, quando a mulher o interrompeu, dizendo:

- Mas por que motivo não impediu o senhor essas despesas que eu fazia?

- Queria a paz doméstica.

- Não! clamou ela; o senhor queria ter por sua parte uma vida livre e independente; vendo que eu me entregava a essas despesas imaginou comprar a minha tolerância com a sua tolerância. Eis o único motivo; a sua vida não será igual à minha; mas é pior... Se eu fazia despesas em casa o senhor as fazia na rua... É inútil negar, porque eu sei tudo; conheço, de nome, as rivais que sucessivamente o senhor me deu, e nunca lhe disse uma única palavra, nem agora lhe censuro, porque seria inútil e tarde.

A situação tinha mudado. Vasconcellos começara constituindo-se juiz, e passara a ser corréu. Negar era impossível; discutir era arriscado e inútil. Preferiu sofismar.

- Dado que fosse assim (e eu não discuto esse ponto), em todo caso a culpa será de nós ambos, e não vejo razão para que me lances em rosto. Devo reparar a fortuna, concordo; há um meio, e é este: o casamento de Adelaide com o Gomes.

- Não, disse Augusta.

- Bem; seremos pobres, ficaremos piores do que estamos agora; venderemos tudo...

- Perdão, disse Augusta, eu não sei por que razão não há de o senhor, que é forte, e tem a maior parte no desastre, empregar esforços para a reconstrução da fortuna destruída.

- É trabalho longo; e daqui até lá a vida continua e gasta-se. O meio, já lhe disse, é este: casar Adelaide com o Gomes.

- Não quero! disse Augusta, não consinto em semelhante casamento.

live in the whirlwind of fashion, and the small stream of expenses turned into an immense river of waste. You know what my brother said to me once? That the idea of sending Adelaide to the country was suggested to you for the necessity of living without any type of caring."

Augusta had stood up and took a few steps; she was shaky and pale.

Vasconcellos was going on in his recriminations when his wife interrupted him, saying:

"But why didn't you stop the expenses I made?"

"Domestic peace was what I wanted."

"No!" she cried out. "For your part you wanted to have a free and independent life, sir; you imagined you were buying your tolerance with mine when you saw I was indulging in these expenses. That's the only reason; your life isn't similar to mine, but it's worse... If my expenses were made at home, yours were made outside of it, sir... It's useless to deny it, because I know everything; I know the name of all the rivals you successively gave me, sir; and I never said a word to you, and I don't blame you now, because it would be worthless and too late."

The situation had changed. Vasconcellos had begun as a judge and turned into a co-defendant. It was impossible to deny, and arguing was risky and useless. He preferred to cavil.

"If this was so (and I won't argue about it), in any case we're both to blame, and I don't see any reasons for rubbing it in my face. I agree I should repair the fortune; there's a way; and this is it: the marriage between Adelaide and Gomes."

"No," Augusta said.

"Well, we'll be poor, and we'll be worse than we are now; we'll sell everything..."

"I beg your pardon," Augusta said, "I don't know why you, sir, who are strong and have the greater share in the disaster, shouldn't employ your efforts for the reconstruction of the destroyed fortune."

Vasconcellos ia responder, mas Augusta, logo depois de proferir estas palavras, tinha saído precipitadamente do gabinete.

Vasconcellos saiu alguns minutos depois.

VI

Lourenço não teve conhecimento da cena entre o irmão e a cunhada, e depois da teima de Vasconcellos resolveu nada mais dizer; entretanto, como queria muito à sobrinha, e não queria vê-la entregue a um homem de costumes que ele reprovava, Lourenço esperou que a situação tomasse caráter mais decisivo para assumir mais ativo papel.

Mas, a fim de não perder tempo, e poder usar alguma arma poderosa, Lourenço tratou de instaurar uma pesquisa mediante a qual pudesse colher informações minuciosas acerca de Gomes.

Este cuidava que o casamento era coisa decidida, e não perdia um só dia na conquista de Adelaide.

Notou, porém, que Augusta tornava-se mais fria e indiferente, sem causa que ele conhecesse, e entrou-lhe no espírito a suspeita de que viesse dali alguma oposição.

Quanto a Vasconcellos, desanimado pela cena da *toilette*, esperou melhores dias, e contou, sobretudo, com o império da necessidade.

Um dia, porém, exatamente quarenta e oito horas depois da grande discussão com Augusta, Vasconcellos fez dentro de si esta pergunta:

"Augusta recusa a mão de Adelaide para o Gomes; por quê?"

De pergunta em pergunta, de dedução em dedução, abriu-se no espírito de Vasconcellos campo para uma suspeita dolorosa.

"Amá-lo-á ela?" perguntou ele a si próprio.

Depois, como se o abismo atraísse o abismo, e uma suspeita reclamasse outra, Vasconcellos perguntou:

- Ter-se-iam eles amado algum tempo?

Pela primeira vez, Vasconcelos sentiu morder-lhe no coração a serpe do ciúme.

"It's a long project; and from here to then life goes on and we keep spending. The way out, I told you: to marry Adelaide to Gomes."

"I don't want it!" Augusta said. "I don't consent to such a marriage."

Vasconcellos was going to reply, but Augusta had left the office hastily soon after uttering these words.

Vasconcellos left a few minutes later.

VI

Lourenço didn't have any knowledge about the scene between his brother and his sister-in-law, and after Vasconcellos's stubbornness he decided he wasn't going to say anything else. However, as he liked his niece very much and didn't want to see her in the hands of a man whose habits he disapproved of, Lourenço waited for the situation to assume a more decisive nature in order to take a more active role.

But, in order not to lose time, and to be able to use some powerful weapon, Lourenço initiated research through which he could gather detailed information about Gomes.

This one supposed that the marriage was something decided, and he didn't lose time in the winning of Adelaide's heart.

He noticed, however, that Augusta became colder and more indifferent without any apparent reason, and the suspicion that she was opposing the marriage entered his spirit.

As for Vasconcellos, discouraged by the scene in the dressing room, he waited for better days, and counted, above all, on necessity prevailing.

One day, however, exactly forty-eight hours after the heated discussion with Augusta, Vasconcellos asked himself this question:

"Augusta refuses Gomes's proposal to Adelaide; why?"

From question to question, deduction to deduction, a field for painful suspicion opened in Vasconcellos's spirit.

"Does she love him?" he asked himself.

Do ciúme digo eu, por eufemismo; não sei se aquilo era ciúme; era amor próprio ofendido.

As suspeitas de Vasconcellos teriam razão?

Devo dizer a verdade: não tinham. Augusta era vaidosa, mas era fiel ao infiel marido; e isso por dois motivos: um de consciência, outro de temperamento. Ainda que ela não estivesse convencida do seu dever de esposa, é certo que nunca trairia o juramento conjugal. Não era feita para as paixões, a não ser as paixões ridículas que a vaidade impõe. Ela amava antes de tudo a sua própria beleza; o seu melhor amigo era o que dissesse que ela era mais bela entre as mulheres; mas se lhe dava a sua amizade, não lhe daria nunca o coração; isso a salvava.

A verdade é esta; mas quem o diria a Vasconcellos? Uma vez suspeitoso de que a sua honra estava afetada, Vasconcellos começou a recapitular toda a sua vida. Gomes frequentava a sua casa há seis anos, e tinha nela plena liberdade. A traição era fácil. Vasconcellos entrou a recordar as palavras, os gestos, os olhares, tudo que antes lhe foi indiferente, e que naquele momento tomava um caráter suspeitoso.

Dois dias andou Vasconcellos cheio deste pensamento. Não saía de casa. Quando Gomes chegava, Vasconcellos observava a mulher com desusada persistência; a própria frieza com que ela recebia o rapaz era aos olhos do marido uma prova do delito.

Estava nisto, quando na manhã do terceiro dia (Vasconcellos já se levantava cedo) entrou-lhe no gabinete o irmão, sempre com o ar selvagem do costume.

A presença de Lourenço inspirou a Vasconcellos a ideia de contar-lhe tudo.

Lourenço era um homem de bom senso, e em caso de necessidade era um apoio.

O irmão ouviu tudo quanto Vasconcellos contou, e concluindo este, rompeu o seu silêncio com estas palavras:

Then, as if the abyss attracted the abyss, and one suspicion claimed another, Vasconcellos asked:

"Would they have loved each other for a while?"

For the first time, Vasconcellos felt the serpent of jealousy biting his heart.

I say jealousy as a euphemism; I don't know if it was jealousy; it was offended pride.

Would Vasconcellos's suspicions be right?

I must tell the truth: they weren't. Augusta was vain but faithful to her unfaithful husband for two reasons: her conscience and her temperament. Even if she wasn't convinced of her wifely duty, it's certain that she would never betray her marital oath. She wasn't made for passions other than the ridiculous passions imposed by vanity. She loved her own beauty above all; her best friend would be the one who told her she was the most beautiful amongst all women; she would give her friendship, but she would never give her heart, and that's what saved her.

That is the truth; but who would tell Vasconcellos? Once suspicious that his honor was affected, he began to recapitulate his whole life. Gomes has been visiting his house for six years and had complete freedom in it. Betrayal was easy. Vasconcellos began to remember the words, gestures, looks, all that had previously seemed uninerested in him. They now took on a suspicious character.

Vasconcellos was full of this thought for two days. He didn't leave his house. When Gomes arrived, he observed his wife with unusual persistence; her coldness when welcoming the young man was, in her husband's eyes, a proof of the offense.

He was thinking so when on the morning of the third day (Vasconcellos was already waking up earlier), his brother entered the office with his usual wild air.

- Tudo isso é uma tolice; se tua mulher recusa o casamento, será por qualquer outro motivo que não esse.

- Mas é o casamento com o Gomes que ela recusa.

- Sim, porque lhe falaste no Gomes; fala-lhe em outro, talvez recuse do mesmo modo. Há de haver outro motivo; talvez Adelaide lhe contasse, talvez lhe pedisse para opor-se, porque tua filha não ama o rapaz, e não pode casar com ele.

- Não casará.

- Não só por isso, mas até porque...

- Acaba.

- Até porque este casamento é uma especulação do Gomes.

- Uma especulação? perguntou Vasconcellos.

- Igual à tua, disse Lourenço. Tu dás-lhe a filha com os olhos na fortuna dele; ele aceita-a com os olhos na tua fortuna...

- Mas ele possui...

- Não possui nada; está arruinado como tu. Indaguei e soube da verdade. Quer naturalmente continuar a mesma vida dissipada que teve até hoje, e a tua fortuna é um meio...

- Estás certo disso?

- Certíssimo!...

Vasconcellos ficou aterrado. No meio de todas as suspeitas, ainda lhe restava a esperança de ver a sua honra salva, e realizado aquele negócio que lhe daria uma excelente situação.

Mas a revelação de Lourenço matou-o.

- Se queres uma prova, manda chamá-lo, e dize-lhe que estás pobre, e por isso lhe recusas a filha; observa-o bem, e verás o efeito que as tuas palavras lhe hão de produzir.

Lourenço's presence inspired in Vasconcellos the idea to tell him everything.

Lourenço was a man of common sense and supportive in case of need.

The brother listened to everything Vasconcellos said and, once he concluded, he broke his silence with these words:

"All you said is foolishness; if your wife refuses the marriage, that's for any reason other than this."

"But she refuses Adelaide's marriage to Gomes."

"Yes, because you told her that the suitor is Gomes; she might refuse the same way if you talked about someone else. There must be another reason; maybe Adelaide told her, and asked her to oppose, because your daughter doesn't love the young man and can't marry him."

"She won't."

"It's not only because of that, but also because..."

"Finish it."

"Because such a marriage is Gomes's speculation."

"Speculation?" Vasconcellos asked.

"Like yours," Lourenço said. "You give your daughter with your eyes on his fortune; he accepts her with his eyes on yours..."

"But he has..."

"He doesn't have anything; he's ruined like you. I inquired and I learned the truth. He naturally wants to continue having the same bohemian life he had until today, and your fortune is a way..."

"Are you sure about that?"

"Absolutely sure!"

Vasconcellos was terrified. In the midst of all his suspicions, he still had the hope of seeing his honor saved, and having that business done would bring him an excellent situation.

But Lourenço's revelation killed him.

Não foi preciso mandar chamar o pretendente. Daí a uma hora apresentou-se ele em casa de Vasconcellos.

Vasconcellos mandou-o subir ao gabinete.

VII

Logo depois dos primeiros cumprimentos Vasconcellos disse:

- Ia mandar chamar-te.

- Ah! Para quê? perguntou Gomes.

- Para conversarmos acerca do... casamento.

- Ah! Há algum obstáculo?

- Conversemos.

Gomes tornou-se mais sério; entrevia alguma dificuldade grande.

Vasconcellos tomou a palavra.

- Há circunstâncias, disse ele, que devem ser bem definidas, para que se possa compreender bem...

- É a minha opinião.

- Amas minha filha?

- Quantas vezes queres que te diga?

- O teu amor está acima de todas as circunstâncias?

- De todas, salvo aquelas que entenderem com a felicidade dela.

- Devemos ser francos; além de amigo que sempre foste, és agora quase meu filho... A discrição entre nós seria indiscreta...

- Sem dúvida! respondeu Gomes.

- Vim a saber que os meus negócios param mal; as despesas que fiz alteraram profundamente a economia da minha vida, de modo que eu não te minto dizendo que estou pobre.

Gomes reprimiu uma careta.

- Adelaide, continuou Vasconcellos, não tem fortuna, não terá mesmo dote; é apenas uma mulher que eu te dou. O que te afianço é que é um anjo, e que há de ser excelente esposa.

"If you want proof, call him and tell him you're poor, and that's why you refuse him your daughter; keep your eyes on him, and see the effect that your words will produce."

It wasn't necessary to send for the suitor. He showed up at Vasconcellos's house an hour later.

VII

Soon after the first greetings, Vasconcellos said:

"I was going to send for you."

"Ah! For what?" Gomes asked.

"To talk about the… marriage."

"Ah! Is there any obstacle?"

"Let's talk."

Gomes became more serious. He glimpsed a great difficulty.

Vasconcellos took the floor.

"There are circumstances," he said, "which should be well defined, in order they can be well understood…"

"It's my opinion."

"Do you love my daughter?"

"How many times do you want me to tell you?"

"Is your love above all circumstances?"

"Yes, except those which agree with her happiness."

"We must be frank; apart from being the friend you have always been, now you're almost my son… Discretion among us would be indiscreet…"

"No doubt!" Gomes replied.

"I came to know that my businesses aren't doing well; my expenses profoundly altered the economy of my life, so I'm not lying to you when I tell you that I'm poor."

Gomes suppressed a grimace.

Vasconcellos calou-se, e o seu olhar cravado no rapaz parecia querer arrancar-lhe das feições as impressões da alma.

Gomes devia responder; mas durante alguns minutos houve entre ambos um profundo silêncio.

Enfim o pretendente tomou a palavra.

- Aprecio, disse ele, a tua franqueza, e usarei de franqueza igual.

- Não peço outra coisa...

- Não foi por certo o dinheiro que me inspirou este amor; creio que me farás a justiça de crer que eu estou acima dessas considerações. Além de que, no dia em que eu te pedi a querida do meu coração, acreditava estar rico.

- Acreditavas?

- Escuta. Só ontem é que o meu procurador me comunicou o estado dos meus negócios.

- Mau?

- Se fosse isso apenas! Mas imagina que há seis meses estou vivendo pelos esforços inauditos que o meu procurador fez para apurar algum dinheiro, pois que ele não tinha ânimo de dizer-me a verdade. Ontem soube tudo!

- Ah!

- Calcula qual é o desespero de um homem que acredita estar bem, e reconhece um dia que não tem nada!

- Imagino por mim!

- Entrei alegre aqui, porque a alegria que eu ainda tenho reside nesta casa; mas a verdade é que estou à beira de um abismo. A sorte castigou-nos a um tempo...

Depois desta narração, que Vasconcellos ouviu sem pestanejar, Gomes entrou no ponto mais difícil da questão.

- Aprecio a tua franqueza, e aceito a tua filha sem fortuna; também eu não tenho, mas ainda me restam forças para trabalhar.

- Aceitas?

"Adelaide," Vasconcellos continued, "has no fortune, she'll not even have a dowry; she's just a woman I'm giving to you. What I assure you is that she's an angel, and she will be an excellent wife."

Vasconcellos was silent, and his gaze, locked on the young man, seemed to want to pluck his soul's impressions from his facial features.

At last, the suitor took the floor:

"I appreciate your sincerity," he said, "and I'll use the same."

"I don't ask for anything else…"

"It was certainly not money that inspired this love in me; I believe you'll do me the justice to believe I'm above such considerations. Apart from that, the day I asked you for my heart's dear one, I believed I was rich."

"Did you?"

"Listen. Only yesterday my attorney informed me of the state of my business."

"Is it bad?"

"If that was all! But imagine that for six months I've been living with the unprecedented efforts made by my prosecutor to find out some money, as he didn't have the heart to tell me the truth. I came to know everything yesterday!"

"Ah!"

"Can you calculate the despair of a man who believes everything is well, and one day he realizes he doesn't have anything left!"

"I can imagine because of myself!"

"I got happy here because the only happiness I have lies in this house; but the truth is that I'm at the edge of an abyss. Fate punished us at the same time…"

After this narration, which Vasconcellos heard without blinking, Gomes reached the most difficult point of the matter.

"I appreciate your sincerity, and I accept your daughter without fortune; I don't have money either, but I still have the strength to work."

- Escuta. Aceito D. Adelaide, mediante uma condição; é que ela queira esperar algum tempo, a fim de que eu comece a minha vida. Pretendo ir ao governo e pedir um lugar qualquer, se é que ainda me lembro do que aprendi na escola... Apenas tenha começado a vida, cá virei buscá-la. Queres?

- Se ela consentir, disse Vasconcellos abraçando esta tábua de salvação, é coisa decidida.

Gomes continuou:

- Bem, falarás nisso amanhã, e mandar-me-ás resposta. Ah! Se eu tivesse ainda a minha fortuna! Era agora que eu queria provar-te a minha estima!

- Bem, ficamos nisto.

- Espero a tua resposta.

E despediram-se.

Vasconcellos ficou fazendo esta reflexão:

- De tudo quanto ele disse só acredito que já não tem nada. Mas é inútil esperar: duro com duro não faz bom muro.

Pela sua parte Gomes desceu a escada dizendo consigo:

- O que acho singular é que estando pobre viesse dizer-me assim tão antecipadamente quando eu estava caído. Mas esperarás debalde: duas metades de cavalo não fazem um cavalo.

Vasconcellos desceu.

A sua intenção era comunicar a Augusta o resultado da conversa com o pretendente. Uma coisa, porém, o embaraçava: era a insistência de Augusta em não consentir no casamento de Adelaide, sem dar nenhuma razão da recusa.

Ia pensando nisto, quando, ao atravessar a sala de espera, ouviu vozes na sala de visitas.

Era Augusta que conversava com Carlota.

Ia entrar quando estas palavras lhe chegaram ao ouvido:

- Mas Adelaide é muito criança.

"Do you accept her?"

"Listen. I accept Adelaide on one condition—that she waits a while so that I can start my life. I intend to go to the government and ask for a position, if I still remember what I learned in school… I'll come get her as soon as I have begun my life. Do you accept?"

"If she consents," Vasconcellos said, embracing that lifeline, "it's decided."

Gomes continued:

"Well, you shall speak about it tomorrow, and then send me an answer. Ah! If I still had my fortune, I would now prove my esteem to you!"

"Well, that's our agreement."

"I'll wait for your answer."

Vasconcellos remained with this reflection:

"From everything he said, I can only believe he has got nothing. But waiting is useless: hard upon hard never made a good wall.

On his part, Gomes went down the stairs, saying to himself:

"What I think is singular is that he told me he was poor in advance, when I myself was also poor. But he'll tarry in vain; two halves don't make a whole.

Vasconcellos went downstairs.

His intention was to communicate to Augusta the result of the conversation with the suitor. One thing, however, embarrassed him: it was Augusta's insistence on not consenting with Adelaide's marriage without giving any plausible reasons for the refusal.

He was thinking about it, when, as he crossed the waiting room, he heard voices in the living room.

It was Augusta talking to Carlota.

He was entering the room when these words reached his ears:

"But Adelaide is just a child."

It was Augusta's voice.

"A child," Carlota said.

Era a voz de Augusta.

- Criança! disse Carlota.

- Sim; não está em idade de casar.

- Mas eu no teu caso não punha embargos ao casamento, ainda que fosse daqui a alguns meses, porque o Gomes não me parece mau rapaz...

- Não é; mas enfim eu não quero que Adelaide se case.

Vasconcellos colou o ouvido à fechadura, e temia perder uma só palavra do diálogo.

- O que eu não compreendo, disse Carlota, é a tua insistência. Mais tarde ou mais cedo Adelaide há de vir a casar-se.

- Oh! O mais tarde possível, disse Augusta.

Houve um silêncio.

Vasconcellos estava impaciente.

- Ah! continuou Augusta, se soubesses o terror que me dá a ideia do casamento de Adelaide...

- Por que, meu Deus?

- Por que, Carlota? Tu pensas em tudo, menos numa coisa. Eu tenho medo por causa dos filhos dela que serão meus netos! A ideia de ser avó é horrível, Carlota.

Vasconcellos respirou, e abriu a porta.

- Ah! disse Augusta.

Vasconcellos cumprimentou Carlota, e apenas esta saiu, voltou-se para a mulher, e disse:

- Ouvi a tua conversa com aquela mulher...

- Não era segredo; mas... o que ouviste?

Vasconcellos respondeu sorrindo:

- Ouvi a causa dos teus terrores. Não cuidei nunca que o amor da própria beleza pudesse levar a tamanho egoísmo. O casamento com o Gomes não se realiza; mas se Adelaide amar alguém, não sei como lhe recusaremos o nosso consentimento...

- Até lá... esperemos, respondeu Augusta.

"Yes; she isn't old enough to marry yet."

"But if I were you I wouldn't be opposed to the marriage, even if it were in a few months, because Gomes doesn't seem to be a bad young man…"

"He's not; but anyway, I don't want Adelaide to get married."

Vasconcellos put his ear to the keyhole and feared missing a word of the dialogue.

"What I don't understand," Carlota said, "is your insistence. Sooner or later Adelaide is going to get married."

"Ah! As late as possible," Augusta said.

There was silence.

Vasconcellos was impatient.

"Ah!" Augusta continued, "if you know the terror that gives me the idea of Adelaide's marriage…"

"Why, my God?"

"Why, Carlota? You think of all but one thing. I'm afraid because her children will be my grandchildren! The idea of being a grandmother is horrible, Carlota."

Vasconcellos breathed, and opened the door.

"Ah!" Augusta said.

Vasconcellos greeted Carlota, and just as she left, he turned to his wife and said:

"I've heard your conversation with that woman…"

"It wasn't a secret; but… what did you hear?"

Vasconcellos replied smiling:

"I heard the cause of your terrors. I never thought that your love for your own beauty could lead you to such egotism. The marriage with Gomes won't happen. But if Adelaide loves someone, I don't know how we'll refuse our consent."

"Until then… let's wait," Augusta answered.

A conversa parou nisto; porque aqueles dois consortes distancia-vam-se muito; um tinha a cabeça nos prazeres ruidosos da mocidade, ao passo que a outra meditava exclusivamente em si.

No dia seguinte Gomes recebeu uma carta de Vasconcellos conce-bida nestes termos:

> Meu Gomes.
>
> Ocorre uma circunstância inesperada; é que Ade-laide não quer casar. Gastei a minha lógica, mas não alcancei convencê-la.
>
> Teu Vasconcellos.

Gomes dobrou a carta e acendeu com ela um charuto, e começou a fumar fazendo esta reflexão profunda:

- Onde acharei eu uma herdeira que me queira por marido?

Se alguém souber avise-o em tempo.

Depois do que acabamos de contar, Vasconcellos e Gomes encon-tram-se às vezes na rua

Publicação original: *Jornal das Famílias*, (Paris, 07/1868), Parte 1, Edição 7, p. 206-217; (08/1868), Parte 2, Edição 8, p. 229-242.

The conversation stopped there because the distance between the two consorts was too great; one had his head on the noisy pleasures of youth while the other meditated exclusively about herself.

On the next day, Gomes received a letter from Vasconcellos which was conceived in these terms:

> Dear Gomes.
>
> An unexpected circumstance occurs; the problem is that Adelaide doesn't want to get married. I wasted my logic, but I couldn't convince her.
>
> Yours, Vasconcellos.

Gomes folded the letter, lighted a cigar and began to smoke as he made the following reflection:

"Where would I find an heiress that will want me for a husband?"

If anyone knows, let him know in time.

After what we've just told you, Vasconcellos and Gomes sometimes meet on the street or at Alcazar; they talk, they smoke, they hug each other, exactly like two friends, who they have never been, or like the two rascals they are.

Notes

1   Praça do Comércio, the customs area located in the center of Rio de Janeiro between the sea and Candelária Church.

2   A novel written in 1858 by Ernest Aimé-Feydeau (1821-1873), French writer and father of the notorious comic playwright Georges Feydeau (1862-1921). The novel became known as a "study about jealousy," and it was a huge success due to the way in which it depicted French society at that time.

3   Also known as *Ave Maria* (Latin) or Angelic Salutation, it's a traditional Catholic prayer which asks for Jesus Christ's mother's, the Virgin Mary, intercession. It's an important part of the devotion of Angelus (Latin for "angel"), a short practice of devotion in honor of the Incarnation (when Jesus, took on human form) recited at three particular times during the day: 6 am, 12 noon, and 6 pm. In Brazil, the time of the Hail Mary (6:00 p.m. only) is a practice inherited from the Portuguese. In old times, when there were no clocks, the church bell would announce the end of a working day, and to mark that time people would gather to pray the Hail Mary.

4   It means that he received two honorific titles, or commands, for military services, such as in Commander of the Order of the British Empire (CBE).

5   A card game that involves bidding, trump, and tricks, with three players and forty cards. Despite its difficult rules, complicated point score and strange foreign terms, it swept Europe in the last quarter of the 17th century, becoming *Lomber* in Germany, *Lumbur* in Austria and *Ombre* or *Hombre* in England.

6   A very elegant shoe shop located at Rua do Ouvidor.

7   A playhouse in Rio de Janeiro.

8   Alcazar Lírico, one of the most famous meeting points of Rio de Janeiro's nocturnal life. Founded in 1858 and owned by the French artist Joseph Arnaud, it received the denominations of Théâtre Lyrique Français, Alcazar Lyrico Fluminense and Alcazar Fluminense from 1862 to 1880. It reproduced the style of French playhouses with *vaudevilles*, *operettas* and costume balls.

9   God of alcohol, nature and excesses, especially the sexual ones, also known as Dionysus.

10   Goddess of love, also known as Venus or Aphrodite.

11   The first words from Psalm 130, which was set to music by Wolfgang Amadeus Mozart (1756-1791) in 1771.

12 Marion Delorme, a French courtesan who became known for her affairs with important men in the seventeenth century. She's also the main character of the play *Marion Delorme*, written by Victor Hugo in 1829.

13 A character from *Paulo and Virgínia*, a very famous pastoral novel by Bernardin de Saint-Pierre published in 1788. It tells the story of a pure love between two lovers who grow up far from civilization.

14 Reference to Dom Pedro II Hospital, founded in 1842 and designed to take care of mentally alienated people.

15 One of the most important newspapers in Rio de Janeiro in the nineteenth century. The first daily newspaper of Latin America, it was founded by Pierre Plancher in 1827.

16 A street located in the center of Rio de Janeiro, next to Tiradentes Square.

17 One of the first streets of Rio de Janeiro, it was opened in the seventeenth century and dedicated to the apostle Peter.

18 Brazilian currency of the period, *réis* (plural of *real*). One *conto de réis* was equivalent to 1,000.000 *réis*. Measured against the relative price of gold, one *conto de réis* would be equivalent to approximately USD 35,000 (April 2016).

19 A hotel located on Rua do Ouvidor.

20 Another street in the center of Rio de Janeiro. Its name remains the same.

21 Latin adage, "Tempora mutantur, nos et mutamur in illis", meaning "Times change, and we change with them." This adage was also used by Joseph Haydn (1732-1809) as a heading of Symphony 64, composed between the years of 1773 and 1775, during the first period of German Romanticism, called Sturm und drang.

Miss Dollar

I

Era conveniente ao romance que o leitor ficasse muito tempo sem saber quem era Miss Dollar. Mas por outro lado, sem a apresentação de Miss Dollar, seria o autor obrigado a longas digressões, que encheriam o papel sem adiantar a ação. Não há hesitação possível: vou apresentar-lhes Miss Dollar.

Se o leitor é rapaz e dado ao gênio melancólico, imagina que Miss Dollar é uma inglesa pálida e delgada, escassa de carnes e de sangue, abrindo à flor do rosto dois grandes olhos azuis e sacudindo ao vento umas longas tranças louras. A moça em questão deve ser vaporosa e ideal como uma criação de Shakespeare; deve ser o contraste do *roast-beef* britânico, com que se alimenta a liberdade do Reino Unido. Uma tal Miss Dollar deve ter o poeta Tennyson de cor e ler Lamartine no original; se souber o português deve deliciar-se com a leitura dos sonetos de Camões ou os *Cantos* de Gonçalves Dias. O chá e o leite devem ser a alimentação de semelhante criatura, adicionando-lhe alguns confeitos

Miss Dollar

I

It would be convenient for the novel if the reader went quite some time without knowing Miss Dollar's identity. But on the other hand, without Miss Dollar being introduced, the author would be forced to make long digressions that would fill up the paper without advancing the action. There is no possible hesitation: I'll introduce you to Miss Dollar.

If the reader is a young man given to a melancholy temperament, he'll think that Miss Dollar is a pale and thin Englishwoman with scarce flesh and blood, opening two big blue eyes in the flower of the face and shaking her long blond braids in the wind. The lady in question must be diaphanous and ideal as in a Shakespeare creation; she must be between a contrast of the British *roast-beef* and what feeds the freedom of the United Kingdom. Such a Miss Dollar must know the poet Tennyson by heart and read Lamartine[1] in the original; if she knows Portuguese, she should be delighted with the reading of Camões's sonnets[2] or Gonçalves Dias's *Cantos*.[3] Tea and milk should be the nourishment of

e biscoitos para acudir às urgências do estômago. A sua fala deve ser um murmúrio de harpa eólia; o seu amor um desmaio, a sua vida uma contemplação, a sua morte um suspiro.

A figura é poética, mas não é a da heroína do romance.

Suponhamos que o leitor não é dado a estes devaneios e melancolias; nesse caso imagina uma Miss Dollar totalmente diferente da outra. Desta vez será uma robusta americana, vertendo sangue pelas faces, formas arredondadas, olhos vivos e ardentes, mulher feita, refeita e perfeita. Amiga da boa mesa e do bom copo, esta Miss Dollar preferirá um quarto de carneiro a uma página de Longfellow, coisa naturalíssima quando o estômago reclama, e nunca chegará a compreender a poesia do pôr-do-sol. Será uma boa mãe de família segundo a doutrina de alguns padres-mestres da civilização, isto é, fecunda e ignorante.

Já não será do mesmo sentir o leitor que tiver passado a segunda mocidade e vir diante de si uma velhice sem recurso. Para esse, a Miss Dollar verdadeiramente digna de ser contada em algumas páginas seria uma boa inglesa de cinquenta anos, dotada com algumas mil libras esterlinas, e que, aportando ao Brasil em procura de assunto para escrever um romance, realizasse um romance verdadeiro, casando com o leitor aludido. Uma tal Miss Dollar seria incompleta se não tivesse óculos verdes e um grande cacho de cabelo grisalho em cada fonte. Luvas de renda branca e chapéu de linho em forma de cuia seriam a última demão deste magnífico tipo de ultramar.

Mais esperto que os outros, acode um leitor dizendo que a heroína do romance não é nem foi inglesa, mas brasileira dos quatro costados, e que o nome de Miss Dollar quer dizer simplesmente que a rapariga é rica.

A descoberta seria excelente, se fosse exata; infelizmente nem esta nem as outras são exatas. A Miss Dollar do romance não é a menina romântica, nem a mulher robusta, nem a velha literata, nem a brasileira

such a creature, adding to them some more sweets and biscuits to help the urgencies of her stomach. Her speech must be a murmur of a wind harp; her love, a swoon; her life, a contemplation; her death, a sigh.

The figure is poetic, but it doesn't correspond to the novel's heroine.

Let's suppose that the reader isn't given to such daydreams and melancholies; in this case, he can imagine a Miss Dollar totally different from the other. This time she'll be a robust American woman, with blood-red face; with a round body shape; lively and burning eyes; a grown, regrown, and perfect woman. A friend of good food and good glass, this Miss Dollar would prefer a quarter of a lamb to a page of Longfellow,[4] which would be a very natural thing when the stomach complains, and she'll never come to understand the poetry of the sunset. She'll be a good family mother according to the doctrine of some masters of civilization, that is: fertile and ignorant.

Impressions won't be the same for the reader who saw the second youth passed and now sees an old-age with no options ahead. For such a reader, the Miss Dollar truly worthy of being described in these pages would be a good Englishwoman in her fifties, endowed with a few thousand sterling pounds and who, arriving in Brazil in search of a topic to write a novel, would write a true novel and marry the alluded reader. Such Miss Dollar would be incomplete if she didn't wear green glasses, with a big curl of gray hair in each of her brows. White lace gloves and linen bowler hat would be the last touch of this magnificent type from overseas.

Outsmarting the others, here comes a reader saying that the novel's heroine isn't and has never been English, but a Brazilian through and through, and that Miss Dollar's name simply means that the young lady is rich.

The discovery would be excellent if it were accurate; unfortunately neither this nor the others are accurate. The Miss Dollar in the novel isn't the romantic girl, or the robust woman, nor the old bluestocking nor

rica. Falha desta vez a proverbial perspicácia dos leitores; Miss Dollar é uma cadelinha galga.

Para algumas pessoas a qualidade da heroína fará perder o interesse do romance. Erro manifesto. Miss Dollar, apesar de não ser mais que uma cadelinha galga, teve as honras de ver o seu nome nos papéis públicos, antes de entrar para este livro. O *Jornal do Commercio* e o *Correio Mercantil* publicaram nas colunas dos anúncios as seguintes linhas reverberantes de promessa:

Desencaminhou-se uma cadelinha galga na noite de ontem, 30. Acode ao nome de Miss Dollar. Quem a achou e quiser levar à Rua de Matacavalos n°..., receberá duzentos mil-réis de recompensa. Miss Dollar tem uma coleira ao pescoço, fechada por um cadeado em que se leem as seguintes palavras: *De tout mon coeur*.

Todas as pessoas que sentiam necessidade urgente de duzentos mil-réis, e tiveram a felicidade de ler aquele anúncio, andaram nesse dia com extremo cuidado nas ruas do Rio de Janeiro, a ver se davam com a fugitiva Miss Dollar. Galgo que aparecesse ao longe era perseguido com tenacidade até verificar-se que não era o animal procurado. Mas toda esta caçada dos duzentos mil-réis era completamente inútil, visto que, no dia em que apareceu o anúncio, já Miss Dollar estava aboletada na casa de um sujeito morador nos Cajueiros que fazia coleção de cães.

II

Quais as razões que induziram o Dr. Mendonça a fazer coleção de cães, é coisa que ninguém podia dizer; uns queriam que fosse simplesmente paixão por esse símbolo da fidelidade ou do servilismo; outros pensavam antes que, cheio de profundo desgosto pelos homens, Mendonça achou que era de boa guerra adorar os cães.

Fossem quais fossem as razões, o certo é que ninguém possuía mais bonita e variada coleção do que ele. Tinha-os de todas as raças, tamanhos e cores. Cuidava deles como se fossem seus filhos; se algum lhe

the rich Brazilian woman. The reader's proverbial insight fails this time; Miss Dollar is a little greyhound bitch.

For some people the quality of the heroine will make the novel less interesting. Manifest error. Even though she wasn't more than a puppy, Miss Dollar had the honor of seeing her name in the public newspapers before being part of this book. *Jornal do Commercio*[5] and *Correio Mercantil*[6] published in the advertisement columns the following reverberating promise lines:

Last night, the 30th, a little greyhound bitch went astray. She goes by the name of Miss Dollar. Whoever finds her and wishes to take her to Rua dos Matacavalos, N.***, will receive two-hundred thousand *réis*[7] as a reward. Miss Dollar has a collar around her neck, closed by a padlock in which the following words can be read: *De tout mon coeur.*[8]

All the people who felt the urgent need for two-hundred thousand *réis* and had the good fortune of reading that advertisement went through the streets of Rio de Janeiro very carefully that day to see if they could find the fugitive Miss Dollar. A greyhound that appeared from a distance would be tenaciously pursued until one could see that it wasn't the wanted animal. But all this two-hundred thousand *réis* hunting was completely useless, since on the day the announcement appeared Miss Dollar was already billeted at the house of an individual who lived in Cajueiros[9] and collected dogs.

II

What the reasons were which led Dr. Mendonça to collect dogs is something no one could tell. Some people wanted to believe it was simply a passion for this symbol of fidelity or servility; others rather believed that, because of his deep distaste for mankind, Mendonça thought i was a good form to love dogs.

Whatever the reasons, it was a fact that nobody had a more beautiful and varied collection than him. He had dogs of all breeds, sizes and

morria ficava melancólico. Quase se pode dizer que, no espírito de Mendonça, o cão pesava tanto como o amor, segundo uma expressão célebre: tirai do mundo o cão, e o mundo será um ermo.

O leitor superficial conclui daqui que o nosso Mendonça era um homem excêntrico. Não era. Mendonça era um homem como os outros; gostava de cães como outros gostam de flores. Os cães eram as suas rosas e violetas; cultivava-os com o mesmíssimo esmero. De flores gostava também; mas gostava delas nas plantas em que nasciam: cortar um jasmim ou prender um canário parecia-lhe idêntico atentado.

Era o Dr. Mendonça homem de seus trinta e quatro anos, bem apessoado, maneiras francas e distintas. Tinha-se formado em medicina e tratou algum tempo de doentes; a clínica estava já adiantada quando sobreveio uma epidemia na capital; o Dr. Mendonça inventou um elixir contra a doença; e tão excelente era o elixir, que o autor ganhou um bom par de contos de réis. Agora exercia a medicina como amador. Tinha quanto bastava para si e a família. A família compunha-se dos animais citados acima.

Na memorável noite em que se desencaminhou Miss Dollar, voltava Mendonça para casa quando teve a ventura de encontrar a fugitiva no Rocio. A cadelinha entrou a acompanhá-lo, e ele, notando que era animal sem dono visível, levou-a consigo para os Cajueiros.

Apenas entrou em casa examinou cuidadosamente a cadelinha. Miss Dollar era realmente um mimo; tinha as formas delgadas e graciosas da sua fidalga raça; os olhos castanhos e aveludados pareciam exprimir a mais completa felicidade deste mundo, tão alegres e serenos eram. Mendonça contemplou-a e examinou minuciosamente. Leu o dístico do cadeado que fechava a coleira, e convenceu-se finalmente de que a cadelinha era animal de grande estimação da parte de quem quer que fosse dono dela.

- Se não aparecer o dono, fica comigo, disse ele entregando Miss Dollar ao moleque encarregado dos cães.

colors. He took care of them as if they were his children; and he was melancholic if one happened to die. One might almost say that, in Mendonça's spirit, the dog counted as much as love. According to a famous expression: take dogs from the world, and the world will be a wilderness.

The superficial reader concludes from this that our Mendonça was an eccentric man. No, he wasn't. Mendonça was a man like others; he liked dogs as others liked flowers. The dogs were his roses and violets; he cultivated them with the very same care. He liked flowers as well; but he liked them in the plants where they were born: to cut a jasmine or to catch a canary seemed to him to be identical attacks.

Dr. Mendonça was a man of thirty-four, good-looking, sincere and of distinct manners. He had graduated in Medicine and treated the sick for a certain period of time; the clinic was well on its way when an epidemic fell over the capital city; Dr. Mendonça invented an elixir against the disease; and so excellent was the elixir that its author made a good pair of *contos de réis*. Now he practiced Medicine as an amateur. He had enough money for himself and his family, which consisted of the animals mentioned above.

In the memorable night when Miss Dollar went astray, Mendonça was coming back home when he had the good fortune of finding the fugitive in Rocio.[10] The puppy began to follow him home, and he, noticing that the animal didn't have a visible owner, took her with himself to Cajueiros.

He carefully examined the puppy as soon as he got home. Miss Dollar was real perfection; she had the slim and graceful shape of her noble breed; her brown and velvety eyes were so joyful and serene they seemed to express the most complete happiness in this world. Mendonça contemplated and examined her thoroughly. He read the tag in the padlock that closed the collar and in the end convinced himself that the puppy was greatly appreciated by whomever was her owner.

Tratou o moleque de dar comida a Miss Dollar, enquanto Mendonça planeava um bom futuro à nova hóspede, cuja família devia perpetuar-se na casa.

O plano de Mendonça durou o que duram os sonhos: o espaço de uma noite. No dia seguinte, lendo os jornais, viu o anúncio transcrito acima, prometendo duzentos mil-réis a quem entregasse a cadelinha fugitiva. A sua paixão pelos cães deu-lhe a medida da dor que devia sofrer o dono ou dona de Miss Dollar, visto que chegava a oferecer duzentos mil-réis de gratificação a quem apresentasse a galga. Consequentemente resolveu restituí-la, com bastante mágoa do coração. Chegou a hesitar por alguns instantes; mas afinal venceram os sentimentos de probidade e compaixão, que eram o apanágio daquela alma. E, como se lhe custasse despedir-se do animal, ainda recente na casa, dispôs-se a levá-lo ele mesmo, e para esse fim preparou-se. Almoçou, e depois de averiguar bem se Miss Dollar havia feito a mesma operação, saíram ambos de casa com direção a Matacavalos.

Naquele tempo ainda o barão do Amazonas não tinha salvo a independência das repúblicas platinas, mediante a vitória de Riachuelo, nome com que depois a câmara municipal crismou a Rua de Matacavalos. Vigorava, portanto, o nome tradicional da rua, que não queria dizer coisa nenhuma de jeito.

A casa que tinha o número indicado no anúncio era de bonita aparência e indicava certa abastança nos haveres de quem lá morasse. Antes mesmo que Mendonça batesse palmas no corredor, já Miss Dollar, reconhecendo os pátrios lares, começava a pular de contente e a soltar uns sons alegres e guturais que, se houvesse entre os cães literatura, deviam ser um hino de ação de graças.

Veio um moleque saber quem estava; Mendonça disse que vinha restituir a galga fugitiva. Expansão do rosto do moleque, que correu a anunciar a boa nova. Miss Dollar, aproveitando uma fresta, precipitou-se pelas escadas acima. Dispunha-se Mendonça a descer, pois es-

"She'll stay with me if the owner doesn't show up," he said, handling Miss Dollar to the slave boy who was in charge of the dogs.

The kid gave food to Miss Dollar while Mendonça was planning a good future for his new guest, whose family would be perpetuated in the house.

Mendonça's plan lasted as much as a dream: only one night. When he was reading the newspapers the following day he saw the advertisement, transcribed above, which promised two-hundred thousand *réis* to whoever returned the fugitive puppy. His passion for dogs gave him the exact measure of the pain suffered by Miss Dollar's owner, since a two-hundred thousand *réis* reward was being offered to whoever presented the greyhound. As a consequence, he decided, quite heartbroken, to return it. He hesitated for a few minutes, but the feelings of probity and compassion, which were integral to his soul, prevailed in the end. And, as if it were difficult for him to say goodbye to the animal, still fresh in his house, he was willing to take it himself, and for this purpose he prepared himself. He had lunch and, after verifying whether Miss Dollar had done the same, they both left the house to go to Matacavalos.

At that time, the Barão do Amazonas[11] hadn't still protected the independence of the Rioplatense republics[12] with the victory of the Battle of Riachuelo, the name with which the county chamber baptized Rua dos Matacavalos[13] afterwards. The traditional street's name was still in force, a name that didn't mean anything at all.

The house whose number was in the advertisement was beautiful in appearance and indicated a certain affluence of household possessions of those who lived there. Even before Mendonça clapped his hands,[14] Miss Dollar, recognizing her native home, began to jump of joy and to make happy and guttural sounds that, if there was any literature between dogs, it should be considered a thanksgiving hymn.

A slave boy came to see who was in the house; Mendonça said he was coming to return the fugitive greyhound. The boy's face was expan-

tava cumprida a sua tarefa, quando o moleque voltou dizendo-lhe que subisse e entrasse para a sala.

Na sala não havia ninguém. Algumas pessoas, que têm salas elegantemente dispostas, costumamador surgiu de outra interior uma velha com Miss Dollar nos braços e a alegria no rosto.

- Queira ter a bondade de sentar-se, disse ela designando uma cadeira a Mendonça.

- A minha demora é pequena, disse o médico sentando-se. Vim trazer-lhe a cadelinha que está comigo desde ontem...

- Não imagina que desassossego causou cá em casa a ausência de Miss Dollar...

- Imagino, minha senhora; eu também sou apreciador de cães, e se me faltasse um sentiria profundamente. A sua Miss Dollar...

- Perdão! interrompeu a velha; minha não; Miss Dollar não é minha, é de minha sobrinha.

- Ah!...

- Ela aí vem.

Mendonça levantou-se justamente quando entrava na sala a sobrinha em questão. Era uma moça que representava vinte e oito anos, no pleno desenvolvimento da sua beleza, uma dessas mulheres que anunciam velhice tardia e imponente. O vestido de seda escura dava singular realce à cor imensamente branca da sua pele. Era roçagante o vestido, o que lhe aumentava a majestade do porte e da estatura. O corpinho do vestido cobria-lhe todo o colo; mas adivinhava-se por baixo da seda um belo tronco de mármore modelado por escultor divino. Os cabelos castanhos e naturalmente ondeados estavam penteados com essa simplicidade caseira, que é a melhor de todas as modas conhecidas; ornavam-lhe graciosamente a fronte como uma coroa doada pela natureza. A extrema brancura da pele não tinha o menor tom cor-de-rosa que lhe fizesse harmonia e contraste. A boca era pequena, e tinha uma certa expressão imperiosa. Mas a grande

sive, and he ran to announce the good news. Taking advantage of a gap on the wall, Miss Dollar rushed upstairs. Mendonça was ready to go away, as his task was fulfilled, when the boy came back and told him to go into the parlor.

There wasn't anyone there. Some people, who usually have their parlors elegantly arranged to allow time for them to be admired by their visitors before they come in to greet them. This was possibly the custom of the owners of that house, but this time they didn't pay attention to such things because as soon as the doctor came through the hallway door, an old lady came out of another with Miss Dollar in her arms and joy on her face.

"Please, be kind enough to have a seat," she said, pointing at a chair for Mendonça.

"I won't take long," the doctor said, sitting. "I came to bring you the puppy that has been with me since yesterday..."

"You don't know the unrest caused by Miss Dollar's absence in this house..."

"I can imagine, ma'am; I'm also fond of dogs, and I would be deeply sad if one of my dogs went missing. Your Miss Dollar..."

"I beg your pardon!" the old lady interrupted. "Miss Dollar isn't mine; it belongs to my niece."

"Ah!..."

"She's coming in."

Mendonça stood up exactly when the niece in question entered the room. It looked like she was twenty-eight years old, in the full development of her beauty, one of these women who herald an imposing and delayed old age. The dark silk dress singularly highlighted the immensely white color of her skin. The floor-length dress increased the majesty of her posture and stature. Her dress bodice covered all her bosom; but one could predict, underneath the silk, a beautiful marble torso modeled by a divine sculptor. The brown and naturally wavy hair was combed with

distinção daquele rosto, aquilo que mais prendia os olhos, eram os olhos; imaginem duas esmeraldas nadando em leite.

Mendonça nunca vira olhos verdes em toda a sua vida; disseram-lhe que existiam olhos verdes, ele sabia de cor uns versos célebres de Gonçalves Dias; mas até então os olhos verdes eram para ele a mesma coisa que a fênix dos antigos. Um dia, conversando com uns amigos a propósito disto, afirmava que se alguma vez encontrasse um par de olhos verdes fugiria deles com terror.

- Por quê? perguntou-lhe um dos circunstantes admirado.

- A cor verde é a cor do mar, respondeu Mendonça; evito as tempestades de um; evitarei as tempestades dos outros.

Eu deixo ao critério do leitor esta singularidade de Mendonça, que de mais a mais é preciosa, no sentido de Molière.

III

Mendonça cumprimentou respeitosamente a recém-chegada, e esta, com um gesto, convidou-o a sentar-se outra vez.

- Agradeço-lhe infinitamente o ter-me restituído este pobre animal, que me merece grande estima, disse Margarida sentando-se.

- E eu dou graças a Deus por tê-lo achado; podia ter caído em mãos que o não restituíssem.

Margarida fez um gesto a Miss Dollar, e a cadelinha, saltando do regaço da velha, foi ter com Margarida; levantou as patas dianteiras e pôs-lhas sobre os joelhos; Margarida e Miss Dollar trocaram um longo olhar de afeto. Durante esse tempo uma das mãos da moça brincava com uma das orelhas da galga, e dava assim lugar a que Mendonça admirasse os seus belíssimos dedos armados com unhas agudíssimas.

Mas, conquanto Mendonça tivesse sumo prazer em estar ali, reparou que era esquisita e humilhante a sua demora. Pareceria estar esperando

that homespun simplicity, which is the best of all well-known fashions; they graciously embellished her forehead like a crown endowed by nature. The extreme whiteness of her skin didn't have any tones of pink to harmonize or contrast. Her lips were small and had a certain imperious expression. But the great distinction of that face, what caught the eyes, were her eyes; imagine two emeralds swimming in milk.

Mendonça had never seen green eyes in all his life; people told him that green eyes existed, and he knew some of Gonçalves Dias's verses by heart;[15] but until then green eyes were like the ancient phoenix for him. Once, talking to friends about this subject, he said that if he ever found a pair of green eyes he would run away from them in terror.

"Why?" one of the bystanders asked, surprised.

"Green is the color of the sea," Mendonça answered. "I avoid the storms of one; I will avoid the storms of the other."

I'll leave Mendonça's singularity up to the reader, a singularity that is, moreover, a precious one, in Molière's sense.

III

Mendonça respectfully greeted the newcomer, and again with a gesture she invited him to sit down.

"I infinitely thank you for having returned this poor animal, which greatly deserves my esteem," Margarida said, taking a seat.

"And I thank God for having found it; it could have fallen into the hands of people who wouldn't return it."

Margarida made a gesture to Miss Dollar, who, jumping from the old lady's lap, went to Margarida; she raised her forepaws and put them on her knees. Margarida and Miss Dollar exchanged a long look of affection. During this time one of the young lady's hands was playing with one of the greyhound's ears, allowing Mendonça to admire her very beautiful fingers armed with razor-sharp nails.

a gratificação. Para escapar a essa interpretação desairosa, sacrificou o prazer da conversa e a contemplação da moça; levantou-se dizendo:

- A minha missão está cumprida...

- Mas... interrompeu a velha.

Mendonça compreendeu a ameaça da interrupção da velha.

- A alegria, disse ele, que restituí a esta casa é a maior recompensa que eu podia ambicionar. Agora peço-lhes licença...

As duas senhoras compreenderam a intenção de Mendonça; a moça pagou-lhe a cortesia com um sorriso; e a velha, reunindo no pulso quantas forças ainda lhe restavam pelo corpo todo, apertou com amizade a mão do rapaz.

Mendonça saiu impressionado pela interessante Margarida. Notava-lhe principalmente, além da beleza, que era de primeira água, certa severidade triste no olhar e nos modos. Se aquilo era caráter da moça, dava-se bem com a índole do médico; se era resultado de algum episódio da vida, era uma página do romance que devia ser decifrada por olhos hábeis. A falar verdade, o único defeito que Mendonça lhe achou foi a cor dos olhos, não porque a cor fosse feia, mas porque ele tinha prevenção contra os olhos verdes. A prevenção, cumpre dizê-lo, era mais literária que outra coisa; Mendonça apegava-se à frase que uma vez proferira, e foi acima citada, e a frase é que lhe produziu a prevenção. Não me acusem de chofre; Mendonça era homem inteligente, instruído e dotado de bom senso; tinha, além disso, grande tendência para as afeições românticas; mas apesar disso lá tinha calcanhar o nosso Aquiles. Era homem como os outros; outros Aquiles andam por aí que são da cabeça aos pés um imenso calcanhar. O ponto vulnerável de Mendonça era esse; o amor de uma frase era capaz de violentar-lhe afetos; sacrificava uma situação a um período arredondado.

Referindo a um amigo o episódio da galga e a entrevista com Margarida, Mendonça disse que poderia vir a gostar dela se não tivesse olhos verdes. O amigo riu com certo ar de sarcasmo.

But, even though Mendonça had great pleasure in being there, he noticed that his delay was strange and humiliating. It would seem he was waiting for the gratification. To escape from an ungainly interpretation, he sacrificed the pleasure of the conversation and the contemplation of the lady and stood up saying:

"My mission is fulfilled..."

"But..." the old lady interrupted.

Mendonça understood the old lady's threat of interruption.

"The happiness," he said, "that I restored to this house is the greatest reward that I could aspire to. Now I ask you to excuse me..."

The two ladies understood Mendonça's intention; the younger one repaid his courtesy with a smile; and the old lady, gathering in her wrist all the strength she still had in her whole body, shook the young man's hand with friendliness.

Mendonça left the house impressed by the interesting Margarida. He noticed, besides her beauty, which was first-class, a certain sad severity in her eyes and manners. If that was the lady's character, she could easily get along with the nature of a doctor; if it was the result of a certain episode of life, it was a page of the novel that should be deciphered by skillful eyes. To tell the truth, the only defect Mendonça found in her was the color of her eyes, not because the color was ugly, but because he had a certain precaution against green eyes. We must say that this precaution was more literary than anything else; Mendonça clung to the sentence once uttered, cited above, and the precaution was produced by the sentence itself. Don't you accuse me abruptly; Mendonça was an intelligent, educated and sensible man; he had, besides that, a great inclination for romantic affections; nevertheless our Achilles also had a heel. He was a man like the others; other men, other Achilles who walk around this world are an immense heel from head to toe. This was Mendonça's vulnerable point; the love of a sentence was able to ravage his affections; he would sacrifice a situation to a harmonic sentence.

Relating to a friend the episode of the greyhound and his encounter with Margarida's greyhound, Mendonça said he could come to like her

- Mas, doutor, disse-lhe ele, não compreendo essa prevenção; eu ouço até dizer que os olhos verdes são de ordinário núncios de boa alma. Além de que, a cor dos olhos não vale nada, a questão é a expressão deles. Podem ser azuis como o céu e pérfidos como o mar.

A observação deste amigo anônimo tinha a vantagem de ser tão poética como a de Mendonça. Por isso abalou profundamente o ânimo do médico. Não ficou este como o asno de Buridan entre a selha d'água e a quarta de cevada; o asno hesitaria, Mendonça não hesitou. Acudiu-lhe de pronto a lição do casuísta Sanchez, e das duas opiniões tomou a que lhe pareceu provável.

Algum leitor grave achará pueril esta circunstância dos olhos verdes e esta controvérsia sobre a qualidade provável deles. Provará com isso que tem pouca prática do mundo. Os *almanachs* pitorescos citam até à saciedade mil excentricidades e senões dos grandes varões que a humanidade admira, já por instruídos nas letras, já por valentes nas armas; e nem por isso deixamos de admirar esses mesmos varões. Não queira o leitor abrir uma exceção só para encaixar nela o nosso doutor. Aceitemo-lo com os seus ridículos; quem os não tem? O ridículo é uma espécie de lastro da alma quando ela entra no mar da vida; algumas fazem toda a navegação sem outra espécie de carregamento.

Para compensar essas fraquezas, já disse que Mendonça tinha qualidades não vulgares. Adotando a opinião que lhe pareceu mais provável, que foi a do amigo, Mendonça disse consigo que nas mãos de Margarida estava talvez a chave do seu futuro. Ideou nesse sentido um plano de felicidade; uma casa num ermo, olhando para o mar do lado do ocidente, a fim de poder assistir ao espetáculo do pôr-do-sol. Margarida e ele, unidos pelo amor e pela igreja, beberiam ali, gota a gota, a taça inteira da celeste felicidade. O sonho de Mendonça continha outras particularidades que seria ocioso mencionar aqui. Mendonça pensou nisto alguns dias; chegou a passar algumas vezes por Matacavalos; mas tão infeliz

if she didn't have green eyes. His friend laughed with a certain air of sarcasm.

"But doctor," he said, "I don't understand your precaution; I even heard that green eyes ordinarily are forebodings of a good soul. Besides, the color of the eyes isn't worth a thing; their expression is what matters. They can be blue like the sky and treacherous like the sea."

This anonymous friend's observation had the advantage of being as poetic as Mendonça's. This is why it deeply shook the doctor's morale. He didn't behave like Buridan's ass[16] between the pail of water and the two bushels of barley; the ass would hesitate, but Mendonça didn't. He was promptly helped by the lesson of the casuist Sanchez,[17] and decided for the opinion that seemed to be probable.

A serious reader will think that the circumstance of the green eyes and the controversy about their probable qualities are puerile. That reader will prove, with this idea, that he or she has little practice with the things of the world. The picturesque almanacs cite, to exhaustion, thousands of eccentricities and flaws of great men admired by mankind, either lettered men, or because of their valor with weapons, and by no means do we cease to admire those men. The reader shouldn't make an exception just to fit our doctor in it. Let's accept him with his ridiculous behavior; who isn't ridiculous sometimes? Ridiculousness is a type of ballast of the soul when this soul penetrates the sea of life; some souls do all the navigation without any other kind of cargo.

To compensate for these weaknesses, I have already said that Mendonça had unusual qualities. Adopting the opinion which seemed to be the most probable, his friend's, Mendonça said to himself that perhaps the key to his future was in Margarida's hands. He idealized a plan of happiness accordingly; a house in a wilderness, facing the sea on the west side, so that they could watch the spectacle of the sun setting. Margarida and he, united by love and by the church, would drink, drop by drop, the whole cup of heavenly happiness. Mendonça's dream had other particularities that would be frivolous to mention here. Mendonça thought about this for a few days; he sometimes went through Mata-

que nunca viu Margarida nem a tia; afinal desistiu da empresa e voltou aos cães.

A coleção de cães era uma verdadeira galeria de homens ilustres. O mais estimado deles chamava-se Diógenes; havia um galgo que acudia ao nome de César; um cão d'água que se chamava Nelson; Cornélia chamava-se uma cadelinha rateira, e Calígula um enorme cão de fila, vera efígie do grande monstro que a sociedade romana produziu. Quando se achava entre toda essa gente, ilustre por diferentes títulos, dizia Mendonça que entrava na história; era assim que se esquecia do resto do mundo.

IV

Achava-se Mendonça uma vez à porta do Carceller, onde acabava de tomar sorvete em companhia de um indivíduo, amigo dele, quando viu passar um carro, e dentro do carro duas senhoras que lhe pareceram as senhoras de Matacavalos. Mendonça fez um movimento de espanto que não escapou ao amigo.

- Que foi? perguntou-lhe este.

- Nada; pareceu-me conhecer aquelas senhoras. Viste-as, Andrade?

- Não.

O carro entrara na Rua do Ouvidor; os dois subiram pela mesma rua. Logo acima da Rua da Quitanda, parara o carro à porta de uma loja, e as senhoras apearam-se e entraram. Mendonça não as viu sair; mas viu o carro e suspeitou que fosse o mesmo. Apressou o passo sem dizer nada a Andrade, que fez o mesmo, movido por essa natural curiosidade que sente um homem quando percebe algum segredo oculto.

Poucos instantes depois estavam à porta da loja; Mendonça verificou que eram as duas senhoras de Matacavalos. Entrou afoito, com ar de quem ia comprar alguma coisa, e aproximou-se das senhoras. A primeira que o conheceu foi a tia. Mendonça cumprimentou-as respeitosamente. Elas receberam o cumprimento com afabilidade. Ao pé de Mar-

cavalos, but he was very unhappy because he never saw Margarida or her aunt again that he finally gave up the enterprise and returned to his dogs.

His dog collection was a true gallery of illustrious men. The dearest one was named Diogenes; there was a greyhound named Caesar; a water dog named Nelson; a terrier named Cornelia, while Caligula was a Mastiff, a genuine effigy of the great monster produced by Roman society. When he was among all these people, distinguished by different titles, Mendonça used to say that he entered history; that's how he forgot the rest of the world.

IV

Mendonça was once at the door of Carceller,[18] where he was finishing an ice cream in the company of a friend, when he saw a coach passing by, and inside coach two ladies who seemed like the ladies from Matacavalos. Mendonça made a gesture of surprise that didn't go unnoticed by his friend.

"What happened?" he asked.

"Nothing; it seemed to me that I know those ladies. Did you see them, Andrade?"

"No."

The coach had entered Rua do Ouvidor;[19] the two men went up the same street. The coach stopped in front of a store at the top of Rua da Quitanda, and the ladies got out of the vehicle and entered the store. Mendonça didn't see them getting out; but he saw the coach and suspected it was the same he had seen before. He hurried his steps without saying anything to Andrade, who did the same, as he was moved by the natural curiosity felt by any man when he perceives some hidden secret.

A few moments later they were at the door of the store; Mendonça verified that they were the two ladies from Matacavalos. He entered the store undeterred, as if he wanted to buy something, and approached the ladies. The first who recognized him was the aunt. Mendonça greeted them respectfully. They received him affably. Miss Dollar was at Mar-

garida estava Miss Dollar, que, por esse admirável faro que a natureza concedeu aos cães e aos cortesãos da fortuna, deu dois enormes saltos de alegria apenas viu Mendonça, chegando a tocar-lhe o estômago com as patas dianteiras.

- Parece que Miss Dollar ficou com boas recordações suas, disse D. Antônia (assim se chamava a tia de Margarida).

- Creio que sim, respondeu Mendonça brincando com a galga e olhando para Margarida.

Justamente nesse momento entrou Andrade.

- Só agora as reconheci, disse ele dirigindo-se às senhoras.

Andrade apertou a mão das duas senhoras, ou antes apertou a mão de Antônia e os dedos de Margarida.

Mendonça não contava com este incidente, e alegrou-se com ele por ter à mão o meio de tornar íntimas as relações superficiais que tinha com a família.

- Seria bom, disse ele a Andrade, que me apresentasses a estas senhoras.

- Pois não as conheces? perguntou Andrade estupefato.

- Conhece-nos sem nos conhecer, respondeu sorrindo a velha tia; por ora quem o apresentou foi Miss Dollar.

Antônia referiu a Andrade a perda e o achado da cadelinha.

- Pois, nesse caso, respondeu Andrade, apresento-o já.

Feita a apresentação oficial, o caixeiro trouxe a Margarida os objetos que ela havia comprado, e as duas senhoras despediram-se dos rapazes pedindo-lhes que as fossem ver.

Não citei nenhuma palavra de Margarida no diálogo acima transcrito, porque, a falar verdade, a moça só proferiu duas palavras a cada um dos rapazes.

- Passe bem, disse-lhes ela dando as pontas dos dedos e saindo para entrar no carro.

Ficando sós, saíram também os dois rapazes e seguiram pela Rua do Ouvidor acima, ambos calados. Mendonça pensava em Margarida;

garida's foot, and, due to the admirable nose given to dogs and courtesans of fortune by nature, she jumped very high twice in joy as soon as she saw Mendonça, even touching his stomach with her forepaws.

"It seemed Miss Dollar has good memories of you," D.[20] Antônia (this was the name of Margarida's aunt) said.

"I believe she does," Mendonça said, playing with the greyhound and looking at Margarida.

Andrade went into the store right at this moment.

"I recognized you only now," he said, addressing the ladies.

Andrade shook the two ladies' hands, rather, Antônia's hand and Margarida's fingers.

Mendonça had been counting on this incident, and rejoiced with it because it could help the superficial relationships he had with the family become more intimate.

"It would be nice," he said to Andrade, "if you introduced me to these two ladies."

"So you don't know them?" Andrade asked, astonished.

"He knows us without knowing us," the old aunt replied with a smile; "so far, the one who introduced him was Miss Dollar."

Antônia told Andrade about losing the puppy and its recovery.

"In this case," Andrade said, "I'll introduce you now."

After the official introductions were made, the salesman brought Margarida the objects she had bought; and the two ladies said goodbye to the young men, asking them to pay them a visit.

I haven't cited any of Margarida's words in the dialogue transcribed above because, to tell the truth, the young lady said only one or two words to each of the young men.

"Have a good day," she told them, giving them her fingertips and leaving to get into the coach.

When they were alone, the two young men also left and went up Rua do Ouvidor, silently. Mendonça was thinking about Margarida; Andrade was thinking about the strategies he could use to penetrate Mendonça's confidence. Vanity has a thousand ways of manifesting itself,

Andrade pensava nos meios de entrar na confidência de Mendonça. A vaidade tem mil formas de manifestar-se, como o fabuloso Proteu. A vaidade de Andrade era ser confidente dos outros; parecia-lhe assim obter da confiança aquilo que só alcançava da indiscrição. Não lhe foi difícil apanhar o segredo de Mendonça; antes de chegar à esquina da Rua dos Ourives já Andrade sabia de tudo.

- Compreende agora, disse Mendonça, que eu preciso ir à casa dela; tenho necessidade de vê-la; quero ver se consigo...

Mendonça estacou.

- Acaba! disse Andrade; se consegues ser amado. Por que não? Mas desde já te digo que não será fácil.

- Por quê?

- Margarida tem rejeitado cinco casamentos.

- Naturalmente não amava os pretendentes, disse Mendonça com o ar de um geômetra que acha uma solução.

- Amava apaixonadamente o primeiro, respondeu Andrade, e não era indiferente ao último.

- Houve naturalmente intriga.

- Também não. Admiras-te? É o que me acontece. É uma rapariga esquisita. Se te achas com força de ser o Colombo daquele mundo, lança-te ao mar com a armada; mas toma cuidado com a revolta das paixões, que são os ferozes marujos destas navegações de descoberta.

Entusiasmado com esta alusão, histórica debaixo da forma de alegoria, Andrade olhou para Mendonça, que, desta vez entregue ao pensamento da moça, não atendeu à frase do amigo. Andrade contentou-se com o seu próprio sufrágio, e sorriu com o mesmo ar de satisfação que deve ter um poeta quando escreve o último verso de um poema.

V

Dias depois, Andrade e Mendonça foram à casa de Margarida, e lá passaram meia hora em conversa cerimoniosa. As visitas repetiram-se;

such as the fabled Proteus.[21] Andrade's vanity was to being a confidant for others; it seemed that thus he could obtain from trust what was only achieved with indiscretion. It wasn't hard for him to get Mendonça's secret; Andrade already knew everything before they got to the corner of Rua dos Ourives.[22]

"Now you understand," Mendonça said, "that I need to go to her house; I need to see her; I want to see if I can…"

Mendonça stopped.

"Do it!" Andrade said. "If you can be loved. Why not? But I tell you now that it's not going to be easy."

"Why?"

"Margarida has rejected five marriage proposals."

"She naturally didn't love her suitors," Mendonça said, with the air of a geometrician who finds a solution.

"She passionately loved the first one, and wasn't dispasionate to the last."

'There has naturally been an intrigue."

"Also not. Are you surprised? That's what happens to me. She's a strange young woman. If you think you have strength enough to be the Columbus of that world, cast yourself into the sea with your fleet; but take care with the mutiny of passions, which represent the ferocious sailors of these discovery navigations."

Enthusiastic with this allusion, historical in the form of an allegory, Andrade looked at Mendonça, who, surrendered to thoughts of the young lady, paid no attention to his friend's sentence. Andrade contented himself with his own suffrage, and smiled with the same air of satisfaction that a poet should have when the last verse of a poem is written.

V

Days later, Andrade and Mendonça went to Margarida's house and there spent half an hour in ceremonious conversation. The visits were repeated; but Mendonça's visits were more frequent than Andrade's. D. Antônia showed herself more familiarly than Margarida; only after some

eram porém mais frequentes da parte de Mendonça que de Andrade. D. Antônia mostrou-se mais familiar que Margarida; só depois de algum tempo Margarida desceu do Olimpo do silêncio em que habitualmente se encerrara.

Era difícil deixar de o fazer. Mendonça, conquanto não fosse dado à convivência das salas, era um cavalheiro próprio para entreter duas senhoras que pareciam mortalmente aborrecidas. O médico sabia piano e tocava agradavelmente; a sua conversa era animada; sabia esses mil nadas que entretêm geralmente as senhoras quando elas não gostam ou não podem entrar no terreno elevado da arte, da história e da filosofia. Não foi difícil ao rapaz estabelecer intimidade com a família.

Posteriormente às primeiras visitas, soube Mendonça, por via de Andrade, que Margarida era viúva. Mendonça não reprimiu o gesto de espanto.

- Mas tu falaste de um modo que parecias tratar de uma solteira, disse ele ao amigo.

- É verdade que não me expliquei bem; os casamentos recusados foram todos propostos depois da viuvez.

- Há que tempo está viúva?

- Há três anos.

- Tudo se explica, disse Mendonça depois de algum silêncio; quer ficar fiel à sepultura; é uma Artemisa do século.

Andrade era céptico a respeito de Artemisas; sorriu à observação do amigo, e, como este insistisse, replicou:

- Mas se eu já te disse que ela amava apaixonadamente o primeiro pretendente e não era indiferente ao último.

- Então, não compreendo.

- Nem eu.

Mendonça desde esse momento tratou de cortejar assiduamente a viúva; Margarida recebeu os primeiros olhares de Mendonça com um ar de tão supremo desdém, que o rapaz esteve quase a abandonar a empresa; mas, a viúva, ao mesmo tempo em que parecia recusar amor, não lhe

time Margarida descended the Olympus of silence in which she usually enclosed herself.

It was hard for her not to do so. Even though he wasn't given to parlor politeness, Mendonça was the proper gentlemen for entertaining two ladies who seemed to be mortally bored. The doctor knew how to play the piano, and he did it pleasantly; his conversation was lively. He knew those thousands of nothings that usually entertain the ladies when they don't like or cannot penetrate the high grounds of art, history and philosophy. It wasn't hard for the young man to establish some intimacy with the family.

After his first visits, Mendonça got to know, through Andrade, that Margarida was a widow. Mendonça didn't repress his astonished gesture.

"But you spoke in such a way as if she was a single woman," he said to his friend.

"It's true that I didn't explain myself well; the marriage proposals were all rejected after her widowhood."

"For how long has she been a widow?"

"For three years."

"Everything is explained," Mendonça said, after some silence; "She wants to be faithful until death; she's an Artemis[23] of the century."

Andrade was skeptical regarding Artemises. He smiled as an answer to his friend's observation, and as he insisted, he replied:

"But if I already told you that she passionately loved the first suitor and wasn't dispassionate to the last one."

"So, I don't understand."

"Neither do I."

From this moment on, Mendonça took care to court the widow diligentlyly; Margarida received his first looks with such supreme contempt that the young man almost abandoned the enterprise. But, at the same time the widow seemed to refuse his love, didn't refuse to appreciate him, and treated him with the utmost tenderness of this world whenever he looked at her as everybody else.

recusava estima, e tratava-o com a maior meiguice deste mundo sempre que ele a olhava como toda a gente.

Amor repelido é amor multiplicado. Cada repulsa de Margarida aumentava a paixão de Mendonça. Nem já lhe mereciam atenção o feroz Calígula, nem o elegante Júlio César. Os dois escravos de Mendonça começaram a notar a profunda diferença que havia entre os hábitos de hoje e os de outro tempo. Supuseram logo que alguma coisa o preocupava. Convenceram-se disso quando Mendonça, entrando uma vez em casa, deu com a ponta do botim no focinho de Cornélia, na ocasião em que esta interessante cadelinha, mãe de dois Gracos rateiros, festejava a chegada do doutor.

Andrade não foi insensível aos sofrimentos do amigo e procurou consolá-lo. Toda a consolação nestes casos é tão desejada quanto inútil; Mendonça ouvia as palavras de Andrade e confiava-lhe todas as suas penas. Andrade lembrou a Mendonça um excelente meio de fazer cessar a paixão: era ausentar-se da casa. A isto respondeu Mendonça citando La Rochefoucauld:

A ausência diminui as paixões medíocres e aumenta as grandes, como o vento apaga as velas a atiça as fogueiras.

A citação teve o mérito de tapar a boca de Andrade, que acreditava tanto na constância como nas Artemisas, mas que não queria contrariar a autoridade do moralista, nem a resolução de Mendonça.

VI

Correram assim três meses. A corte de Mendonça não adiantava um passo; mas a viúva nunca deixou de ser amável com ele. Era isto o que principalmente retinha o médico aos pés da insensível viúva; não o abandonava a esperança de vencê-la.

Algum leitor conspícuo desejaria antes que Mendonça não fosse tão assíduo na casa de uma senhora exposta às calúnias do mundo. Pensou nisso o médico e consolou a consciência com a presença de um

Love scorned is love multiplied. Mendonça's passion was increased every time Margarida repulsed him. Neither the ferocious Caligula nor the elegant Julius Caesar deserved his attention. Mendonça's two slaves began to notice the deep difference between his current habits and those of another time. They immediately assumed that something was worrying him. They were convinced of this when Mendonça, arriving home one day, hit Cornelia's[24] snout with the tip of his boot when this interesting little dog, mother of two rat terrier Gracchuses, was celebrating the doctor's arrival.

Andrade wasn't insensitive to his friend's suffering and sought to console him. In these cases, all consolation is as desired as it is useless. Mendonça heard Andrade's words and confided in him all his sorrows. Andrade reminded Mendonça of an excellent way to end the passion: to stay away from the house. Mendonça replied citing La Rochefoucauld:

"The same wind snuffs candles and kindles fires; so, where absence kills a little love, it fans a great one."

The quotation had the merit of shutting Andrade's mouth, who believed in constancy as much as he believed in Artemises, but didn't want to contradict the authority of either the moralist or Mendonça's resolution.

VI

Three months went by this way. Mendonça's courtship wasn't advancing one step, but the widow never ceased to be kind to him. That's what kept the doctor at the feet of the insensitive widow; the hope of winning her heart didn't abandon him.

Some illustrious reader would rather wish that Mendonça wasn't so pesistent in the house of a lady who was exposed to the world's slanders. The doctor thought about this and consoled his conscience with the presence of an individual, so far not named here because of his nothingness, and who was none other than D. Antônia's son, and the apple of her eye. This young man was called Jorge, who spent, thanks to his mother's generosity, around two- hundred thousand *réis* a month

indivíduo, até aqui não nomeado por motivo de sua nulidade, e que era nada menos que o filho da Sra. D. Antônia e a menina dos seus olhos. Chamava-se Jorge esse rapaz, que gastava duzentos mil-réis por mês, sem os ganhar, graças à longanimidade da mãe. Frequentava as casas dos cabeleireiros, onde gastava mais tempo que uma Romana da decadência às mãos das suas servas latinas. Não perdia representação de importância no Alcazar; montava bons cavalos, e enriquecia com despesas extraordinárias as algibeiras de algumas damas célebres e de vários parasitas obscuros. Calçava luvas da letra E e botas nº 36, duas qualidades que lançava à cara de todos os seus amigos que não desciam do nº 40 e da letra H. A presença deste gentil pimpolho, achava Mendonça que salvava a situação. Mendonça queria dar esta satisfação ao mundo, isto é, à opinião dos ociosos da cidade. Mas bastaria isso para tapar a boca aos ociosos?

Margarida parecia indiferente às interpretações do mundo como à assiduidade do rapaz. Seria ela tão indiferente a tudo mais neste mundo? Não; amava a mãe, tinha um capricho por Miss Dollar, gostava da boa música, e lia romances. Vestia-se bem, sem ser rigorista em matéria de moda; não valsava; quando muito dançava alguma quadrilha nos saraus a que era convidada. Não falava muito, mas exprimia-se bem. Tinha o gesto gracioso e animado, mas sem pretensão nem faceirice.

Quando Mendonça aparecia lá, Margarida recebia-o com visível contentamento. O médico iludia-se sempre, apesar de já acostumado a essas manifestações. Com efeito, Margarida gostava imenso da presença do rapaz, mas não parecia dar-lhe uma importância que lisonjeasse o coração dele. Gostava de o ver como se gosta de ver um dia bonito, sem morrer de amores pelo sol.

Não era possível sofrer por muito tempo a posição em que se achava o médico. Uma noite, por um esforço de que antes disso se não julgaria capaz, Mendonça dirigiu a Margarida esta pergunta indiscreta:

- Foi feliz com seu marido?

without earning them. He often went to the hairdresser, where he spent more time than a decadent Roman woman in the hands of her Latin servants. He never missed an important spectacle at Alcazar;[25] he rode good horses and left a fortune in the pockets of some famous ladies and some obscure parasites with his extraordinary expenses. He wore letter E[26] gloves and boots size 36, two qualities that he used to rub in his friend's faces, especially the ones who didn't go below size 40 and letter H.[27] Mendonça thought that the situation was saved by the presence of this youngster. Mendonça wanted to give this satisfaction to the world, that is, to the opinion of the loafers of the city. But would this be enough to shut their mouths?

Margarida seemed to be unconcerned with the interpretations of the world, as well as to the young man's atentive persistence. Was she as uncaring about everything else in this world? No; she loved her mother, had a whim for Miss Dollar, liked good music, and read novels. She dressed well without being a rigorist in terms of fashion; she didn't waltz; sometimes she danced quadrille in the soirees she was invited to. She didn't talk very much, but she expressed herself well. She had a gracious and cheerful disposition without pretense or coquetry.

When Mendonça appeared in her house, Margarida welcomed him with a visible delight. The doctor always deceived himself, even though he was already used to these manifestations. Margarida liked the young man's presence very much indeed, but she didn't seem to give this an importance that flattered his heart. She liked to see him as someone likes to see a beautiful day, without falling in love with the sun.

It wasn't possible for the doctor to suffer for much longer in the position he was. One evening, with an effort he never before had thought himself capable, Mendonça asked Margarida this indiscreet question:

"Were you happy with your husband?"

Margarida frowned with astonishment and stared at the doctor, who seemed to continue asking the question mutely.

"Yes, I was," she said after a few moments.

Margarida franziu a testa com espanto e cravou os olhos nos do médico, que pareciam continuar mudamente a pergunta.

- Fui, disse ela no fim de alguns instantes.

Mendonça não disse palavra; não contava com aquela resposta. Confiava demais na intimidade que reinava entre ambos; e queria descobrir por algum modo a causa da insensibilidade da viúva. Falhou o cálculo; Margarida tornou-se séria durante algum tempo; a chegada de D. Antônia salvou uma situação esquerda para Mendonça. Pouco depois Margarida voltava às boas, e a conversa tornou-se animada e íntima como sempre. A chegada de Jorge levou a animação da conversa a proporções maiores; D. Antônia, com olhos e ouvidos de mãe, achava que o filho era o rapaz mais engraçado deste mundo; mas a verdade é que não havia em toda a cristandade espírito mais frívolo. A mãe ria-se de tudo quanto o filho dizia; o filho enchia, só ele, a conversa, referindo anedotas e reproduzindo ditos e sestros do Alcazar. Mendonça via todas essas feições do rapaz, e aturava-o com resignação evangélica.

A entrada de Jorge, animando a conversa, acelerou as horas; às dez retirou-se o médico, acompanhado pelo filho de D. Antônia, que ia cear. Mendonça recusou o convite que Jorge lhe fez, e despediu-se dele na Rua do Conde, esquina da do Lavradio.

Nessa mesma noite resolveu Mendonça dar um golpe decisivo; resolveu escrever uma carta a Margarida. Era temerário para quem conhecesse o caráter da viúva; mas, com os precedentes já mencionados, era loucura. Entretanto, não hesitou o médico em empregar a carta, confiando que no papel diria as coisas de muito melhor maneira que de boca. A carta foi escrita com febril impaciência; no dia seguinte, logo depois de almoçar, Mendonça meteu a carta dentro de um volume de George Sand, mandou-o pelo moleque a Margarida.

A viúva rompeu a capa de papel que embrulhava o volume, e pôs o livro sobre a mesa da sala; meia hora depois voltou e pegou no livro para ler. Apenas o abriu, caiu-lhe a carta aos pés. Abriu-a e leu o seguinte:

Mendonça didn't say a word; he wasn't counting on that answer. He trusted the intimacy that reigned between them too much; and he wanted to find out the cause of the widow's insensitivity. The calculation failed; Margarida became serious for some time; D. Antônia's arrival saved Mendonça from an odd situation. Soon after Margarida was back to normal, and the conversation became as cheerful and intimate as ever. Jorge's arrival took the conversation to higher levels of cheerfulness; D. Antônia, through her mother's eyes and ears, thought that her son was the funniest young man in the world; but the truth is that there wasn't a more frivolous spirit in all Christendom. The mother laughed at everything her son said; he filled the conversation by himself, referring to anecdotes and reproducing Alcazar's sayings and vices. Mendonça saw all his traits, and put up with him with evangelical resignation.

Jorge's arrival, enlivening the conversation, hastened time; the doctor left at ten, followed by D. Antônia's son, who was going out for supper. Mendonça turned down Jorge's invitation and said farewell to him at Rua do Conde,[28] on the corner of Rua do Lavradio.

That same night Mendonça decided to strike a decisive blow; he decided to write a letter to Margarida. This was reckless for a person who knew the widow's character, but with the precedents already mentioned, it was crazy. However, the doctor didn't hesitate to use the letter, believing that on paper he could say things better than by mouth. The letter was written with feverish impatience. The next day, soon after lunch, Mendonça put the letter inside a volume of George Sand and sent it to Margarida via the slave boy.

The widow opened the paper that wrapped the volume and put the book on the living room table; half an hour later she went back and picked up the book to read. As she opened it, the letter dropped to her feet. She opened it and read the following:

> Whatever the cause of your avoidance, I respect you
> and I won't rise against it. But if I don't rise against it,
> wouldn't it be lawful for me to complain? You might
> have understood my love, the same way I have under-
> stood your indifference; but, no matter how great this

Qualquer que seja a causa da sua esquivança, respeito-a, não me insurjo contra ela. Mas, se não me é dado insurgir-me, não me será lícito queixar-me? Há de ter compreendido o meu amor, do mesmo modo que tenho compreendido a sua indiferença; mas, por maior que seja essa indiferença, está longe de ombrear com o amor profundo e imperioso que se apossou de meu coração quando eu mais longe me cuidava destas paixões dos primeiros anos. Não lhe contarei as insônias e as lágrimas, as esperanças e os desencantos, páginas tristes deste livro que o destino põe nas mãos do homem para que duas almas o leiam. É-lhe indiferente isso.

Não ouso interrogá-la sobre a esquivança que tem mostrado em relação a mim; mas por que motivo se estende essa esquivança a tantos mais? Na idade das paixões férvidas, ornada pelo céu com uma beleza rara, por que motivo quer esconder-se ao mundo e defraudar a natureza e o coração de seus incontestáveis direitos? Perdoe-me a audácia da pergunta; acho-me diante de um enigma que o meu coração desejaria decifrar. Penso às vezes que alguma grande dor a atormenta, e quisera ser o médico do seu coração; ambicionava, confesso, restaurar-lhe alguma ilusão perdida. Parece que não há ofensa nesta ambição.

Se, porém, essa esquivança denota simplesmente um sentimento de orgulho legítimo, perdoe-me se ousei escrever-lhe quando seus olhos expressamente me proibiram. Rasgue a carta que não pode valer-lhe uma recordação, nem representar uma arma.

A carta era toda de reflexão; a frase fria e medida não exprimia o fogo do sentimento. Não terá, porém, escapado ao leitor a sinceridade e a simplicidade com que Mendonça pedia uma explicação que Margarida provavelmente não podia dar.

Quando Mendonça disse a Andrade haver escrito a Margarida, o amigo do médico entrou a rir despregadamente.

indifference may be, it is far from competing with the deep and imperious love that came over my heart when I distanced myself away from those passions of the early years. I won't tell you about the sleepless nights and the tears, the hopes and disillusionments, sad pages of this book that fate puts in the hands of mankind so that two souls may read them. This makes no difference to you.

I don't dare question you about the avoidance you have been showing towards me; but why does this avoidance extend to so many other men? In the age of fervid passions, adorned by heaven with a rare beauty, why do you want to hide yourself from the world and embezzle both nature and your heart of their incontestable rights? Forgive me for the audacity of the question; I find myself before a puzzle that my heart would wish to decipher. Sometimes I think you're tormented by a great pain, and I wanted to be the doctor of your heart; my ambition was, I confess, to restore in you a lost illusion. It seems that there's no offense in this ambition.

If, however, your avoidance simply denotes a feeling of legitimate pride, forgive me if I dared to write to you when your eyes expressly forbade me. Tear up the letter that can neither be valued as a memento nor represent a weapon.

The letter was all composed of reflections; the cold and measured sentences didn't express the fire of his feelings. However, the sincerity and simplicity with which Mendonça asked Margarida for an explanation she probably couldn't give won't escape the reader's attention.

When Mendonça told Andrade he had written a letter to Margarida, the doctor's friend began to laugh uncontrollably:

"Did I do wrong?" Mendonça asked.

"You've ruined everything. The other suitors have also started their courtship with a letter; it was certainly the death certificate of love."

- Fiz mal? perguntou Mendonça.

- Estragaste tudo. Os outros pretendentes começaram também por carta; foi justamente a certidão de óbito do amor.

- Paciência, se acontecer o mesmo, disse Mendonça levantando os ombros com aparente indiferença; mas eu desejava que não estivesses sempre a falar nos pretendentes; eu não sou pretendente no sentido desses.

- Não querias casar com ela?

- Sem dúvida, se fosse possível, respondeu Mendonça.

- Pois era justamente o que os outros queriam; casar-te-ias e entrarias na mansa posse dos bens que lhe couberam em partilha e que sobem a muito mais de cem contos. Meu rico, se falo em pretendentes não é por te ofender, porque um dos quatro pretendentes despedidos fui eu.

- Tu?

- É verdade; mas descansa, não fui o primeiro, nem ao menos o último.

- Escreveste?

- Como os outros; como eles, não obtive resposta; isto é, obtive uma: devolveu-me a carta. Portanto, já que lhe escreveste, espera o resto; verás se o que te digo é ou não exato. Estás perdido, Mendonça; fizeste muito mal.

Andrade tinha esta feição característica de não omitir nenhuma das cores sombrias de uma situação, com o pretexto de que aos amigos se deve a verdade. Desenhado o quadro, despediu-se de Mendonça, e foi adiante.

Mendonça foi para casa, onde passou a noite em claro.

VII

Enganara-se Andrade; a viúva respondeu à carta do médico. A carta dela limitou-se a isto:

Perdoo-lhe tudo; não lhe perdoarei se me escrever outra vez. A minha esquivança não tem nenhuma causa; é questão de temperamento.

"Give it time, if the same happens to me," Mendonça said shrugging with apparent lack of interest. "But I wish you weren't always talking about the suitors; I'm not a suitor like they were."

"Didn't you want to marry her?"

"No doubt, if it were possible," Mendonça replied.

"Well, that was exactly what the others wanted; you would get married and get into the gentle possession of the assets assigned to her in the sharing, and which rise to more than one-hundred *contos*. My friend, if I speak of suitors it isn't to offend you, because one of the four dismissed men was me."

"You?"

"It's true, but don't worry; I was neither the first nor the last."

"Did you write to her?"

"Yes, I did, like the others; and like them, I got no answer; that is, I got one; she returned the letter to me. Therefore, as you wrote the letter, wait for the rest, and you'll see if what I tell you is accurate or not. You're lost, Mendonça; you really did a bad thing."

Andrade had this characteristic feature of not omitting any of the dark colors of a situation, with the excuse that one owes the truth to his friends. The picture having been drawn, he said goodbye to Mendonça, and went ahead.

Mendonça went home, where he spent a sleepless night.

VII

Andrade was wrong; the widow replied to the doctor's letter. Her letter was limited to the following:

I forgive you for everything, but I won't if you write to me again. There isn't a cause for my avoidance; it's a matter of temperament.

The meaning of the letter was even more laconic than its expression. Mendonça read it many times, to see if it was possible to complete its meaning; but his effort was in vain. He soon concluded that there was a hidden reason that drove Margarida away from marriage; then he also

O sentido da carta era ainda mais lacônico do que a expressão. Mendonça leu-a muitas vezes, a ver se a completava; mas foi trabalho perdido. Uma coisa concluiu ele logo; era que havia coisa oculta que arredava Margarida do casamento; depois concluiu outra, era que Margarida ainda lhe perdoaria segunda carta se lhe escrevesse.

A primeira vez que Mendonça foi a Matacavalos achou-se embaraçado sobre a maneira por que falaria a Margarida; a viúva tirou-o do embaraço, tratando-o como se nada houvesse entre ambos. Mendonça não teve ocasião de aludir às cartas por causa da presença de D. Antônia, mas estimou isso mesmo, porque não sabia o que lhe diria caso viessem a ficar sós os dois.

Dias depois, Mendonça escreveu segunda carta à viúva e mandou-lhe pelo mesmo canal da outra. A carta foi-lhe devolvida sem resposta. Mendonça arrependeu-se de ter abusado da ordem da moça, e resolveu, uma vez por todas, não voltar à casa de Matacavalos. Nem tinha ânimo de lá aparecer, nem julgava conveniente estar junto de uma pessoa a quem amava sem esperança.

Ao cabo de um mês não tinha perdido uma partícula sequer do sentimento que nutria pela viúva. Amava-a com o mesmíssimo ardor. A ausência, como ele pensara, aumentou-lhe o amor, como o vento ateia um incêndio. Debalde lia ou buscava distrair-se na vida agitada do Rio de Janeiro; entrou a escrever um estudo sobre a teoria do ouvido, mas a pena escapava-lhe para o coração, e saiu o escrito com uma mistura de nervos e sentimentos. Estava então na sua maior nomeada o romance de Pelletan sobre a vida de Jesus; Mendonça encheu o gabinete com todos os folhetos publicados de parte a parte, e entrou a estudar profundamente o misterioso drama da Judéia. Fez quanto pôde para absorver o espírito e esquecer a esquiva Margarida; era-lhe impossível.

Um dia de manhã apareceu-lhe em casa o filho de D. Antônia; traziam-no dois motivos: perguntar-lhe por que não ia a Matacavalos, e mostrar-lhe umas calças novas. Mendonça aprovou as calças, e descul-

concluded something else: that she would still forgive him if he wrote her a second letter.

The first time Mendonça returned to Matacavalos he found himself embarrassed about how he would talk to Margarida; the widow took the embarrassment from him, treating him as if nothing had happened. Because of D. Antônia's presence, Mendonça didn't have the occasion to allude to the letters, but he really appreciated that because he didn't know what to tell her if they were alone.

Days later, Mendonça wrote a second letter to the widow and sent it the same way as the other. The letter was returned unanswered. Mendonça regretted having abused the young lady's order, and decided, once and for all, not to return to the house in Matacavalos. He neither had the strength to go there nor thought it would be a good idea to be around a person whom he loved without hope.

By the end of a month, he hadn't lost even a particle of the feeling he harbored towards the widow. He still loved her with the very same passion. The absence, he thought, increased his love the way the wind kindles a fire. He read or sought to distract himself from Rio de Janeiro's hectic life, in vain; he began to write a study about a theory of the ear, but the quill pen eluded him to the heart, and the study was written with a mixture of nerves and feelings. At that time, Pelletan's[29] novel about Jesus's life[30] was in its highest reputation; Mendonça filled his office with all the brochures published everywhere, and began to deeply study the mysterious drama from Judea. He did all he could to impregnate his spirit and forget the elusive Margarida; it was impossible.

One morning D. Antônia's son came for him at his house. Two reasons brought him: first, to know why Mendonça wasn't going to Matacavalos anymore; secondly, to show him his new pants. Mendonça approved the pants, and apologized for his absence as well as he could, saying that he was busy. Jorge wasn't the type of a soul who would understand the truth that was hidden beneath an indifferent word; as he saw that Mendonça was immersed in the middle of a slew of books and

pou como pôde a ausência, dizendo que andava atarefado. Jorge não era alma que compreendesse a verdade escondida por baixo de uma palavra indiferente; vendo Mendonça mergulhado no meio de uma chusma de livros e folhetos, perguntou-lhe se estava estudando para ser deputado. Jorge cuidava que se estudava para ser deputado!

- Não, respondeu Mendonça.

- É verdade que a prima também lá anda com livros, e não creio que pretende ir à câmara.

- Ah! Sua prima?

- Não imagina; não faz outra coisa. Fecha-se no quarto, e passa os dias inteiros a ler.

Informado por Jorge, Mendonça supôs que Margarida era nada menos que uma mulher de letras, alguma modesta poetisa, que esquecia o amor dos homens nos braços das musas. A suposição era gratuita e filha mesmo de um espírito cego pelo amor como o de Mendonça. Há várias razões para ler muito sem ter comércio com as musas.

- Note que a prima nunca leu tanto; agora é que lhe deu para isso, disse Jorge tirando da charuteira um magnífico havana no valor de três tostões, e oferecendo outro a Mendonça. Fume isto, continuou ele, fume e diga-me se há ninguém como o Bernardo para ter charutos bons.

Gastos os charutos, Jorge despediu-se do médico, levando a promessa de que este iria à casa de D. Antônia o mais cedo que pudesse.

No fim de quinze dias Mendonça voltou a Matacavalos.

Encontrou na sala Andrade e D. Antônia, que o receberam com aleluias. Mendonça parecia com efeito ressurgir de um túmulo; tinha emagrecido e empalidecido. A melancolia dava-lhe ao rosto maior expressão de abatimento. Alegou trabalhos extraordinários, e entrou a conversar alegremente como dantes. Mas essa alegria, como se compreende, era toda forçada. No fim de um quarto de hora a tristeza apossou-se-lhe outra vez do rosto. Durante esse tempo, Margarida não apareceu na sala; Mendonça, que até então não perguntara por ela, não sei

leaflets, he asked him if he was studying to be a congressman. Jorge thought it was necessary to study to be a congressman!

"No," Mendonça replied.

"It's true that my cousin has also been reading a lot; and I don't believe she intends to go to the Chamber."

"Ah! Your cousin?"

"You cannot imagine; she doesn't do anything else. She locks herself away in the bedroom and spends whole days reading."

Informed by Jorge, Mendonça supposed that Margarida was nothing less than a woman of letters, some modest poetess, who forgot the love of men in the arms of the muses. The assumption was gratuitous, and even born of a spirit blinded by love like Mendonça's. There are several reasons for so much reading without trading with the muses.

"Notice that she has never read so much; she began to do that recently," Jorge said, taking from his cigar case a magnificent Havana worth three *tostões*,[31] and offering one to Mendonça. "Smoke this," he continued, "smoke and tell me if there's anyone like Bernardo[32] to have good cigars."

Once the cigars had been smoked, Jorge said goodbye to the doctor, carrying the promise that he would go to D. Antônia's house as soon as he could.

Fifteen days later, Mendonça returned to Matacavalos.

In the living room he met D. Antônia and Andrade, who welcomed him with hallelujahs. Mendonça seemed to be rising from a tomb indeed; he was emaciated and pale. Melancholy gave his face a weary expression. He alleged having extraordinary work, and began to talk as joyfully as before. But his joy, understandably, was all forced. At the end of a quarter of an hour sorrow took power from his face again. Margarida didn't show up in the living room during this time. Mendonça, who hadn't asked about her until then, I don't know why, seeing that she wasn't showing, asked if she was sick. D. Antônia replied that Margarida was a bit indisposed.

por que razão, vendo que ela não aparecia, perguntou se estava doente. D. Antônia respondeu-lhe que Margarida estava um pouco incomodada.

O incômodo de Margarida durou uns três dias; era uma simples dor de cabeça, que o primo atribuiu à aturada leitura.

No fim de alguns dias mais, D. Antônia foi surpreendida com uma lembrança de Margarida; a viúva queria ir viver na roça algum tempo.

- Aborrece-te a cidade? perguntou a boa velha.

- Alguma coisa, respondeu Margarida; queria ir viver uns dois meses na roça.

D. Antônia não podia recusar nada à sobrinha; concordou em ir para a roça; e começaram os preparativos. Mendonça soube da mudança no Rocio, andando a passear de noite; disse-lhe Jorge na ocasião de ir para o Alcazar. Para o rapaz era uma fortuna aquela mudança, porque suprimia-lhe a única obrigação que ainda tinha neste mundo, que era a de ir jantar com a mãe.

Não achou Mendonça nada que admirar na resolução; as resoluções de Margarida começavam a parecer-lhe simplicidades.

Quando voltou para casa encontrou um bilhete de D. Antônia concebido nestes termos:

Temos de ir para fora alguns meses; espero que não nos deixe sem despedir-se de nós. A partida é sábado; e eu quero incumbi-lo de uma coisa.

Mendonça tomou chá, e dispôs-se a dormir. Não pôde. Quis ler; estava incapaz disso. Era cedo; saiu. Insensivelmente dirigiu os passos para Matacavalos. A casa de D. Antônia estava fechada e silenciosa; evidentemente estavam já dormindo. Mendonça passou adiante, e parou junto da grade do jardim adjacente à casa. De fora podia ver a janela do quarto de Margarida, pouco elevada, e dando para o jardim. Havia luz dentro; naturalmente Margarida estava acordada. Mendonça deu mais alguns passos; a porta do jardim estava aberta. Mendonça sentiu pulsar-lhe o coração com força desconhecida. Surgiu-lhe no espírito

Margarida's problem lasted for three days; it was a simple head-ache, which her cousin attributed to painstaking reading.

After a few more days, D. Antônia was surprised with a reminder from Margarida; the widow wanted to live in the country for some time.

"Does the city annoy you?" the good old lady asked.

"Yes," Margarida replied, "I would like to live in the country for a couple of months."

D. Antônia couldn't refuse her niece anything; she agreed to go to the country; and they started the arrangements. Mendonça learned of the move in Rocio, strolling in the evening; Jorge told him on his way to Alcazar. For the young man, that change was fortunate, because it freed him from the only obligation he had: having dinner with his mother.

Mendonça didn't find anything to admire in this resolution; Margarida's resolutions began to seem very simple to him.

When he went back home he found a note from D. Antônia, which was conceived in these terms:

We'll have to leave the city for few months; I hope you won't leave us without a goodbye. Our departure is on Saturday, and I would like to entrust you with something.

Mendonça drank tea and tried to sleep. He couldn't. He wanted to read; he was unable to do so. It was early; he went out. He didn't notice that he went towards Matacavalos. D. Antônia's house was closed and silent; they were obviously sleeping. Mendonça went ahead and stopped at the garden's fence adjacent to the house. He could see Margarida's bedroom's window from outside. It was a little elevated, facing the garden. There was light inside; naturally Margarida was awake. Mendonça took a few more steps; the garden gate was open. Mendonça felt his heart throbbing with unfamiliar force. A suspicion arose in his spirit. There are no confident hearts which haven't experienced such swoons; besides, would his suspicion be wrong? Mendonça, however, had no rights to the widow; he was categorically rebuffed. If there was any obligation from his part, it was withdrawal and silence.

uma suspeita. Não há coração confiante que não tenha desfalecimentos destes; além de que, seria errada a suspeita? Mendonça, entretanto, não tinha nenhum direito à viúva; fora repelido categoricamente. Se havia algum dever da parte dele, era a retirada e o silêncio.

Mendonça quis conservar-se no limite que lhe estava marcado; a porta aberta do jardim podia ser esquecimento da parte dos fâmulos. O médico refletiu bem que aquilo tudo era fortuito, e fazendo um esforço afastou-se do lugar. Adiante parou e refletiu; havia um demônio que o impelia por aquela porta dentro. Mendonça voltou, e entrou com precaução.

Apenas dera alguns passos surgiu-lhe em frente Miss Dollar latindo; parece que a galga saíra de casa sem ser pressentida; Mendonça amimou-a e a cadelinha parece que reconheceu o médico, porque trocou os latidos em festas. Na parede do quarto de Margarida desenhou-se uma sombra de mulher; era a viúva que chegava à janela para ver a causa do ruído. Mendonça coseu-se como pôde com uns arbustos que ficavam junto da grade; não vendo ninguém, Margarida voltou para dentro.

Passados alguns minutos, Mendonça saiu do lugar em que se achava e dirigiu-se para o lado da janela da viúva. Acompanhava-o Miss Dollar. Do jardim não podia olhar, ainda que fosse mais alto, para o aposento da moça. A cadelinha apenas chegou àquele ponto, subiu ligeira uma escada de pedra que comunicava o jardim com a casa; a porta do quarto de Margarida ficava justamente no corredor que se seguia à escada; a porta estava aberta. O rapaz imitou a cadelinha; subiu os seis degraus de pedra vagarosamente; quando pôs o pé no último ouviu Miss Dollar pulando no quarto e vindo latir à porta, como que avisando a Margarida de que se aproximava um estranho.

Mendonça deu mais um passo. Mas nesse momento atravessou o jardim um escravo que acudia ao latido da cadelinha; o escravo examinou o jardim, e não vendo ninguém retirou-se. Margarida foi à janela

Mendonça wanted to keep himself within the limits which were established for him; the servants could have left the garden gate open. The doctor reflected well that it was all chance, and making an effort, he turned away from the place. Further ahead he stopped and reflected; there was a devil who drove him through the gate. Mendonça returned and entered cautiously.

He had just walked a few steps when Miss Dollar appeared barking in front of him; it seems that the greyhound had left the house without being noticed; Mendonça petted her, and the little dog seemed to recognize the doctor, as she changed the barking to joy. A woman's shadow was drawn at Margarida's bedroom wall; it was the widow getting closer to the window to see the cause of the noise. Mendonça leaned against some bushes that stood along the fence as much as he could; as she didn't see anybody, Margarida went back inside.

After a few minutes, Mendonça left the place where he was and went to the side of Margarida's window. Miss Dollar followed him. He couldn't look into the young lady's bedroom from the garden, even though it was more elevated. As the little dog arrived at that point, she rapidly climbed a stone staircase that connected the garden with the house; Margarida's bedroom door was situated exactly in the corridor that led to the stairs; the door was open. The young man imitated the little dog; he slowly climbed the six steps of stone; when he put his foot in the last step, he heard Miss Dollar jumping in the bedroom and barking at the door, as if warning Margarida that a stranger was approaching.

Mendonça took another step. But at that moment a slave responding to the little barking dog crossed the garden. The slave examined the garden, and seeing no one, he retired. Margarida went to the window and asked him what it was; the slave explained to her and reassured her saying that there was no one.

Just when she was leaving the window Mendonça's figure appeared by the door. Margarida trembled in a nervous shock; she became paler than she usually was; then, concentrating in her eyes the sum of all the

e perguntou o que era; o escravo explicou-lhe e tranquilizou-a dizendo que não havia ninguém.

Justamente quando ela saía da janela aparecia à porta a figura de Mendonça. Margarida estremeceu por um abalo nervoso; ficou mais pálida do que era; depois concentrando nos olhos toda a soma de indignação que pode conter um coração, perguntou-lhe com voz trêmula:

- Que quer aqui?

Foi nesse momento, e só então, que Mendonça reconheceu toda a baixeza de seu procedimento, ou para falar mais acertadamente, toda a alucinação do seu espírito. Pareceu-lhe ver em Margarida a figura da sua consciência, a exprobrar-lhe tamanha indignidade. O pobre rapaz não procurou desculpar-se; sua resposta foi singela e verdadeira.

- Sei que cometi um ato infame, disse ele; não tinha razão para isso; estava louco; agora conheço a extensão do mal. Não lhe peço que me desculpe, D. Margarida; não mereço perdão; mereço desprezo; adeus!

- Compreendo, senhor, disse Margarida; quer obrigar-me pela força do descrédito quando me não pode obrigar pelo coração. Não é de cavalheiro.

- Oh! isso... juro-lhe que não foi tal o meu pensamento...

Margarida caiu numa cadeira parecendo chorar. Mendonça deu um passo para entrar, visto que até então não saíra da porta; Margarida levantou os olhos cobertos de lágrimas, e com um gesto imperioso mostrou-lhe que saísse.

Mendonça obedeceu; nem um nem outro dormiram nessa noite. Ambos curvavam-se ao peso da vergonha: mas, por honra de Mendonça, a dele era maior que a dela; e a dor de uma não ombreava com o remorso de outro.

VIII

No dia seguinte estava Mendonça em casa fumando charutos sobre charutos, recurso das grandes ocasiões, quando parou à porta dele um

indignation that a heart can contain, she asked him with a trembling voice:

"What do you want here?"

It was then, and only then, that Mendonça recognized all the baseness of his conduct, or to speak more correctly, all the hallucination of his spirit. He seemed to see in Margarida the figure of his consciousness, reproaching him for such indignity. The poor young man didn't seek to apologize; his answer was simple and true.

"I know I committed a heinous act," he said, "I had no reason to do that; I was mad; now I know the extension of the harm. I won't ask you to excuse me, Dona Margarida; I don't deserve your forgiveness; I deserve your contempt; goodbye!"

"I understand, sir," Margarida said, "you want to force me by the power of defamation what you can't force through the heart. That isn't gentlemanly."

"Oh! That… I swear to you that that wasn't my intention…"

Margarida fell on a chair as if crying. Mendonça took a step to enter, as he hadn't left the doorstep until then; Margarida raised her eyes covered in tears and, with an imperious gesture, asked him to leave.

Mendonça obeyed. None of them slept that night. Both bowed to the weight of shame; but Mendonça's shame was greater because of his honor; her pain couldn't be compared with his remorse.

VIII

The following day, Mendonça was at home smoking cigar after cigar, a resource of great occasions, when a coach stopped at his front door. Shortly after, Jorge's mother got out of the coach. In the doctor's opinion, this visit seemed ominous. But his fears were dissipated as soon as the old lady entered the house.

"I believe," D. Antônia said, "that my age allows me to visit a single man."

carro, apeando-se pouco depois a mãe de Jorge. A visita pareceu de mau agouro ao médico. Mas apenas a velha entrou, dissipou-lhe o receio.

- Creio, disse D. Antônia, que a minha idade permite visitar um homem solteiro.

Mendonça procurou sorrir ouvindo este gracejo; mas não pôde. Convidou a boa senhora a sentar-se, e sentou-se ele também esperando que ela lhe explicasse a causa da visita.

- Escrevi-lhe ontem, disse ela, para que fosse ver-me hoje; preferi vir cá, receando que por qualquer motivo não fosse a Matacavalos.

- Queria então incumbir-me?

- De coisa nenhuma, respondeu a velha sorrindo; incumbir disse-lhe eu, como diria qualquer outra coisa indiferente; quero informá-lo.

- Ah! De quê?

- Sabe quem ficou hoje de cama?

- D. Margarida?

- É verdade; amanheceu um pouco doente; diz que passou a noite mal. Eu creio que sei a razão, acrescentou D. Antônia rindo maliciosamente para Mendonça.

- Qual será então a razão? perguntou o médico.

- Pois não percebe?

- Não.

- Margarida ama-o.

Mendonça levantou-se da cadeira como por uma mola. A declaração da tia da viúva era tão inesperada que o rapaz cuidou de estar sonhando.

- Ama-o, repetiu D. Antônia.

- Não creio, respondeu Mendonça depois de algum silêncio; há de ser engano seu.

- Engano! disse a velha.

D. Antônia contou a Mendonça que, curiosa por saber a causa das vigílias de Margarida, descobrira no quarto dela um diário de impressões, escrito por ela, à imitação de não sei quantas heroínas de romances; aí lera a verdade que lhe acabava de dizer.

Mendonça tried to smile when he heard this joke; but he couldn't. He invited the good lady to have a seat, and he also sat down, waiting for her to explain the reason for the visit.

"I wrote you yesterday," she said, "asking you to see me today; I preferred to come, fearing that for some reason you wouldn't go to Mata-cavalos."

"So what would you want to entrust me with?"

"Nothing," the lady replied smiling, "I said entrust as I would say any other meaningless thing; I want to inform you."

"Ah! Of what?"

"Do you know who was in bed today?"

"Dona Margarida?"

"Yes; she was a bit sick at dawn; she said she had a bad night. I believe I know the reason," D. Antônia added, laughing maliciously at Mendonça.

"So, what is the reason?" the doctor asked.

"So haven't you noticed?"

"No."

"Margarida is in love with you."

Mendonça got up from the chair as if on a spring. The declaration of the widow's aunt was so unexpected that he thought he was dreaming.

"She loves you," D. Antônia repeated.

"I don't think so," Mendonça said after some silence, "it must be a mistake."

"Mistake!" the old lady said.

D. Antônia told Mendonça that, curious to discover the cause of Margarida's vigils, she discovered a diary in her bedroom, written by her, in the likeness of innumerable heroines from the novels; in this diary she read the truth she had just told him.

"But if she loves me," Mendonça said, feeling a world of hopes entering his soul, "if she loves me, why does she refuse my heart?"

"This is exactly what the diary explains; I tell you. Margarida was unhappily married; her husband only wanted to enjoy her wealth; Mar-

- Mas se me ama, observou Mendonça sentindo entrar-lhe n'alma um mundo de esperanças, se me ama, por que recusa o meu coração?

- O diário explica isso mesmo; eu lhe digo. Margarida foi infeliz no casamento; o marido teve unicamente em vista gozar da riqueza dela; Margarida adquiriu a certeza de que nunca será amada por si, mas pelos cabedais que possui; atribui o seu amor à cobiça. Está convencido?

Mendonça começou a protestar.

- É inútil, disse D. Antônia, eu creio na sinceridade do seu afeto; já de há muito percebi isso mesmo; mas como convencer um coração desconfiado?

- Não sei.

- Nem eu, disse a velha; mas para isso é que eu vim cá; peço-lhe que veja se pode fazer com que a minha Margarida torne a ser feliz, se lhe influi a crença no amor que lhe tem.

- Acho que é impossível...

Mendonça lembrou-se de contar a D. Antônia a cena da véspera; mas arrependeu-se a tempo.

D. Antônia saiu pouco depois.

A situação de Mendonça, ao passo que se tornara mais clara, estava mais difícil que dantes. Era possível tentar alguma coisa antes da cena do quarto; mas depois, achava Mendonça impossível conseguir nada.

A doença de Margarida durou dois dias, no fim dos quais levantou-se a viúva um pouco abatida, e a primeira coisa que fez foi escrever a Mendonça pedindo-lhe que fosse lá à casa.

Mendonça admirou-se bastante do convite, e obedeceu de pronto.

- Depois do que se deu há três dias, disse-lhe Margarida, compreende o senhor que eu não posso ficar debaixo da ação da maledicência... Diz que me ama; pois bem, o nosso casamento é inevitável.

Inevitável! Amargou esta palavra ao médico, que, aliás não podia recusar uma reparação. Lembrava-se ao mesmo tempo em que era amado; e conquanto a ideia lhe sorrisse ao espírito, outra vinha dissipar esse instantâneo prazer, e era a suspeita que Margarida nutria a seu respeito.

garida acquired the certainty that she'd never be loved because of anything other than her money; she attributed your love to greed. Are you convinced?"

Mendonça began to object.

"It's useless," D. Antônia said, "I believe the sincerity of your affection. I noticed that a long time ago. But how to convince a suspicious heart?"

"I don't know."

"Neither do I," the old lady said; "but that's why I came here; I ask you to try to make my Margarida happy again, if the belief in the love she has for you influences you."

"I think it's impossible…"

Mendonça remembered to tell D. Antônia the scene of the previous night; but soon regretted.

D. Antônia left shortly afterward.

Mendonça's situation, though clearer, was more difficult than before. It would have been possible to try something before the scene at the bedroom; but after that, he thought it would be impossible to get anything done.

Margarida's illness lasted two days, after which the widow got up a bit frail, and the first thing she did was to write Mendonça, asking him to come to her house.

Mendonça was astonished with the invitation and obeyed promptly.

"After what happened three days ago," Margarida said, "you understand that I can't live in defamation… You say you love me; well then, our marriage is inevitable."

Inevitable! This word was bitter for the doctor, who, actually, couldn't refuse amends. At the same time he remembered he was loved; and even though the idea smiled to his spirit, another one was coming to dissipate this instantaneous pleasure, and it was the idea of the suspicion which Margarida had regarding him.

"I'm at your service," he said.

D. Antônia was astonished with the hastening of wedding when Margarida announced it to her that same day. She assumed that the

- Estou às suas ordens, respondeu ele.

Admirou-se D. Antônia da presteza do casamento quando Margarida lhe anunciou nesse mesmo dia. Supôs que fosse milagre do rapaz. Pelo tempo adiante reparou que os noivos tinham cara mais de enterro que de casamento. Interrogou a sobrinha a esse respeito; obteve uma resposta evasiva.

Foi modesta e reservada a cerimônia do casamento. Andrade serviu de padrinho, D. Antônia de madrinha; Jorge falou no Alcazar a um padre, seu amigo, para celebrar o ato.

D. Antônia quis que os noivos ficassem residindo em casa com ela. Quando Mendonça se achou a sós com Margarida, disse-lhe:

- Casei-me para salvar-lhe a reputação; não quero obrigar pela fatalidade das coisas um coração que me não pertence. Ter-me-á por seu amigo; até amanhã.

Saiu Mendonça depois deste *speech*, deixando Margarida suspensa entre o conceito que fazia dele e a impressão das suas palavras agora.

Não havia posição mais singular do que a destes noivos separados por uma quimera. O mais belo dia da vida tornava-se para eles um dia de desgraça e de solidão; a formalidade do casamento foi simplesmente o prelúdio do mais completo divórcio. Menos ceticismo da parte de Margarida, mais cavalheirismo da parte do rapaz teriam poupado o desenlace sombrio da comédia do coração. Vale mais imaginar que descrever as torturas daquela primeira noite de noivado.

Mas aquilo que o espírito do homem não vence, há de vencê-lo o tempo, a quem cabe final razão. O tempo convenceu Margarida de que a sua suspeita era gratuita; e, coincidindo com ele o coração, veio a tornar-se efetivo o casamento apenas celebrado.

Andrade ignorou estas coisas; cada vez que encontrava Mendonça chamava-lhe Colombo do amor; tinha Andrade a mania de todo o sujeito a quem as ideias ocorrem trimestralmente; apenas pilhada alguma de jeito repetia-a até a saciedade.

young man performed a miracle. She noticed that the engaged couple had faces more of a funeral than a wedding. She asked her niece about this and obtained an evasive answer.

The wedding ceremony was modest and reserved. Andrade was their best man, and D. Antônia was their maid of honor; Jorge talked to a priest in Alcazar, a friend of his, to celebrate the event.

D. Antônia wanted the newlywed to live with her in the house. When Mendonça found himself alone with Margarida, he told her:

"I got married to save your reputation; I don't want to inflict the destiny of things on a heart that doesn't belong to me. You'll have me as your friend. See you tomorrow."

Mendonça left after this speech, leaving Margarida suspended between the idea she had about him and the words he had just said.

There wasn't a more singular position than the one occupied by these newlyweds, who were separated by a chimera. The most beautiful day in their lives became a day of misery and loneliness; the wedding's formality was simply the prelude of the most complete divorce. Less skepticism from Margarida and more gallantry from the young man would have spared the grim denouement of the comedy of the heart. It's better imagining than describing the tortures of that first night of marriage.

But that which man's spirit does not overcome will be overcome by time, which bears the final judgment. Time convinced Margarida that her suspicious were gratuitous; and, as her heart coincided with it, the marriage that had been merely celebrated became real.

All these things were ignored by Andrade; every time he met Mendonça he called him the Columbus of love; Andrade had the habit of all men whose ideas occur on a quarterly basis; he just repeated to exhaustion the ones that were plundered on the spot.

The married couple is still together, and they promise to be so until death. Andrade got into diplomacy and promises to be one of the stars of our international representation. Jorge continues to be a good reveler; D. Antônia is preparing to bid farewell to the world.

Os dois esposos são ainda noivos e prometem sê-lo até a morte. Andrade meteu-se na diplomacia e promete ser um dos luzeiros da nossa representação internacional. Jorge continua a ser um bom pândego; D. Antônia prepara-se para despedir-se do mundo.

Quanto a Miss Dollar, causa indireta de todos estes acontecimentos, saindo um dia à rua foi pisada por um carro; faleceu pouco depois. Margarida não pôde reter algumas lágrimas pela nobre cadelinha; foi o corpo enterrado na chácara, à sombra de uma laranjeira; cobre a sepultura uma lápide com esta simples inscrição:

A Miss Dollar.

Publicação original: *Contos Fluminenses*. Rio de Janeiro: W. M. Jackson Inc. 1937, p.5-49.

As for Miss Dollar, indirect cause of all these events, coming out of the house one day she was run over by a car; she died shortly thereafter. Margarida couldn't hold back a few tears for the noble little dog; its body was buried at the cottage, in the shade of an orange tree; covering the grave there is a tombstone with this simple inscription:

To Miss Dollar.

Notes

1   Alphonse Marie Louis Prat de Lamartine (1790-1869), a French writer, poet and politician, whose ideas influenced the Romantic movement around the world.

2   Luís Vaz de Camões (ca.1524-1579), a renowned Portuguese poet, one of the main exponents of European Renaissance.

3   A collection of poems published by Antônio Gonçalves Dias (1822-1864), one of the most important Brazilian Romantic poets.

4   Henry Wadsworth Longfellow (1807-1882), an American Romantic poet, known for depicting North-American nature and history.

5   One of the most important newspapers in Rio de Janeiro in the nineteenth century. It was founded by Pierre Plancher in 1827, being the first daily newspaper of Latin America.

6   A very important newspaper in Rio de Janeiro in the nineteenth century, where writers such as Machado de Assis (1839-1908), Francisco Otaviano (1825-1889), José de Alencar (1828-1877) and Manuel Antônio de Almeida (1830-1861) published their texts.

7   Brazilian currency of the period, *réis* (plural of *real*). One *conto de réis* was equivalent to 1,000.000 *réis*. Measured against the relative price of gold, one *conto de réis* would be equivalent to approximately USD 35,000 (April 2016).

8   French expression that means: "with all my heart."

9   A neighborhood of Rio de Janeiro, located between the center of the city and the port.

10   Also known as Rocio Grande and Campo dos Ciganos, it's the name of Praça da Constituição, which nowadays is Praça Tiradentes. It was one of the most important squares of Rio de Janeiro because of the location of the typography owned by Francisco de Paula Brito (1809-1861), editor of the newspaper *Marmota Fluminense*, where Machado de Assis began his career.

11   Francisco Manuel Barroso da Silva (1804-1882), an admiral who received the title of baron due to his victory in the Riachuelo Battle (1865), a naval battle which happened at the margins of Riachuelo River during the Paraguayan War

(1860-1865), one of the longest armed conflicts to happen in the Rioplatense republics (below).

12 The Rioplatense Republics included Brazil, Paraguay, Uruguay and Argentina. They became known as "platinum" because they share a similar history during the colonial period and are washed by Rio da Prata.

13 Today called Rua do Riachuelo, in the center of the city. The street was called Matacavalos in 1848 because of the quagmires that blocked the passages of the animals, leading them to get hurt and sacrificed as a consequence.

14 Traditionally, Brazilians clap their hands at a front door rather than knock.

15 A reference to *Olhos verdes* (Green eyes), a poem by Gonçalves Dias (1822-1864) which celebrates the beauty of green eyes.

16 A philosophical paradox popularized by the French religious scholar Jean Buridan (1300-1358), according to which an ass would die from not being able to choose between the water and the food, which are equally distant from him. It's used to refer to a person who isn't able to make a decision.

17 Tomás Sanchez (1550-1610), a Spanish Jesuit who defended a doctrine according to which a probable opinion is the one that presents a reasonable fundament.

18 Confeitaria Carceller, one of the main patisseries and meeting points of Rio de Janeiro. It was founded by José Tomás Carceller in 1824, firstly located at Rua do Ouvidor, and transferred to Rua Direita, nowadays Rua Primeiro de Março, in 1847.

19 One of the most famous streets in Rio de Janeiro in the nineteenth century. It was considered a symbol of modernity and sophistication, with many stores, restaurants and meeting points for people, especially women.

20 The abbreviation of "Dona," a respectful way of addressing widows and married women in Portuguese.

21 According to classical mythology, Proteus lived in the Nile River and had the ability to metamorphose into whatever he wanted to.

22 A street that crosses Rua do Ouvidor, it received this name in the 17th century, when jewelers and lapidaries began to work there.

23 In Greek mythology, Artemis was the goddess of chastity, virginity, the hunt, the moon, and the natural environment.

24 Named after the mother of the two ancient Roman politicians whose names

were given to the two rat terriers.

25   Alcazar Lírico, one of the most famous meeting points of Rio de Janeiro's nocturnal life. Founded in 1858 and owned by the French artist Joseph Arnaud, it received the denominations of Théâtre Lyrique Français, Alcazar Lyrico Fluminense and Alcazar Fluminense throughout the years of 1862 and 1880. It reproduced the style of French playhouses with *vaudevilles*, *operettas* and costume balls.

26   A small size of gloves that was an indicative of elegance at that time.

27   It reinforces the idea that he had small feet and small hands, something that can be considered elegant at that time, even for men.

28   A street in downtown Rio named after Count of Eu, originally Gaston d'Orléans (1842-1922), a member of the French royal family who belonged to the House of Orléans. He was also a military commander who fought in the Spanish-Moroccan War of 1859, and in the Paraguayan War of 1860 to 1865. He arrived in Brazil on 2 September 1864 and, on the 15 October, married Princess Isabel (1846-1921), daughter of D. Pedro II.

29   Pierre Clément Eugène Pelletan (1813-1884), a French writer and politician.

30   This novel, entitled *The Life of Jesus* (1863), was written by Joseph Ernest Renan (1822-1892), a French historian who had a great influence in his time due to his audacious ideas. Here Machado attributes the novel's authorship to Pelletan, but in some editions of *Miss Dollar* it's attributed to Renan.

31   Old Brazilian coin, equivalent to a hundred *réis*.

32   One of the most famous tobacco stores in Rio de Janeiro, founded by Bernardo Casimiro de Freitas (1813-1894), a Portuguese traveling salesman.

A Parasita Azul

I

Volta ao Brasil

Há coisa de alguns anos, desembarcava no Rio de Janeiro, vindo da Europa, o Sr. Camillo Seabra, goiano de nascimento, que ali fora estudar medicina e voltava agora com o diploma na algibeira e umas saudades no coração. Voltava depois de uma ausência de oito anos, tendo visto e admirado as principais coisas que um homem pode ver e admirar por lá, quando não lhe faltam gosto nem meios. Ambas as coisas possuía, e se tivesse também, não digo muito, um pouco mais de juízo, houvera gozado melhor do que gozou, e com justiça poderia dizer que vivera.

Não abonava muito seus sentimentos patrióticos o rosto com que entrou a barra da capital brasileira. Trazia-o fechado e merencório, como que abafa em si alguma coisa que não é exatamente a bem-aventurança terrestre. Arrastou um olhar aborrecido pela cidade que se ia desenrolando à proporção que o navio se dirigia ao ancoradouro. Quando veio a hora de desembarcar fê-lo com a mesma alegria com que o réu penetra

The Blue Parasite

I

Back to Brazil

Some years ago, Mr. Camillo Seabra, who was born in Goiás,[1] landed in Rio de Janeiro coming from Europe, where he had studied Medicine, bringing a bachelor's degree in his pocket and a longing in his heart. He was returning home after an eight-year absence, having seen and admired the main things a man can see and admire there when he lacks neither taste nor means. He had both, and if he also had—I don't mean a lot—a little bit more common sense, he would have enjoyed his life much more than he did, and he could fairly say that he had really lived it.

His patriotic feelings weren't assured by his face when he entered the Brazilian capital city. His facial features were sullen and melancholic, as if he were smothering in himself something that isn't exactly terrestrial blessedness. He dragged an annoyed gaze toward the city which was unfolding as the ship made its way to the anchorage. When the time of landing came, he did so with the same joy with which the de-

os umbrais do cárcere. O escaler afastou-se do navio em cujo mastro flutuava uma bandeira tricolor. Camillo murmurou consigo:

— Adeus, França!

Depois envolveu-se num magnífico silêncio e deixou-se levar para terra.

O espetáculo da cidade, que ele não via há tanto tempo, sempre lhe prendeu um pouco a atenção. Não tinha porém dentro da alma o alvoroço de Ulisses ao ver a terra da sua pátria. Era antes pasmo e tédio. Comparava o que via agora com o que vira durante longos anos, e sentia mais e mais apertar-lhe o coração a dolorosa saudade que o minava. Encaminhou-se para o primeiro hotel que lhe pareceu conveniente, e ali determinou passar alguns dias antes de seguir para Goiás. Jantou solitário e triste, com a mente cheia de mil recordações do mundo que acabava de deixar, e para dar ainda maior desafogo à memória, apenas acabado o jantar, estendeu-se num canapé, e começou a desfiar consigo mesmo um rosário de cruéis desventuras.

Na opinião dele, nunca houvera mortal que mais dolorosamente experimentasse a hostilidade do destino. Nem no martirológio cristão, nem nos trágicos gregos, nem no livro de Jó, havia sequer um pálido esboço dos seus infortúnios. Vejamos alguns traços patéticos da existência do nosso herói.

Nascera rico, filho de um proprietário de Goiás, que nunca vira outra terra além da sua província natal. Em 1828 estivera ali um naturalista francês, com quem o comendador Seabra travou relações e de quem se fez tão amigo, que não quis outro padrinho para o seu único filho, que então contava um ano de idade. O naturalista, muito antes de o ser, cometera umas venalidades poéticas que mereceram alguns elogios em 1810, mas que o tempo, velho trapeiro da eternidade, levou consigo para o infinito depósito das coisas inúteis. Tudo lhe perdoava o ex-poeta, menos o esquecimento de um poema em que ele metrificara a vida de Fúrio Camillo, poema que ainda então lia com sincero entusiasmo.

fendant penetrates the umbral prison. The tender moved away from the ship from whose pole a tri-colored flag was floating in the air. Camillo murmured to himself:

"Goodbye, France!"

After that, he wrapped himself in a magnificent silence and let himself be taken ashore.

The city's spectacle, which he hadn't seen for a long time, always held his attention, a little. However, he didn't have Ulysses's enthusiasm within his soul when he saw his homeland. He had rather astonishment and boredom. He compared what he was seeing with what he had seen for many years and felt a painful longing tighten his heart more and more. He went to the first hotel that seemed convenient, as he was determined to spend a few days in the city before heading to Goiás. He had a sad and solitary dinner with his mind full of a thousand memories of the world he had just left. After finishing dinner, to have an even greater outpouring of memories, he stretched out on a settee and began to unravel inside himself a rosary of cruel misfortunes.

In his opinion, there had never been a mortal who could have more painfully experienced the hostility of fate. The Christian martyrology, the Greek tragedies and even the Book of Job weren't so much as a pale sketch of his misfortunes. Let's look at some pathetic traces of our hero's existence.

He was born into a rich family, the son of a landowner from Goiás who had never known another land besides his own hometown. In 1828, they received the visit of a French naturalist, with whom Commander Seabra established an extremely friendly relationship, so much that he didn't want to choose any other godfather for his only son, who was then one year old. Much before becoming a naturalist, the man had committed some poetic venalities which deserved some praise in 1810, but time, the old ragman of eternity, took the praise to the infinite depository of worthless things. The ex-poet forgave time for everything, except

Como lembrança desta obra da juventude, chamou ele ao afilhado Camillo, e com esse nome o batizou o padre Maciel, a grande aprazimento da família e seus amigos.

— Compadre, disse o comendador ao naturalista, se este pequeno vingar, hei de mandá-lo para sua terra, a aprender medicina ou qualquer outra coisa em que se faça homem. No caso de lhe achar jeito para andar com plantas e minerais, como o senhor, não se acanhe; dê-lhe o destino que lhe parecer como se fora seu pai, que o é, espiritualmente falando.

— Quem sabe se eu viverei nesse tempo? disse o naturalista.

— Oh! Há de viver! protestou Seabra. Esse corpo não engana; a sua têmpera é de ferro. Não o vejo eu andar todos os dias por esse matos e campos, indiferente a sóis e a chuvas, sem nunca ter a mais leve dor de cabeça? Com metade dos seus trabalhos já eu estava defunto. Há de viver e cuidar do meu rapaz, apenas ele tiver concluído cá os seus primeiros estudos.

A promessa de Seabra foi pontualmente cumprida. Camillo seguiu para Paris, logo depois de alguns preparatórios, e ali o padrinho cuidou dele como se realmente fora seu pai. O comendador não poupava dinheiro para que nada faltasse ao filho; a mesada que lhe mandava podia servir para duas ou três pessoas em iguais circunstâncias. Além da mesada, recebia ele por ocasião da Páscoa e do Natal amêndoas e festas que a mãe lhe mandava, e que lhe chegavam às mãos debaixo da forma de alguns excelentes mil francos.

Até aqui o único ponto negro na existência de Camillo era o padrinho, que o trazia peado, com receio de que o rapaz viesse a perder-se nos precipícios da grande cidade. Quis, porém, a boa estrela que o ex-poeta de 1810 fosse repousar no nada ao lado das suas produções extintas, deixando na ciência alguns sérios vestígios da sua passagem por ela. Camilo apressou-se a escrever ao pai uma carta cheia de reflexões filosóficas, algumas delas tão profundas, que o padre Maciel não duvidou honrá-las inserindo-as em seu próximo sermão.

for the oblivion of a poem in which he had metrified the life of Furius Camillus,[2] a poem which he still read with enthusiasm. He named his godson after the poet as a remembrance of the work of his youth, and the boy was christened by Father Maciel, to the great delight of friends and family.

"My compadre," the Commander said to the naturalist, "if this boy thrives, I shall send him to your land so that he learns Medicine or anything else that can turn him into a man. If he is to like minerals and plants, like you, don't be ashamed: give him the fate you see fit, as if you were his own father, which you are, spiritually speaking."

"Who knows if I'll live that long?" the naturalist said.

"Oh! You will!" Seabra protested. "Your body doesn't lie; you have an iron temperament. Don't I see you walking through the jungles and fields, heedless of sun and rain, without ever having the slightest headache? I would be dead with half of your work. You'll live and take care of my boy. Just wait for him to complete his preparatory studies here."

Seabra's promise was punctually fulfilled. Camillo went to Paris after some preparatory studies, and his godfather took care of him as if he really were his own father. The commander spared no money that his son might lack nothing. The allowance he sent could serve two or three people in the same circumstances. Besides the allowance, he also received, at Christmas and Easter, almonds and gifts from his mother, which arrived in his hands in the form of some excellent thousand francs.

So far the only dark spot in Camillo's existence was his godfather, who took too much care of him, since the boy might get lost in the abyss of the big city. However, good fortune wanted the ex-poet of 1810 to rest in limbo beside his extinct productions, leaving in science some serious traces of his passage. Camillo hurried to write a letter full of philosoph-

O período final dizia assim:

> Em suma, meu pai, se lhe parece que eu tenho o
> necessário juízo para concluir aqui os meus estudos, e
> se tem confiança na boa inspiração que me há de dar a
> alma daquele que lá se foi deste vale de lágrimas para
> gozar a infinita bem-aventurança, deixe-me cá ficar até
> que eu possa regressar ao meu país como um cidadão
> esclarecido e apto para o servir como é do meu dever.
> Caso a sua vontade seja contrária a isto que lhe peço,
> diga-o com franqueza, meu pai, porque então não me
> demorarei um instante mais nesta terra, que já foi meia
> pátria para mim, e que hoje (*hélas!*) é apenas uma terra
> de exílio.

O bom velho não era homem que pudesse ler por entre as linhas
desta lacrimosa epístola o verdadeiro sentimento que a ditara. Chorou de alegria ao ler as palavras do filho, mostrou a carta a todos os
seus amigos, e apressou-se a responder ao rapaz que podia ficar em
Paris todo o tempo necessário para completar os seus estudos, e que,
além da mesada que lhe dava, nunca recusaria tudo quanto lhe fosse
indispensável em circunstâncias imprevistas. Além disso, aprovava de
coração os sentimentos que ele manifestava em relação à sua pátria e
à memória do padrinho. Transmitia-lhe muitas recomendações do tio
Jorge, do padre Maciel, do coronel Veiga, de todos os parentes e amigos,
e concluía deitando-lhe a benção.

A resposta paterna chegou às mãos de Camillo no meio de um almoço, que ele dava no Café de Madrid a dois ou três estroinas de primeira qualidade. Esperava aquilo mesmo, mas não resistiu ao desejo
de beber à saúde do pai, ato em que foi acompanhado pelos elegantes
milhafres seus amigos. Nesse mesmo dia planeou Camillo algumas circunstâncias imprevistas (para o comendador) e o próximo correio trouxe
para o Brasil uma extensa carta em que o ele agradecia as boas expressões do pai, dizia-lhe as suas saudades, confiava-lhe as suas esper-

ical reflections to his father, some of them so deep that Father Maciel didn't doubt he could honor them by inserting them in his next sermon.

The final part of the letter said the following:

> In conclusion, my father, if it seems to you that I have the necessary discernment to conclude my studies here, and if you trust in the good inspiration that has given me—the soul of the one who went away from this vale of tears to enjoy the infinite blessedness—let me stay here until I can return to my country as an enlightened man, able to serve it as is my duty. If your will is contrary to what I plead, tell me with sincerity, my father, because I will not stay a moment longer in this land, which has already become half a homeland for me, and nowadays (*hélas!*)[3] is nothing but a land of exile.

The good old man wasn't smart enough to read between the lines of this weeping epistle the true feeling that dictated it. He wept with joy when he read his son's words, showed the letter to all his friends, and hurried to answer the youngster that he could stay in Paris the time needed to conclude his studies, and that, besides the allowance, he would never deny anything that could be indispensable at unexpected circumstances. Besides, he wholeheartedly approved the feelings manifested in relation to his country and his godfather's memory. He also sent many recommendations from Uncle Jorge, Father Maciel, Colonel Veiga, and all his friends and relatives, and concluded the letter with a blessing.

Camillo received his father's reply in the middle of a lunch he was throwing at Madrid Café[4] for two or three first-class revelers. That answer was exactly what he expected, but he didn't resist drinking in honor of his father's health, an act in which he was accompanied by his elegant misdemeanants. On this same day Camillo planned some unexpected circumstances (for the commander), and the next mail brought

anças, e pedia-lhe respeitosamente, em *post-scriptum*, a remessa de uma pequena quantia de dinheiro.

Graças a estas facilidades atirou-se o nosso Camillo a uma vida solta e dispendiosa, não tanto, porém, que lhe sacrificasse os estudos. A inteligência que possuía, e certo amor-próprio que não perdera, muito o ajudaram neste lance; concluído o curso, foi examinado, aprovado e doutorado.

A notícia do acontecimento foi transmitida ao pai com o pedido de uma licença para ir ver outras terras da Europa. Obteve a licença, e saiu de Paris para visitar a Itália, a Suíça, a Alemanha e a Inglaterra. No fim de alguns meses estava outra vez na grande capital, e aí reatou o fio da sua antiga existência, já livre então de cuidados estranhos e aborrecidos. A escala toda dos prazeres sensuais e frívolos foi percorrida por este esperançoso mancebo com uma sofreguidão que parecia antes suicídio. Seus amigos eram numerosos, solícitos e constantes; alguns não duvidavam dar-lhe a honra de o constituir seu credor. Entre as moças de Corinto era o seu nome verdadeiramente popular; não poucas o tinham amado até o delírio. Não havia pateada célebre em que a chave dos seus aposentos não figurasse, nem corrida, nem ceata, nem passeios em que não ocupasse um dos primeiros lugares *cet aimable brésilien*.

Desejoso de o ver, escreveu-lhe o comendador pedindo que regressasse ao Brasil; mas o filho, parisiense até à medula dos ossos, não compreendia que um homem pudesse sair do cérebro da França para vir internar-se em Goiás. Respondeu com evasivas e deixou-se ficar. O velho fez vista grossa a esta primeira desobediência. Tempos depois insistiu em chamá-lo; novas evasivas da parte de Camillo. Irritou-se o pai e a terceira carta que lhe mandou foi já de amargas censuras. Camillo caiu em si e dispôs-se com grande mágoa a regressar à pátria, não sem esperanças de voltar a acabar os seus dias no boulevard dos Italianos ou à porta do café Helder.

to Brazil an extensive letter in which he thanked his father for his good expressions, telling him of his longing, entrusting him with his hopes, and asking him respectfully, in a *post scriptum,* the remittance of a small quantity of money.

Thanks to these facilities our Camillo indulged himself in a free and expensive life, though not so much as to sacrifice his studies. His intelligence, as well as a certain self-esteem he didn't lose, helped him greatly in this case. Having finished his studies, he was examined, approved, and handed a doctoral degree.

The news of the event was transmitted to the father with a request to visit other lands of Europe. He obtained the permission and left Paris to visit Italy, Switzerland, Germany, and England. By the end of a few months he was at the great capital again, where he retied the thread of his old existence, now free of the strange and annoying care. The hopeful young man went through all the scales of frivolous and sensual pleasures with an eagerness that likened suicide. His friends were numerous, thoughtful, and constant. Some of them didn't hesitate to turn him into a creditor. His name was truly popular among the young ladies from Corinth,[5] many of whom loved him madly. There was no famous revelry in which his bedroom keys weren't present. The same happened with races, feasts and walks, where *cet aimable brésilien* always occupied one of the first places.

Wishing to see his son again, the commander wrote asking him to return to Brazil; but Camillo, Parisian to the marrow, wasn't able to understand how a man could leave France and retire to Goiás. He answered evasively and remained there. The old man turned a blind eye to this first disobedience. Sometime later he insisted on calling him again, and he received new evasive answers from Camillo. The father got irritated, and the third letter he sent contained bitter reprimands. Camillo came to his senses and with great sorrow prepared himself to return to

Um incidente, porém, demorou ainda desta vez o regresso do jovem médico. Ele, que até ali vivera de amores fáceis e paixões de uma hora, veio a enamorar-se repentinamente de uma linda princesa russa. Não se assustem; a princesa russa de quem falo, afirmavam algumas pessoas que era filha da rua do Bac e trabalhara numa casa de modas até à revolução de 1848. No meio do trovão popular apaixonou-se por ela um major polaco, que a levou para Varsóvia, donde acaba de chegar transformada em princesa, com um nome acabado em *ine* ou em *off*, não sei bem. Vivia misteriosamente, zombando de todos os seus adoradores, exceto de Camillo, dizia ela, por quem sentia que era capaz de aposentar as suas roupas de viúva. Tão depressa, porém, soltava estas expressões irrefletidas, como logo protestava com os olhos no céu:

– Oh! não! Nunca, meu caro Alexis, nunca desonrarei a tua memória unindo-me a outro.

Estes eram punhais que dilaceravam o coração de Camillo. O jovem médico jurava por todos os santos do calendário latino e grego que nunca amara a ninguém como à formosa princesa. A bárbara senhora parecia às vezes disposta a crer nos protestos de Camillo; outras vezes porém abanava a cabeça e pedia perdão à sombra do venerado príncipe Alexis. Neste meio tempo chegou uma carta decisiva do comendador. O velho goiano intimava pela última vez ao filho que voltasse, sob pena de lhe suspender todos os recursos e trancar-lhe a porta.

Não era possível tergiversar mais. Imaginou ainda uma grave moléstia; mas a ideia de que o pai podia não acreditar nela e suspender-lhe realmente os meios, aluiu de todo este projeto. Camillo nem ânimo teve de ir confessar a sua posição à bela princesa; receava além disso que ela, por um rasgo de generosidade, natural em quem ama, quisesse dividir com ele as suas terras de Novgorod. Aceitá-las seria humilhação, recusá-las poderia ser ofensa. Camilo preferiu sair de Paris deixando à princesa uma carta em que lhe contava singelamente os acontecimentos e prometia voltar algum dia.

his homeland, without the hope of returning to Paris and ending his days on the Italian boulevard[6] or by the door of Café Helder.[7]

One incident, however, once again delayed the return of the young doctor. Until then he had lived on easy loves and an hour's passion, but he suddenly fell in love with a beautiful Russian princess. Don't be afraid; people say that the Russian princess I'm talking about was a daughter from Bac Street who worked in a fashion house until the revolution of 1848.[8] Amidst the popular thundering, a Polish major fell in love with her and took her to Warsaw, where she had just come from, having turned into a princess with a name ending in *ine* or *off*, I'm not quite sure. She lived mysteriously, mocking all her admirers except Camillo, for whom, according to her, she was willing to retire from her widowhood. However, as soon as she spoke those thoughtless expressions, she protested her eyes toward the sky:

"Oh! No! Never, my dear Alexis, I would never dishonor your memory by marrying another man."

These were the daggers which lacerated Camillo's heart. The young doctor swore by all the saints in the Greek and Latin calendar that he had never loved anyone the way he loved the beautiful princess. Sometimes the barbarous young lady seemed to be willing to believe in Camillo's protests; sometimes, however, she shook her head and asked forgiveness to the shadow of the venerated Prince Alexis. Meanwhile a decisive letter from the commander arrived. For the last time, the old man from Goiás was summoning his son to come back home, under penalty of suspending his allowance and shutting the door to him.

It wasn't possible to tergiversate the return any longer. He even imagined a serious illness; but he feared his father could not believe it and would suspend his means, completely ruining the idea. Camillo didn't even have the spirit to confess his position to the beautiful princess. He dreaded that she, with an outburst of generosity, natural in those who are in love, would want to share her lands in Novgorod[9]

Tais eram as calamidades com que o destino quisera abater o ânimo de Camilo. Todas elas repassou na memória o infeliz viajante, até que ouviu bater oito horas da noite. Saiu um pouco para tomar ar, e ainda mais se lhe acenderam as saudades de Paris. Tudo lhe parecia lúgubre, acanhado, mesquinho. Olhou com desdém olímpico para todas as lojas da rua do Ouvidor, que lhe pareceu apenas um beco muito comprido e muito iluminado. Achava os homens deselegantes, as senhoras desgraciosas. Lembrou-se, porém, que Santa Luzia, sua cidade natal, era ainda menos parisiense que o Rio de Janeiro, e então, abatido com esta importuna ideia correu para o hotel e deitou-se a dormir.

No dia seguinte, logo depois do almoço, foi à casa do correspondente de seu pai. Declarou-lhe que tencionava seguir dentro de quatro ou cinco dias para Goiás, e recebeu dele os necessários recursos, segundo as ordens já dadas pelo comendador. O correspondente acrescentou que estava incumbido de lhe facilitar tudo o que quisesse no caso de desejar passar algumas semanas na corte.

— Não, respondeu Camillo; nada me prende à corte e estou ansioso por me ver a caminho.

— Imagino as saudades que há de ter. Há quantos anos?

— Oito.

— Oito! Já é uma ausência longa.

Camillo ia-se dispondo a sair, quando viu entrar um sujeito alto, magro, com um pouco de barba embaixo do queixo e bigode, vestido com um paletó de brim pardo e trazendo na cabeça um chapéu de Chile. O sujeito olhou para Camillo, estacou, recuou um passo, e depois de uma razoável hesitação, exclamou:

— Não me engano! É o Sr. Camillo!

with him. Accepting those would be a humiliation; refusing them would be an insult. Camillo preferred to leave Paris by writing her a letter in which he simply told her of the events and promised her he would be back someday.

Such were the calamities with which fate wanted to defeat Camillo's spirit. The unfortunate traveller reviewed all of them in his memory until he heard the clock striking eight at night. He left the hotel to breathe some fresh air. His longing for Paris was even more revived. Everything seemed to be lugubrious, limited and insignificant. With an Olympic disdain he looked at all the stores on Rua do Ouvidor,[10] which seemed to him just like a very long and illuminated alley. He thought the men dowdy and the young ladies ungraceful. However, he remembered that Santa Luzia,[11] his hometown, was even less Parisian than Rio de Janeiro, and so, feeling even more disheartened by this inopportune idea, he hurried to the hotel and went to sleep.

The following day, soon after lunch, he went to his father's correspondent's house. He declared that he intended to head to Goiás in four or five days and received the necessary resources from him, according to the orders already given by the commander. The correspondent added that he was charged with facilitating anything Camillo wanted in case he wished to spend some days in the court[12].

"No," Camillo answered, "nothing attaches me to the court, and I'm eager to go."

"I can imagine how homesick you are. How many years have you been away?"

"Eight!"

"Eight! It's already a long absence."

Camillo was leaving when he saw a tall, slender man, with mustache and a little beard below the chin, coming in. He was wearing a brownish

— Camillo Seabra, com efeito, respondeu o filho do comendador, lançando um olhar interrogativo ao dono da casa.

— Este senhor, disse o correspondente, é o senhor Soares, filho do negociante do mesmo nome, da cidade de Santa Luzia.

— Quê! É o Leandro que eu deixei apenas com um buço...

— Em carne e osso, interrompeu Soares; é o mesmo Leandro que lhe aparece agora todo barbado, como o senhor, que também está com bigodes bonitos!

— Pois não o conhecia...

— Conheci-o eu apenas o vi, apesar de o achar muito mudado do que era. Está agora um moço apurado. Eu é que estou velho. Já cá estão vinte e seis... Não se ria: estou velho. Quando chegou?

— Ontem.

— E quando segue viagem para Goiás?

— Espero o primeiro vapor de Santos.

— Nem de propósito! Iremos juntos.

— Como está seu pai? Como vai toda aquela gente? O padre Maciel? O Veiga? Dê-me notícias de todos e de tudo.

— Temos tempo para conversar à vontade. Por agora só lhe digo que todos vão bem. O vigário é que esteve dois meses doente de uma febre maligna e ninguém pensava que arribasse; mas arribou. Deus nos livre que o homem adoeça, agora que estamos com o Espírito Santo à porta.

— Ainda fazem aquelas festas?

— Pois então! O imperador este ano é o coronel Veiga; e diz que quer fazer as coisas com todo o brilho. Já prometeu que daria um baile. Mas nós temos tempo de conversar, ou aqui ou em caminho. Onde está morando?

Camillo indicou o hotel em que se achava, e despediu-se do comprovinciano, satisfeito de haver encontrado um companheiro que de algum modo lhe diminuísse os tédios de tão longa viagem. Soares chegou

denim coat and a Chilean hat. The man looked at Camillo, stopped, stepped back, and after a reasonable hesitation said:

"I'm not wrong. You're Mr. Camillo!"

"Camillo Seabra, in fact," the commander's son answered, looking interrogatively at the owner of the house.

"This gentleman," the correspondent said, "is Mr. Soares, son of a tradesman, of the same name, from Santa Luzia."

"What? This is Leandro, the boy I left with fluff as a mustache…"

"In flesh and blood," Soares interrupted, "the same Leandro, who appears now all bearded, like you, who also have a handsome mustache!"

"But I didn't recognize you…"

"I recognized you the moment I saw you, even though I think you've changed from what you were. Now you're a refined youngster. I'm the old one. I'm already twenty-six… Don't laugh: I'm old. When did you arrive?"

"Yesterday."

"And when are you heading to Goiás?"

"I'm waiting for the first steam train from Santos."

"What a coincidence! We'll be going together."

"How's your father? How's everybody? Father Maciel? Veiga? Give me news of everyone and everything."

"We'll have time to talk at ease. For now I only tell you that everybody is well. The vicar was ill from a malignant fever for two months and nobody thought he would recover, but he did. God saves us from another illness, now that the Holy Spirit[13] is coming."

"Do they still have those festivals?"

"But of course! The emperor this year is Colonel Veiga, and he says he wants to do things with all the glitz. He promised he would throw a ball. But we'll have time to talk, here or on the way. Where are you living?"

à porta e acompanhou com os olhos o filho do comendador até perdê-lo de vista.

— Veja o senhor o que é andar por estas terras estrangeiras, disse ele ao correspondente, que também chegava à porta. Que mudança fez aquele rapaz, que era pouco mais ou menos como eu!

II
Para Goiás

Daí a dias seguiam ambos para Santos, de lá para São Paulo e tomavam a estrada de Goiás.

Soares, à medida que ia reavendo a antiga amizade com o filho do comendador, contava-lhe as memórias da sua vida durante os oito anos de separação, e, à falta de coisa melhor, era isto o que entretinha o médico nas ocasiões e lugares em que a natureza lhe não oferecia algum espetáculo dos seus. Ao cabo de umas quantas léguas de marcha estava Camillo informado das rixas eleitorais de Soares, das suas aventuras na caça, das suas proezas amorosas, e de muitas coisas mais, umas graves, outras fúteis, que Soares narrava com igual entusiasmo e interesse.

Camillo não era espírito observador; mas a alma de Soares andava-lhe tão patente nas mãos, que era impossível deixar de a ver e examinar. Não lhe pareceu mau rapaz; notou-lhe porém, certa fanfarronice em todo o gênero de coisas: na política, na caça, no jogo, e até nos amores. Neste último capítulo havia um parágrafo sério; era o que dizia respeito a uma moça, que ele amava loucamente, de tal modo que prometia aniquilar a quem quer que se atrevesse a levantar olhos para ela.

— É o que lhe digo, Camillo, confessava o filho do comerciante, se alguém tiver o atrevimento de pretender essa moça pode contar que há no mundo mais dois desgraçados, ele e eu. Não há de acontecer assim felizmente; lá todos me conhecem; sabem que não cochilo para executar o que prometo. Há poucos meses o major Valente perdeu a eleição só

Camillo indicated the hotel where he was lodged and said goodbye to his fellow countryman, satisfied to have found a companion who in some way could minimize the boredom of such a long trip. Soares went to the door and kept the eyes on the commander's son until he lost sight of him.

"You see the importance of seeing these foreign lands," he said to the correspondent, who also came closer to the door. "What a change in that young man, who was more or less like myself!"

II

To Goiás

A few days later the two young men headed to Santos, from there to São Paulo, and then they hit the road to Goiás.

As Soares began to recover the old friendship of the commander's son, he started to talk about the memories of his life during the eight years of their separation and, in the absence of something better, this was what entertained Camillo on the occasions and in places where nature didn't offer its own spectacle. After a journey of a few leagues, Camillo was informed of all Soares's electoral strife, his hunting adventures, his love feats, and many other things, some of them serious, others futile, which were narrated by Soares with equal interest and enthusiasm.

Camillo didn't have the spirit of an observer, but Soares's soul was being exposed so clearly that it was impossible not to see and examine it. He didn't seem to be a bad young man. Camillo noticed, however, a certain swaggering attitude for all kinds of things: politics, hunting, gambling, and even love. In this last chapter there was a serious paragraph which was related to a young lady he loved madly, in such a way that he promised to annihilate whoever dared to look at her.

"I tell you, Camillo," the tradesman's son confessed, "if someone dares to court this young lady, you can believe that there will be two dis-

porque teve o atrevimento de dizer que ia arranjar a demissão do juiz municipal. Não arranjou a demissão, e por castigo tomou taboca; saiu na lista dos suplentes. Quem lhe deu o golpe fui eu. A coisa foi...

— Mas por que não se casa com essa moça? perguntou Camillo, desviando cautelosamente a narração da última vitória eleitoral de Soares.

— Não me caso porque... tem muita curiosidade de o saber?

— Curiosidade... de amigo e nada mais.

— Não me caso porque ela não quer.

Camillo estacou o cavalo.

— Não quer? disse ele espantado. Nesse caso, porque motivo pretende impedir que ela...

— Isso é uma história muito comprida. A Isabel...

— Isabel?... interrompeu Camillo. Ora, espere, será a filha do Dr. Mattos, que foi juiz de direito há dez anos?

— Essa mesma.

— Deve estar uma moça?

— Tem seus vinte anos bem contados.

— Lembra-me que era bonitinha aos doze

— Oh! Mudou muito... para melhor! Ninguém a vê que não fique logo com a cabeça voltada. Tem rejeitado já uns poucos casamentos. O último noivo recusado fui eu. A causa por que se me recusou foi ela mesma que me veio dizer.

— E que causa era?

— "Olha, Sr. Soares, (disse-me ela). O senhor merece bem que uma moça o aceite por marido; eu era capaz disso, mas não o faço porque nunca seríamos felizes."

— Que mais?

— Mais nada. Respondeu-me apenas isto que lhe acabo de contar.

— Nunca mais se falaram?

graced men in this world: him and myself. Fortunately nothing like this will happen. Everybody there knows that I don't blink to execute what I promise. Some months ago Major Valente lost the elections because he dared to say that he would arrange the resignation of the county judge. He didn't do it, and as punishment he got what was coming to him. He disappeared from the list of substitutes. I was the one who pulled it off. The situation was…."

"But why don't you get married to this lady?" Camillo asked, cautiously deviating from the narration of Soares's last electoral victory.

"I don't get married to her because…are you really curious about it?"

"Curiosity… of a friend, and nothing more."

"I don't get married to her because she doesn't want to."

Camillo stopped the horse suddenly.

"She doesn't?" he said, aghast. "In this case, why do you intend to prevent her from…"

"It's a very long story. Isabel…"

"Isabel?" Camillo interrupted. "Well, wait, is she Dr. Mattos's daughter, the man who has been a court judge for many years?"

"That one."

"She must be a grown-up woman?"

"She's exactly twenty years old."

"I remember she was quite pretty when she was twelve."

"Oh! She has changed very much… for the better! She makes everybody turn their head to admire her. She's turned down a few proposals. The last one was mine. She came in person to tell me the reason for the rejection."

"What was it?"

"Look, Mr. Soares, (she said). You well deserve a young lady who accepts you as a husband. I would be capable of that, but I won't because we would never be happy together."

— Pelo contrário, falamo-nos muitas vezes. Não mudou comigo; trata-me como dantes. A não ser aquelas palavras que ela me disse, e que ainda me doem cá dentro, eu podia ter esperanças. Vejo, porém, que seriam inúteis; ela não gosta de mim.

— Quer que lhe diga uma coisa com franqueza?

— Diga.

— Parece-me um grande egoísta.

— Pode ser; mas sou assim. Tenho ciúmes de tudo, até do ar que ela respira. Eu, se a visse gostar de outro, e não pudesse impedir o casamento, mudava de terra. O que me vale é a convicção que tenho de que ela não há de gostar nunca de outro, e assim pensam todos os mais.

— Não admira que não saiba amar, reflexionou Camillo pondo os olhos no horizonte como se estivesse ali a imagem da formosa súdita do czar. Nem todas receberam do céu esse dom, que é o verdadeiro distintivo dos espíritos seletos. Algumas há, porém, que sabem dar a vida e a alma a um ente querido, que lhe enchem o coração de profundos afetos, e deste modo fazem jus a uma perpétua adoração. São raras, bem sei, as mulheres desta casta; mas existem...

Camillo terminou esta homenagem à dama dos seus pensamentos abrindo as asas a um suspiro que, se não chegou ao seu destino, não foi por culpa do autor. O companheiro não compreendeu a intenção do discurso, insistiu em dizer que a formosa *goiana* estava longe de gostar de ninguém, e ele ainda mais longe de lhe consentir.

O assunto agradava aos dois comprovincianos; falaram dele longamente até o aproximar da tarde. Pouco depois chegaram a um pouso, onde deviam pernoitar.

Tirada a carga dos animais, cuidaram os criados primeiramente do café, e, depois do jantar. Nessas ocasiões ainda mais pungiram ao nosso herói as saudades de Paris. Que diferença entre os seus jantares dos restaurants dos boulevards e aquela refeição ligeira e tosca, num

"What else did she say?"

"Nothing else. She answered just as I told you."

"Did you never talk to each other again?"

"On the contrary, we have talked to each other many times. She hasn't changed much with me. She treats me like before. I could still be hopeful if it weren't for the words she said, which still hurt me inside. However, I see that my hopes are worthless; she doesn't like me."

"Do you want me to be honest?"

"Yes."

"You seem to me to be a big egoist."

"It could be; but that's how I am. I'm jealous of everything, even of the air she breathes. I would go away from the city if she loved anybody else and I couldn't prevent her marriage. What's important to me is my conviction that she will never love anybody else, and that's what everybody thinks."

"No wonder she doesn't know how to love," Camillo reflected, putting his eyes on the horizon as if the image of the famous czar's vassal were there. "Not all women received this gift from heaven, which is truly a distinction of chosen spirits. Some women, however, know how to give their life and their souls to a beloved one, filling their hearts with deep love, and this way they live up to an endless adoration. There are few women of this caste, but they do exist..."

Camillo ended the honors to the lady of his thoughts by opening the wings to a sigh, and he's not to blame if it didn't arrive at its destination. His companion didn't understand the intention of the discourse and insisted on saying that the beautiful *goiana*[14] was far from falling in love with someone else, and that he was even farther from allowing it.

The subject pleased the two fellow countrymen. They talked very much about it until dusk. Shortly afterward they reached an inn, where they were to spend the night.

miserável pouso de estrada, sem os acepipes da cozinha francesa, sem a leitura do *Fígaro* ou da *Gazette des Tribunaux*!

Camillo suspirava consigo mesmo; tornava-se então ainda menos comunicativo. Não se perdia nada, porque o seu companheiro falava por dois.

Acabada a refeição, acendeu Camillo um charuto e Soares um cigarro de palha. Era já noite. A fogueira do jantar alumiava um pequeno espaço em roda; mas nem era precisa, porque a lua começava a surgir de trás de um morro, pálida e luminosa, brincando nas folhas do arvoredo e nas águas tranquilas do rio que serpeava ali ao pé.

Um tropeiro sacou a viola e começou a gargantear uma cantiga, que a qualquer outro encantaria pela rude singeleza dos versos e da toada, mas que ao filho do comendador apenas fez lembrar com tristeza as volatas da Ópera. Lembrou-lhe mais; lembrou-lhe uma noite em que a bela moscovita, molemente sentada num camarote dos Italianos, deixava de ouvir as ternuras do tenor, para contemplá-lo de longe, cheirando um raminho de violetas.

Soares atirou à rede e adormeceu.

O tropeiro cessou de cantar, e dentro de pouco tempo tudo era silêncio no pouso.

Camillo ficou sozinho diante da noite, que estava realmente formosa e solene. Não faltava ao jovem goiano a inteligência do belo; e a quase novidade daquele espetáculo, que uma longa ausência lhe fizera esquecer, não deixava de o impressionar imensamente.

De quando em quando chegavam aos seus ouvidos urros longínquos, de alguma fera que vagueava na solidão. Outras vezes eram aves noturnas, que soltavam perto os seus pios tristonhos. Os grilos, e também as rãs e os sapos formavam o coro daquela ópera do sertão, que o nosso herói admirava decerto, mas à qual preferia indubitavelmente a ópera cômica.

Once the load was off the animals, the servants served them coffee first and dinner afterward. On these occasions, our hero was even more tortured by the memories of Paris. What a difference between the dinners in the restaurants on the boulevards, and that quick, rough meal in a miserable roadhouse, without the delicacies of the French cuisine, or the reading of *Le Figaro* or *Gazette des Tribunaux*!

Camillo was sighing to himself. He would become even less communicative. But nothing was lost in his silence as his companion spoke enough for two.

Having finished the meal, Camillo lighted a cigar, and Soares a corn husk cigarette. Night had already come. The dinner fire illuminated a small space around them; but it wasn't necessary, as the moon began to rise behind a hill, pale and luminous, playing with the leaves of the trees and the quiet water of the river that meandered nearby.

A drover took a guitar and began to trill a song, which would fascinate anybody else because of the rough simplicity of the verses and melody, except the commander's son, who sadly began to remember the roulades of the Opera.[15] The song reminded him of more; it reminded him of an evening in which the beautiful Muscovite princess sat softly in the box of the Italians. She gave up listening to the tenor's tenderness to contemplate him from a distance, smelling a sprig of violets.

Soares threw himself in the hammock and fell asleep.

The drover stopped singing and soon the inn was dominated by silence.

Camillo was alone before the night, which was really beautiful and solemn. The perception of beauty wasn't absent in the fellow from Goiás; and the almost novelty of that spectacle, which was forgotten due to a long absence, hadn't stopped impressing him immensely.

Sometimes distant howls from beasts wandering in loneliness came to his ears. It also happened sometimes with the sad, nearby birdcalls of some nocturnal birds. The crickets and also the frogs formed the chorus

Assim esteve longo tempo, cerca de duas horas, deixando vagar o seu espírito ao sabor das saudades, e levantando e desfazendo mil castelos no ar. De repente foi chamado a si pela voz de Soares, que parecia vítima de um pesadelo. Afiou o ouvido e escutou estas palavras soltas e abafadas que o seu companheiro murmurava:

— Isabel... querida Isabel... Que é isso?... Ah! meu Deus! Acudam!

As últimas sílabas eram já mais aflitas que as primeiras. Camillo correu ao companheiro e fortemente o sacudiu. Soares acordou espantado, sentou-se, olhou em roda de si e murmurou:

— Que é?

— Um pesadelo.

— Sim, foi um pesadelo. Ainda bem! Que horas são?

— Ainda é noite.

— Já está levantado?

— Agora é que me vou deitar. Durmamos que é tempo.

— Amanhã lhe contarei o sonho.

No dia seguinte, efetivamente, logo depois das primeiras vinte braças de marcha, referiu Soares o terrível sonho de véspera.

— Estava eu ao pé de um rio, disse ele, com a espingarda na mão, espiando as capivaras. Olho casualmente para a ribanceira que ficava muito acima, do lado oposto, e vejo uma moça montada num cavalo preto, vestida de preto, e com os cabelos, que também eram pretos, caídos sobre os ombros...

— Era tudo uma escuridão, interrompeu Camillo.

— Espere; admirei-me de ver ali, e por aquele modo, uma moça que me parecia franzina e delicada. Quem pensava o senhor que era?

— A Isabel.

— A Isabel. Corri pela margem adiante, trepei acima de uma pedra fronteira ao lugar onde ela estava, e perguntei-lhe o que fazia ali. Ela

of the hinterland opera, which our hero certainly admired, but he undoubtedly preferred the comic opera instead.

He remained this way for a long time, for about two hours, letting his spirit wander at the mercy of longing, building and taking apart a thousand castles in the air. He suddenly came back to himself at the sound of Soares's voice. He seemed to be the victim of a nightmare. He sharpened his ears and heard the loose and muffled words murmured by his companion:

"Isabel… dear Isabel…What's this? Oh! My God! Help!"

The last syllables were more afflicted than the first ones. Camillo ran to his companion and shook him strongly. Soares woke up dazed, sat up, looked around him and murmured:

"What?"

"A nightmare."

"Yes, it was a nightmare. Thank God! What time is it?"

"It's still night."

"Are you already awake?"

"I'm going to bed now. Let's go to sleep, it's about time."

"Tomorrow I'll tell you the dream."

Next day, effectively, soon after the first twenty paces, Soares told the terrible dream he'd had the night before.

"I was at the bank of a river," he said, "with a rifle in my hand, spying the capybaras. I casually look to the bank on the opposite side, which was a lot higher, and I see a young lady riding a black horse, in a black dress, and with the hair, which was also black, falling on her shoulders…"

"It was all darkness…" Camillo interrupted.

"Wait; I was amazed to see there, that way, a lady who seemed to be so thin and delicate. Who do you think it was?"

"Isabel."

esteve algum tempo calada. Depois, apontando para o fundo do grotão disse:

— O meu chapéu caiu lá embaixo.

— Ah!

— O senhor ama-me? disse ela passados alguns minutos.

— Mais que a vida!

— Fará o que eu lhe pedir?

— Tudo.

— Bem, vá buscar o meu chapéu.

Olhei para baixo. Era um imenso grotão em cujo fundo fervia e roncava uma água barrenta e grossa. O chapéu, em vez de ir com a corrente por ali abaixo até perder-se de todo, ficara espetado na ponta de uma rocha, e lá do fundo parecia convidar-me a descer. Mas era impossível. Olhei para todos os lados, a ver se achava algum recurso. Nenhum havia...

— Veja o que é a imaginação escaldada! abreviou Camillo.

— Já eu procurava algumas palavras com que dissuadisse Isabel da sua terrível ideia quando senti pousar-me uma mão no ombro. Volt-ei-me; era um homem; era o senhor.

— Eu?

— É verdade. O senhor olhou para mim com um ar de desprezo, sor-riu para ela e depois olhou para o abismo. Repentinamente, sem que eu possa dizer como, estava o senhor em baixo e estendia a mão para tirar o chapelinho fatal.

— Ah!

— A água, porém, engrossando subitamente, ameaçava submergi-lo. Então Isabel, soltando um grito de angústia, esporeou o cavalo e atir-ou-se pela ribanceira abaixo. Gritei... chamei por socorro; tudo foi in-útil. Já a água os enrolava em suas dobras... quando eu fui acordado pelo senhor.

"Isabel. I ran along the bank, climbed up on a stone that was in front of the place where she was, and I asked her what she was doing there. She was silent for a while. Then she pointed to the bottom of the big cave and said:

'My hat fell down there.'

'Ah!'

'Do you love me, Sir?' she said after a few minutes.

'More than life!'

'Would you do everything I ask?'

'Everything'

'Well, go and get my hat.'

"I looked down. It was a huge cave, with muddy and thick water seething and roaring at the bottom. Instead of going down with the torrent until it was completely lost, the hat was stuck at the top of a rock, and it seemed to invite me to go down to the bottom. But it was impossible. I looked everywhere, to see if I could find a way. There was none..."

"See what fervent imagination is!" Camillo said, cutting him short.

"I was looking for some words to dissuade Isabel from her horrible idea when I felt a hand on my shoulder. I turned around. It was a man... it was you."

"Me?"

"It's true. You looked at me with derision, smiled to her and then looked into the abyss. Suddenly, I cannot say how, you were down below, stretching out your hands to grab the fateful little hat."

"Ah!"

"The water, however, was suddenly thickening and threatening to submerge you. So Isabel, letting out an anguished scream, spurred the horse and threw herself down the bank. I screamed... I asked for help;

Leandro Soares concluiu esta narração do seu pesadelo parecendo ainda assustado do que lhe acontecera... imaginariamente. Convém dizer que ele acreditava nos sonhos.

– Veja o que é uma digestão mal feita! observou Camillo quando o comprovinciano terminou a narração. Que série de tolices! O chapéu, a ribanceira, o grotão, e mais que tudo a minha presença nesse melodrama fantástico, tudo isso é obra de quem digeriu mal o jantar. Em Paris há teatros que representavam pesadelos assim, piores do que o seu porque são mais compridos. Mas o que vejo também é que essa moça não o deixa nem dormindo.

– Nem dormindo!

Soares disse estas duas palavras quase como um eco, sem consciência. Desde que concluíra a narração, e logo depois das primeiras palavras de Camillo, entrara a fazer consigo uma série de reflexões que não chegaram ao conhecimento do autor desta narrativa. O mais que lhes posso dizer é que não eram alegres, porque a fonte lhe descaiu, enrugou-lhe a testa, e ele, cravando os olhos nas orelhas do animal, recolheu-se a um inviolável silêncio.

A viagem, daquele dia em diante, foi menos suportável para Camillo de que até ali. Além de uma leve melancolia que se apoderara do companheiro, ia se tornando enfadonho aquele andar léguas e léguas que pareciam não acabar mais.

Afinal voltou Soares à sua habitual verbosidade, mas já então nada podia vencer o tédio mortal que se apoderara do mísero Camillo.

Quando porém avistou a cidade, perto da qual estava a fazenda onde vivera as primeiras auroras da sua mocidade, Camillo sentiu abalar-lhe fortemente o coração. Um sentimento sério o dominava. Por algum tempo, ao menos, Paris com seus esplendores cedia o lugar à pequena e honesta pátria dos Seabras.

everything was useless. The water was already wrapping both of you in its folds... when I was woken by you."

Leandro Soares concluded the narration of his nightmare, seeming to be still frightened by what happened to him... imaginatively. It is worth saying that he believed dreams.

"See what bad digestion is!" Camillo observed when his fellow countryman concluded the story. "What a series of silliness! The hat, the bank, the big cave, and more than everything, my presence in this fantastic melodrama—all this is the work of a poorly digested dinner. In Paris, there are theaters that represent such nightmares, which are worse than yours because they're longer. But what I can see is that this young lady doesn't leave you even when you're sleeping."

"Not even when I'm sleeping!"

Soares said these words unconsciously, almost like an echo. Since he'd concluded the narration, and soon after Camillo's words, he began to reflect on some things within himself, reflections which aren't known to the author of this narrative. All I can tell you is that these reflections weren't cheerful, because his brow dropped and his forehead wrinkled, and he, staring at the animal's ears, retired to an inviolable silence.

From that moment on, the trip was less bearable for Camillo than it had been. Besides a light melancholy that had taken hold of his friend, the riding of many leagues was becoming so bothersome that it didn't seem to have an end.

Soares finally returned to his habitual verbosity, but by then nothing could beat the deadly boredom that had taken power of the miserable Camillo.

III

O Encontro

Foi um verdadeiro dia de festa aquele em que o comendador cingiu ao peito o filho que oito anos antes mandara a terras estranhas. Não pôde reter as lágrimas o bom velho; não pôde, que elas vinham de um coração ainda viçoso de afetos e exuberante de ternura.

Não menos intensa e sincera foi a alegria de Camillo. Beijou repetidamente as mãos e a fronte do velho, abraçou os parentes, os amigos de outro tempo, os conhecidos de oito anos, e durante alguns dias - não muitos - parecia completamente curado dos seus desejos de regressar à Europa.

Na cidade e seus arredores não se falava em outra coisa. O assunto, não principal, mas exclusivo das palestras e comentários era o filho do comendador. Ninguém se fartava de o elogiar. Admiravam-lhe todos as suas maneiras e a sua elegância. A mesma superioridade com que ele falava a todos achava entusiastas sinceros.

Durante muitos dias foi totalmente impossível que o rapaz pensasse em outra coisa que não fosse contar as suas viagens aos seus amáveis conterrâneos. Mas pagavam-lhe a maçada, porque a menor coisa que ele dissesse tinha aos olhos dos outros uma graça indefinível.

Ninguém hesitava em elogiar-lhe cara a cara. Os que não faziam assim iam direto ao pai, que lhe vinha repetir depois cheio de orgulho.

O padre Maciel, que o batizara vinte e sete anos antes, e que o via já homem completo, era o primeiro pregoeiro da sua transformação.

– Pode gabar-se, Sr. comendador, dizia ele ao pai de Camillo, pode gabar-se de que o céu lhe deu um rapaz de truz! Santa Luzia vai ter um médico de primeira ordem, se me não engana o afeto que tenho a esse que era ainda ontem um pirralho. E não só médico, mas até bom filósofo; é verdade, parece-me bom filósofo. Sondei-o ontem nesse particular, e não lhe achei ponto fraco ou duvidoso.

However, when he caught sight of the city, which was near the farm where he experienced the dawn of his youth, Camillo felt his heart throbbing. A serious feeling dominated him. For a while, at least, the Parisian splendors gave way to the small and honest homeland of the Seabras.

III

The Meeting

It was a really festive day when the commander embraced the son whom he had sent to foreign lands eight years before. The old man couldn't control his tears; he couldn't, because they came from a heart which was still lush with affections and exuberant with tenderness.

Camillo's happiness was no less intense and sincere. He kissed his father's hands and forehead repeatedly, hugged his relatives, his old friends, the eight-years acquaintances, and for a few days—not many— he seemed to be completely cured of his desire to return to Europe.

No other subject was more discussed in town and all its surroundings. The commander's son was not the main but the exclusive subject of all the conversations and commentaries. Nobody was tired of praising him. His manners and elegance were admired by everyone. The same superiority he used to talk to everybody found sincere enthusiasts.

For many days, it was impossible for the young man to think about anything other than telling his friends and loved ones about his trips. But anything boring was tolerated by everybody, because any little thing he said was indefinably graceful to the eyes of the others.

Nobody hesitated to praise him face to face. The ones who didn't do that went straight to his father, who would tell them everything full of pride.

Father Maciel, who had baptized him twenty-seven years before and saw in him a grown-up man, was the first town crier of his transformation.

O tio Jorge andava a perguntar a todos o que pensavam do sobrinho Camillo. O tenente-coronel Veiga agradecia à providência à chegada do Dr. Camilo nas proximidades do Espírito Santo.

– Sem ele, o meu baile seria incompleto.

O Dr. Mattos não foi o último que visitou o filho do comendador. Era um velho alto e bem feito, ainda que um tanto quebrado pelos anos. Tinha política oposta à do comendador, o que não impedia que fossem íntimos amigos, e o tinham provado um ao outro em mais de uma ocasião.

– Venha, doutor, disse o velho Seabra apenas o viu assomar à porta; venha ver o meu homem.

– Homem, com efeito, respondeu Mattos contemplando o rapaz. Está mais homem do que eu supunha. Também já lá vão oito anos! Venha de lá esse abraço!

O moço abriu os braços ao velho. Depois, como era costume fazer a quantos o iam ver, contou-lhe alguma coisa das suas viagens e estudos. É perfeitamente inútil dizer que o nosso herói omitiu sempre tudo quanto pudesse abalar o bom conceito em que estava no ânimo de todos. A dar-lhe crédito, vivera quase como um anacoreta; e ninguém ousava pensar ao contrário.

Tudo eram pois alegrias na boa cidade e seus arredores; e o jovem médico, lisonjeado com a inesperada recepção que teve, continuou a não pensar muito em Paris.

Mas o tempo corre, e as nossas sensações com ele se modificam. No fim de quinze dias tinha Camillo esgotado a novidade das suas impressões; a fazenda começou a mudar de aspecto; os campos ficaram monótonos, as árvores monótonas, os rios monótonos, a cidade monótona, ele próprio monótono. Invadiu-o então uma coisa a que podemos chamar a nostalgia do exílio.

"You can be proud, Mr. Commander," he said to Camillo's father. "You can be proud that heaven gave you a first-rate fellow. If I'm not deceived by the affection I hold for the young man who only yesterday was a child, Santa Luzia will have a first-class doctor! And not only a doctor, but a philosopher; it's true, he seems to be a good philosopher. Yesterday I observed him in this regard, and I found no weakness or doubt in him.

Uncle Jorge was asking everybody's opinions about his nephew Camillo. Lieutenant Colonel Veiga thanked divine providence for Dr. Camillo's arrival near the Holy Spirit festivities.

"My festival ball would be incomplete without him."

Dr. Mattos wasn't the last one who visited the commander's son. He was a tall and well-built man, even though he was a bit broken by the years. His political orientations were opposed to the commander's, which didn't prevent them from being intimate friends, something they had proved to each other on more than one occasion.

"Come, doctor," said the old Seabra as he saw Dr. Mattos emerging from the door. "Come and see my man."

"He's a man indeed," Mattos answered, looking at the youngster. "He's more of a man than I supposed. But eight years have gone by! Come on, give me a hug!"

The youngster opened his arms to hug the old man. Then, as he usually did with everybody who visited him, he told him some things about his trips and his studies. It's perfectly useless to say that our hero always omitted everything that could shake the good concept that was in everybody's mind. To give him credit, he said he lived almost like an anchorite, and nobody dared think differently.

So everything was cheerful in the good city and its surroundings. The young doctor, flattered by the unexpected welcome he'd had, continued not to think too much about Paris.

– Não, dizia ele consigo, não posso ficar aqui mais dois meses. Paris ou o cemitério, tal é o dilema que se me oferece. Daqui a dois meses, estarei morto ou na Europa.

O aborrecimento de Camillo não escapou aos olhos do pai, que quase vivia a olhar para ele.

– Tem razão, pensava o comendador, quem viveu por essas terras que dizem ser tão bonitas e animadas, não pode estar aqui muito alegre. É preciso dar-lhe alguma ocupação... a política, por exemplo.

– Política! exclamou Camillo, quando o pai lhe falou nesse assunto. De que me serve a política, meu pai?

– De muito. Dá lugar às posições. Será primeiro deputado provincial; podes ir depois para a câmara no Rio de Janeiro. Um dia interpelas o ministério, e se ele cair, podes subir ao governo. Nunca tiveste ambição de ser ministro?

– Nunca.

– É pena!

– Porque?

– Porque é bom ser ministro.

– Governar os homens, não é? disse Camillo rindo; é um sexo ingovernável; prefiro o outro.

Seabra riu-se do repente, mas não perdeu a esperança de convencer o herdeiro.

Havia já vinte dias que o médico estava em casa do pai, quando se lembrou da história que lhe contara Soares e do sonho que ele tivera no pouso.

A primeira vez que foi à cidade e esteve com o filho do negociante, perguntou-lhe:

– Diga-me como vai a sua Isabel, que ainda a não vi?

Soares olhou para ele com o sobrolho carregado e levantou os ombros resmungando em seco:

– Não sei.

But time flies, and it modifies our sensations. By the end of fifteen days Camillo had worn out all the novelty of his impressions. The farm began to change its appearance. The fields became monotonous, the trees became monotonous, the rivers became monotonous, the city became monotonous, and also he himself became monotonous. Then, something we can call "nostalgia of exile" invaded him.

"No," he said to himself, "I can't stay here for two more months. Paris or the cemetery, this is the dilemma I'm offered. In two months I'll be dead or in Europe."

Camillo's boredom didn't escape his father's attention, as he always kept his eyes on him.

"He's right," the commander thought. "Those who have lived in those beautiful, cheerful lands, as everybody says, can't be happy here. I need to give him something to occupy himself... politics, for example."

"Politics!" Camillo exclaimed, when his father mentioned this subject. "What good does politics do me, my father?"

"Many things. It offers a way into positions. You'll be a provincial deputy first; then you can go to the Chamber of Deputies in Rio de Janeiro. One day you will demand an explanation from the ministry, and if he falls, you may climb to the government. Have you never had the ambition to be a minister?"

"Never."

"It's a pity."

"Why?"

"Because it's good to be a minister."

"To govern men, right?" Camillo said laughing. "It's an ungovernable sex; I prefer the other."

Seabra laughed at his son's outburst, but he didn't lose the hope of convincing his heir.

The doctor had been in his father's house for twenty days when he remembered the story told by Soares and the dream he'd had in the inn.

Camillo não insistiu.

— A moléstia ainda está no período agudo, disse ele consigo.

Teve porém curiosidade de ver a formosa Isabelinha, que tão por terra deitara aquele verboso cabo eleitoral. A todas as moças da localidade, em dez léguas em redor, havia já falado o jovem médico. Isabel era a única esquiva até então. Esquiva não digo bem. Camillo fora uma vez à fazenda do Dr. Mattos; mas a filha estava doente. Pelo menos foi isso o que lhe disseram.

— Descanse, dizia-lhe um vizinho a quem ele mostrara impaciência de conhecer a amada de Leandro Soares; há de vê-la no baile do coronel Veiga, ou na festa do Espírito Santo, ou em outra qualquer ocasião.

A beleza da moça, que ele não julgava pudesse ser superior nem sequer igual à da viúva do príncipe Alexis, a paixão incurável de Soares, e o tal ou qual mistério com que falava de Isabel, tudo isso excitou ao último ponto a curiosidade do filho do comendador.

No domingo próximo, oito dias antes do Espírito Santo, saiu Camillo da fazenda para ir à missa na igreja da cidade, como já fizera nos domingos anteriores.

O cavalo ia a passo lento, a compasso com o pensamento do cavaleiro, que se espreguiçava pelo campo fora em busca das sensações que já não tinha nem esperava ter mais.

Mil singulares ideias atravessavam o cérebro de Camillo. Ora almejava alar-se com cavalo e tudo, rasgar os ares e ir cair defronte do Palais-Royal, ou em outro qualquer ponto da capital do mundo. Logo depois fazia a si mesmo a descrição de um cataclismo tal, que ele viesse a achar-se almoçando no Café Tortoni, dois minutos depois de chegar ao altar o padre Maciel.

Ninguém pode saber até onde chega uma imaginação vadia e ardente. A de Camillo criou então muitos prodígios semelhantes, com o que se lhe abreviava o caminho.

The first time he went to town and met the dealer's son, he asked him:

"Tell me, how is your Isabel doing? I still haven't seen her."

Soares looked at him, frowning his eyebrows. He shrugged, dryly growling: "I don't know."

Camillo didn't insist. "The disease is still in its acute period," he said to himself.

However, he was curious to see the charming Isabelinha, who had brought that gabby campaigner down to earth. The young doctor had already talked to all the young ladies in the area, ten leagues around him. Isabel was the only one who had eluded him until that moment. Eluded isn't the right word. Camillo had been to Dr. Mattos's farm once, but his daughter was ill. At least that was what people told him.

"Don't worry," a neighbor told him when he showed his impatience to meet Leandro Soares's beloved. "You will see her at the ball Colonel Veiga is going to throw, or at the Holy Spirit festivities, or on any other occasion."

The lady's beauty, which he didn't believe could be superior or even similar to that of Prince Alexis's widow, and Soares's incurable passion, and the secrecy with which Soares talked about Isabel—all that excited the commander's son's curiosity to the utmost.

The following Sunday, eight days before the Holy Spirit, Camillo left the farm to go to Mass at the city's church, as he had already done on previous Sundays.

The horse was going at a slow pace, the pace of the thoughts of its rider, who wandered lazily around the countryside in search of sensations that he no longer had and did not expect he could have again.

A thousand singular ideas crossed Camillo's mind. He longed to fly, horse and all, to tear through the air and fall in front of Palais-Royal[16] or anywhere else in the capital of the world. Soon after that he was making

De repente, ao quebrar uma volta da estrada, descobriu ao longe duas senhoras a cavalo acompanhadas por um pajem. Picou as esporas e dentro de pouco tempo estava junto dos três cavaleiros.

Uma das senhoras voltou a cabeça, sorriu e parou. Camilo aproximou-se, com a cabeça descoberta, e estendeu-lhe a mão, que ela apertou.

A senhora a quem cumprimentara era a esposa do tenente-coronel Veiga. Representava ter quarenta e cinco anos, mas estava assaz conservada.

A outra senhora, ao ver o movimento da companheira, fez parar também o cavalo e voltou igualmente a cabeça.

Camilo não olhava então para ela. Estava ocupado em ouvir D. Gertrudes, que lhe dava notícias do tenente-coronel.

— Agora só pensa na festa, dizia ela; já deve estar na igreja. Vai à missa, não?

— Vou.

— Vamos juntos.

Trocadas estas palavras, que foram rápidas, procurou com os olhos a outra cavaleira. Ela porém ia já alguns passos adiante. O médico colocou-se ao lado de D. Gertrudes, e a comitiva continuou a andar.

Iam assim conversando havia já uns dez minutos, quando o cavalo da senhora que ia adiante estacou.

— Que é, Isabel? perguntou D. Gertrudes.

— Isabel! exclamou Camillo, sem dar atenção ao incidente que provocara a pergunta da esposa do coronel.

A moça voltou a cabeça e levantou os ombros respondendo secamente:

— Não sei.

A causa era um rumor que o cavalo sentira por trás de uma espessa moita de taquaras que ficava à esquerda do caminho.

up a cataclysm that would take him to have lunch at Café Tortoni[17] two minutes after Father Maciel occupied the pulpit.

Nobody knows how far a vagrant and burning imagination can reach. Camillo's imagination created many similar marvels, using them to abbreviate his path.

Suddenly, around a bend in the road, some distance away, he spotted two ladies on horseback, followed by a servant. He spurred his horse, and in no time was beside the three riders.

One of the ladies turned her head, smiled, and stopped. Camillo approached, bareheaded, stretching his hand out to her for her to shake.

The lady he was greeting was Lieutenant Colonel Veiga's wife. She seemed to be forty-five years old but well preserved.

The other lady, when she saw her companion's movement, also made her horse stop and she, too, turned her head.

Camillo wasn't looking at her at that moment. He was busy in listening to D.[18] Gertrudes, who gave him news about the lieutenant colonel.

"Now he's only thinking about the festivities," she said. "He may be in the church already. You are going to Mass, aren't you?"

"Yes."

"Let's go together."

Having exchanged these words, which were very quick, he looked around for the other rider. She, however, was already going a few steps ahead of them. The doctor came up beside of D. Gertrudes, and the entourage continued to ride.

They had been talking for about ten minutes when the horse of the lady ahead of them stopped.

"What happened, Isabel?" D. Gertrudes asked.

"Isabel!" Camillo exclaimed, without paying attention to the incident that provoked the question of the lieutenant colonel's wife.

The young lady turned her head and shrugged, dryly answering: "I don't know."

Antes porém que o pajem ou Camilo fosse examinar a causa da relutância do animal, a moça fez um esforço supremo, e chicoteando vigorosamente o cavalo, conseguiu que este vencesse o terror, e deitasse a correr a galope adiante dos companheiros.

— Isabel! disse Camillo a D. Gertrudes. Aquela moça será a filha do Dr. Mattos?

— É verdade. Não a conhecia?

— Há oito anos que a não vejo. Está uma flor! Já me não admira que se fale aqui tanto na sua beleza. Disseram-me que estava doente...

— Esteve; mas as suas doenças são coisas de pequena monta. São nervos; assim se diz, creio eu, quando se não sabe do que uma pessoa sofre...

Isabel parara ao longe, e voltada para a esquerda da estrada, parecia admirar o espetáculo da natureza. Daí a alguns minutos estavam perto dela os seus companheiros. A moça ia prosseguir a marcha, quando D. Gertrudes lhe disse:

— Isabel!

A moça voltou o rosto. D. Gertrudes aproximou-se dela.

— Não te lembras do Dr. Camilo Seabra?

— Talvez não se lembre, disse Camillo. Tinha doze anos quando eu saí daqui, e já lá são oito!

— Lembro-me, respondeu Isabel curvando levemente a cabeça, mas sem olhar para o médico.

E chicoteando de mansinho o cavalo, seguiu para diante.

Por mais singular que fosse aquela maneira de reatar um conhecimento antigo, o que mais impressionou então o filho do comendador foi a beleza de Isabel, que lhe pareceu estar à altura da reputação.

Tanto quanto se podia julgar à primeira vista, a esbelta cavaleira deveria ser mais alta que baixa. Era morena, mas de um moreno acetinado e macio, com uns longes cor-de-rosa por baixo da epiderme, o que seria efeito da agitação, visto que afirmavam ser extremamente pálida.

The cause was a rustle the horse sensed behind a thicket of bamboo on the left of the trail.

However, before the servant or Camillo went to look into the cause of the animal's reluctance, the young lady made a supreme effort and, whipping the horse vigorously, stimulated it to overcome its fear, and she started to gallop ahead of her companions.

"Isabel!" said Camillo to D. Gertrudes. "Isn't she Dr. Mattos's daughter?"

"Yes. Didn't you recognize her?"

"It's been eight years since I last saw her. She's a flower! No wonder people talk so much about her beauty. They told me she was ill…"

"She was, but her illnesses are minor things. They have a nervous cause, or at least this is what we say when we don't know why a person is suffering…"

Isabel stopped at a distance, and, turning to the left of the road, she seemed to admire the spectacle of nature. Some minutes later her companions were next to her. The young lady was going to continue the ride, when D. Gertrudes said: "Isabel!"

The young lady turned her face to the woman. D. Gertrudes came closer to her.

"Don't you remember Dr. Camillo Seabra?"

"Perhaps she doesn't," Camillo said. "She was twelve when I left, and eight years have gone by."

"I do remember," she answered, bending her head softly, but without looking at the doctor.

And, whipping the horse gently, she moved ahead.

No matter how singular it was to reestablish an old friendship that way, what really impressed the commander's son was Isabel's beauty, which seemed to live up to its reputation. As far as one could judge at first sight, the slender rider had to be more tall than short. She was dark-haired, but in a silky and soft way, with shades of pink beneath the skin,

Os olhos, não lhes pode Camilo ver a cor, mas sentiu-lhes a luz, que valia mais talvez, apesar de o não terem fitado, e compreendeu logo que com olhos tais a formosa goiana houvesse fascinado o mísero Soares.

Não averiguou, nem pôde, as restantes feições da moça; mas o que pode contemplar à vontade, o que já vinha admirando de longe, era a elegância nativa do busto e o gracioso desgarro com que ela montava.

Vira muitas amazonas elegantes e destras. Aquela porém tinha alguma coisa em que se avantajava às outras; era talvez o desalinho do gesto, talvez a espontaneidade dos movimentos, outra coisa talvez, ou todas essas juntas que davam à interessante goiana incontestável supremacia.

Isabel parava de quando em quando o cavalo e dirigia a palavra à esposa do coronel, a respeito de qualquer acidente, de um efeito de luz, de um pássaro que passava, de um som que se ouvia, mas em nenhuma ocasião encarava ou sequer olhava de esguelha o filho do comendador.

Absorvido na contemplação da moça, Camillo deixou cair a conversa, e havia já alguns minutos que ele e D. Gertrudes iam cavalgando, sem dizer uma palavra, ao lado um do outro.

Foram interrompidos em sua marcha silenciosa por um cavaleiro, que vinha atrás da comitiva a trote largo.

Era Soares.

O filho do negociante vinha bem diferente do que até ali andava. Cumprimentou-os sorrindo jovial como estivera nos primeiros dias de viagem com o médico. Não era porém difícil conhecer que a alegria de Soares era um artifício. O pobre namorado fechava o rosto de quando em quando, ou fazia um gesto de desespero que felizmente escapava aos outros.

Nada há porém que possa escapar a um autor que timbra em trazer instruídos os seus leitores. Eu podia apresentar-lhes o rapaz meio triste, meio alegre, sem dizer a razão clara desta alegre melancolia. Não, sen-

which could be the result of her moving around, as people often said she was extremely pale. Even though Camillo couldn't see her eyes, he felt the light coming from them, and that was perhaps worth more than if she had looked straight at him. He soon understood that those were the eyes with which the beautiful *goiana* had fascinated the miserable Soares.

He didn't, and couldn't, make out her other facial features, but what he could contemplate at ease and was already admiring from a distance was the natural elegance of the torso and the gracious audacity with which she was riding the horse.

He had already seen many elegant and skilled horsewomen, but this one in particular had some advantages over the others. Maybe it was the dishevelment of the gestures or the spontaneity of the movements, or something else perhaps, or all of them together, which gave the beautiful *goiana* an incontestable supremacy.

Isabel stopped the horse from time to time and spoke to the lieutenant colonel's wife about any little incidents, or plays of sunlight, a bird passing by, a sound they heard, but at no point did she look directly, or even askance, at the commander's son.

Absorbed in his contemplation of the young lady, Camillo stopped talking, and for some time he and D. Gertrudes rode side by side without saying a word.

They were interrupted in their silent ride by a horseman who was approaching the entourage at a fast trot.

It was Soares.

The tradesman's son was very different from the previous days. He greeted them, smiling joyfully as he had on his first days of the trip with the doctor. It wasn't difficult to notice, however, that Soares's joy was fake. The poor guy scowled from time to time, or made a gesture of despair which fortunately escaped the others' attention.

But nothing escapes an author's attention when the intention is to educate his readers. I could introduce you to a young man who was a

hor; prefiro dizer-lhes que o pretendente de Isabel fingia uma alegria que não tinha, para melhor esconder a cólera que o devorava.

Cólera, porque? Amava apaixonadamente a moça, e o seu amor era tão complacente e modesto, que se contentava com a ver de longe; perdoava-lhe até a indiferença com a condição de que ela não havia de amar a outro.

Ora, o ciúme já mordia tenazmente o coração do pobre namorado, ciúme sem causa positiva, ciúme de instinto e pressentimento.

Soares receava o triunfo de um homem que, material e intelectualmente lhe era superior; que, além disso, gozava naquela ocasião a grande vantagem de dominar a atenção pública, que era o urso da aldeia, o acontecimento do dia, o homem da situação. Tudo conspirava para derrubar a última esperança de Soares, que era a esperança de ver morrer a moça isenta de todo o vínculo conjugal. O infeliz namorado tinha o sestro, aliás comum, de querer ver quebrada ou inútil a taça que ele não podia levar aos lábios.

Cresceu porém seu receio quando, estando escondido no taquaral de que falei acima, para ver passar Isabel, como costumava fazer muitas vezes, descobriu a pessoa de Camilo na comitiva. Não pôde reter uma exclamação de surpresa, e chegou a dar um passo na direção da estrada. Deteve-se a tempo.

Os cavaleiros, como vimos, passaram adiante, deixando o cioso pretendente a jurar aos céus e à terra que tomaria desforra do seu atrevido rival, se o fosse.

Não era rival, bem sabemos; o coração de Camillo guardava ainda fresca a memória de Artemisa moscovita, cujas lágrimas, apesar da distância, o rapaz sentia que eram ardentes e aflitivas. Mas quem poderia convencer a Leandro Soares que o elegante moço da Europa, como lhe chamavam, não ficaria enamorado da esquiva goiana?

Isabel, entretanto, apenas vira o infeliz pretendente, deteve o cavalo e estendeu-lhe afetuosamente a mão. Um adorável sorriso acompanhou

little happy, a little sad, without being clear about the reasons for his melancholy. No, sir; I prefer to tell you that Isabel's suitor was pretending a happiness he didn't have in order to better hide the rage that was devouring him.

Why rage? He loved the young lady passionately, and his love was so modest and complacent that he was happy at seeing her from a distance. He even forgave her lack of interest under the condition that she would never love another man.

Well, jealousy was tenaciously biting the poor lover's heart, a jealousy with no positive cause, a jealousy from instinct and premonition.

Soares feared the triumph of a man who was materially and physically superior to him; and who, besides that, enjoyed the great advantage of dominating public attention, a man who was the bear of the village, the event of the day, the man of the hour. Everything conspired to overthrow Soares's last hope, the hope of seeing the young lady dying free of any marital bond. The unfortunate lover had the common bad habit of wanting to see the glass broken if he couldn't bring it to his own lips.

His fear, however, increased when, having hidden in the bamboo thicket I mentioned before, seeing Isabel pass by, as he so often did, he found out that Camillo was in the entourage. He couldn't control an exclamation of surprise, and he even took a step toward the road. He controlled himself in time.

The riders, as we have seen, passed on, leaving the zealous suitor swearing to heavens and earth that he would take revenge on his bold rival, if he was one.

As we well know, Camillo wasn't a rival. His heart was still fresh with the memory of the Russian Artemis,[19] whose tears, despite distance, the youngster felt were ardent and afflictive. But who could convince Leandro Soares that the elegant "young man from Europe," as people called him, couldn't fall in love with the elusive *goiana*?

este movimento. Não era bastante para dissipar as dúvidas do pobre moço. Diversa, foi porém a impressão de Camillo.

— Ama-o, ou é uma grande velhaca, pensou ele.

Casualmente, e pela primeira vez, olhava Isabel para o filho do comendador. Perspicácia ou adivinhação, leu-lhe no rosto esse pensamento oculto; franziu levemente a testa com uma expressão tão viva de estranheza, que o médico ficou perplexo e não pode deixar de acrescentar, já então com os lábios, à meia voz, falando para si:

— Ou fala com o diabo.

— Talvez, murmurou a moça com os olhos fitos no chão.

Isto foi dito assim, sem que os outros dois percebessem, e sem que nem ele nem ela se dirigissem um ao outro. Camillo não podia desviar os olhos da formosa Isabel, meio espantado, meio curioso, depois da palavra murmurada por ela em tão singulares condições. Soares olhava para Camillo com a mesma ternura com que um gavião espreita uma pomba. Isabel brincava com o chicotinho. D. Gertrudes, que temia perder a missa do padre Maciel e receber um reparo amigável do marido, deu voz de marcha, e a comitiva seguiu imediatamente.

IV

A Festa

No sábado seguinte a cidade revestira um desusado aspecto. De todos os arraiais vizinhos correra uma chusma de povo que ia assistir à festa anual do Espírito Santo.

Vão rareando os lugares em que de todo se não apagou o gosto dessas festas clássicas, resto de outras eras, que os escritores do século futuro hão de estudar com sofreguidão, para pintar aos seus conterrâneos um Brasil que eles já não hão de conhecer.

Não há muitos anos presenciava esta corte uma popularíssima festa do Espírito Santo na antiga igreja de Santa Anna. Havia ao lado um palanque onde o imperador do divino, que era uma criança, e o seu

Just seeing the unhappy suitor, however, Isabel stopped her horse and affectionately held out her hand. A lovely smile accompanied this gesture. It wasn't enough to dissipate the poor young man's doubts. But Camillo's impression was a different one.

"She loves him, or she's a big sneak," he thought.

Casually, and for the first time, Isabel looked at the commander's son. By perspicacity or divination, she read this hidden thought in his face. Her forehead furrowed softly with an expression so evident that the doctor was perplexed and couldn't stop adding, then with his lips, saying to himself in a low voice:

"Or she talks to the devil."

"Perhaps," the young lady murmured, her eyes fixed on the ground.

This was said without the other two noticing, and without them addressing each other. Camillo, partly scared, partly curious, couldn't take his eyes off the beautiful Isabel after the word she whispered under such singular conditions. Soares looked at Camillo with the same tenderness with which a hawk stalks a dove. Isabel played with the horsewhip. D. Gertrudes, who feared missing Father Maciel's Mass and receiving a friendly reprimand from her husband, ordered everybody to get going, and the entourage moved on immediately.

IV

The Party

The following Saturday the city put on a different appearance. A crowd of people rushed from the neighboring villages to attend the annual Holy Spirit festivities.

There are few places where the taste for these traditional festivities, remnants from other eras, hasn't faded away. Writers from the future century will eagerly study them in order to paint for their contemporaries a picture of a country that they no longer see. Not many years ago this court witnessed a very popular Holy Spirit festival at the old church

guarda-estoque, que também o era, passavam ali a tarde e a noite no dia em que duravam as festividades.

O palanque chamava-se império.

Uma banda de música tocava ali harmoniosas peças que o povo ouvia de graça, porque era no tempo em que havia espetáculos gratuitos.

De noite queimava-se um fogo artificial. O fogueteiro não escapava, ou raras vezes escapava a uma crítica mais severa da parte mais jovial da assembleia. As famílias, umas em cadeiras, outras em esteiras, conforme as respectivas posses, passavam a noite no velho campo de Santa Anna.

Às vezes um incidente mais grave perturbava um ou outro ponto da localidade, e o solo histórico do campo recebia alguns respingos de sangue do nariz e até de cabeça de algum circunstante menos prudente; mas a polícia punha termo ao fato convidando os interruptores a irem refletir, em lugar menos amplo, acerca da vantagem de não perturbar o sossego público.

Figurava nestas festas históricas o imortal Telles – um imortal na memória da geração presente – dando espetáculos muito variados na sua clássica barraca. O povo concorria em massa; os estudantes faziam as suas travessuras; travavam-se namoros, iniciavam-se casamentos... Acabou, acabou tudo isso. O Rio de Janeiro civilizou-se e aprendeu novas maneiras de se divertir.

A tradição da maneira antiga vai se já apagando nos costumes brasileiros.

No tempo em que esta história se passa uma das mais genuínas festas do Espírito Santo era a da cidade de Santa Luzia.

O tenente-coronel Veiga, que era então o imperador do divino, estava em uma casa que possuía na cidade.

Na noite de sábado foi ali ter o bando dos pastores, composto de homens e mulheres, com o seu pitoresco vestuário, e acompanhado pelo clássico velho, que era um sujeito de calção e meia, sapato raso, casaca esguia, colete comprido e grande bengala na mão.

of Santa Anna. Next to it there was a platform where the emperor of the Divine, who was a child, and its stock keeper, who was also a child, spent the whole afternoon and evening during the days of the festivities. The platform was called empire.

A band played harmonious songs to which the populace listened for free, because the festival happened in a time when these spectacles were free.

Fireworks were fired off at night. The pyrotechnist wasn't spared, or was hardly spared, severe criticism from the most joyous part of the assembly. Families, some on chairs, others on mats, according to their respective possessions, spent the night in the old field of Santa Anna.

Sometimes a more serious incident disturbed one spot or another, and the historical soil of the field received a little blood splattered from the nose and even the head of a less-than-prudent bystander. But the police put an end to the situation, inviting the interrupters to reflect, in a less wide-open place, about the advantage of not disturbing the public peace.

The immortal Telles was a great figure in these historical festivities. He was an immortal in the memory of the present generation and presented various spectacles in his classic tent. People competed en masse; students played pranks; love affairs began, weddings started up... All this has ended. Rio de Janeiro is now civilized and has learned new ways of having fun.

The old traditions are being extinguished from Brazilian customs.

At the time when this story takes place, one of the most genuine Holy Spirit celebrations happened in the city of Santa Luzia.

Lieutenant Colonel Veiga, who was the emperor of the Divine, was in a house he owned in the city.

A group of shepherds, composed of men and women, went there on Saturday evening with their picturesque attire, followed by the clas-

Camillo estava em casa do coronel, quando ali apareceu o bando dos pastores, com alguns músicos à frente, e muita gente atrás. Formaram logo, ali mesmo na rua, um círculo; um pastor e uma pastora iniciaram a dança clássica. Dançaram, cantaram e tocaram todos, à porta e na sala do coronel que estava literalmente a lamber-se de gosto. É ponto duvidoso, e provavelmente nunca será liquidado, se o tenente-coronel Veiga preferia naquela ocasião ser ministro de Estado a ser imperador do Espírito Santo.

E todavia aquilo era apenas uma mostra da grandeza do tenente-coronel. O sol do domingo devia alumiar maiores coisas. Parece que esta razão determinou o rei da luz a trazer nesse dia os seus melhores raios. O céu nunca se mostrara mais limpidamente azul. Algumas nuvens grossas, durante a noite, chegaram a emurchecer as esperanças dos festeiros; felizmente sobre a madrugada soprava um vento rijo que varreu o céu e purificou a atmosfera.

A população correspondeu à solicitude da natureza. Logo cedo apareceu ela com os seus vestidos domingueiros: jovial, risonha, palreira, nada menos que feliz.

O ar atroava com foguetes; os sinos convidavam alegremente o povo à cerimônia religiosa.

Camillo passara a noite na cidade em casa do padre Maciel, e foi acordado, mais cedo do que imaginara, com os repiques e foguetada e mais demonstrações da cidade alegre. Em casa do pai continuara o moço seus hábitos de Paris, em que o comendador julgou não dever perturbá-lo. Acordava portanto às 10 ou 11 horas da manhã, exceto aos domingos, em que ia à missa para de todo em todo não ofender os hábitos da terra.

— Que diabo é isto padre? gritou Camillo do quarto onde estava, e no momento em que uma girândola lhe abria definitivamente os olhos.

— Que há de ser? respondeu o padre Maciel, metendo a cabeça pela porta: é a festa.

— Então a festa começa de noite?

sic *old man*, a fellow wearing trunks and socks, shallow shoes, slender dress-coat, long waistcoat, and a big walking stick in his hand.

Camillo was at the colonel's house when the bunch of shepherds appeared with some musicians in front of the house, and many people behind them. They formed a circle on the street. Two shepherds, a man and a woman began the classical dance. They all danced, sang and played at the door and in the colonel's living room. He was delighted. It's a doubtful point, and it will probably never be settled, whether Lieutenant Colonel Veiga preferred to be a minister of State or the emperor of the Divine on that occasion.

However, that was just a taste of the lieutenant colonel's magnitude. The Sunday sun must have illuminated bigger things. This reason seemed to have determined that the king of light bring his best rays that day. The sky had never shown itself so clearly blue. During the night some thick clouds wilted the revelers' hopes. Fortunately, a strong wind blew, swept the sky, and purified the atmosphere.

The population responded to nature's thoughtfulness. Early on people appeared in their Sunday best: joyous, smiling, chattering, nothing less than happy.

The air thundered with fireworks. The bells joyfully invited people to the religious ceremony.

Camillo spent the night in town at Father Maciel's house and woke up, earlier than expected, with the fireworks and the demonstrations of the happy city. He continued to have the same Parisian habits at his father's house, and the commander thought he shouldn't disturb him. He usually woke up at 10 or 11 in the morning, except on Sundays, when he went to Mass in order not to fully offend the habits of the place.

"What the hell is this, Father?" Camillo shouted from the bedroom where he was at the moment when a pinwheel opened his eyes definitely.

"What could it be?" Father Maciel answered, putting his head through the door. "It's the festivity."

– De noite? exclamou o padre. É dia claro.

Camillo não pode conciliar o sono, e viu-se obrigado a levantar-se. Almoçou com o padre, contou duas anedotas, confessou ao hóspede que Paris era o ideal das cidades, e saiu para ir ter à casa do imperador do divino. O padre saiu com ele. Em caminho viram de longe o Leandro Soares.

– Não me dirá, padre, perguntou Camillo, por que razão a filha do Dr. Matos não atende àquele pobre rapaz que gosta tanto dela?

Maciel concertou os óculos e expôs a seguinte reflexão:

– Você parece-me tolo.

– Não tanto, como lhe parece, replicou o filho do comendador, por que mais de uma pessoa tem feito a mesma pergunta.

– Assim é, na verdade, disse o padre; mas há coisas que outros dizem e a gente não repete. A Isabelinha não gosta do Soares simples-mente porque não gosta.

– Não lhe parece que essa moça é um tanto esquisita?

– Não, disse o padre; parece-me uma grande finória.

– Ah! Porque?

– Suspeito que tem muita ambição; e não aceita o amor de Soares, a ver se pilha algum casamento que lhe abra a porta das grandezas políticas.

– Ora, disse Camillo levantando os ombros.

– Não acredita?

– Não.

– Pode ser que me engane; mas creio que é isto mesmo. Aqui cada qual dá uma explicação à isenção de Isabel; todas as explicações me parecem absurdas; a minha creio que é a melhor.

Nisto mostrava bem o padre Maciel pertencer à nossa família huma-na; a sua conjetura era melhor e mais verdadeira que as outras, unica-mente pela razão de ser sua.

"So the festivities start at night?"

"At night?" the priest exclaimed. "It's daylight." Camillo couldn't sleep anymore and was forced to wake up. He had lunch with the priest, told him two anecdotes, confessed to the host that Paris was the ideal of all cities, and went out in order to go to the emperor of the Divine's house. The priest went with him. On their way, they saw Leandro Soares from a distance.

"Won't you tell me, Father," Camillo asked, "why Dr. Mattos's daughter doesn't care about that poor young man who loves her so much?"

Maciel arranged his glasses and exposed the following reflection: "You seem to be a fool."

"Not so much as you think," the commander's son replied, "because more than one person has asked the same question."

"That's what it is," the priest said, "but there are things that others say and we don't repeat. Isabelinha doesn't like Soares simply because she doesn't."

"Don't you think this young lady is a little bit strange?"

"No," the priest said, "she's very crafty."

"Ah! Why?"

"I suspect she is very ambitious, and she doesn't accept Soares's love because she is waiting for a marriage that will open the doors to political greatness for her."

"Well," Camillo said, shrugging.

"Don't you believe it?"

"No."

"I may be wrong; but I believe I'm right. Everybody around here has an explanation for Isabel's exemption. All of them seem absurd to me. I believe mine is the best."

Father Maciel showed he belonged to our human family. His conjecture was better and truer for the sole reason of its being his.

Camilo fez algumas objeções à explicação do padre, e despediu-se dele para ir a casa do tenente-coronel.

O festivo imperador estava literalmente fora de si. Era a primeira vez que exercia cargo honorífico e timbrava em fazê-lo brilhantemente, e até melhor que os seus predecessores. Ao natural desejo de não ficar por baixo, acrescia o elemento da inveja política. Alguns adversários seus diziam pela boca pequena que o brioso coronel não era capaz de dar conta da mão.

— Pois verão se sou capaz, foi a resposta que ele deu quando alguns solícitos amigos lhe foram contar a malícia dos adversários.

Quando Camillo entrou na sala, acabava o tenente-coronel de explicar umas ordens relativas ao jantar que se devia seguir à festa, e ouvia algumas informações que lhe dava um irmão definidor acerca de uma cerimônia da sacristia.

— Não ouso falar-lhe, coronel, disse o filho do comendador, quando o Veiga ficou só com ele; não ouso interrompê-lo.

— Não interrompe, acudiu o imperador do divino; agora deve tudo ser acabado. O comendador vem?

— Já cá deve estar.

— Já viu a igreja?

— Ainda não.

— Está muito bonita. Não é por me gabar; creio que a festa não desmerecerá das outras, e até em algumas coisas há de ir melhor.

Era absolutamente impossível não concordar com esta opinião, quando aquele que a exprimia fazia assim o seu próprio louvor. Camillo encareceu ainda mais o mérito da festa. O coronel ouvia-o com um riso de satisfação íntima, e dispunha-se a provar que o seu jovem amigo ainda não apreciava bem a situação, quando este desviou a conversa, perguntando:

— Ainda não veio o Dr. Mattos?

— Já.

— Com a família?

Camillo made some objections to the priest's explanation and took leave to go to the lieutenant colonel's house.

The joyous emperor was literally beside himself. It was the first time he had occupied an honorific position, and he wanted to do it brilliantly, even better than his predecessors. The natural desire not to be outdone was accompanied by the element of political envy. A few adversaries were saying through the grapevine that the proud colonel wasn't able to handle all that.

"They will see that I'm able to handle this," was the answer he gave when some concerned friends told him about the wickedness of his opponents.

When Camillo entered the room, the lieutenant colonel was finishing giving some orders for the dinner that would take place after the festivities. Camillo heard some information given by a defining brother about a ceremony of the sacristy.

"I dare not talk to you, colonel," said the commander's son, when Veiga was alone with him. "I dare not interrupt you."

"You don't interrupt me," the emperor of the Divine said. "By now everything must be finished. Is the commander coming?"

"He must be here already."

"Have you already seen the church?"

"Not yet."

"It's very beautiful. I'm not bragging about myself. I believe that the party won't be less worthy than the others, and it will be even better in some aspects."

It was absolutely impossible not to agree with this opinion when it was expressed by the one who was interested in praising himself. Camillo's presence increased the festivities' worthiness even more. The colonel listened to him with a smile of intimate satisfaction and was willing to prove that his young friend hadn't yet appreciated the situation well, when he turned the conversation by asking: "Hasn't Dr. Mattos already arrived?"

— Sim, com a família.

Neste momento foram interrompidos pelo som de muitos foguetes e de uma música que se aproximava.

— São eles! disse Veiga: vêm buscar-me. Há de dar-me licença.

O coronel estava até então de calça preta e rodaque de brim. Correu a preparar-se com o traje e as insígnias do seu elevado cargo. Camillo chegou à janela para ver o cortejo.

Não tardou que este aparecesse composto de uma banda de música da irmandade do Espírito Santo e dos pastores da véspera. Os irmãos vestiam as suas opas encarnadas, e vinham a passo grave, cercados do povo, que enchia a rua e se aglomerava à porta do tenente-coronel para vê-lo sair.

Quando o cortejo parou em frente à casa do tenente-coronel cessou a música de tocar e todos os olhos se voltaram curiosamente para as janelas para ver se o viam. Mas o imperador estreante estava ainda por completar a sua edição, e os curiosos tiveram de contentar-se com a pessoa do Dr. Camillo.

Entretanto quatro ou seis irmãos mais graduados destacaram-se do grupo e subiram as escadas do tenente-coronel.

Minutos depois cumprimentava Camillo os ditos irmãos graduados, um dos quais, mais graduado que os outros, não o era só no cargo, mas também, e sobretudo, no tamanho. E a estatura do major Brás seria a coisa mais notável da sua pessoa, se lhe não pedisse meça a magreza do próprio major. A opa do major também era notável no gênero, porque nem ia até abaixo da curva da perna como a dos outros, nem lhe ficava na cintura, como devera no caso de ter sido feita pela mesma medida. Era uma opa termo-médio. Ficava-lhe entre a cintura e a curva, e foi feita assim de propósito para conciliar os princípios da elegância com a estatura do major.

"He has."

"With his family?"

"Yes, with his family."

At this point they were interrupted by the sound of a lot of fireworks and a song which was approaching.

"They're here!" Veiga said. "They're coming to get me. You have to excuse me."

Until that moment, the colonel had been wearing black pants and a denim frock coat. He ran to get himself ready with the costume and the insignias of his elevated position. Camillo went to the window to see the procession.

Before long the procession appeared. It was made up of a band of the brotherhood of the Holy Spirit and the shepherds of the previous day. The brothers wore scarlet mantles and marched with heavy steps, surrounded by people, who were filling the street and gathering by the lieutenant colonel's door to see him leave.

When the procession stopped in the front of the lieutenant colonel's house, the music stopped playing and all eyes turned curiously to the windows to see if they saw him. But the novice emperor wasn't ready yet, and the curious people had to make do with Dr. Camillo.

However, four or six senior brothers stood out from the group and went up the lieutenant colonel's stairs.

Minutes later Camillo greeted the senior brothers, one of whom was more senior than the others, not only in his position but also, and above all, in his size. And Major Brás's height would be his most notable aspect if he weren't so thin. The major's mantle was also notable in its genre because it wasn't going down the curve of the leg like the other mantles, nor was it at his waist, as it should be if it were made with the same measure. It was a medium mantle. It was between his waist and the curve, and it was done this way in order to reconcile the major's height with the principles of elegance.

Todos os irmãos graduados estenderam a mão ao filho do comendador e perguntaram ansiosamente pelo tenente-coronel.

– Não tarda; foi vestir-se, respondeu Camillo.

– A igreja está cheia, disse um dos irmãos graduados; só se espera pelo imperador.

– É justo esperar por ele, opinou o major Brás.

– Apoiado, disse o coro dos irmãos.

– Demais, continuou o imenso oficial, temos tempo; e não vamos para longe.

Os outros irmãos apoiaram com o gesto esta opinião do major, que ato contínuo começou a dizer a Camillo os mil trabalhos que a festa lhes dera, a ele e aos cavaleiros que o acompanharam naquela ocasião, não menos que ao tenente-coronel.

– Como recompensa dos nossos débeis esforços (Camillo fez um sinal negativo a estas palavras do major Brás), temos consciência de que a coisa não saíra de todo mal.

Ainda estas palavras não tinham bem saído dos lábios do digno oficial, quando assomou à porta da sala o tenente-coronel em todo o esplendor da sua transformação.

Camillo perdera de todo as noções que tinha a respeito do traje e insígnias de um imperador do Espírito Santo. Não foi pois sem grande pasmo que viu assomar à porta da sala a figura do tenente-coronel.

Além da calça preta, que já tinha no corpo quando ali chegou Camillo, o tenente-coronel envergara uma casaca, que pela regularidade e elegância do corte podia rivalizar com as dos mais apurados membros do cassino Fluminense. Até aí tudo bem. Ao peito rutilava uma vasta comenda da Ordem da Rosa, que lhe não ficava mal. Mas o que excedeu a toda a expectação, o que lhe pintou no rosto a mais completa expressão de assombro, foi uma brilhante e vistosa coroa de papelão forrado de papel dourado, que o tenente-coronel trazia na cabeça.

All the senior brothers reached out to the commander's son and eagerly asked for the lieutenant colonel.

"He won't be long. He's getting ready for the celebrations," Camillo answered.

"The church is full," one of the senior brothers said. "Only the emperor is missing."

"It's fair to wait for him," Major Brás said.

"That's true," the brothers said.

"Moreover," said the immense official, "we have time and we aren't going far."

The other brothers supported the major's opinion with a gesture, which soon started to tell Camillo about the thousand problems the celebrations had given him and all the other gentlemen who participated in the event, and no less than the lieutenant colonel.

"As a reward for our feeble efforts" (Camillo made a negative gesture to these words from Major Brás), "we're aware that the thing won't be a bad one."

These words hadn't quite left the worthy official's lips when the lieutenant colonel appeared at the door in all the splendor of his transformation.

Camillo had entirely lost the notions he'd had of the outfit and the badges worn by an emperor of the Divine. This is why he was astonished when he saw the figure of the lieutenant colonel appearing at the door.

Besides the black pants he was already wearing when Camillo arrived, the lieutenant colonel wore a coat which, considering the regularity and elegance of the cut, could easily compete with the ones worn by the most refined members of the Cassino Fluminense.[20] So far so good. A commendation from the Order of the Rose,[21] which didn't look bad on him, shined on his chest. But what exceeded all expectations, and painted Camillo's face with the most complete expression of astonishment, was a beautiful, brilliant, showy cardboard crown lined with gold paper which the lieutenant colonel had on his head.

Camillo recuou um passo e cravou os olhos na insígnia imperial do tenente-coronel. Já lhe não lembrava aquele acessório indispensável em ocasiões daquelas, e tendo vivido oito anos no meio de uma civilização diversa, não imaginava que ainda existissem costumes que ele julgava enterrados.

O tenente-coronel apertou a mão a todos os amigos e declarou que estava pronto a acompanhá-los.

— Não façamos esperar o povo, disse ele.

Imediatamente, desceram à rua.

Houve no povo um movimento de curiosidade, quando viu aparecer à porta a opa encarnada de um dos irmãos que haviam subido. Logo atrás apareceu outra opa, e não tardou que as restantes opas aparecessem também, flanqueando o viçoso imperador.

A coroa dourada, apenas o sol lhe bateu de chapa, entrou a despedir faíscas quase inverossímeis.

O tenente-coronel olhou a um lado e outro, fez algumas inclinações leves de cabeça a uma ou outra pessoa da multidão, e foi ocupar o seu lugar de honra no cortejo.

A música rompeu logo uma marcha, que foi executada pelo tenente-coronel, a irmandade e os pastores, na direção da igreja.

Apenas da igreja avistaram o cortejo, o sineiro que já estava à espreita, pôs em obra as lições mais complicadas do seu ofício, enquanto uma girândola, entremeada de alguns foguetes soltos, anunciava às nuvens do céu que o imperador do divino era chegado.

Na igreja houve um rebuliço geral apenas se anunciou que era chegado o imperador. Um mestre de cerimônias ativo e desempenado ia abrindo alas, com grande dificuldade, porque o povo ansioso por ver a figura do tenente-coronel, aglomerava-se desordenadamente e desfazia a obra do mestre de cerimônias.

Afinal aconteceu o que sempre acontece nessas ocasiões; as alas foram-se abrindo por si mesmas, e ainda que com alguma dificuldade,

Camillo stepped back and stared at the lieutenant colonel's imperial insignia. He couldn't remember the existence of that indispensable accessory on those occasions. Having lived eight years in the middle of a diverse civilization, he didn't imagine that such customs still existed, customs he believed buried.

The lieutenant colonel shook the hands with all the friends and declared he was ready to accompany them.

"Let's not leave the crowd waiting," he said.

They immediately took to the street.

There was a movement of curiosity among the crowd when people saw the scarlet mantle of one of the brothers who had gone up appear at the door. Another mantle appeared close behind it, and soon the remaining mantles appeared, flanking the exuberant emperor.

The golden crown, just as the sun hit its plate, began to give off almost improbable sparkles.

The lieutenant colonel looked from side to side, inclined his head gently to some people in the crowd, and occupied his place of honor in the procession.

The music soon broke into a march performed by the lieutenant colonel, the brotherhood and the shepherds in the direction of the church.

When the people in the church caught sight of the procession, the bell-ringer, who was already waiting, put in action the most complicated lessons learned in his job, while a pinwheel, interspersed with some loose fireworks, announced to the clouds in heaven that the emperor of the Divine had arrived.

There was a general stir in the church as the announcement was made. An active and skillful master of ceremonies was opening the way, with great difficulty, because the people, eager to see the lieutenant colonel's form, had gathered disorderly, undoing his efforts.

In the end, what happened always happens on these occasions. The pathways opened up, and the emperor passed through the crowd, albeit

o imperador atravessou a multidão, precedido e acompanhado pela irmandade, até chegar ao trono que se levantava ao lado do altar-mor.

Subiu com firmeza os degraus do trono, e sentou-se nele, tão orgulhoso como se governasse dali todos os impérios juntos do mundo.

Quando Camillo chegou à igreja, já a festa havia começado. Achou um lugar sofrível, ou antes inteiramente bom, porque ali podia dominar um grande grupo de senhoras, entre as quais descobriu a formosa Isabel.

Camillo estava ansioso por falar outra vez com Isabel. O encontro na estrada e a singular perspicácia de que a moça dera prova nessa ocasião, não lhe haviam saído da cabeça.

A moça pareceu não dar por ele, mas Camilo era tão versado em tratar com o belo sexo, que não lhe foi difícil perceber que ela o tinha visto e intencionalmente não voltava os olhos para o lado dele.

Esta circunstância, ligada aos incidentes do domingo anterior, fez-lhe nascer no espírito a seguinte pergunta:

— Mas que tem ela contra mim?

Cantado o evangelho, subiu ao púlpito o padre Maciel, que, como de costume, pregava o sermão.

O padre Maciel tinha o talento de dar todos os anos um sermão novo sem acrescentar nem tirar nada do primeiro sermão que pregara. Bastava-lhe simplesmente alterar as orações e os períodos; metia às vezes um advérbio ou uma conjunção de mais; o restante era a mesma coisa e era também outra coisa.

De alguns anos em diante o sermão sofreu uma pequena reforma; entraram alguns períodos novos, que como os leitores se hão de lembrar, eram da carta de Camillo ao pai, por ocasião da morte do padrinho.

Esquecido talvez dessa circunstância, não alterou nessa parte o sermão, e já daqui pode o leitor imaginar a surpresa do filho do comendador quando ouviu caírem de público uma série de frases filosóficas que ele reconheceu logo, por lhe haverem custado algumas horas de profunda meditação.

with difficulty, preceded and accompanied by the brotherhood, and he arrived at the throne which rose beside the altar.

He went up the steps of the throne stair steadily, and sat down, as proud as if from there he ruled all the empires of the world. By the time Camillo arrived at the church, the celebrations had already begun. He found a tolerable place, or rather entirely good place, because it allowed him to appreciate a group of young ladies, and among them he found the beautiful Isabel. Camillo was eager to talk to Isabel again. The meeting on the road and the singular perspicacity she demonstrated on that occasion hadn't left his mind.

The young lady seemed not to pay attention to him, but Camillo was so skillful in dealing with the fair sex that it wasn't hard for him to notice that she had seen him and intentionally didn't turn her eyes toward him.

This circumstance, linked to the incidents from the previous Sunday, gave rise to the following question in his spirit:

"What does she have against me?"

After the gospel was sung, Father Maciel rose to the pulpit, where, as usual, he preached the sermon.

Father Maciel had the talent of giving a new sermon every year without adding or taking anything away from the first sermon he had preached. He just changed the prayers and phrases. Sometimes he added one more adverb or conjunction. The rest was both the same and also something else.

For some years now the sermon had suffered a minor reform. He added some new phrases that, as the readers will remember, belonged to the letter that Camillo sent his father when his godfather died.

As the priest perhaps had forgotten said circumstance, he didn't change this part of the sermon, and already here the reader can imagine Camillo's surprise when he heard, in public, a number of philosophical sentences that he immediately recognized, as they were the product of a few hours of deep meditation.

A festa prosseguiu sem novidade. Camillo não tirava os olhos de sua bela charada, nome que já lhe dava, mas a charada parecia refratária a todo o sentimento de curiosidade.

Uma vez porém, quase no fim, encontraram-se os olhos de ambos. Pede a verdade que se diga que o rapaz surpreendeu a moça a olhar para ele. Cumprimentou-a; foi correspondido; nada mais.

Acabada a festa foi a irmandade levar o tenente-coronel até a casa. No meio da lufa-lufa da saída, Camillo, que estava embebido a olhar para Isabel, ouviu uma voz desconhecida que lhe dizia ao ouvido:

— Veja o que faz!

Camillo voltou-se e deu com um homem baixinho e magro, de olhos miúdos e vivos, pobre mas asseadamente trajado.

Encararam-se alguns segundos sem dizer palavra. Camillo não conhecia aquela cara e não se atrevia a pedir explicação das palavras que ouvira, conquanto ardesse por saber o resto.

— Há um mistério, continuou o desconhecido. Quer descobri-lo?

Houve algum tempo de silêncio.

— O lugar não é próprio, disse Camillo; mas se tem alguma coisa que me dizer...

— Não; descubra o senhor mesmo.

E dizendo isto desapareceu no meio do povo o homem baixinho e magro, de olhos vivos e miúdos.

Camillo acotovelou umas dez ou doze pessoas, pisou uns quinze ou vinte calos, pediu outras tantas vezes perdão da sua imprudência, até que se achou na rua sem ver nada que se parecesse com o desconhecido.

— Um romance! disse ele; estou em pleno romance.

Nisto saíam da igreja Isabel, D. Gertrudes e o Dr. Baptista. Camilo aproximou-se do grupo e cumprimentou-os. Baptista deu braço a D. Gertrudes; Camilo ofereceu timidamente o seu a Isabel.

The celebration continued without any novelty. Camillo didn't take his eyes off his beautiful charade, a name he had given her, but the charade seemed to be refractory to all sense of curiosity.

Once, however, toward the end, Camillo's and Isabel's eyes met. Truth be told, the young man surprised the young lady looking at him. He greeted her and was reciprocated, nothing more.

When the celebration finished, the brotherhood led the lieutenant colonel to his house. In the midst of the hustle and bustle of leaving, Camillo, who was absorbed in looking at Isabel, heard an unknown voice whispering to his ear:

"Watch what you're doing!"

Camillo turned and faced a short, thin man with lively little eyes, poor but neatly dressed. They looked at each other for a few seconds without saying a word. Camillo didn't know that face and didn't dare ask for an explanation about the words he had heard, even though he was burning inside to know the rest.

"There's a mystery," said the unknown man. "Would you like to find it out?"

They were silent for some time.

"This isn't a proper place," Camillo said, "but if you have something to tell me..."

"No; find out for yourself."

After saying this, the short, thin man with the lively little eyes, disappeared in the midst of the crowd. Camillo elbowed ten or twelve people, stepped on fifteen or twenty toes, asked forgiveness for his recklessness so many times until he found himself in the street seeing nobody resembling the unknown man.

"A soap opera!" he said. "I'm in the middle of a soap opera."

Isabel was leaving the church with D. Gertrudes and Dr. Baptista. Camillo approached the group and greeted them. Baptista gave his arm to D. Gertrudes. Camillo shyly offered his arm to Isabel.

A moça hesitou; mas não era possível recusar. Passou o braço no do jovem médico e o grupo dirigiu-se para a casa onde o tenente-coronel já estava e mais algumas pessoas importantes da localidade.

No meio do povo havia um homem que também se dirigia para a casa do coronel e que não tirava os olhos de Camillo e de Isabel.

Esse homem mordia o lábio até fazer sangue.

Será preciso dizer que era Leandro Soares?

V

Passion

A distância da igreja à casa era pequena; e a conversa entre Isabel e Camillo não foi longa nem seguida. E todavia, leitor, se alguma simpatia te merece a princesa moscovita, deves sinceramente lastimá-la. A aurora de um novo sentimento começava a dourar as cumeadas do coração de Camilo; ao subir as escadas, confessava o filho do comendador de si para si, que a interessante patrícia tinha qualidade superiores às da bela princesa russa. Hora e meia depois, isto é, quase no fim do jantar, o coração de Camilo confirmava plenamente esta descoberta do seu investigador espírito.

A conversa, entretanto, não passou de coisas totalmente indiferentes; mas Isabel falava com tanta distinção e graça, posto não alterasse nunca a sua habitual reserva; os olhos eram tão bonitos de ver ao perto, e os cabelos também, e a boca igualmente, e as mãos do mesmo modo, que o nosso ardente mancebo, só mudando de natureza, poderia resistir ao influxo de tantas graças juntas.

O jantar correu sem novidade apreciável. Reuniram-se à mesa do tenente-coronel todas as notabilidades do lugar, o estado-maior, o vigário, o juiz municipal, o negociante, o fazendeiro, reinando sempre de uma ponta a outra da mesa a maior cordialidade e harmonia.

O imperador do divino, já então restituído ao seu vestuário comum, fazia as honras da mesa com verdadeiro entusiasmo. A festa era o obje-

The young lady hesitated, but it wasn't possible to refuse. She slipped her arm around the young doctor's, and the group went to the house where the lieutenant colonel and some more important people from the area had already gathered.

In the middle of the crowd there was a man who was also going to the colonel's house and who couldn't take his eyes off Camillo and Isabel. This man was biting his lips until they bled. Is it necessary to say that the man was Leandro Soares?

V

Passion

The distance between the church and the house was short, and the conversation between Camillo and Isabel was neither long nor flowing. And yet, reader, if the Muscovite princess deserves some of your sympathy, you should sincerely pity her. The dawn of a new feeling began to gild the ridges of Camillo's heart. As he was going up the stairs, the commander's son confessed to himself that the interesting patrician had qualities that were superior to the ones possessed by the beautiful Russian princess. An hour and a half later, toward the end of dinner, Camillo's heart fully confirmed this discovery of his investigative spirit.

The conversation, however, was just about totally meaningless things, though Isabel spoke with distinction and grace, without changing her habitual reservation. Her eyes were so beautiful when seen up close, as well as her hair, mouth and hands, that our ardent young man could resist the influx of so much grace only if he entirely changed his temperament.

Dinner continued without any appreciable novelty. All the notables of the place were gathered at the lieutenant colonel's table—government officials, the vicar, the county judge, the tradesman, the farmer, with a great cordiality reigning on all sides of the table.

tivo da geral conversa, entremeada, é verdade, de reflexões políticas, em que todos estavam de acordo, porque eram do mesmo partido, homens e senhoras.

Foi ali assentado que os seus adversários ausentes eram os mais ineptos, corruptos e impopulares sujeitos que houve nunca desde o Amazonas até o Prata. A aspereza desta opinião era compensada pela ideia de que os adversários, em iguais reuniões, já haviam dito a mesma coisa, e se propunham a repeti-la, tão depressa lhes fosse do Rio de Janeiro a notícia de que a opinião pública abandonara os atuais governantes.

O major Brás tinha por costume fazer um ou dois brindes longos e eloquentes em cada jantar de certa ordem a que assistisse. A facilidade com que ele se exprimia não tinha rival nas tantas mil léguas quadradas de que se compõe a superfície da província. Além disso, como era dotado de descomunal estatura, dominava de tal modo o auditório, que o simples levantar-se era já meio triunfo.

Não podia o major Brás deixar incólume o jantar do tenente-coronel; ia-se entrar na sobremesa quando o eloquente major pediu licença para dizer algumas palavras singelas e toscas. Um murmúrio equivalente aos não-apoiados das câmaras, acolheu esta declaração do orador, e o auditório preparou o ouvido para receber as pérolas que lhe iam cair da boca.

— O ilustre auditório que me escuta, disse ele, desculpará a minha ousadia; não vos fala o talento, senhores, fala-vos o coração.

"Meu brinde é curto; para celebrar as virtudes e a capacidade do ilustre tenente-coronel Veiga não é preciso fazer um longo discurso. Seu nome diz tudo; a minha voz nada adiantaria..."

O auditório revelou por sinais que aplaudia sem restrições o primeiro membro desta última frase, e com restrições o segundo; isto é, cumprimentou o tenente-coronel e o major; e o orador que, para ser coerente com o que acabava de dizer, devia limitar-se a esvaziar o copo, prosseguiu da seguinte maneira:

The emperor of the Divine, restituted to his ordinary clothes, did the honors of the table with great enthusiasm. The celebration was the main topic of the general conversation, interspersed, of course, with political reflections, with which everybody agreed since all of them, ladies and gentlemen, belonged to the same party.

There they decided that their absent adversaries were the most inept, corrupt and unpopular individuals that existed from the Amazon to the La Plata. The harshness of such opinion was compensated by the idea that the adversaries, in similar meetings, had already said the same, and were inclined to repeat it as soon as news from Rio de Janeiro announced that public opinion had abandoned the current rulers.

Major Brás had the habit of making one or two long and eloquent toasts at each dinner of a certain club he attended. The ease with which he expressed himself was unrivaled in the many thousand square leagues that composed the surface of the province. Besides that, as he was endowed with enormous stature, he dominated the auditorium in such a way that the simple act of standing up was considered half a triumph. The major couldn't leave the lieutenant colonel's dinner unscathed. Dessert was about to be served when the eloquent major asked permission to say some sincere and simple words. A murmur like that of the minority members in the legislation welcomed the orator's declaration, and the audience prepared their ears to receive the pearls that were going to fall from his mouth.

"O illustrious auditors who are listening to me," he said, "will forgive my audacity; it isn't talent which is speaking, gentlemen, it's my heart. My toast is short. It's not necessary to make a long speech to celebrate the illustrious Lieutenant Colonel Veiga's virtues and capacities. His name says it all; my voice would be worthless..."

The audience showed, with signs, that they applauded the first member of this last phrase without reservation, and the second with reservation, that is; they saluted the lieutenant colonel and the major. The

— O imenso acontecimento que acabamos de presenciar, senhores, creio que nunca se apagará da vossa memória. Muitas festas do espírito Santo tem havido nesta cidade e em outras; mas nunca o povo teve o júbilo de contemplar um esplendor, uma animação, um triunfo igual ao que nos proporcionou o nosso ilustre correligionário e amigo, o tenente-coronel Veiga, honra da classe a que pertence, e a glória do partido a que se filiou...

— E no qual pretendo morrer, completou o tenente-coronel.

— Nem outra coisa era de esperar de V. Exa, disse o orador mudando de voz para dar a estas palavras um tom de parênteses.

Apesar da declaração feita no princípio, de que era inútil acrescentar nada aos méritos do tenente-coronel, o intrépido orador falou cerca de vinte e cinco minutos com grande mágoa do padre Maciel, que namorava de longe um fofo e trêmulo pudim de pão, e do juiz municipal que estava ansioso por ir fumar. A peroração desse memorável discurso foi pouco mais ou menos assim:

— Eu faltaria, portanto, aos meus deveres de amigo, de correligionário, de subordinado e de admirador, se não levantasse a voz nesta ocasião, e não vos dissesse em linguagem tosca, sim, *(sinais de desaprovação)*, mas sincera, os sentimentos que me tumultuam dentro do peito, o entusiasmo de que me sinto possuído, quando contemplo o venerando e ilustre tenente-coronel Veiga, e se vos não convidasse a beber comigo à saúde de V. Exa.

O auditório acompanhou com entusiasmo o brinde do major, ao qual respondeu o tenente-coronel com estas poucas, mas sentidas palavras:

— Os elogios que me acaba de fazer o distinto major Brás, são verdadeiros favores de uma alma grande e generosa; não os mereço senhores; devolvo-os intatos ao ilustre orador que me precedeu.

Todos beberam à saúde do major, que agradeceu sem saber o que era, porque desde que se sentara e daí até o fim do jantar esteve ocupado em rememorar as belas palavras que acabava de proferir.

orator, who had to be coherent with what he had just said, had to limit himself to emptying his glass and continuing as follows:

"I believe, gentlemen, that the immense event that we have just witnessed will never be erased from your memory. Many Holy Spirit festivities have taken place in this city and in others, but the people have never had the jubilation of contemplating such splendor, animation, triumph as the one provided by our illustrious co-religionist and friend, the Lieutenant Colonel Veiga who honors the class to which he belongs, and the glory of the party which he joined…"

"And in which I intend to die," lieutenant colonel completed.

"We couldn't expect anything different from you, Your Excellency," the orator said, changing his voice to give these words a parenthetical tone. Despite the declaration made in the beginning, that it was useless to add anything to the lieutenant colonel's merits, the intrepid orator spoke for some twenty five minutes, to the great sorrow of Father Maciel, who was flirting with a trembling and fluffy bread pudding from a distance; and the county judge, who was anxious to smoke. The peroration of this memorable speech was more or less like this:

"I would fail, therefore, in my duties as a friend, a co-religionist, a subordinate and an admirer, if I didn't raise my voice on such an occasion, and if I didn't tell you in a truly coarse but sincere language, *(signs of disapproval)*, the feelings that disturb my heart, the enthusiasm that possesses me, when I contemplate the venerated and illustrious Lieutenant Colonel Veiga, and if I didn't invite you to drink with me to the health of His Excellency."

The audience followed the major's toast with enthusiasm, to which the lieutenant colonel answered with these few but heartfelt words:

"The accolades just made by the distinguished Major Brás are real favors of a great and generous soul; I don't deserve them gentlemen, I return them intact to the illustrious orator who preceded me."

No meio da festa e da alegria que reinava, ninguém reparou nas atenções que Camillo prestava à bela filha do Dr. Mattos.

Ninguém, digo mal; Leandro Soares, que fora convidado ao jantar, e assistira a ele, não tirava os olhos do elegante rival e da sua formosa e esquiva dama.

Há de parecer milagre ao leitor a indiferença e até o ar alegre com que Soares via os ataques do adversário. Não é milagre; Soares também interrogava o olhar de Isabel e lia nele a indiferença e talvez o desdém com que tratava o filho do comendador.

— Nem eu, nem ele, dizia consigo o pretendente.

Camillo estava apaixonado; no dia seguinte amanheceu pior; cada dia que passava aumentava a chama que o consumia. Paris e a princesa, tudo havia desaparecido do coração e da memória do rapaz. Um só ente, um lugar único merecia agora as suas atenções: Isabel e Goiás.

A esquivança e os desdéns da moça não contribuíram pouco para esta transformação.

Fazendo de si próprio melhor ideia que o rival, Camillo dizia consigo:

— Se ela não me dá atenção, muito menos deve importar-se com o filho de Soares. Mas por que razão se mostra ela comigo tão esquiva? Que motivo há para que eu seja derrotado como qualquer pretendente vulgar?

Nessas ocasiões lembrava-se do desconhecido que lhe falara na igreja e das palavras que lhe dissera.

— Algum mistério haverá, dizia ele; mas como descobri-lo?

Indagou das pessoas da cidade quem era o sujeito baixo, de olhos miúdos e vivos. Ninguém lhe soube dizer. Parecia incrível que não chegasse a descobrir naquelas paragens um homem que naturalmente alguém devia conhecer; recobrou de esforços; ninguém sabia quem era o misterioso sujeito.

Everybody drank to the health of the major, who thanked them without knowing what it was about because from the moment he sat down until the end of dinner, he was busy remembering the beautiful words he had just uttered. In the middle of the party and the happiness that reigned, no one noticed the attention Camillo was paying to Dr. Mattos's beautiful daughter.

No, that's not true. Leandro Soares, who had been invited to dinner and attended it, didn't take his eyes off his elegant rival and his beautiful and elusive lady.

The reader might consider the lack of concern and even the joyful air with which Soares saw his adversary's attacks as a miracle. It's not a miracle Soares also interrogated Isabel's look and read disinterest in it, and perhaps the disdain with which she treated the commander's son.

"Neither I nor him," the suitor said to himself.

Camillo was in love. He was worse the following day. The fire which consumed him was increasing with each passing day. Paris and the princess, everything had disappeared from the young man's heart and memory. Only one person, only one place deserved his attentions now: Isabel and Goiás.

The young lady's avoidance and scorn contribute no less to this transformation. Considering himself better than his rival, Camillo said to himself: "If she doesn't care about me, she cares even less about Soares's son. But why is she so elusive with me? What is the reason for her to have me defeated like any common suitor?"

On these occasions he remembered the stranger who had spoken to him in the church and the words he had said.

"There might be a mystery," he said, "but how can I discover it?"

He asked the townspeople about the short man with the lively little eyes. No one could tell. It seemed incredible he couldn't find in such a place a man whom somebody should naturally know. He tried yet again, but nobody knew who the mysterious man was.

Entretanto Camillo frequentava a fazenda do Dr. Mattos e ali ia jantar algumas vezes. Era difícil falar a Isabel com a liberdade que permitem mais adiantados costumes; fazia, entretanto, o que podia para comunicar à bela moça os seus sentimentos. Isabel parecia cada vez mais estranha às comunicações do rapaz. Suas maneiras não eram positivamente desdenhosas, mas frias; dissera-se que ali dentro morava um coração de neve.

Ao amor desprezado, veio juntar-se o orgulho ofendido, o despeito e a vergonha, e tudo isto, junto a uma epidemia que então reinava na comarca, deu com o nosso Camillo na cama, onde por agora deixaremos, entregue aos médicos seus colegas.

Não passarei, todavia, a outro capítulo sem pedir desculpa ao leitor de haver empregado a expressão *cama*, em vez de dizer poeticamente *leito da dor*. São descuidos que o tempo emendará.

VI

Revelação

Não há mistérios para um autor que sabe investigar todos os recantos do coração. Enquanto o povo de Santa Luzia faz mil conjeturas a respeito da causa verdadeira da isenção que até agora tem mostrado a formosa Isabel, estou habilitado para dizer ao leitor impaciente que ela ama.

— E a quem ama? pergunta vivamente o leitor.

Ama... a uma parasita. Uma parasita? É verdade, uma parasita. Deve ser então uma flor muito linda, um milagre de frescura e de aroma. Não, senhor; é uma parasita muito feia, um cadáver de flor, seco, mirrado, uma flor que devia ter sido lindíssima há muito tempo, no pé, mas que hoje na cestinha em que ela a traz, nenhum sentimento inspira, a não ser de curiosidade.

Sim, porque é realmente curioso que uma moça de vinte anos, em toda a força das paixões, pareça indiferente aos homens que a cercam, e concentre todos os seus afetos nos restos descorados e secos de uma flor.

Camillo, however, visited Dr. Mattos's farm and had dinner there a few times. It was difficult to talk to Isabel with the freedom that more modern customs allow, but he did what he could to communicate his feelings to the beautiful young lady. Isabel seemed to be even more aloof to the youngster's communications. Her manners weren't positively contemptuous, but they were cold. It had been said that inside her chest lived a heart of snow.

The unappreciated love was joined by the offended pride, the resentment, the shame, and all that mixed with an epidemic which was ravaging the county, leaving our Camillo bedridden, where we'll now leave him to the care of his fellow doctors. I, however, won't move on to another chapter without apologizing to the reader for having used the expression *bed* instead of poetically saying *painbed*. Time will correct this carelessness.

VI

Revelation

There are no mysteries for an author who knows how to investigate every corner of the heart. While the people of Santa Luzia made a thousand conjectures about the true cause of the indifference beautiful Isabel has been demonstrating until now, I'm qualified to tell the impatient reader that she loves.

"Whom does she love?" the reader asks vividly.

She loves... a parasite. A parasite? That's right, a parasite. It should be a very beautiful flower, a miracle of freshness and fragrance. No, sir; it's a really ugly parasite, a corpse of a flower, dry and weedy, a flower that might have been gorgeous a long time ago, on the stalk, but that today, in the little basket in which it lies, doesn't inspire any feelings except curiosity. Indeed, because it's really curious that a twenty-year-old young lady, with all the strength of her passions, seems to be unin-

Ah! Mas aquela flor foi colhida em circunstâncias especiais. Dera-se o caso alguns anos antes. Um moço da localidade gostava então muito de Isabel, porque era uma criança engraçada, e costumava chamá-la sua mulher, gracejo inocente que o tempo não sancionou.

Isabel também gostava do rapaz, a ponto de fazer nascer no espírito do pai da moça a seguinte ideia:

— Se daqui a alguns anos as coisas não mudarem por parte dela, e se ele vier a gostar seriamente da pequena, creio que os posso casar.

Isabel ignorava completamente esta ideia do pai; mas continuava a gostar do moço, o qual continuava a achá-la uma criança interessantíssima.

Um dia viu Isabel uma linda parasita azul entre os galhos de uma árvore.

— Que bonita flor! disse ela.

— Aposto que a quer?

— Queria sim... disse a menina que, mesmo sem aprender, conhecia já esse falar oblíquo e disfarçado que parece ser um talento especial do seu sexo.

O rapaz despiu o paletó com a sem-cerimônia de quem trata com uma criança e trepou pela árvore acima. Isabel ficou embaixo, ofegante e ansiosa pelo resultado. Não tardou que o complacente moço deitasse a mão à flor e delicadamente a colhesse.

— Apanhe! disse ele de cima.

Isabel aproximou-se da árvore e recolheu a flor no regaço.

Contente por ter satisfeito o desejo da menina, tratou o rapaz de descer, mas tão desastrosamente o fez, que no fim de dois minutos jazia no chão aos pés de Isabel.

A menina deu um grito de angústia e pediu socorro; o rapaz procurou tranquilizá-la dizendo que nada era, e tentando levantar-se alegremente. Levantou-se, com efeito, com a camisa salpicada de sangue; tinha ferido a cabeça.

terested in the men who surround her, and concentrate all her affections on the dry and colorless remains of a flower.

Oh! But that flower was picked under special circumstances. The event happened a few years ago. A youngster from the locality liked Isabel very much because she was a funny child. He used to call her his wife, an innocent joke that time didn't sanction. Isabel also liked the youngster, to the point where the following idea was born in her father's spirit:

"If in a few years things don't change for her, and if he were to seriously like the girl, I believe I can wed them."

Isabel was completely unaware of her father's idea, but she continued to like the youngster, and he continued to think she was a very interesting child. One day Isabel saw a beautiful blue parasite among the branches of a tree.

"What a beautiful flower!" she said.

"I bet you want it?"

"Yes, I do…" the girl said, and she, even without having learned, already knew the oblique and disguised talk that seems to be a special talent of her sex.

The youngster unceremoniously took off his jacket, like those who deal with children, and climbed the tree. Isabel was below, panting and anxious for the result. It didn't take a long time for the complaicant boy to reach the flower and delicately pick it.

"Catch!" he said from above.

Isabel approached the tree and caught the flower in her lap. Happy for having satisfied the girl's desire, the boy climbed down the tree but did it so disastrously that at the end of two minutes, he was lying on the ground at Isabel's feet.

The girl let loose a scream of anguish and asked for help. The boy tried to reassure her that nothing had really happened and tried to get

A ferida foi declarada leve; dentro de poucos dias estava o valente moço completamente restabelecido.

A impressão que Isabel recebeu naquela ocasião foi profunda. Gostava até então do rapaz; daí em diante passou a adorá-lo. A flor que ele lhe colhera veio naturalmente a secar; Isabel guardou-a como se fora uma relíquia; beijava-a todos os dias; e de certo tempo em diante até chorava sobre ela. Uma espécie de culto supersticioso prendia o coração da moça àquela mirrada parasita.

Aí tem o leitor o objeto do amor de Isabel.

Não era ela porém tão mau coração que não ficasse vivamente impressionada quando soube da doença de Camillo. Fez indagar com assiduidade do estado do moço, e cinco dias depois foi com o pai visitá-lo à fazenda do comendador.

A simples visita da moça era possível que curasse o doente; mas como a moléstia era epidêmica, a visita de Isabel apenas deu em resultado consolar o rapaz e dar-lhe algum ânimo. Teve ainda outro efeito: viçaram-lhe algumas esperanças, que já estavam mais secas e mirradas que a parasita cuja história acima narrei.

– Quem sabe se me não amará agora? pensou ele. Apenas ficou restabelecido foi seu primeiro cuidado em ir à fazenda do Dr. Mattos; o comendador quis acompanhá-lo.

Não o acharam em casa; estavam apenas a irmã e a filha. A irmã era uma pobre velha, que além desse achaque, tinha mais dois: era surda e gostava de política.

A ocasião era boa; enquanto a tia de Isabel confiscava a pessoa e a atenção do comendador, Camillo teve tempo de dar um golpe decisivo e rápido, dirigindo à moça estas palavras:

– Agradeço-lhe a bondade que mostrou a meu respeito durante a minha moléstia. Essa mesma bondade anima-se a pedir-lhe uma coisa mais...

Isabel franziu a testa.

up joyfully. He stood right up, with his shirt bloodstained. He'd hurt his head.

The wound was declared to be light. The valiant boy completely recovered in a few days. Isabel received a really deep impression on that occasion. She had liked the boy until that moment, but thereafter she began to worship him. The flower he picked for her naturally dried out. Isabel kept it as if it were a relic. She kissed it every day, and from a certain time onward she even cried over it. A kind of superstitious worship held the young lady's heart to that withered parasite.

There, reader, is the object of Isabel's love. However, her heart wasn't so bad that she wasn't vividly impressed when she learned of Camillo's illness. She urged people to keep asking about the young man's condition. And five days later she went with her father to visit him at the commander's farm.

It was possible that the young lady's simple visit would cure the patient, but as the disease was epidemic, Isabel's visit only comforted the young man and gave him some encouragement. It had yet another effect: some hopes came to him, hopes that were already drier and more withered than the parasite whose story I narrated above.

"Who knows if she will not love me now?" he thought. As soon as he recovered, his first move was to go to Dr. Mattos's farm. The commander wanted to go with him.

Dr. Mattos wasn't at home. They found only his sister and his daughter. His sister was a poor old lady who, besides this ailment, had two others: she was deaf and liked politics.

The event was good. While Isabel's aunt confiscated the commander's presence and attention, Camillo had the time necessary to strike a fast and decisive blow, directing the following words to the young lady:

— Reviveu-me uma esperança há dias, continuou Camillo, esperança que já estava morta. Será ilusão minha? Uma sua palavra, um gesto seu resolverá esta dúvida.

Isabel ergueu os ombros.

— Não compreendo, disse ela.

— Compreende, disse Camillo em tom amargo. Mas eu serei mais franco, se o exige. Amo-a; disse-lhe mil vezes; não fui atendido. Agora porém...

Camillo teria concluído de boa vontade este pequeno discurso, se tivesse diante de si a pessoa que ele desejava o ouvisse. Isabel, porém, não lhe deu tempo de chegar ao fim. Sem dizer palavra, sem fazer um gesto, atravessou a extensa varanda e foi sentar-se na outra extremidade onde a velha tia punha à prova os excelentes pulmões do comendador.

O desapontamento de Camillo estava além de toda a descrição. Pretextando um calor que não existia saiu para tomar ar, e ora vagaroso, ora apressado, conforme triunfava nele a irritação ou o desânimo, o mísero pretendente deixou-se ir sem destino.

Construiu mil planos de vingança, ideou mil maneiras de ir lançar-se aos pés da moça, rememorou todos os fatos que se haviam dado com ela, e ao cabo de uma longa hora chegou à triste conclusão de que tudo estava perdido.

Nesse momento deu acordo de si: estava ao pé de um riacho que atravessava a fazenda do Dr. Mattos. O lugar era agreste e singularmente feito para a situação em que ele se achava. A uns duzentos passos viu uma cabana, onde pareceu que alguém entoava uma cantiga do sertão.

Importuna coisa é a felicidade alheia quando a gente é vítima de algum infortúnio. Camillo sentiu-se ainda mais irritado, e ingenuamente perguntou a si mesmo se alguém podia ser feliz estando ele com o coração a sangrar de desespero.

Daí a nada aparecia à porta da cabana um homem e saía na direção do riacho. Camillo estremeceu; pareceu-lhe reconhecer o misterioso

"I would like to thank you for the kindness you showed me during my illness. This same kindness encourages me to ask you one more thing…"

Isabel frowned.

"My hope was revived some days ago," Camillo continued, "a hope that was already dead. Would it be an illusion on my part? A word or a gesture from you will remove this doubt."

Isabel shrugged.

"I don't understand," she said.

"You do," Camillo said in a bitter tone. "But I'll be more direct if you require. I love you. I've told you a thousand times, and I haven't been noticed. Now, however…"

Camillo would have willingly concluded this short speech if he had, in front of him, the person he wished could hear it. Isabel, however, didn't give him time get to the end. Without saying a word or making a gesture, she crossed the wide porch and sat down at the other end where her old aunt put to the test the commander's excellent lungs.

Camillo's disappointment was beyond all description. Feigning to suffer from a heat which wasn't there, he left to get some fresh air. Rushing or dragging as irritation or dismay triumphed inside him, the miserable suitor let himself wander around aimlessly.

He built a thousand plans for revenge, devised a thousand ways to go throw himself at the young lady's feet, recalled all the facts in which she was involved, and by the end of one long hour he reached the sad conclusion that all was lost.

At that moment he came back to himself. He was at the foot of a stream that ran through Dr. Mattos's farm. The place was rough and singularly suitable for the situation he found himself in. Some two hundred steps ahead he saw a hut, where it seemed that someone was singing a song from the backlands.

que lhe falara no dia do Espírito Santo. Era a mesma estatura e o mesmo ar; aproximou-se rapidamente e parou a cinco passos de distância. O homem voltou o rosto: era ele!

Camilo correu ao desconhecido.

— Enfim! disse ele.

O desconhecido sorriu-se complacentemente e apertou a mão que Camillo lhe oferecia.

— Quer descansar? perguntou-lhe.

— Não, respondeu o médico. Aqui mesmo, ou mais longe se lhe apraz, mas desde já, por favor, desejo que me explique as palavras que me disse outro dia na igreja.

Novo sorriso do desconhecido.

— Então? disse Camillo vendo que o homem não respondia.

— Antes de mais nada, diga-me: gosta deveras da moça?

— Oh! Muito!

— Jura que a faria feliz?

— Juro!

— Então ouça. O que vou contar a V.S. é verdade, porque o soube por minha mulher que foi mucama de D. Isabel. É aquela que ali está.

Camillo olhou para a porta da cabana e viu uma mulatinha alta e elegante, que olhava para ele com curiosidade.

— Agora, continuou o desconhecido, afastemo-nos um pouco; para que ela nos não ouça, porque eu não desejo venha a saber-se de quem o senhor ouviu esta história.

Afastaram-se com efeito costeando o riacho.

O desconhecido narrou então a Camillo toda a história da parasita, e o culto que até então a moça votava à flor seca.

Um leitor menos sagaz imagina que o namorado ouviu esta narração triste e abatido. Mas o leitor que souber ler adivinha logo que a confidência do desconhecido despertou na alma de Camillo os mais incríveis sobressaltos de alegria.

Someone else's happiness is annoying when we are the victims of some misfortune. Camillo felt even more annoyed and naively asked himself if anybody could be happy when his heart was bleeding with despair.

Some seconds later a man appeared at the hut's door and went directly to the stream. Camillo trembled. He seemed to recognize the mysterious man who had talked to him on the day of the Holy Spirit. He had the same height and the same air. He approached quickly and stopped five feet away. The man turned his face. It was him! Camillo ran to the stranger.

"Finally!" he said.

The stranger smiled complacently and shook the hand that Camillo offered him.

"Do you want to rest?" he asked.

"No," the doctor answered. "Right here, or further along if you prefer, but right now, please, I wish you explain to me the words you told me the other day in the church."

The stranger smiled again.

"So?" Camillo said, seeing that the man didn't answer.

"First of all, tell me: do you truly like the young lady?"

"Oh! A lot!"

"Do you swear you will make her happy?"

"I swear!"

"So listen. What I'm going to tell you, sir, is true, because I've learned from my wife, who was Isabel's *mucama*.[22] That's her, over there."

Camillo looked at the door of the hut and saw a tall, elegant young *mulatta*, who was looking at him with curiosity.

"Now," the stranger continued, "move away a bit, so that she doesn't hear us, because I don't want her to know where you heard this story."

— Aqui está o que há, disse o desconhecido ao concluir, creio que V.S. com isto pode saber em que terreno pisa.

— Oh! sim! sim! disse Camillo. Sou amado! Sou amado!

Sabedor daquela novidade ardia o médico por voltar à casa, donde saíra havia tanto tempo. Meteu a mão na algibeira, abriu a carteira e tirou uma nota de vinte mil réis.

— O serviço que me acaba de prestar é imenso, disse ele; não tem preço. Isto, porém, é apenas uma lembrança...

Dizendo estas palavras, estendeu-lhe a nota.

O desconhecido riu-se desdenhosamente sem responder palavra. Depois, estendeu a mão à nota que Camillo lhe oferecia, e, com grande pasmo deste, atirou-a ao riacho. O fio d'água que ia murmurando e saltando por cima das pedras levou consigo o bilhete de envolta com uma folha que o vento lhe levara também.

— Deste modo, disse o desconhecido, nem o senhor fica devendo um obséquio, nem eu recebo a paga dele. Não pense que tive tenção de servir a V.S.; não. Meu desejo é fazer feliz a filha do meu benfeitor. Sabia que ela gostava de um moço, e que esse moço era capaz de a fazer feliz; abri caminho para que ele chegue até onde ela está. Isto não se paga; agradece-se apenas.

Acabando de dizer estas palavras, o desconhecido voltou as costas ao médico, e dirigiu-se para a cabana.

Camillo acompanhou com os olhos aquele homem rústico. Pouco tempo depois estava em casa de Isabel, onde já era esperado com alguma ansiedade. Isabel viu-o entrar alegre e radiante.

— Sei tudo, disse-lhe Camillo pouco antes de sair.

A moça olhou espantada para ele.

— Tudo? repetiu ela.

— Sei que me ama, sei que esse amor nasceu há longos anos, quando ainda era criança, e que ainda hoje...

They went a good distance farther away, following the river. The stranger told Camillo the whole story of the parasite and the worship that the young lady still devoted to the dry flower. A less sagacious reader can imagine that the young lover was sad and dispirited with this story. But the reader who knows how to read will soon guess that the stranger's confidence awoke the most incredible startling happiness in Camillo's soul.

"There you have it," the stranger said to conclude, "I believe now you may know where you're walking, sir."

"Oh! Yes! Yes!" Camillo said. "I'm loved! I'm loved!"

Knowing this information, the doctor was eager to go back to the house he had left a long time ago. He put his hand in his pocket, opened the wallet and took out a twenty thousand *réis* note.

"The service you just provided to me is immense," he said. "it's priceless. This, however, is just a token…"

With these words, he held out the note. The stranger laughed scornfully without a word. Then he reached to take the note Camillo offered him, and to the young man's great awe, he threw it in the stream. The trickle which was murmuring and bouncing over the rocks took the note and wrapped it in a leaf which had also been taken by the wind.

"Thus," the stranger said, "you neither owe me any favors nor do I get paid for it. Don't think that I had the intention of serving you, sir. No. My desire is to make my benefactor's daughter happy. I knew she liked a boy, and that he was able to make her happy. I opened the way for him to get where she is. You can't pay for that. You can only express your gratitude."

With those words, the stranger turned his back to the doctor and went to his hut.

Camillo followed the rustic man with his eyes. Soon after he was at Isabel's house, where people were anxiously waiting for him. Isabel saw him come in happy and radiant.

Foi interrompido pelo comendador que se aproximava. Isabel estava pálida e confusa; estimou a interrupção, porque não saberia que responder.

No dia seguinte escreveu-lhe Camilo uma extensa carta apaixonada, invocando o amor que ela conservara no coração, e pedindo-lhe que o fizesse feliz.

Dois dias esperou Camilo a resposta da moça. Veio no terceiro dia. Era breve e seca. Confessava que o amara durante aquele longo tempo, e jurara não amar nunca a outro.

"Apenas isso, concluía Isabel. Quanto a ser sua esposa, nunca. Eu quisera entregar a minha vida a quem tivesse um amor igual ao meu. O seu amor é de ontem; o meu é de nove anos; a diferença de idade é grande demais; não pode ser bom consórcio. Esqueça-me e adeus."

Dizer que esta carta não fez mais do que aumentar o amor de Camillo é escrever no papel aquilo que o leitor já adivinhou. O coração de Camillo só esperava uma confissão escrita da moça para transpor o limite que o separava da loucura. A carta transtornou-o completamente.

VII

Precipitam-se os Acontecimentos

O comendador não perdera a ideia de meter o filho na política. Justamente nesse ano havia eleição; o comendador escreveu às principais influências da província para que o rapaz entrasse na respectiva assembleia.

Camillo teve notícia desta premeditação do pai; limitou-se a erguer os ombros, resolvido a não aceitar coisa nenhuma que não fosse a mão de Isabel. Em vão o pai, o padre Maciel, o tenente-coronel lhe mostravam um futuro esplêndido e todo semeado de altas posições. Uma só posição o contentava: casar com a moça.

Não era fácil, decerto: a resolução de Isabel parecia inabalável.

— Ama-me, porém, dizia o rapaz consigo; é meio caminho andado.

"I know everything," Camillo told her before leaving. The young lady looked astonished at him.

"Everything?" she repeated.

"I know you love me, I know that this love was born many years ago, when you were a child, and that still now…"

He was interrupted by the commander, who was approaching. Isabel was pale and confused. She appreciated the interruption, because she wouldn't know what to answer.

The following day Camillo wrote her a long and passionate letter, invoking the love that she had kept alive in her heart, and asking her to make him happy. Camillo waited two days for the young lady's answer. It came on the third day. It was brief and dry. She confessed she had loved him for a long time, and that she had sworn never to love another man.

"This is it." Isabel concluded. "As for being your wife, never. I wanted to give my life to someone who had a love like mine. Your love was born yesterday; mine is eight years old; the age difference is too great; this can't be a good deal. Forget me and farewell."

To say that this letter did no more than increase Camillo's love is to write on paper what the reader has already guessed. Camillo's heart just hoped for the young lady's written confession to transpose the limit that separated him from madness. The letter disturbed him completely.

VII

Events Rush Headlong

The commander hadn't lost the idea of involving his son in politics. There would be an election that same year. The commander wrote to the main influential men of the province so that the young man could enter the respective Assembly.

Camillo had news of his father's premeditations. He limited himself to a shrug, having decided not to accept anything else but Isabel's

E como o seu amor era mais recente que o dela, compreendeu Camillo que o meio de ganhar a diferença de idade era mostrar que o tinha mais violento e capaz de maiores sacrifícios.

Não poupou manifestações de toda a sorte. Chuvas e temporais arrostou para ir vê-la todos os dias; fez-se escravo de seus menores desejos. Se Isabel tivesse a curiosidade infantil de ver na mão a estrela d'alva, é muito provável que ele achasse meio de lhe trazer.

Ao mesmo tempo, cessara de a importunar com epístolas ou palavras amorosas. A última que lhe disse foi:

– Esperarei!

Nesta esperança andou ele muitas semanas, sem que a sua situação melhorasse sensivelmente.

Alguma leitora menos exigente há de achar singular a resolução de Isabel, ainda depois de saber que era amada. Também eu penso assim; mas não quero alterar o caráter da heroína, porque ela era tal qual a apresento nestas páginas. Entendia que ser amada casualmente, pela única razão de ter o moço voltado de Paris, enquanto ela gastara largos anos a lembrar-se dele e a viver unicamente da recordação, entendia, digo eu, que isto a humilhava, e porque era imensamente orgulhosa, resolvera não casar com ele nem com outro. Será absurdo; mas era assim.

Fatigado de assediar inutilmente o coração da moça, e por outro lado, convencido de que era necessário mostrar uma dessas paixões invencíveis a ver se a convencia e lhe quebrava a resolução, planeou Camillo um grande golpe.

Um dia de manhã desapareceu da fazenda. A princípio ninguém se abalou com a ausência do moço, porque ele costumava dar longos passeios, quando porventura acordava mais cedo que de costume. A coisa, porém, começou a assustar à proporção que o tempo ia passando. Saíram emissários para todas as partes, e voltaram sem dar novas do rapaz.

hand. In vain his father, Father Maciel, the lieutenant colonel showed him a splendid future, a future sowed with high positions. Only one position contented him: to marry the young lady.

It surely wasn't easy. Isabel's resolution seemed unshakable.

"She loves me, however," the youngster would tell himself, "that's half the battle."

And as his love was more recent than hers, Camillo understood that the way to overcome the age difference was to show that his love was more violent and capable of greatest sacrifices.

He didn't spare any kind manifestation. Rain and storms he braved to go see her every day. He became a slave to her smallest desires. If Isabel had the childish curiosity to see the morning star in her hands, it's very likely that he would find a way to bring it to her. At the same time, he stopped pestering her with letters or loving words. The last words he said were:

"I'll wait!"

He was in this hope for many weeks, and it didn't improve substantially.

A less demanding reader will find Isabel's resolution singular, even after learning she was loved. I also think so, but I don't want to change the heroine's character, because she's exactly the way I'm presenting her in these pages. She understood that being loved casually, only because the young man had returned from Paris, while she spent long years remembering him and living exclusively from his memories, she understood, I say, that this humiliated her and, and because she was immensely proud, she decided not to marry him or another man. It's absurd, but it was so.

Tired of needlessly harassing the young lady's heart, and on the other hand, convinced that it was necessary to show one of those invincible passions to persuade her and break her resolution, Camillo planned to pull off a great coup.

O pai estava aterrado; a notícia do acontecimento correu por toda a parte em dez léguas ao redor.

No fim de dois dias de infrutíferas pesquisas soube-se que um moço, com todos os sinais de Camillo, fora visto a meia légua da cidade, a cavalo, em viagem para o interior. Ia só e triste. Um tropeiro asseverou depois ter visto um moço junto de uma ribanceira, parecendo sondar com o olhar que probabilidade de morte lhe traria uma queda.

O comendador entrou a oferecer grossas quantias a quem lhe desse notícia segura do filho. Todos os seus amigos despacharam gente a investigar as matas e os campos, e nesta inútil labutação correu uma semana.

Será necessário dizer a dor que sofreu a formosa Isabel quando lhe foram dar notícia do desaparecimento de Camillo? A primeira impressão foi aparentemente nula; o rosto não revelou a tempestade que imediatamente rebentara no coração. Dez minutos depois a tempestade subiu aos olhos e transbordou num verdadeiro mar de lágrimas.

Foi então que o pai teve conhecimento da paixão de tão longo tempo incubada. Ao ver aquela explosão não duvidou que o amor da filha pudesse vir a ser-lhe funesto. Sua primeira ideia foi que o rapaz desaparecera para fugir a um enlace indispensável. Isabel tranquilizou-o dizendo que, pelo contrário, era ela quem se negara a aceitar o amor de Camillo.

— Fui eu que o matei! exclamava a pobre moça.

O bom velho não compreendeu muito como é que uma moça apaixonada por um mancebo, e um mancebo apaixonado por uma moça, em vez de caminharem para o casamento, tratassem de se afastar um do outro. Lembrou-se que o seu procedimento fora justamente o contrário logo que travou o primeiro namoro.

Apressou-se a comunicar ao comendador a causa provável do desaparecimento de Camillo; mas ambos reuniram os seus esforços para reaver o fugitivo mancebo.

One morning he disappeared from the farm. At first nobody was disturbed by the youngster's absence, as he was accustomed to taking long walks, especially when he woke up earlier than usual. The situation, however, began to scare everybody as time passed. Emissaries went to all parts and returned without any news of the young man.

His father was desperate. The news spread everywhere for ten leagues around.

By the end of two days of useless search, it became known that a young man with all the characteristics of Camillo had been seen half a league from the city, on horseback, traveling to the countryside. He was lonely and sad. Later a drover asserted he saw a man near a ravine, seeming to evaluate, with his eyes, the probability of death a fall could bring him.

The commander began to offer heavy amounts of money to whoever could give certain news of his son. All his friends sent people to investigate the woods and fields, and a week was spent in this useless toil.

Would it be necessary to talk about the pain beautiful Isabel suffered when she received the news of Camillo's disappearance? The first impression was apparently nil. Her face didn't reveal the storm that had immediately broken out in her heart. Ten minutes later the storm rose to her eyes and overflowed into a veritable sea of tears.

It was then that her father became aware of the passion that had been incubating for so long. Seeing that explosion, he didn't doubt his daughter's love might prove to be fatal to her. His first thought was that the young man had disappeared to escape an marriage he couldn't get out of. Isabel reassured him, saying that, on the contrary, it was she who had refused to accept Camillo's love.

"It was I who killed him!" the poor young lady exclaimed.

The good old man couldn't understand the reason why a young lady in love with a young man, and a young man in love with a young lady, rather than moving into marriage, tried to move away from each other.

No fim de uma semana foi o Dr. Mattos procurado na sua fazenda pelo nosso já conhecido morador da cabana, que ali chegou ofegante e alegre.

— Está salvo! disse ele.

— Salvo! exclamou o pai e a filha.

— É verdade, disse Miguel (era o nome do homem); fui encontrá-lo no fundo de uma ribanceira, quase sem vida, ontem de tarde.

— E por que não vieste dizer-nos?... perguntou o velho.

— Porque era preciso cuidar dele em primeiro lugar. Quando voltou a si quis ir outra vez tentar contra os seus dias; eu e minha mulher imped-imo-lo de fazer tal. Está ainda um pouco fraco; por isso não veio comigo.

O rosto de Isabel estava radiante. Algumas lágrimas, poucas e silenciosas, ainda lhe correram dos olhos; mas eram já de alegria e não de mágoa.

Miguel saiu com a promessa de que o velho iria lá buscar o filho do comendador.

— Agora, Isabel, disse o pai, apenas ficou só com ela, que pretendes fazer?

— O que me ordenar, meu pai!

— Eu só ordenarei o que te disser o coração. Que te diz ele?

— Diz...

— O que?

— Que sim.

— É o que devia ter dito há muito tempo, porque...

O velho estacou.

— Mas se a causa deste suicídio for outra? pensou ele. Indagarei tudo.

Comunicou a notícia ao comendador, e não tardou que este se apresentasse em casa do Dr. Mattos, onde pouco depois chegou Camillo. O mísero rapaz trazia escrita no rosto a dor de haver escapado à morte trágica que procurara; pelo menos, assim o disse muitas vezes em caminho, ao pai de Isabel.

— Mas a causa dessa resolução? perguntou-lhe o doutor.

He remembered that his behavior was exactly the opposite soon after his first date.

He hastened to inform the commander of the probable cause of Camillo's disappearance, but both pooled their efforts to recover the young fugitive.

By the end of one week Dr. Mattos was sought by our aforementioned hut inhabitant, who arrived there breathless and happy.

"He's saved!" he said.

"Saved!" father and daughter exclaimed.

"It's true," Miguel said (for that was the man's name); "I found him at the bottom of a ravine, almost lifeless, yesterday afternoon."

"And why didn't you come and tell us?..." the old man asked.

"Because I needed to take care of him first. When he came around he wanted to attempt against his life again. I and my wife prevented him from doing so. He's a bit weak, that's why he didn't come with me."

Isabel's face was radiant. Some tears, few and silent, still ran from her eyes, but they were tears of happiness and not of sorrow.

Miguel left with the promise that the old man would go get the commander's son.

"Now, Isabel," the father said, as soon he was alone with her. "What do you intend to do?"

"Whatever you order me to do, my father!"

"I'll just order what your heart says. What does it tell you?"

"It says..."

"What?"

"It says yes."

"This is what it should have said a long time ago, because..."

"It's what I should have said long ago, because..." The old man stopped.

"But what if the cause of the suicide is something else?" he thought. "I'll find out."

— A causa... balbuciou Camillo, que espreitava a pergunta; não ouso confessá-la...

— É vergonhosa? perguntou o velho com um sorriso benévolo.

— Oh! Não!...

— Mas que causa é?

— Perdoa-me, se eu lhe disser?

— Por que não?

— Não, não ouso... disse resolutamente Camillo.

— É inútil, porque eu já sei.

— Ah!

— E perdoo a causa, mas não lhe perdoo a resolução; o senhor fez uma coisa de criança.

— Mas ela despreza-me!

— Não... ama-o!

Camillo fez aqui um gesto de surpresa perfeitamente imitado, e acompanhou o velho até a casa, onde encontrou o pai, que não sabia se devia mostrar-se severo ou satisfeito.

Camillo compreendeu logo ao entrar o efeito que o seu desastre causara no coração de Isabel.

— Ora pois! disse o pai da moça. Agora que o ressuscitamos é preciso prendê-lo à vida com uma cadeia forte.

E sem esperar a formalidade do costume nem atender às etiquetas normais da sociedade, o pai de Isabel deu ao comendador a novidade de que era indispensável casar os filhos.

O comendador ainda não voltara a si da surpresa de ter encontrado o filho quando ouviu esta notícia, e se toda a tribo dos Xavantes viesse cair em cima dele armada de arco e flecha não sentiria a mesma coisa. Olhou alternadamente para todos os circunstantes como se lhes pedisse a razão de um fato aliás natural.

Afinal explicaram-lhe a paixão de Camillo e Isabel, causa única do suicídio meio executado pelo filho. O comendador aprovou a escolha

He communicated the news to the commander, and it didn't take long for him to appear at Dr. Mattos's house, where Camillo arrived soon after. Written on the face of the miserable young man was the pain of having escaped the tragic death he had sought. At least he said so many times on the way to Isabel's father.

"But what was the cause of such a resolution?" the doctor asked him.

"The cause..." Camillo murmured, concentrating on the question, "I dare not confess it..."

"Is it shameful?" the old man asked with a benevolent smile.

"Oh! No!"

"But what cause is it?"

"Forgive me, if I tell you?"

"Why not?"

"No, I dare not..." Camillo said resolutely. "It's useless, because I already know."

"Ah!"

"And forgive the cause; but don't forgive her decision; you make it childish."

"But she despises me!"

"No... she loves you!"

Here Camillo perfectly imitated a gesture of surprise and followed the old man into the house, where he met his father, who didn't know whether he should look severe or satisfied toward his son.

As soon as he entered, Camillo realized the effect this disaster had caused in Isabel's heart.

"Well!" said the young lady's father. "Now that we've resurrected him, it's necessary to hold him to life with a strong chain."

And without waiting for the usual formality or attending normal social etiquette, Isabel's father gave the commander the news that marrying their children was indispensable.

do rapaz e levou a sua galanteria a dizer que no caso dele teria feito o mesmo, se não contasse com a vontade da moça.

— Serei enfim digno do seu amor? perguntou o médico a Isabel quando se achou só com ela.

— Oh! Sim!... disse ela. Se morresse, eu nunca me perdoaria essa desgraça cuja causa era eu só!

Camillo apressou-se a dizer que a Providência velara por ele; e não se soube nunca o que é que ele chamava Providência.

Não tardou que o desenlace do episódio trágico fosse publicado na cidade e seus arredores.

Apenas Leandro Soares soube do casamento projetado entre Isabel e Camillo ficou literalmente fora de si. Mil projetos lhe acudiram à mente, cada qual mais sanguinário; em sua opinião eram dois pérfidos que o haviam traído; cumpria tirar uma solene desforra de ambos.

Nenhum déspota sonhou nunca mais terríveis suplícios do que os que Leandro Soares engendrou na sua escaldada imaginação. Dois dias e duas noites passou o pobre namorado em conjeturas estéreis. No terceiro dia resolveu ir simplesmente procurar o venturoso rival, lançar-lhe em rosto a sua vilania e assassiná-lo depois.

Muniu-se de uma faca e partiu.

Saía da fazenda o feliz noivo, descuidado da sorte que o esperava. Sua imaginação ideava uma vida cheia de bem-aventuranças e deleites celestes; a imagem da moça dava a tudo o que o rodeava uma cor poética. Ia todo engolfado nestes devaneios quando viu em frente de si o preterido rival. Esquecera-se dele no meio da sua felicidade; compreendeu o perigo e preparou-se para ele.

Leandro Soares, fiel ao programa que se havia imposto, desfiou um rosário de impropérios que o médico ouviu calado. Quando Soares acabou e ia dar à prática o ponto final sanguinolento, Camillo respondeu:

— Atendi a tudo o que me disse; peço-lhe agora que me ouça. É verdade que vou casar com essa moça; mas também é verdade que ela

The commander still hadn't come around from the surprise of having found his son when he heard the news, and he wouldn't feel the same thing if the whole Xavantes[23] tribe had fallen over him armed with bows and arrows. He looked alternately to all the bystanders as if asking the reason behind a natural fact.

Finally, they explained Camillo's and Isabel's passion, sole cause of the suicide half-executed by his son. The commander approved the young man's choice and proved his gallantry by saying that he would have done the same if he couldn't count on the young lady's will.

"Will I finally be worthy of your love?" the doctor asked Isabel when he found himself alone with her.

"Oh! Yes!" she said. "If you died, I would never forgive myself this disgrace, whose cause was me alone!"

Camillo hurried to say that Providence watched over him; and no one ever knew what it was that he called Providence. It didn't take long for the outcome of the tragic episode to be spread around the city and its surroundings.

As soon as Leandro Soares heard that Camillo and Isabel were planning to get married he was literally beside himself. A thousand plots came to his mind, each bloodier than the next. In his opinion they were two perfidious people who had cheated him. It was necessary to take solemn revenge on both.

No tyrant ever dreamt more terrible tortures than those Leandro Soares engendered in his scalded imagination. The poor fellow spent two days and two nights in sterile conjectures. On the third day he decided to simply look for the fortunate rival, throw his villainy in his face and afterward murder him.

He armed himself with a knife and left.

The happy groom was leaving the farm, heedless of the fate that awaited him. His imagination ideated a life full of blessedness and heavenly delights. The young lady's image gave everything around him

não o ama. Qual é o nosso crime neste caso? Ora, ao passo que o senhor nutre a meu respeito sentimentos de ódio, eu pensava na sua felicidade.

— Ah! disse Soares com ironia.

— É verdade. Disse comigo que um homem das suas aptidões não devia estar eternamente dedicado a servir de degrau aos outros; e então, como meu pai quer à força fazer-me deputado provincial, disse-lhe que aceitava o lugar para o dar ao senhor. Meu pai concordou; mas eu tive de vencer resistências políticas e ainda agora trato de quebrar algumas. Um homem que assim procede creio que lhe merece alguma estima - pelo menos não lhe merece tanto ódio.

Não creio que a língua humana possua palavras assaz enérgicas para pintar a indignação que se manifestou no rosto de Leandro Soares. O sangue subiu-lhe todo às faces, enquanto os olhos pareciam despedir chispas de fogo. Os lábios trêmulos como que ensaiavam baixinho uma impressão eloquente contra o feliz rival. Enfim, o pretendente infeliz rompeu nestes termos:

— A ação que o senhor praticou era já bastante infame; não precisava juntar-lhe o escárnio...

— O escárnio! interrompeu Camillo.

— Que outro nome darei eu ao que me acaba de dizer? Grande estima, na verdade, é a sua, que depois de me roubar a maior, a única felicidade, que eu podia ter, vem oferecer-me uma compensação política!

Camillo conseguiu explicar que não lhe oferecia nenhuma compensação; pensara naquilo por conhecer as tendências políticas de Soares e julgar que deste modo lhe seria agradável.

— Ao mesmo tempo, concluiu o hábil noivo, fui levado pela ideia de prestar um serviço à província. Creia que em nenhum caso, ainda que me devesse custar a vida, proporia coisa desvantajosa à província e ao país. Eu cuidava servir a ambos apresentando a sua candidatura, e pode crer que a minha opinião será a de todos.

a poetic color. He was engulfed in these dreams when he saw his unsuccessful rival. In the middle of his happiness he had forgotten him. He realized he was in danger and prepared for it.

Faithful to the program he imposed on himself, Leandro Soares unraveled a rosary of offenses, which the doctor heard in silence. When Soares finished and was going to put into practice the bloody end, Camillo replied:

"I paid attention to everything you said; now I ask you to listen to me. It's true I'm going to marry this young lady, but it's also true that she doesn't love you. What is our crime in this case? Now, while you, sir, nourish feelings of hatred toward me, I was thinking of your happiness."

"Ah!" Soares said ironically.

"It's true. I said to myself that a man with your qualities shouldn't be eternally dedicated to be a stepping stone to others. And so, as my father wants to force me to be a provincial deputy, I told him I would accept the position and pass it over to you, sir. My father agreed, but I had to overcome political resistance, and still now I'm trying to break some of them down. I believe such a man deserves some esteem – at least, he doesn't deserve so much hatred."

I don't believe human language has words strong enough to paint the indignation that showed in Leandro Soares's face. The blood rushed to it while fire seemed to spark from his eyes. His lips trembled as if quietly rehearsing an eloquent impression against his happy rival. At last, the unhappy suitor broke forth:

"The action you took, sir, was already quite infamous. You didn't need to add mockery to it…"

"Mockery!" Camillo interrupted.

"What other name will I give to what you have just said? High esteem, really, is yours. Having stolen from me the greatest—the only— happiness I could have, you offer me a political compensation!"

— Mas o senhor falou de resistências... disse Soares cravando no adversário um olhar inquisitorial.

— Resistências, não por oposição pessoal, mas por conveniências políticas, explicou Camillo. Que vale isso? Tudo se desfaz com a razão e os verdadeiros princípios do partido que tem a honra de o possuir entre seus membros.

Leandro Soares não tirava os olhos de Camillo; nos lábios pairava-lhe agora um sorriso irônico e cheio de ameaças. Contemplou-o ainda alguns instantes sem dizer palavra, até que de novo rompeu o silêncio.

— Que faria o senhor no meu caso? perguntou ele dando ao seu irônico sorriso um ar verdadeiramente lúgubre.

— Eu recusava, respondeu afoitamente Camillo.

— Ah!

— Sim, recusava, porque não tenho vocação política. Não acontece com o senhor, que a tem, e é por assim dizer o apoio do partido em toda a comarca.

— Tenho essa convicção, disse Soares com orgulho.

— Não é o único: todos lhe fazem justiça.

Soares entrou a passear de um lado para outro. Evidentemente esvoaçavam-lhe na mente alguns sinistros projetos, ou a humanidade reclamava alguma moderação no gênero de morte que daria ao rival?

Decorreram cinco minutos.

Ao cabo deles, Soares parou em frente de Camillo e ex-abrupto lhe perguntou:

— Jura-me uma coisa?

— O quê?

— Que a fará feliz?

— Já jurei a mim mesmo; é o meu mais doce dever.

— Seria meu esse dever se a sorte se não houvesse pronunciado contra mim; não importa; estou disposto a tudo.

Camillo managed to explain that he wasn't offering any compensations. He thought about the idea because he knew Soares's political tendencies, and he thought the idea would be agreeable.

"At the same time," the skillful groom concluded, "I have been led by the idea of providing a service for the province. You can believe that in no case, even if it were to cost my life, would I propose something disadvantageous for the province and the country. I intended to serve both by presenting your candidacy, and you can believe that my opinion will be the same as everyone else's."

"But you talked about resistance…" Soares said, as he fixed an inquisitorial look on his adversary.

"Resistance, not for personal opposition, but for political conveniences," Camillo explained. "What is it worth? Everything is undone by reasoning and the true principles of the party that has the honor of having you among its members."

Leandro Soares didn't take his eyes off Camillo. A wry smile full of threats hung on his lips. He beheld him for some more minutes without saying a word, until he broke the silence again.

"What would you do in my place?" he asked, giving his wry smile a truly murky air.

"I would refuse," Camillo answered boldly.

"Ah!"

"Yes, I would refuse it, because I have no political vocation. That doesn't apply to you, sir, you who have such an avocation, and are, because of that, supported by the party throughout the county."

"I have this conviction," Soares said, proudly.

"You're not the only one; everybody does you justice."

Soares started to pace back and forth. Evidently some sinister plans fluttered in his mind. Or was humanity demanding moderation in the type of death he would give the rival?

Five minutes went by.

— Creia que eu sei avaliar o seu grande coração, disse Camillo estendendo-lhe a mão.

— Talvez. O que não sabe, o que não conhece, é a tempestade que fica na alma, a dor imensa que me há de acompanhar até à morte. Amores destes vão até à sepultura.

Parou, sacudiu a cabeça, como para expelir uma ideia sinistra.

— Que pensamento é o seu? perguntou Camillo vendo o gesto de Soares.

— Descanse, respondeu ele; não tenho projeto nenhum. Resignar-me-ei à sorte; e se aceito essa candidatura política que me oferece é unicamente para afogar nela a dor que me abafa o coração.

Não sei se este remédio eleitoral servirá para todos os casos de doença amorosa. No coração de Soares produziu uma crise salutar, que se resolveu em favor do doente.

Os leitores adivinham bem que Camillo nada havia dito em favor de Soares; mas empenhou-se logo nesse sentido, e o pai com ele, e afinal conseguiu-se que Leandro Soares fosse incluído numa chapa e apresentado aos eleitores na próxima campanha. Os adversários do rapaz, sabedores das circunstâncias em que lhe foi oferecida a candidatura, não deixaram de dizer em todos os tons, que ele vendera o direito de primogenitura por um prato de lentilhas.

Havia já um ano que o filho do comendador estava casado, quando apareceu na sua fazenda um viajante francês. Levava cartas de recomendação de um dos seus professores de Paris. Camillo recebeu-o alegremente e pediu-lhe notícias da França, que ele ainda amava, dizia, como a sua pátria intelectual.

O viajante disse-lhe muitas coisas, e sacou por fim da mala um maço de jornais.

Era o Fígaro.

— O Fígaro! exclamou Camillo, laçando-se aos jornais.

At the end of them, Soares stopped in front of Camillo and asked him abruptly: "Can you swear to me something?"

"What?"

"That you'll make her happy."

"I already swore to myself; it's my sweetest duty."

"This duty would be mine if fate hadn't pronounced itself against me; it doesn't matter; I'm ready for everything."

"Believe that I know how to evaluate your big heart," Camillo said, holding out his hand to him.

"Perhaps. What you don't understand, what you don't know, is the storm that remains in my soul, the immense pain which will follow me until I die. Such love follows you to the grave."

He stopped, shook his head as if to expel a sinister idea.

Seeing Soares's gesture, Camillo asked, "What are your thoughts?"

"Don't worry," he said, "I don't have any plans. I'll resign myself to fate. And if I accept the political candidacy you offer me, it is only to drown the pain that smothers my heart."

I don't know if this electoral remedy will work for all the cases of the love disease. In Soares's heart it produced a salutary crisis, which was resolved in favor of the patient.

The readers will soon divine that Camillo hadn't said anything in favor of Soares; but he soon strived in that direction, as did his father, and at last he managed to have Leandro Soares included on an election ticket and presented to the voters in the next campaign. The young man's adversaries, cognizant of the circumstances in which the candidacy was offered to him, didn't fail to say, in all tones, that he sold his birthright for a mess of pottage.

The commander's son had been married for one year when a French traveler appeared on his farm. He carried some letters of recommendation from one of his Parisian teachers. Camillo welcomed him cheerfully and asked for news of France, a country he still loved, he said, as his

Eram atrasados mas eram parisienses. Lembravam-lhe a vida que ele tivera durante longos anos, e posto nenhum desejo sentisse de trocar por ela a vida atual, havia sempre uma natural curiosidade em despertar recordações de outro tempo.

No quarto ou quinto número que abriu deparou-se com uma notícia que leu com espanto.

Dizia assim:

> Uma célebre Leontina Caveau, que se dizia viúva de um tal príncipe Alexis, súdito do czar, foi ontem recolhida à prisão. A bela dama (era bela!) não contente de iludir alguns moços incautos, alapardou-se com todas as joias de uma sua vizinha, Mlle. B... A roubada queixou-se a tempo de impedir a fuga da espertalhona princesa.

Camillo acabava de ler pela quarta vez esta notícia, quando Isabel entrou na sala.

— Estás com saudades de Paris? perguntou ela vendo-o tão atento a ler o jornal francês.

— Não disse o marido, passando-lhe o braço à roda da cintura; estava com saudades de ti.

Publicação original: *Jornal das Famílias* (Paris, 06/1872), Parte 1, Edição 6, p. 171-182, (07/1872); Parte 2, Edição 7, p. 193-205, (08/1872); Parte 3, Edição 8, p. 225-241, (09/1872), Parte 4, Edição 9, p. 257-259.

intellectual homeland. The traveler told him many things, and finally pulled out a bundle of newspapers from his bag.

It was *Le Figaro*.

"*Le Figaro!*" Camillo exclaimed, binding himself to the newspapers. They were late but they were Parisian. They reminded him of the life he'd had for many years, and even if he felt no desire to exchange it for his current life, a certain curiosity awakened memories from another time. In the fourth or fifth edition he opened he came across a news item which made him read with amazement. It said:

> The celebrated Leontina Caveau, who claimed to be the widow of one Prince Alexis, subject of the Tsar, was taken to prison yesterday. The beautiful lady (beautiful she was!), not content with deceiving some gullible youngsters, absconded with all the jewelry that belonged to her neighbor, Mlle. B... The robbery victim reported it in time, so it was possible to prevent the escape of the sly lady.

Camillo had just read this news item for the fourth time when Isabel entered the room. "Are you longing for Paris?" she asked seeing him reading the French newspaper so attentively.

"No," her husband said, passing his arm round her waist, "I was longing for you."

Notes

1   One of the twenty-seven states of Brazil, it became a province in 1822, with the Brazilian independence, being characterized by geographical isolation from the rest of the country at that time.

2   Marcus Furius Camillus (446 BC-365 BC), a military leader and a politician who lived in the beginning of Roman Republic, honored as the second founder of Rome when he died.

3   A French expression that means "it's a pity."

4   Located at the Boulevard Montmartre, it was a great center of cultural and political effervescence during the 1860s and 1870s.

5   A Greek city known for experiencing a notable cultural and commercial development during Classical Antiquity, and for its abundance of prostitutes, who served men from all parts of the world.

6   The Boulevard des Italiens, one of the four most important avenues of Paris.

7   Located on the Italian boulevard, it was frequented by French writers and intellectuals.

8   Also called "The spring of peoples," it was a series of revolutions that occurred in Europe, especially in France, with democratic, liberal and nationalist tendencies. It aimed to fight against economic crisis due to the rising of the urban working class,

9   A Russian state which extended from to Baltic Sea until the Ural Mountains during the Middle Ages. The city 's cultural aspects flourished during this time, but the city was plundered by Ivan, the terrible, in the year of 1570, and part of its population was sent to other cities in Russia, such as Moscow.

10   One of the most famous streets in Rio de Janeiro in the nineteenth century. It was considered to be a symbol of modernity and sophistication, with many stores, restaurants and meeting points for people, especially women.

11   This city was probably invented by Machado de Assis.

12   It can also be used to refer to a circle of flatterers who surround a figure of authority. This word has an ironical connotation in Machado's works, as he uses

it to refer to a political situation in which the Portuguese court, having arrived in Brazil in 1808, didn't rule the country anymore, since Brazilian independence happened in 1822 and his narratives take place after that. Machado also uses the word to refer to the flatterers surrounding people who belonged to the upper classes, characterized as futile and superficial.

13   Divine Holy Spirit, a very traditional religious celebration that happens in some cities of Brazil fifty days after Easter. It is one of the most famous and ancient celebration of Brazilian popular Catholicism. The week long festivities include masses and fireworks, culminating in the "parade of the Emperor."

14   A female born in the state of Goiás.

15   *Théâtre de l'Opéra* in Paris, located at one of the extremities of the Italian boulevard.

16   Palace located in the front of the Louvre's north wing, known as the residence of Napoleon and his family.

17   One of the most famous Parisian cafes in the nineteenth century, located on the Italian boulevard.

18 Abbreviation for "Dona," the equivalent of "Mrs." for married women in Portuguese.

19   Goddess of hunting.

20   One of the most elegant clubs in Rio de Janeiro in the nineteenth century, frequently attended by the emperor D. Pedro II, the second and last emperor of Brazil.

21   Honorific order founded by D. Pedro I, the first Brazilian emperor, in 1829, in order to congratulate military personnel and other people who stood out for fidelity and other services rendered to the Brazilian empire.

22   Female slave who used to look after the household.

23   A native tribe that lives in the states of Mato Grosso and Amazônia.

O Relógio de Ouro

Agora contarei a história do relógio de ouro.

Era um grande cronômetro, novinho, e trabalhado sobre umas quantas pedras preciosas. Luiz Negreiros tinha muita razão em ficar boquiaberto quando viu o relógio em casa, um relógio que não era dele, nem podia ser de sua mulher. Seria ilusão dos seus olhos? Não era; o relógio ali estava sobre uma mesa da alcova, a olhar para ele, talvez tão espantado, como ele, do lugar e da situação.

Clarinha não estava na alcova quando Luiz Negreiros ali entrou. Deixou-se ficar na sala, a folhear um romance, sem compreender muito nem pouco ao ósculo com que o marido a cumprimentou logo à entrada.

Era uma bonita moça esta Clarinha, ainda que um tanto pálida, ou por isso mesmo; era pequena e delgada. De longe parecia uma criança; de perto, quem lhe examinasse os olhos, veria bem que era mulher como poucas.

Estava molemente reclinada no sofá, com o livro aberto, e os olhos no livro, os olhos apenas, porque o pensamento, não tenho certeza se

The Gold Watch

Now I will tell you the story of the gold watch.

It was a big and entirely new chronometer, working over some precious stones. Luiz Negreiros had all the right to be astonished when he saw the watch at home, a watch that didn't belong to him, and couldn't belong to his wife either. Couldn't it be an illusion of his eyes? It wasn't; the watch was there, over the bedroom's table, staring at him, perhaps as scared as he was about the place and the situation.

Clarinha wasn't in the bedroom when Luiz Negreiros entered. She stayed in the living room, flipping through a novel, reciprocating not less nor much to the kiss her husband had given her when he arrived.

Clarinha was a beautiful young lady despite her paleness, or maybe just because of it; she was small and slim. From a distance she looked like a child; the one who closely examined her eyes would see that she was a woman like few.

She was leaning softly on the sofa, with the book open, and the eyes on the book, only the eyes, because I'm not sure if her thoughts were

estava no livro, se em outra parte. Em todo o caso parecia alheia ao marido e ao relógio.

Luiz Negreiros lançou mão do relógio com uma expressão que eu não me atrevo a descrever. Nem o relógio, nem a corrente eram dele; também não eram das pessoas suas conhecidas.

Tratava-se de uma charada.

Luiz Negreiros gostava de charadas, e passava por ser decifrador intrépido; mas gostava de charadas nos almanaques ou nos jornais de modas. Charadas palpáveis e sobretudo sem conceito, não as apreciava Luiz Negreiros.

Por este motivo, e outros que são óbvios, compreenderá o leitor que o esposo de Clarinha se atirasse sobre uma cadeira, puxasse raivosamente os cabelos, batesse com o pé no chão, e lançasse o relógio e a corrente sobre a mesa.

Terminada esta primeira manifestação de furor, Luiz Negreiros pegou de novo nos fatais objetos, e de novo os examinou.

Ficou na mesma.

Cruzou os braços durante algum tempo e refletiu sobre o caso, interrogou todas as suas recordações, e concluiu no fim de tudo que, sem uma explicação de Clarinha, todo o seu procedimento fora baldado ou precipitado.

Saiu da sala.

Clarinha acabava justamente de ler uma página e voltava a folha com ar indiferente e tranquilo de quem não pensa em decifrar charadas de cronômetro. Luiz Negreiros encarou-a; seus olhos pareciam dois reluzentes punhais.

— Que tens? perguntou a moça com a voz doce e meiga que toda a gente concordava em lhe achar.

Luiz Negreiros não respondeu à interrogação da mulher; olhou algum tempo para ela, depois deu duas voltas na sala, passando a mão

on the book or somewhere else. In any case she seemed unaware of her husband and the watch.

Luiz Negreiros took the clock with an expression that I don't dare describing. Neither the watch nor the chain belonged to him; they also didn't belong to the people he knew.

It was a puzzle.

Luiz Negreiros liked puzzles, and was considered to be a fearless decipherer; but he liked puzzles only in the almanacs and fashion magazines. Luiz Negreiros didn't appreciate puzzles which were alive and palpable, and above all without concept.

For this reason, and for others that are obvious, the reader will understand why Clarinha's husband threw himself on a chair, pulled his hair out nervously, stamped his foot on the floor and threw the watch and the chain over the table.

As his first rage manifestation was over, Luiz Negreiros took the fatal objects and examined them again.

His disposition was the same.

He crossed his arms for a while and reflected about the case, questioned all his memories and concluded that, without Clarinha's explanations, his behavior was useless and impulsive.

He left the room.

Clarinha had just finished reading a page and was turning it back with the unconcerned and peaceful air of those who aren't concerned about deciphering chronometer puzzles. Luiz Negreiros looked straight at her; his eyes were similar to two glowing daggers.

"What's your problem?" she asked with that sweet, soft voice that everybody agreed she had.

Luiz Negreiros didn't answer his wife's question. He looked at her for a while, then went around the room twice, passing the hands through his hair, and making other gestures so that the lady asked again:

"What's your problem?"

pelos cabelos, e fazendo outros gestos tais, que a moça de novo lhe perguntou:

— Que tens?

Luiz Negreiros parou defronte dela.

— Que é isto? perguntou ele tirando do bolso o fatal relógio e apresentando-lhe diante dos olhos. Que é isto? repetiu ele com voz de trovão.

Clarinha mordeu os beiços e não respondeu.

Luiz Negreiros esteve algum tempo com o relógio na mão e os olhos na mulher, a qual tinha os seus olhos no livro.

O silêncio era profundo.

Luís Negreiros foi o primeiro que o rompeu, atirando estrepitosamente o relógio ao chão, e dizendo em seguida à esposa:

— Vamos, de quem é aquele relógio?

Clarinha ergueu lentamente os olhos para ele, abaixou-os depois, e murmurou:

— Não sei.

Luiz Negreiros fez um gesto como de quem queria esganá-la; conteve-se. A mulher levantou-se, apanhou o relógio e pô-lo sobre uma mesa pequena.

Não se pôde conter Luiz Negreiros.

Caminhou para ela, e, segurando-lhe nos pulsos com força, lhe disse:

— Não me responderás, demônio? Não me explicarás esse enigma?

Clarinha fez um gesto de dor, e Luiz Negreiros imediatamente lhe soltou os pulsos que estavam arrochados. Noutras circunstâncias é provável que Luiz Negreiros lhe caísse aos pés e pedisse perdão de a haver machucado. Naquele momento nem se lembrou disso; deixou-a no meio da sala e entrou a passear de novo, sempre agitado, parando de quando em quando, como se meditasse algum desfecho trágico.

Clarinha saiu da sala.

Pouco depois veio um escravo dizer que o jantar estava na mesa.

Luiz Negreiros stopped in front of her.

"What's this?" he said, taking the fatal watch from his pocket and presenting it in front of her eyes. "What's this?" he repeated with a thunder voice.

Clarinha bit her lips and didn't answer the question.

Luiz Negreiros kept the watch in his hands for a while and his eyes on his wife, who had her eyes on the book.

There was a deep silence.

Luiz Negreiros was the first to break it, throwing the watch on the floor noisily then saying to his wife:

"Go on, whose watch is that?"

Clarinha slowly raised her eyes towards him, then looked down, and murmured:

"I don't know."

Luiz Negreiros made a gesture as if he wanted to strangle her; he refrained himself. His wife stood up, took the watch and put it on a small table.

Luiz Negreiros couldn't refrain himself.

He walked towards her, and holding her wrists tightly, he said:

"Won't you answer me, demon? Won't you explain this puzzle to me?"

Clarinha made a gesture of pain, and Luiz Negreiros immediately let off her wrists, which were tightly compressed. If the circumstances were different, it is probable that Luiz Negreiros would fall on her feet and apologize for hurting her. He didn't even remember this; he left her in the middle of the room and began to walk around again, always agitated, stopping at intervals, as if he was meditating upon a tragic ending.

Clarinha left the room.

Soon after a slave announced that the dinner was served.

"Where is the lady?"

"I don't know, sir."

— Onde está a senhora?

— Não sei, não senhor.

Luiz Negreiros foi procurar a mulher; achou-a numa saleta de costura, sentada numa cadeira baixa, com a cabeça nas mãos a soluçar.

Ao ruído que ele fez na ocasião de fechar a porta atrás de si, Clarinha levantou a cabeça, e Luiz Negreiros pode ver-lhe as faces úmidas de lágrimas.

Esta situação foi ainda pior para ele que a da sala. Luiz Negreiros não podia ver chorar uma mulher, sobretudo a dele.

Ia enxugar-lhe as lágrimas com um beijo, mas de novo se conteve, e caminhou frio para ela; puxou uma cadeira e sentou-se em frente de Clarinha.

— Estou tranquilo, como vês, disse ele; responde-me ao que te perguntei com a franqueza que sempre usaste comigo. Eu não te acuso nem suspeito nada de ti. Quisera simplesmente saber como foi parar ali aquele relógio. Foi teu pai que o esqueceu cá?

- Não.

— Mas então...

— Oh! não me perguntes nada! exclamou Clarinha; ignoro como esse relógio se acha ali... Não sei de quem é... deixa-me.

— É demais! urrou Luiz Negreiros, levantando-se e atirando a cadeira ao chão.

Clarinha estremeceu, e deixou-se ficar aonde estava.

A situação tornava-se cada vez mais grave; Luiz Negreiros passeava cada vez mais agitado, revolvendo os olhos nas órbitas, e parecendo prestes a atirar-se sobre a infeliz esposa. Esta, com os cotovelos no regaço e a cabeça nas mãos, tinha os olhos encravados na parede.

Correu assim cerca de um quarto de hora.

Luiz Negreiros ia de novo interrogar a esposa, quando ouviu a voz do sogro, que subia as escadas, gritando:

— Ó Sr. Luís! ó Sr. Malandrim!

Luiz Negreiros went looking for his wife; he found her in a small sewing room, sitting on a low chair, sobbing with her head in her hands.

She raised her head when she heard the noise as he closed the door behind her, and Luiz Negreiros could see that her face was all wet with tears.

This situation was even worse for him than in the room. Luiz Negreiros couldn't see a woman crying, especially if the woman was his wife.

He was going to dry her tears with a kiss, but he refrained himself again and walked coldly towards her; he pulled a chair and sat in front of Clarinha.

"I am calm, as you can see." he said. "Answer this question with the same sincerity that you have always used with me. I'm not accusing nor suspecting of you. I only wanted to know how that watch appeared there. Did your father forget it here?"

"No."

"But then..."

"Oh! don't you ask me anything!" Clarinha exclaimed. "I really don't know how this watch appeared there... I don't know to whom it belongs.... Leave me alone."

"It's too much!" Luiz Negreiros screamed, standing up and throwing the chair on the floor.

Clarinha trembled and remained in the same place.

The situation became more and more serious; Luiz Negreiros walking around more and more agitated, revolving his eyes in the orbits, as if he wanted to throw himself over his unhappy wife. She, with her elbows on her lap and her head on her hands, had her eyes pinned to the wall.

The situation remained the same for a quarter of an hour.

Luiz Negreiros was going to interrogate his wife again, when he heard his father-in-law's voice, climbing up the stairs screaming:

"Hey, Mr. Luiz! Hey, Mr. Little Rascal!"

— Ai vem teu pai! disse Luís Negreiros; logo me pagarás.

Saiu da sala de costura e foi receber o sogro, que já estava no meio da sala, fazendo viravoltas com o chapéu-de-sol, com grande risco das jarras e do candelabro.

— Vocês estavam dormindo? perguntou o Sr. Meirelles tirando o chapéu e limpando a testa com um grande lenço encarnado.

— Não, senhor, estávamos conversando...

— Conversando?... repetiu baixinho Meirelles.

E acrescentou consigo:

— Estavam de arrufos... é o que há de ser.

- Vamos justamente jantar, disse Luiz Negreiros. Janta conosco?

— Não vim cá para outra coisa, acudiu Meirelles; janto hoje e aman- hã também. Não me convidaste, mas é o mesmo.

— Não o convidei?...

— Sim, não fazes anos amanhã?

— Ah! é verdade...

Não havia razão aparente para que depois destas palavras ditas com um tom lúgubre, Luiz Negreiros repetisse, mas desta vez com um tom descomunalmente alegre:

— Ah! é verdade!...

Meirelles, que já por o chapéu num cabide do corredor, voltou-se espantado para o genro, em cujo rosto leu a mais franca, súbita e inex- plicável alegria.

— Está maluco! disse baixinho Meirelles.

— Vamos jantar, bradou o genro, indo logo para dentro, enquanto Meirelles seguindo pelo corredor ia ter à sala de jantar.

Luiz Negreiros foi ter com a mulher na sala de costura, e achou-a de pé, compondo os cabelos diante de um pequeno espelho:

— Obrigado, disse ele entrando.

"Here comes your father," Luiz Negreiros said. "You will soon pay me."

He left the sewing room to greet his father-in-law, who was already in the middle of the room, turning his hat in his hands with great risk to the jars and the chandelier.

"Were you sleeping?" Mr. Meirelles asked, taking off his hat and wiping his forehead with a big and red scarf.

"No, sir, we were talking…"

"Talking?" Meirelles repeated in a very low voice.

And he said to himself:

"You were in a tiff… that's what it is."

"We are going to have dinner" Luiz Negreiros said, "would you have dinner with us?"

"I didn't come here for anything else," Meirelles said. "I will have dinner here today and tomorrow. You didn't invite me, but that's the same."

"Didn't I invite you?…"

"Yes, isn't it your birthday tomorrow?"

"Oh! that's true…"

There wasn't an apparent reason for repeating these words, especially after saying them with a gloomy tone, but Luiz Negreiros repeated them with an extreme and intense happiness:

"Oh! that's true!…"

Meirelles, who was going to put his hat on a hanger in the hallway, was astounded when he turned back to his son-in-law, in whose face he saw the most sincere, sudden and inexplicable happiness.

"He's crazy!" Meirelles said with a low voice.

"Let's have dinner," the son-in-law said, going inside the house, while Meireles, following him in the hallway, went to the dining room.

Luiz Negreiros went to see his wife in the sewing room and found her arranging her hair in front of a small mirror:

A moça olhou para ele admirada.

— Obrigado, repetiu Luiz Negreiros; obrigado e perdoa-me.

Dizendo isto, procurou Luiz Negreiros abraçá-la; mas a moça, com um gesto nobre, repeliu o afago do marido e foi para a sala de jantar.

— Tem razão! murmurou Luiz Negreiros.

Daí a pouco achavam-se todos três à mesa do jantar, e foi servida a sopa, que Meirelles achou, como era natural, de gelo. Ia já fazer um discurso a respeito da incúria dos criados, quando Luiz Negreiros confessou que toda a culpa era dele, porque o jantar estava há muito na mesa. A declaração apenas mudou o assunto do discurso, que versou então sobre a terrível coisa que era um jantar requentado, ideia que o poeta já havia resumido neste verso tornado axioma:

Un dîner réchauffé ne valut jamais rien.

Meirelles era um homem alegre, pilhérico, talvez frívolo demais para a idade e a posição que ocupava. O genro gostava muito de o ter à mesa. Infelizmente havia um ponto negro na sociedade; Clarinha estava triste e poucas palavras respondia às muitas que lhe dirigiam o marido e o pai.

— Eles estão de arrufo, não há dúvida, pensou Meirelles ao ver a pertinaz mudez da filha. Ou a arrufada é só ela, porque ele parece-me lépido.

Luiz Negreiros efetivamente desfazia-se todo em agrados, mimos e cortesias com a mulher, que nem sequer olhava em cheio para ele. O marido já dava o sogro a todos os diabos, desejoso de ficar a sós com a esposa, para a explicação última que reconciliaria os ânimos. Clarinha não parecia desejá-lo; comeu pouco e duas ou três vezes soltou-se-lhe do peito um suspiro.

Já se vê que o jantar, por maiores que fossem os esforços, não podia ser como nos outros dias. Meirelles sobretudo achava-se acanhado. Não era que receasse algum grande acontecimento em casa; sua ideia é que sem arrufos não se aprecia a felicidade, como sem tempestade não se

"Thank you," he said when he entered.

The lady looked admiringly at him.

"Thank you," Luiz Negreiros repeated, "thank you and forgive me."

Having said this, he tried to embrace her, but she repelled her husband with a noble gesture and went to the dining room.

"She is right!" Luiz Negreiros murmured.

Soon after this they were all at the dining table and the soup was served. As always, Meirelles thought it was icy. He was going to give a speech about the servers' negligence, when Luiz Negreiros confessed that it was his fault, as there has been a long time since dinner was served. This declaration only changed the subject matter of the speech, which became a discussion on how terrible a reheated dinner could be, an idea which the poet[1] had already summarized in this axiomatic verse:

Un diner réchauffé ne valut jamais rien.[2]

Meirelles was a happy man, a joker, perhaps too frivolous for his age and for the position he occupied. Luiz Negreiros really liked to have him over for dinner. Unfortunately there was a black spot in society; Clarinha was sad and said very few words in a response to her husband and father.

"They are in a tiff, there is no doubt," Meirelles thought, when he saw his daughter's gloomy muteness. "Or she is tiffing, because he looks joyful."

Luiz Negreiros was effectively trying to be pleasant and courteous with his wife, who didn't even look at him in the face. The husband wanted to tell his father-in-law to go to hell, in order to be alone with his wife, for the ultimate explanation that would reconcile them. This didn't seem to be Clarinha's intention; she ate little and sighed twice or thrice.

It is possible to observe that dinner, in spite of all the greatest efforts, wasn't as it were in the other days. Meirelles was bashful. He didn't fear great arguments at home, for he thought that happiness couldn't be appreciated without arguments, as the good weather cannot be appreci-

aprecia o bom tempo. Entretanto, a tristeza da filha sempre lhe punha água na fervura.

Quando veio o café, Meirelles propôs que fossem todos três ao teatro; Luiz Negreiros aceitou a idéia com entusiasmo. Clarinha recusou secamente.

— Não te entendo hoje, Clarinha, disse o pai com um modo impaciente. Teu marido está alegre e tu pareces-me abatida e preocupada. Que tens tu?

Clarinha não respondeu; Luiz Negreiros, sem saber o que havia de dizer, tomou a resolução de fazer bolinhas com o miolo de pão que havia sobre a mesa. Meirelles levantou os ombros.

— Vocês lá se entendam, disse ele. Se amanhã, apesar de ser o dia que é, vocês estiverem do mesmo modo, protesto que nem a sombra me verão.

— Oh! há de vir, ia dizendo Luiz Negreiros, mas foi interrompido pela mulher que desatou a chorar.

O jantar acabou assim triste e aborrecido, Meirelles pediu ao genro que lhe explicasse o que aquilo era, e este prometeu que lhe diria tudo em ocasião oportuna.

Pouco depois saía o pai de Clarinha protestando de novo que, se no dia seguinte os achasse do mesmo modo, nunca mais voltaria à casa deles, e que se havia coisa pior que um jantar frio ou requentado, era um jantar mal digerido. Outras muitas coisas mais disse o sogro de Luiz Negreiros, mas como não interessam à história, deixo-as de referir nesta ocasião.

Clarinha fora para o quarto; o marido, apenas se despediu do sogro, foi ter com ela. Achou-a sentada na cama, com a cabeça sobre uma almofada, e soluçando. Luiz Negreiros ajoelhou-se diante dela e pegou-lhe numa das mãos.

ated without storms. Such was his idea. However, his daughter's sadness always poured cold water in his boil.

When the coffee arrived, Meirelles proposed to go to the theater; Luiz Negreiros accepted the idea with enthusiasm, but Clarinha refused dryly.

"I don't understand you today, Clarinha," the father said with impatience, "Your husband is happy and you look to be weary and worried. What's the matter?"

Clarinha didn't answer the question. Luiz Negreiros, without knowing what to say, decided to make little balls from the inside of the bread that was on the table. Meirelles shrugged.

"You bury the hatchet," he said. "If tomorrow, being the day that it will be, you're still in the state you're now, I promise that you won't even see my shadow."

"Oh! you should come," Luiz Negreiros said, but was interrupted by his wife, who started crying.

Dinner ended this sad and weary way. Meirelles asked his son-in-law for explanations, and he promised he would explain everything in the right occasion.

Soon after Clarinha's father left the house complaining again that, if they were still the same next day, he would never return to their house, because a badly digested dinner was worse than a cold or reheated one. Luiz Negreiros's father-in-law said many other things, but, as they aren't interesting to this story, I won't refer to them in this occasion.

Clarinha went to the bedroom; her husband, after saying goodbye to his father-in-law, went to talk to her. He found her seated on the bed, with her head on a cushion, sobbing. Luiz Negreiros knelt down in front of her and held one of her hands.

"Clarinha," he said, "forgive me for everything. I already have an explanation for the clock; if your father didn't say he would come for

— Clarinha, disse ele, perdoa-me tudo. Já tenho a explicação do relógio; se teu pai não me fala em vir jantar cá amanhã, eu não era capaz de adivinhar que o relógio era um presente de anos que tu me fazias.

Não me atrevo a descrever o soberbo gesto de indignação com que a moça se pôs de pé quando ouviu estas palavras do marido. Luiz Negreiros olhou para ela sem compreender nada. A moça não disse uma nem duas; saiu do quarto e deixou o infeliz consorte mais intrigado que nunca.

— Mas que enigma é este? perguntava a si mesmo Luiz Negreiros. Mas então se não era um mimo de anos, que explicação pode ter o tal relógio?

A situação era a mesma que antes do jantar. Luiz Negreiros assentou de descobrir tudo nessa mesma noite. Achou, entretanto, que era conveniente refletir maduramente no caso e assentar numa resolução que fosse decisiva.

Com este propósito recolheu-se ao seu gabinete, e ali recordou tudo o que se havia passado desde que chegara a casa. Pesou friamente todas as razões, todos os incidentes, e buscou reproduzir na memória a expressão do rosto da moça em toda aquela tarde. O gesto de indignação e a repulsa quando ela a foi abraçar na sala de costura, eram a favor dela; mas o movimento com que mordera os lábios no momento em que ele lhe apresentou o relógio, as lágrimas que lhe rebentaram à mesa, e mais que tudo o silêncio que ela conservava a respeito da procedência do fatal objeto, tudo isso falava contra a moça.

Luiz Negreiros, depois de muito e muito cogitar, inclinou-se à mais triste e deplorável das hipóteses. Abriu a secretária, e tirou de dentro de uma gaveta secreta em revólver de seis tiros. Estava carregado. Meteu-o no bolso e foi ter com a mulher.

Clarinha recolhera-se de novo ao quarto. A porta estava apenas cerrada. Eram nove horas da noite. Uma pequena lamparina alumiava escassamente o aposento

dinner tomorrow, I wouldn't have guessed that the watch was a birthday gift from you."

I don't dare to describe the superb gesture of indignation with which the young lady stood up when she heard these words from her husband. Luiz Negreiros looked at her without understanding anything. The lady didn't say neither one nor two words; she left the room and left her unhappy husband more puzzled than ever.

"But what kind of conundrum is this?" Luiz Negreiros asked himself. "If it wasn't a birthday gift, what could be the explanation for the watch?"

The situation was similar to the one before dinner. Luiz Negreiros decided to find out everything that same night. He thought, however, that it was convenient to maturely reflect about the case to come to a decisive resolution.

With this purpose he isolated himself in his cabinet, where he recollected everything that happened since he arrived home. He pondered coldly on all the reasons, all the incidents, and sought to reproduce in his memory all the expressions of the lady's face throughout the afternoon. The gestures of repulse and indignation when he tried to hug her in the sewing room were favorable to her; but the movement with which she bit her lips when he showed her the watch, the tears that burst at the table, and more than everything, the silence she kept about the precedence of the fatal object, all these were evidences against her.

After so much reflection, Luiz Negreiros leaned towards the saddest and most deplorable of hypotheses. He opened the writing desk and took a six-shooter from a secret drawing. It was loaded. He put it in his pocket and went to talk to his wife.

Clarinha had retired to the bedroom again. The door was closed. It was nine o' clock. A little lamp scarcely illuminated the bedroom.

A moça estava outra vez assentada na cama, mas já não chorava; tinha os olhos fitos no chão. Nem os levantou quando sentiu entrar o marido.

Houve um momento de silêncio.

Luiz Negreiros foi o primeiro que falou.

— Clarinha, disse ele, este momento é solene. Respondes-me ao que te pergunto desde esta tarde?

A moça não respondeu.

— Reflete bem, Clarinha, continuou o marido. Podes arriscar a tua vida.

A moça levantou os ombros.

Uma nuvem passou pelos olhos de Luiz Negreiros. Dentro de alguns segundos tinha Clarinha diante de si o revólver que o marido lhe apontava ao peito.

Clarinha soltou um grito.

— Espera! disse ela.

Luiz Negreiros abaixou a arma.

— Mata-me, disse ela, mas lê isto primeiro. Quando esta carta foi ao teu escritório já te não achou lá; foi o que o portador me disse.

Luiz Negreiros recebeu a carta; chegou-se à lamparina e leu estupefato estas linhas.

"Meu bebê. Sei que amanhã fazes anos; mando-te esta lembrança. Tua Zepherina".

Imagine o leitor o pasmo, a vergonha, o remorso de Luiz Negreiros, admire a constância de Clarinha e a vingança que tomara, e de nenhum modo lastime a boa Zepherina, que foi totalmente esquecida, sendo perdoado Luiz Negreiros, e tendo Meirelles o gosto de jantar com a filha e o genro no dia seguinte.

Publicação original: *Jornal das Famílias* (Paris, 05/1873), Parte 1, Edição 4, p. 117-20; e Parte 2, Edição 5, p. 129-32.

The young lady was again seated on the bed, but she wasn't crying; her eyes stared at the floor. She didn't even raise them when her husband entered the room.

There was a moment of silence.

"Clarinha," he said, "This is a solemn moment. Can you answer to me the question I have been asking you since this afternoon?"

The lady didn't answer him.

"Reflect well, Clarinha," the husband continued. "You can risk your life."

The young lady shrugged.

A cloud veiled Luiz Negreiros's eyes. In a few moments Clarinha had her husband's gun pointed to her chest.

Clarinha screamed.

"Wait!" she said.

Luiz Negreiros lowered the gun.

"Kill me," she said. "But read this first. When this letter arrived at your office you weren't there anymore; that was what the messenger told me."

Luiz Negreiros received the letter; he reached to the lamp and read these lines:

"My baby. I know that your birthday is tomorrow. I'm sending you this gift. Yours, Zepherina."

The reader can imagine Luiz Negreiros's astonishment, shame and remorse, can admire Clarinha's constancy and revenge, and in no way feel sorry for the good Zepherina, who was completely forgotten—for Luiz Negreiros was forgiven and Meirelles had the pleasure of having dinner with his daughter and his son-in-law the next day.

Notes

1 Nicolas Boileau Despréaux (1636-1711), a French poet and literary critic who contributed to the creation of literary Classicism.

2 "A reheated dinner has never earned anything." (Free translation)

Três Consequências

Dona Marianna Vaz está no derradeiro mês do primeiro ano de viúva. São 15 de dezembro de 1880, e o marido faleceu no dia 2 de janeiro, de madrugada, depois de uma bela festa do ano-bom, em que tudo dançou na fazenda, até os escravos. Não me peçam grandes notícias do finado Vaz; ou, se insistem por elas, ponham os olhos na viúva. A tristeza do primeiro dia é a de hoje. O luto é o mesmo. Nunca mais a alegria sorriu sequer na casa que vira a felicidade e a desgraça de D. Marianna.

Vinte e cinco anos, realmente, e vinte e cinco anos bonitos, não deviam andar de preto, mas cor-de-rosa ou azul, verde ou granada. Preto é que não. E, todavia, é a cor dos vestidos da jovem Marianna, uma cor tão pouco ajustada aos olhos dela, não porque estes também não sejam pretos, mas por serem *moralmente* azuis. Não sei se me fiz entender. Olhos lindos, rasgados, eloquentes; mas, por agora quietos e mudos. Não menos eloquente, e não menos calado é o rosto da pessoa.

Three Consequences

Mrs. Marianna Vaz is in the last month of her first year of widowhood. It is December 15, 1880, and her husband died on January 2, at dawn, after a beautiful New Year's party in which everybody on the farm danced, including the slaves. Please do not ask me for great news about the deceased Mr. Vaz; or, if you insist upon having them, set your eyes on the widow. Today's sorrow is the same that she felt on the first day. The mourning is the same. Happiness never smiled again in the house that witnessed Marianna's cheerfulness and misfortune.

Twenty-five years, really twenty-five beautiful years of age shouldn't wear black, but pink or blue, green or garnet. Definitely not black. However, black is the color of Marianna's dresses, a color that does not match her eyes, not because they are not black but because they are *morally* blue. I do not know if I am making myself understood. Beautiful, eloquent, narrow eyes, but now quiet and mute. Her face is no less eloquent and no less silent.

The first year of widowhood is coming to an end. Few days are left. More than one gentleman wants to propose. The son of an important

Está a findar o ano da viuvez. Poucos dias faltam. Mais de um cavalheiro pretende a mão dela. Recentemente, chegou formado o filho de um fazendeiro importante da localidade; e é crença geral que ele restituirá ao mundo a bela viúva. O juiz municipal, que reúne à mocidade a viuvez, propõe-se a uma troca de consolações. Há um médico e um tenente-coronel indigitados como possíveis candidatos. Tudo vão trabalho! D. Marianna deixa-os andar, e continua fiel à memória do morto. Nenhum deles possui a força capaz de o fazer esquecer; não, esquecer seria impossível; ponhamos substituir.

Mas, como ia dizendo, estava-se no derradeiro mês do primeiro ano. Era tempo de aliviar o luto. D. Marianna cuidou seriamente em mandar arranjar alguns vestidos escuros, apropriados à situação. Tinha uma amiga na corte, e determinou-se a escrever-lhe, remetendo-lhe as medidas. Foi aqui que interveio a tia dela, protetora do juiz municipal:

— Marianna, você por que não manda vir vestidos claros?

— Claros? Mas, titia, não vê que uma viúva...

— Viúva, sim; mas você não vai ficar viúva toda a vida.

— Como não?

A tia foi às do cabo:

— Marianna, você há de casar um dia; por que não escolhe já um bom marido? Sei de um, que é o melhor de todos, um homem honesto, sério, o Dr. Costa...

Marianna interrompeu-a; pediu-lhe que, pelo amor de Deus, não lhe tocasse em tal assunto. Moralmente, estava casada. O casamento dela subsistia. Nunca seria infiel ao "seu Fernando". A tia levantou os ombros; depois lembrou-lhe que fora casada duas vezes.

— Oh! titia! são modos de ver.

A tia voltou à carga, nesse dia à noite, e no outro. O juiz municipal recebeu uma carta dela, dizendo que aparecesse para ver se tentava alguma coisa. Ele foi. Era, na verdade, um rapaz sério, muito simpático, e

farmer appeared recently, graduated from college, and everybody believes he will bring back the beautiful widow to the world. The county judge, who conciliates youth to widowhood, proposes an exchange of consolations. There are a doctor and a lieutenant colonel appointed as possible candidates. All work is in vain! Marianna doesn't care, and she carries on her faithfulness to the memory of the deceased husband. None of them is remarkable enough to make her forget him: no, it would be impossible to forget; to substitute, let's say.

But, as I was saying, she was in the last month of her first year. It was time to relieve the mourning. Marianna took serious care of having some black dresses which would suit the situation fixed. She had a friend in court[1] and decided to write to her, sending her the right measurements. Her aunt, defender of the county judge, intervened:

"Marianna, why don't you ask her to make light-colored dresses?"

"Light? But, aunt, don't you see that a widow..."

"Yes, you are a widow, but you will not be a widow forever."

"Why not?"

The aunt went straight to the point:

"Marianna, you have to marry again someday. Why don't you choose a good husband? I know one who is the best of all, an honest and serious man, Dr. Costa..."

Marianna interrupted her, asking, for God's sake, not to talk about this subject. She was morally married. Her marriage still abided. She would never be unfaithful to "her Fernando." The aunt shrugged; after that, she reminded Marianna that she herself has been married twice.

"Oh! There are different ways to see things."

The aunt insisted on talking about the subject again that night and the next day. The county judge received a letter from her in which she asked him to turn up and try something. He went. He was, actually, a distinct, very friendly and serious man. When Marianna noticed that there was a plan articulated between the two, she decided to go to the

distinto. Marianna, vendo o plano concertado entre os dois, resolveu vir em pessoa à corte. A tia tentou dissuadi-la, mas perdeu tempo e latim. Marianna, além de fiel à memória do marido, era obstinada; não podia suportar a ideia de lhe imporem coisa nenhuma. A tia, não podendo dissuadi-la, acompanhou-a.

Na corte tinha algumas amigas e parentas. Elas acolheram a jovem viúva com muitas atenções, deram-lhe agasalho, carinhos, conselhos. Uma prima levou-a a uma das melhores modistas. D. Marianna disse-lhe o que queria: sortir-se de vestidos escuros, apropriados ao estado de viúva. Escolheu vinte, sendo dois inteiramente pretos, doze escuros e simples para uso de casa, e seis mais enfeitados. Escolheu também chapéus noutra casa. Mandou fazer os chapéus, e esperou as encomendas para seguir com elas.

Enquanto esperava, como a temperatura ainda permitia ficar na corte, Marianna andou de um lado para outro, vendo uma infinidade de coisas que não via desde os dezessete anos. Achou a corte animadíssima. A prima quis levá-la ao teatro, e só o conseguiu depois de muita teima; Marianna gostou muito.

Ia frequentes vezes à Rua do Ouvidor, já porque lhe era necessário provar os vestidos, já porque queria despedir-se por alguns anos de tanta coisa bonita. São as suas palavras. Na Rua do Ouvidor, onde a sua beleza era notada, correu logo que era uma viúva recente e rica. Cerca de vinte corações palpitaram logo, com a veemência própria do caso. Mas, que poderiam eles alcançar, eles da rua, se os da própria roda da prima não alcançavam nada? Com efeito, dois amigos do marido desta, rapazes da moda, fizeram a sua roda à viúva, sem maior proveito. Na opinião da prima, se fosse um só talvez domasse a fera; mas eram dois, e fizeram-na fugir.

Marianna chegou a ir a Petrópolis. Gostou muito; era a primeira vez que lá ia, e desceu cortada de saudades. A corte consolou-a; Botafogo,

court in person. The aunt tried to dissuade her but wasted her time and breath. Besides being faithful to her husband's memory, Marianna was stubborn. She couldn't handle the idea of anybody's impositions. As it was impossible to dissuade her, the aunt decided to accompany her to the court.

She had some friends and relatives in the court. They welcomed the young widow with much attention and gave her shelter, affection, advice.

A cousin took her to one of the best dressmakers in town. Marianna told her what she wanted: to equip herself with dark dresses, all of them appropriate to her widowhood. She chose twenty, two entirely black, twelve dark and simple to wear at home, and six more embellished. She also chose more hats in another store. She ordered the hats, and waited for the goods before going back home.

While she was waiting, as the temperature still allowed spending time in the court, Marianna walked back and forth, seeing a multitude of things she hadn't seen since she was seventeen. She found the court really lively. Her cousin wanted to take her to the theater and could only accomplish it after much insistence. Marianna really liked the theater.

She went to Rua do Ouvidor many times, not only because it was necessary to try the dresses on but also because she wanted to say good-bye to so many beautiful things for some years. These are her own words. At Rua do Ouvidor, where everybody noticed her beauty, it soon became known that she was a recent and rich widow. About twenty hearts throbbed, with the vehemence proper for the case. But what could they achieve, those people from the street, if lads from the cousin's own circle could not achieve anything? Indeed, two friends of her cousin's husband, fashionable lads, courted her without any results. In her cousin's opinion, if it was only one lad, it might have been possible to tame the beast; but they were two, and they made her run away.

Laranjeiras, Rua do Ouvidor, movimento de **bonds**, gás, damas e rapaz-es, cruzando-se, carros de toda a sorte, tudo isto lhe parecia cheio de vida e movimento.

Mas os vestidos fizeram-se, e os chapéus enfeitaram-se. O calor começou a apertar muito; era necessário seguir para a fazenda. Marianna pegou dos chapéus e dos vestidos, meteu-se com a tia na estrada de ferro e seguiu. Parou um dia na vila, onde o juiz municipal a cumprimentou, e caminhou para casa.

Em casa, depois de descansada, e antes de dormir teve saudades da corte. Dormiu tarde e mal. A vida agitada da corte perpassava no espírito da moça como um espetáculo mágico. Ela via as damas que desciam ou subiam a Rua do Ouvidor, as lojas, os rapazes, os *bonds*, os carros; via as lindas chácaras dos arredores, onde a natureza se casava à civilização, lembrava-se da sala de jantar da prima, ao rés-do-chão, dando para o jardim, com dois rapazes à mesa — os tais dois que a requestaram à toa. E ficava triste, custava-lhe fechar os olhos.

Dois dias depois, apareceu na fazenda o juiz municipal, a visitá-la. D. Marianna recebeu-o com muito carinho. Tinha no corpo o primeiro dos vestidos de luto aliviado. Era escuro, muito escuro, com fitas pretas e tristes; mas ficava-lhe tão bem! Desenhava-lhe o corpo com tanta graça, que aumentava a graça dos olhos e da boca.

Entretanto, o juiz municipal não lhe disse nada, nem com a boca nem com os olhos. Conversaram da corte, dos esplendores da vida, dos teatros, etc.; depois, por iniciativa dele, falaram do café e dos escravos. Marianna notou que ele não tinha as finezas dos dois rapazes da casa da prima, nem mesmo o tom elegante dos outros da Rua do Ouvidor; mas achou-lhe, em troca, muita distinção e gravidade.

Dois dias depois, o juiz despediu-se; ela instou para que ele ficasse. Tinha-lhe notado no colete alguma coisa análoga aos coletes da Rua do

Marianna even went to Petrópolis. She liked it very much. It was the first time she had been there, and she came back really homesick. The court comforted her; Botafogo, Laranjeiras,[2] Rua do Ouvidor, the movement of the trams, gas, ladies and lads passing by each other, coaches of all types—it all seemed full of life and motion to her.

But the dresses were made, and the hats were embellished. The heat started to get tougher. She had to go back to the farm. Marianna took her hats and dresses, ran to the train station with her aunt and went away. She stopped one day in the village, where the county judge greeted her, and she walked home.

At home, after she rested, and before she went to sleep, she longed to be in court. She slept late and badly. The bustling court life ran through the lady's spirit like a magic spectacle. She could see the ladies that went up and down Rua do Ouvidor, the stores, the lads, the trams, the cars. She could see the beautiful cottages around, where nature blended in with civilization. She remembered her cousin's dining room, on the ground floor, facing the garden, with two lads at the table – the same who had courted her. And she became sad; it was hard to close her eyes.

Two days later, the county judge went to the farm to visit her. Marianna welcomed him affectionately. She was wearing the first dresses that represented the relief from mourning. It was dark, very dark, with sad, black ribbons. But it fitted her so well! It shaped her body so gracefully that her eyes and lips were even more graceful.

However, the county judge didn't tell her anything, neither with his lips nor his eyes. They talked about the court, the radiance of life, the theaters, etc. Afterwards, by his initiative, they talked about coffee and slaves. Marianna noticed that he didn't have the same fineness of the two lads in her cousin's house, not even the same elegant tone of the other men in Rua do Ouvidor. Instead, she found much distinction and gravity in him.

Ouvidor. Ele ficou mais dois dias; e tornaram a falar, não só do café, como de outros assuntos menos pesados.

Afinal, seguiu o juiz municipal, não sem prometer que voltaria três dias depois, aniversário natalício da tia de Marianna. Nunca ali se festejara tal dia; mas a fazendeira não achou outro meio de examinar bem se as gravatas do juiz municipal eram semelhantes às da Rua do Ouvidor. Pareceu-lhe que sim; e durante os três dias de ausência não pensou em outra coisa. O jovem magistrado, ou de propósito, ou casualmente, fez-se esperar; chegou tarde; Marianna, ansiosa, não pôde conter a alegria, quando ele transpôs a porteira.

— Bom! - disse consigo a tia - está caída.

E caída ficou. Casaram-se três meses depois. A tia, experiente e filósofa, acreditou e fez crer que, se Marianna não tem vindo em pessoa comprar os vestidos, ainda agora estaria viúva; a Rua do Ouvidor e os teatros restituíram-lhe a ideia matrimonial. Parece que era assim mesmo porque o jovem casal pouco tempo depois vendeu a fazenda e veio para cá. Outra consequência da vinda à corte: a tia ficou com os vestidos. Que diabo fazia Marianna com tanto vestido escuro? Deu-os à boa velha. Terceira e última consequência: um pecurrucho. Tudo por ter vindo ao atrito da felicidade alheia.

Publicação original: *A Estação* (Rio de Janeiro, 31/07/1883), ano XII, n. 14, p.157.

Two days later, the judge said goodbye. She insisted that he stay. She noticed, in his waistcoat, something that was similar to the waistcoats from Rua do Ouvidor. He stayed two more days, and they talked again, not only about coffee, but also about less heavy subjects.

Finally, the county judge went away, not without promising he would be back three days later, for her aunt's birthday. This day had never been celebrated, but the farmer couldn't find another way to check if the county judge's tie was similar to the ones at Rua do Ouvidor. It seemed so, and for the three days he was absent she couldn't think about something else. The young magistrate, on purpose or casually, made her wait for him. He arrived late. Marianna was anxious and couldn't contain her happiness when he crossed the gates.

"Well!" – the aunt said to herself – "she is in love."

She really was. They got married three months later. The experienced philosopher aunt believed and made everybody to believe that, if Marianna hadn't gone to buy the dresses in person, she would still be a widow. Rua do Ouvidor and the theaters restored her matrimonial ideas. It really seemed to be so because the young couple sold the farm some time later and came to live here. Another consequence of Marianna's trip to the court: the aunt got the dresses. What the hell did Marianna want so many dark dresses for? She gave them all to the good old lady. Third and last consequence: a little boy. Such were the consequences of a conflict with someone else's happiness.

Notes

1   It can also be used to refer to a circle of flatterers who surround a figure of authority. This word has an ironical connotation in Machado's works, as he uses it to refer to a political situation in which the Portuguese court, having arrived in Brazil in 1808, didn't rule the country anymore, since Brazilian independence happened in 1822 and his narratives take place after that. Machado also uses the word to refer to the flatterers surrounding people who belonged to the upper classes, characterized as futile and superficial.

2 Two neighborhoods located in the south of Rio de Janeiro, the latter being one of the oldest in the city.

Só!

Alonguei-me fugindo, e morei na soledade.
Salm. Liv. 57

Bonifácio, depois de fechar a porta, guardou a chave, atravessou o jardim e meteu-se em casa. Estava só, finalmente só. A frente da casa dava para uma rua pouco frequentada e quase sem moradores. A um dos lados da chácara corria outra rua. Creio que tudo isso era para os lados de Andaraí.

Um grande escritor, Edgar Poe, relata, em um de seus admiráveis contos, a corrida noturna de um desconhecido pelas ruas de Londres, à medida que se despovoam, com o visível intento de nunca ficar só. "Esse homem, conclui ele, é o tipo e o gênio do crime profundo; *é o homem das multidões.*" Bonifácio não era capaz de crimes, nem ia agora atrás de lugares povoados, tanto que vinha recolher-se a uma casa vazia. Posto que os seus quarenta e cinco anos não fossem tais que tornassem inverossímil uma fantasia de mulher, não era amor que o trazia à reclusão.

Alone!

I would wander far off, and remain in the wilderness.
Psalms 55:7

After closing the door Bonifácio put the keys away, crossed the garden and went into the house. He was alone, finally alone. The house faced a street that was almost deserted and had almost no residents. There was another street along one of the sides of the cottage. I believe that all this was around Andaraí.[1]

In one of his admirable stories, a great writer, Edgar Poe, writes of an unknown man's nocturnal run through the streets of London with the visible purpose of never being alone as the streets become deserted. "This old man," he concludes, "is the type and the genius of deep crime. *He is the man of the crowd.*" Bonifácio wasn't capable of committing crimes, nor was he looking for crowded places, so much so that he confined himself in an empty house. Though his forty-five years of age weren't likely to make his fantasizing about a lady implausible, love wasn't the reason for his confinement. Let's face the truth: he wanted to

Vamos à verdade: ele queria descansar da companhia dos outros. Quem lhe meteu isso na cabeça, sem o querer nem saber, foi um esquisitão desse tempo, dizem que filósofo, um tal Tobias que morava para os lados do Jardim Botânico. Filósofo ou não, era homem de cara seca e comprida, nariz grande e óculos de tartaruga. Paulista de nascimento, estudara em Coimbra, no tempo do rei e vivera muitos anos na Europa, gastando o que possuía, até que, não tendo mais que alguns restos, arrepiou carreira. Veio para o Rio de Janeiro, com o plano de passar a S. Paulo; mas foi ficando e aqui morreu. Costumava ele desaparecer da cidade durante um ou dois meses; metia-se em casa, com o único preto que possuía, e a quem dava ordem de lhe não dizer nada. Esta circunstância fê-lo crer maluco, e tal era a opinião entre os rapazes; não faltava, porém, quem lhe atribuísse grande instrução e rara inteligência, ambas inutilizadas por um ceticismo sem remédio. Bonifácio, um dos seus poucos familiares, perguntou-lhe um dia que prazer achava naquelas reclusões tão longas e absolutas; Tobias respondeu, que era o maior regalo do mundo.

— Mas, sozinho! tanto tempo assim, metido entre quatro paredes, sem ninguém!

— Sem ninguém, não.

— Ora, um escravo, que nem sequer lhe pode tomar a bênção!

— Não, senhor. Trago um certo número de ideias; e, logo que fico só, divirto-me em conversar com elas. Algumas vêm já grávidas de outras, e dão à luz cinco, dez, vinte e todo esse povo salta, brinca, desce, sobe, às vezes lutam umas com outras, ferem-se e algumas morrem; e quando dou acordo de mim, lá se vão muitas semanas.

Foi pouco depois dessa conversação que vagou uma casa de Bonifácio. Ele, que andava aborrecido e cansado da vida social, quis imitar o velho Tobias; disse em casa, na loja do Bernardo e a alguns amigos, que ia estar uns dias em Iguaçu, e recolheu-se a Andaraí. Uma vez que a variedade enfarava, era possível achar sabor da monotonia. Viver só,

rest from the company of others. The person who introduced this idea in his head – without wanting or noticing – was a strange man from these times, a philosopher, a certain Tobias, who lived next to Jardim Botânico.[2] Philosopher or not, he had a long, dry face, a big nose, and wore tortoiseshell glasses. He was born in São Paulo, studied in Coimbra during the time of the king and lived in Europe for many years, spending all he had. Until, having nothing more than crumbs, he decided to run away. He then came to Rio de Janeiro, planning to go to São Paulo; but he stayed in Rio and here he died. He used to disappear from the city for one or two months. He confined himself to his house with the only black slave he owned, whom he ordered not to speak to him. This state of affairs made him believe himself to be crazy, and this was also the opinion among the lads. However, he was considered by many to be highly educated and intelligent, both characteristics crippled by an incurable skepticism. Bonifácio, one of his few relatives, once asked him what pleasure he found in those long and absolute confinements. Tobias answered that it was the most pleasurable thing in the world.

"But alone! For so much time, between four walls, with no one's company!"

"With no one's company, no."

"Well, a slave, who cannot even ask for your blessing!"

"No, sir. I have a certain number of ideas; and, as soon as I'm alone, I have fun by talking to them. Some come to me already pregnant by others, and give birth to another five, ten, twenty, and all of them jump, play, go up and down. Sometimes they fight with each other, hurt each other, and sometimes others die; and before I know it, many weeks have already gone by."

Shortly after this conversation, one of Bonifácio's houses became vacant. He, bored and tired of social life, wanted to imitate the old philosopher Tobias. He said at home, at Bernardo's shop, and to some friends he was going to spend some days at Iguaçu Falls,[3] and he retired

duas semanas inteiras, no mesmo espaço, com as mesmas coisas, sem andar de casa em casa e de rua em rua, não seria um deleite novo e raro? Em verdade, pouca gente gostará da música monótona; Bonaparte, entretanto, lambia-se por ela, e sacava dali uma teoria curiosa, a saber, que as impressões que se repetem são as únicas que verdadeiramente se apossam de nós. Na chácara de Andaraí a impressão era uma e única.

Vimo-lo entrar. Vamos vê-lo percorrer tudo, salas e alcovas, jardim e chácara. A primeira impressão dele, quando ali se achou, espécie de Robinson, foi um pouco estranha, mas agradável. Em todo o resto da tarde não foi mais que proprietário; examinou tudo, com paciência minuciosidade, paredes, tetos, portas, vidraças, árvores, o tanque, a cerca de espinhos. Notou que os degraus que iam da cozinha para a chácara, estavam lascados, aparecendo o tijolo. O fogão tinha grandes estragos. Das janelas da cozinha, que eram duas, só uma fechava bem; a outra era atada com um pedaço de corda. Buracos de rato, rasgões no papel da parede, pregos deixados, golpes de canivete no peitoril de algumas janelas, tudo descobriu, e contra tudo tempestuou com uma certa cólera postiça e eficaz na ocasião.

A tarde passou depressa. Só reparou bem que estava só, quando lhe entraram em casa as ave-marias, com o seu ar de viúvas recentes; foi a primeira vez na vida que ele sentiu a melancolia de tais hóspedes. Essa hora eloquente e profunda, que ninguém mais cantará como o divino Dante, ele só a conhecia pelo gás do jantar, pelo aspecto das viandas, ao tinir dos pratos, ao reluzir dos copos, ao burburinho da conversação, se jantava com outras pessoas, ou pensando nelas, se jantava só. Era a primeira vez que lhe sentia prestígio, e não há dúvida que ficou acabrunhado. Correu a acender luzes e cuidou de jantar.

to Andaraí. As variety annoyed him, it was possible to savor monotony. Wouldn't it be delightful to live alone, for two whole weeks, in the same space, with the same things, without having to walk from house to house and street to street? Actually, few people would like monotonous music. This, however, pleased Bonaparte and made him elaborate a curious theory, according to which repetitive impressions would be the only ones that truly take possession of us. In Andaraí, the impression was one and only one.

We saw him entering the house. We will see him going through everything, rooms and bedrooms, garden and cottage. His first impression, when he found himself there, kind of a Robinson, was a bit strange but pleasant. For the rest of the afternoon he was nothing more than an owner. With patient thoroughness, he examined everything: walls, roofs, doors, windowpanes, trees, the water tank, the fence of thorns. He noticed that the stairs from the kitchen to the cottage were chipped and exposing the brick. The stove was severely damaged. Just one of the two kitchen windows closed properly, the other was kept shut with a piece of rope. On this occasion he discovered and raged against everything with a false and effective anger: rat holes, torn wallpapers, abandoned nails, strokes of penknife in some of the windowsills.

The afternoon passed very quickly. He only noticed that he was alone when the Ave-Marias entered the house, with their grieving widows' look. It was the first time in his life he felt the melancholy of such guests. The divine Dante is the only one who would know how to sing at this deep and eloquent time of day. Bonifácio knew only because of the the cooking gas of the dinner, the appearance of the food, the clinking of the plates, the sparkle of the cups, the babbling of conversation, if he was having dinner with other people, or, if he was having dinner alone, thinking about them. It was the first time he felt the prestige of loneliness, and it undoubtedly afflicted him. He rushed to turn on the lights and had dinner.

Jantou menos mal, ainda que sem sopa; tomou café, preparado por ele mesmo, na máquina que levara, e encheu o resto da noite como pôde. Às oito horas, indo dar corda ao relógio, resolveu deixá-lo parar, a fim de tornar mais completa a solidão; leu algumas páginas de uma novela, bocejou, fumou e dormiu. De manhã, ao voltar do tanque e tomado o café, procurou os jornais do dia, e só então advertiu que, de propósito, os não mandara vir. Estava tão acostumado a lê-los, entre o café e o almoço, que não pôde achar compensação em nada.

— Pateta! exclamou. Que tinha que os jornais viessem?

Para matar o tempo, foi abrir e examinar as gavetas da mesa, uma velha mesa, que lhe não servia há muito, e estava ao canto do gabinete, na outra casa. Achou bilhetes de amigos, notas, flores, cartas de jogar, pedaços de barbante, de lacre, penas, contas antigas, etc. Releu os bilhetes e as notas. Algumas destas falavam de coisas e pessoas dispersas ou extintas: "Lembrar ao cabeleireiro para ir à casa de D. Amélia". "Comprar um cavalinho de pau para o filho do Vasconcelos". "Cumprimentar o Ministro da Marinha". "Não esquecer de copiar as charadas que D. Antônia me pediu". "Ver o número da casa dos suspensórios". "Pedir ao secretário da Câmara um bilhete de tribuna para o dia da interpelação". E assim outras algumas tão concisas, que ele mesmo não chegava a entender, como estas, por exemplo: "Soares, prendas, a cavalo". "Ouro e pé de mesa".

No fundo da gaveta, deu com uma caixinha de tartaruga, e dentro um molhozinho de cabelos, e este papel: "Cortados ontem, 5 de novembro, de manhã". Bonifácio estremeceu...

— Carlota! exclamou.

Compreende-se a comoção. As outras notas eram pedaços da vida social. Solteiro, e sem parentes, Bonifácio fez da sociedade uma família. Contava numerosas relações, e não poucas íntimas. Vivia da convivência, era o elemento obrigado de todas as funções, parceiro infalível,

His dinner wasn't so bad, even without soup. He drank a coffee he himself prepared in the machine he himself had brought, and he filled the rest of the evening as he could. When going to wind the clock at eight, he decided to let it stop in order to make the loneliness more complete. He read some pages of a book, yawned, smoked, and slept. In the morning, coming back from the water tank and having some coffee, he went to get the daily newspapers and noticed that he purposefully had not asked for them to be delivered. He was so used to reading them between breakfast and lunch that he could not find anything to replace them.

"Silly!" he exclaimed. "What was the problem of having the news-papers sent?"

To kill time, he decided to open and examine the table drawers – an old table, long and useless, that had been in the corner of the office in the other house. He found cards from friends, notes, flowers, playing cards, pieces of string, seals, feathers, old bills, etc. He reread all the notes. Some of them were about scattered or extinct things and people. "Please remind the hairdresser to go to Mrs. Amélia's house." "Don't forget to buy a rocking horse for Vasconcelo's son." "Congratulate the Navy minister." "Don't forget to copy the riddles that Mrs. Antonia asked me for." "Check for the number of the suspenders shop." "Ask the secretary of the Legislation for a special seat ticket for the day of the interpellation." And some of them so concise that he couldn't understand. Like these, for example: "Soares, gifts, on horseback." "Gold and table-foot."

At the bottom of the drawer, he found a small tortoise box, a small tuft of hair inside, and this note: "Cut yesterday, November 5, in the morning." Bonifácio shivered....

"Carlota!" he exclaimed.

His commotion is understandable. The other notes were pieces of a social life. Single and with no relatives, Bonifácio turned society into a family. He had numerous relationships, most of them intimate. He

confidente discreto e cordial servidor, principalmente de senhoras. Nas confidências, como era pacífico e sem opinião, adotava os sentimentos de cada um, e tratava sinceramente de combiná-los, de restaurar os edifícios que, ou o tempo, ou as tempestades da vida, iam gastando. Foi uma dessas confidências, que o levou ao amor expresso naquele molhozinho de cabelos, cortados ontem, 5 de novembro; e esse amor foi a grande data memorável da vida dele.

— Carlota! repetiu ainda.

Reclinado na cadeira, contemplava os cabelos, como se fossem a própria pessoa; releu o bilhete, depois fechou os olhos, para recordar melhor. Pode-se dizer que ficou um pouco triste, mas de uma tristeza que a fatuidade tingia de alguns tons alegres. Reviveu o amor e a carruagem, a carruagem dela, os ombros soberbos e as joias magníficas, os dedos e os anéis, a ternura da amada e a admiração pública...

— Carlota!

Nem almoçando, perdeu a preocupação. E, contudo, o almoço era o melhor que se podia desejar em tais circunstâncias, mormente se contarmos o excelente Borgonha que o acompanhou, presente de um diplomata; mas nem assim.

Fenômeno interessante: almoçado, e acendendo um charuto, Bonifácio pensou na boa fortuna, que seria, se ela lhe aparecesse, ainda agora, a despeito dos quarenta e quatro anos. Podia ser; morava para os lados da Tijuca. Uma vez que isto lhe pareceu possível, Bonifácio abriu as janelas todas da frente e desceu à chácara, para ir até à cerca que dava para a outra rua. Tinha esse gênero de imaginação que a esperança dá a todos os homens; figurou na cabeça a passagem de Carlota, a entrada, o assombro e o reconhecimento. Supôs até que lhe ouvia a voz; mas era o que lhe acontecia desde manhã, a respeito de outras. De quando em quando, chegavam-lhe ao ouvido uns retalhos de frases:

— Mas, Sr. Bonifácio...

had always based his existence on living socially. He was the required element at all the functions, an infallible partner, discreet confidant and a friendly servant, especially for ladies. In the confidences, as he was peaceful and without opinion, he used to adopt each person's feelings and sincerely combined them, reconstructing edifices which time or the storms of life kept consuming. One of these confidences took him to the love expressed in that small tuft of hair cut yesterday, the fifth of November. This love was the great memorable event in his life.

"Carlota!" he repeated again.

Sitting back on the chair, he contemplated the hair as if it were its owner. He reread the note, then closed his eyes to more clearly remember the facts. It is fair to say that he became a bit sad, but fatuity colored his sorrow with a few happier shades. He revived the love and the carriage – her carriage, the magnificent shoulders and jewelry, her fingers and rings, the lover's tenderness and the public admiration...

"Carlota!"

He was troubled even after lunch. And yet, lunchtime was the best thing to wish for in those circumstances, especially if we consider the excellent burgundy accompanying it, a gift from a diplomat; but not even then.

An interesting phenomenon: after lunch, while lighting a cigar, Bonifácio thought what good fortune it would be if she appeared, at that moment, even though he was forty-four. It was possible; she lived near Tijuca.[4] As it seemed possible, Bonifácio opened all the front windows and went down to the cottage to get to the fence that faced the other street. He had that kind of imagination which hope offers to all men. He imagined Carlota passing by, the entry, the astonishment and the recognition. He even supposed he could hear her voice, but that had been happening to him since early in the morning but with other voices. Sometimes, he heard snippets of sentences:

"But, Mr. Bonifácio...."

— Jogue; a vaza é minha...

— Jantou com o desembargador?

Eram ecos da memória. A voz da dona dos cabelos era também um eco. A diferença é que esta lhe pareceu mais perto, e ele cuidou que, realmente, ia ver a pessoa. Chegou a crer que o fato extraordinário da reclusão se prendesse ao encontro com a dama, único modo de a explicar. Como? Segredo do destino. Pela cerca, espiou disfarçadamente para a rua, como se quisesse embaçar a si mesmo, e não viu nem ouviu nada mais que uns cinco ou seis cães que perseguiam a outro, latindo em coro. Começou a chuviscar; apertando a chuva, correu a meter-se em casa; entrando, ouviu distintamente dizer:

— Meu bem!

Estremeceu; mas era ilusão. Chegou à janela, para ver a chuva, e lembrou-se que um de seus prazeres, em tais ocasiões, era estar à porta do Bernardo ou do Farani, vendo passar a gente, uns para baixo, outros para cima, numa contradança de guarda-chuvas... A impressão do silêncio, principalmente, afligia mais que a da solidão. Ouvia alguns pios de passarinho, cigarras, às vezes um rodar de carro, ao longe, alguma voz humana, ralhos, cantigas, uma risada, tudo fraco, vago e remoto, e como que destinado só a agravar o silêncio. Quis ler e não pôde; foi reler as cartas e examinar as contas velhas. Estava impaciente, zangado, nervoso. A chuva, posto que não forte, prometia durar muitas horas, e talvez dias. Outra cainçada aos fundos, e desta vez trouxe-lhe à memória um dito do velho Tobias. Estava em casa dele, ambos à janela, e viram passar na rua um cão, fugindo de dois, que ladravam; outros cães, porém, saindo das lojas e das esquinas, entravam a ladrar também, com igual ardor e raiva, e todos corriam atrás do perseguido. Entre eles ia o do próprio Tobias, um que o dono supunha ser descendente de algum cão

"Play; the hand is mine…"

"Have you had dinner with the Judge?"

These were some echoes of his memory. The voice of the owner of the hair was also an echo. This voice, however, seemed to be closer, and he really thought he would see the person. He started to believe that the extraordinary fact of reclusion was related to meeting the lady, the only way to explain it. How? Fate's secret. He peered slyly at the street through the fence, as if he wanted to deceive himself. He didn't see or hear anything more than five or six dogs chasing one another, barking in a chorus. It started to drizzle. He ran into the house to avoid the rain. As he entered, he distinctively heard a voice saying:

"My darling!"

He shivered; but it was an illusion. He went to the window, to look at the rain, and he remembered that one of his greatest pleasures on such occasions was to be at Bernardo's or Farani's[5] door, watching people passing by, some going down, others going up, in a quadrille of umbrellas… The impression of silence, especially, afflicted him more than that of loneliness. He heard some birds chirping, cicadas, sometimes a coach rolling by, far away, some human voice, scoldings, songs, a laugh, everything so weak, vague and remote, as if destined to intensify the silence. He wanted to read and couldn't. He decided to reread the letters and examine the old bills. He was impatient, angry, nervous. The rain, not that intense, promised to last for hours, maybe days. Another pack of dogs in the yard, which brought to his memory a saying by old Tobias. He was in his house, both of them at the window, and they saw a dog passing on the street, running away from two other dogs which were barking; however, some other dogs, coming out of the stores and off corners, started to bark in a chorus with the same passion and anger. All of them ran after the one fleeing dog. Tobias's dog was among them, one that the owner supposed to be the descendant of a feudal dog, a

feudal, companheiro das antigas castelãs. Bonifácio riu-se, e perguntou-lhe se um animal tão nobre era para andar nos tumultos de rua.

— Você fala assim, respondeu Tobias, porque não conhece a máxima social dos cães. Viu que nenhum deles perguntou aos outros o que é que o perseguido tinha feito; todos entraram no coro e perseguiram também, levados desta máxima universal entre eles: quem persegue ou morde, tem sempre razão, ou, em relação à matéria da perseguição, ou, quando menos, em relação às pernas do perseguido. Já reparou? Repare e verá.

Não se lembrava do resto, e, aliás, a ideia do Tobias pareceu-lhe ininteligível, ou, quando menos, obscura. Os cães tinham cessado de latir. Só continuava a chuva. Bonifácio andou, voltou, foi de um lado para outro, começava a achar-se ridículo. Que horas seriam? Não lhe restava o recurso de calcular o tempo pelo sol. Sabia que era segunda-feira, dia em que costumava jantar na Rua dos Beneditinos, com um comissário de café. Pensou nisso; pensou na reunião do conselheiro ***, que conhecera em Petrópolis; pensou em Petrópolis, no *whist*; era mais feliz no *whist* que ao voltarete, e ainda agora recordava todas as circunstâncias de uma certa mão, em que ele pedira licença, com quatro trunfos, rei, manilha, basto, dama... E reproduzia tudo, as cartas dele com as de cada um dos parceiros, as cartas compradas, a ordem e a composição das vazas.

Era assim que as lembranças de fora, coisas e pessoas, vinham de tropel agitando-se em volta dele, falando, rindo, fazendo-lhe companhia. Bonifácio recompunha toda a vida exterior, figuras e incidentes, namoros de um, negócios de outro, diversões, brigas, anedotas, uma conversação, um enredo, um boato. Cansou, e tentou ler; a princípio, o espírito saltava fora da página, atrás de uma notícia qualquer, um projeto de casamento; depois caiu numa sonolência teimosa. Espertava, lia cinco ou seis linhas, e dormia. Afinal, levantou-se, deixou o livro

companion of old chatelaines. Bonifácio laughed and asked him if such a noble animal should walk in the chaos of the street.

"You say that," Tobias answered, "because you don't know the social maxim of dogs. You saw that none of them asked the others what the chased one had done. All of them participated in the chorus and chased as well, taken by the universal maxim amongst them: "those who chase or bite are always right – regarding the matter of the chase, or, at least, regarding the legs of the chased. Have you noticed? Observe and you will see."

He didn't remember the rest, and, besides, Tobias's idea seemed to be unintelligible or, at least, obscure. The dogs had stopped barking. Only the rain continued. Bonifácio walked around, came back, went back and forth, feeling himself ridiculous. What time could it be? He couldn't calculate time using the sun. He knew it was Monday, a day when he normally had dinner with a coffee commissioner on Rua dos Beneditinos. He thought about this. He thought about the meeting with the counselor whom he had met in Petrópolis.[6] He thought about Petrópolis, about the whist. He was luckier at whist than he was at *voltarete*,[7] and still now he remembered all the circumstances of a certain hand in which he made an excuse, with four trumps, king, manilla,[8] ace of clubs, queen... And he reproduced everything, his cards with the other partners' cards, the bought cards, the order and the composition of the hands.

This was the way in which the memories from the outside world, people and things, huddled reverberating around him, talking, laughing, keeping him company. Bonifácio pieced together his whole exterior life, characters and incidents, someone's courtship, somebody else's business, amusements, fights, anecdotes, a conversation, a plot, a rumor. He got tired and tried to read something. In the beginning, his spirit jumped out of the page, looking for any news, a wedding plan. He soon fell into a stubborn sleepiness. He would get up, read five or six lines, and sleep

e chegou à janela para ver a chuva, que era a mesma, sem parar nem crescer, nem diminuir, sempre a mesma cortina d'água despenhando-se de um céu amontoado de nuvens grossas e eternas.

Jantou mal, e, para consolar-se, bebeu muito Borgonha. De noite, fumado o segundo charuto, lembrou-se das cartas, foi a elas, baralhou-as e sentou-se a jogar a paciência. Era um recurso: pôde assim escapar às recordações que o afligiam, se eram más, ou que o empuxavam para fora, se eram boas. Dormiu ao som da chuva, e teve um pesadelo. Sonhou que subia à presença de Deus, e que lhe ouvia a resolução de fazer chover, por todos os séculos restantes do mundo.

— Quantos mais? perguntou ele.

— A cabeça humana é inferior às matemáticas divinas, respondeu o Senhor; mas posso dar-te uma ideia remota e vaga: multiplica as estrelas do céu por todos os grãos de areia do mar, e terás uma partícula dos séculos...

— Onde irá tanta água, Senhor?

— Não choverá só água, mas também Borgonha e cabelos de mulheres bonitas...

Bonifácio agradeceu este favor. Olhando para o ar, viu que efetivamente chovia muito cabelo e muito vinho, além da água, que se acumulava no fundo de um abismo. Inclinou-se e descobriu embaixo, lutando com a água e os tufões, a deliciosa Carlota; e querendo descer para salvá-la, levantou os olhos e fitou o Senhor. Já o não viu então, mas somente a figura do Tobias, olhando por cima dos óculos, com um fino sorriso sardônico e as mãos nas algibeiras. Bonifácio soltou um grito e acordou.

De manhã, ao levantar-se, viu que continuava a chover. Nada de jornais: parecia-lhe já um século que estava separado da cidade. Podia ter-lhe morrido algum amigo, ter caído o ministério, ele não sabia de nada. O almoço foi ainda pior que o jantar da véspera. A chuva contin-

again. At last, he got up, left the book and went to the window to look at the rain, which was the same, neither stopping nor intensifying nor letting up, always the same curtain of water falling from a sky full of heavy and eternal clouds.

His dinner was bad, and, to comfort himself, he drank a lot of burgundy. In the evening, after smoking his second cigar, he remembered the cards. He took them, shuffled them, and sat down to play solitaire. It was a resource for escaping the memories that afflicted him if they were bad or that pushed him to the outside world if they were good. He slept listening to the rain, and had a nightmare. He dreamt he ascended to the presence of God and heard His resolution to make it rain for all the centuries that were left in the world.

"How many centuries more?" he asked.

"The human mind is inferior to the divine mathematics," answered the Lord, "but I can give you a vague and remote idea: multiply the stars by all the grains of sand in the sea, and you will have a particle of the centuries…"

"Where will all this water go, Lord?"

"Rain will come not only in the form of water, but also in the form of burgundy and the hair of a beautiful woman…"

Bonifácio appreciated this favor. Looking to the sky, he saw that it was effectively raining a lot of hair and a lot of wine, besides the water, which accumulated at the bottom of an abyss. He leaned forward and found down below the delicious Carlota, fighting against the water and the typhoons. He wanted to go down to save her. He raised his eyes and met the eyes of the Lord. Instead of seeing Him, he saw Tobias looking over his glasses with a fine and sardonic smile, his hands in his pockets. Bonifácio screamed and woke up.

In the morning, when he got up, he saw that it continued raining. No newspapers: it seemed he had been away from town for a century. One of his friends could have died, or the ministry could have fallen, and

uava, farfalhando nas árvores, nem mais nem menos. Vento nenhum. Qualquer bafagem, movendo as folhas, quebraria um pouco a uniformidade da chuva; mas tudo estava calado e quieto, só a chuva caía sem interrupção nem alteração, de maneira que, ao cabo de algum tempo, dava ela própria a sensação da imobilidade, e não sei até se a do silêncio.

As horas eram cada vez mais intermináveis. Nem havia horas; o tempo ia sem as divisões que lhe dá o relógio, como um livro sem capítulos. Bonifácio lutou ainda, fumando e jogando; lembrou-se até de escrever algumas cartas, mas apenas pôde acabar uma. Não podia ler, não podia estar, ia de um lado para outro, sonolento, cansado, resmungando um trecho de ópera: *Di quella pira...* Ou então: *In mia mano alfin tu sei...* Planeava outras obras na casa, agitava-se e não dominava nada. A solidão, como paredes de um cárcere misterioso, ia-se-lhe apertando em derredor, e não tardaria a esmagá-lo. Já o amor-próprio o não retinha; ele desdobrava-se em dois homens, um dos quais provava ao outro que estava fazendo uma tolice.

Eram três horas da tarde, quando ele resolveu deixar o refúgio. Que alegria, quando chegou à Rua do Ouvidor! Era tão insólita que fez desconfiar algumas pessoas; ele, porém, não contou nada a ninguém, e explicou Iguaçu como pôde.

No dia seguinte foi à casa do Tobias, mas não lhe pôde falar; achou-o justamente recluso. Só duas semanas depois, indo a entrar na barca de Niterói, viu adiante de si a grande estatura do esquisitão, e reconheceu-o pela sobrecasaca cor de rapé, comprida e larga. Na barca, falou-lhe:

— O senhor pregou-me um logro...

— Eu? perguntou Tobias, sentando-se ao lado dele.

— Sem querer, é verdade, mas sempre fiquei logrado.

Contou-lhe tudo; confessou-lhe que, por estar um pouco fatigado dos amigos, tivera a ideia de recolher-se por alguns dias, mas não

he knew nothing about it. Lunch was even worse than the dinner of the previous night. The rain continued, rustling the trees, no more, no less. No wind. Any breeze moving the leaves would break the uniformity of the rain, but everything was so silent and calm. Only the rain fell with no interruption and no alteration, in a way that, after some time, itself gave a feeling of immobility, and, I suppose, of silence.

The hours were becoming endless. There were not even hours. Time was passing without the traditional divisions of the clock, like a book without chapters. Bonifácio still resisted, smoking and playing. He even remembered to write some letters, but was able to finish only one. He couldn't read, couldn't stay put. He kept going back and forth, sleepy, tired, rambling an opera excerpt: *Di quella pira...*[9] Or: *In mi mano alfin tu sei...*[10] He planned other projects in the house. He was agitated and unable to finish anything. Loneliness, like the walls of a mysterious prison, was squeezing him, and it wouldn't take long to crush him. Self-esteem didn't stop him anymore. He split into two different men, one saying to the other that his attitudes were nonsense.

It was three o'clock in the afternoon when he decided to leave his refuge. Such happiness when he arrived at Rua do Ouvidor![11] This happiness was so unusual that some people were suspicious. But he didn't tell anybody the truth, and he described Iguaçu as well as he could.

On the following day he went to Tobias's house, but he couldn't talk to him as the philosopher was reclusive. The strange man appeared only two weeks later, when Bonifácio was going to take the ferryboat to Niterói.[12] His long, large, brown frock coat helped Bonifácio recognize him. He spoke to Tobias on the ferryboat:

"You, sir, you played a joke on me...."

"Me?" Tobias asked, sitting down by his side.

"It was not intentional, that's the truth, but I feel I was tricked."

He told Tobias everything. He confessed to him that, being a little tired of his friends, he had the idea of isolating himself for a few days

conseguiu ir além de dois, e, ainda assim, com dificuldade. Tobias ouviu-o calado, com muita atenção; depois, interrogou-o minuciosamente, pediu-lhe todas as sensações, ainda as mais íntimas, e o outro não lhe negou nenhuma, nem as que teve com os cabelos achados na gaveta. No fim, olhando por cima dos óculos, tal qual como no pesadelo, disse-lhe com um sorriso copiado do diabo:

— Quer saber? Você esqueceu-se de levar o principal da matalotagem, que são justamente as ideias...

Bonifácio achou-lhe graça, e riu. Tobias, rindo também, deu-lhe um piparote na testa. Em seguida, pediu-lhe notícias, e o outro deu-lhes de vária espécie, grandes e pequenas, fatos e boatos, isto e aquilo, que o velho Tobias ouviu, com olhos meio cerrados, pensando em outra coisa.

Publicação original: *Gazeta de Notícias* (Rio de Janeiro, 06/01/1885), ano XI, n. 6, p. 1-2.

but could hardly go beyond two, with difficulty. Tobias listened to him in silence, paying attention. Then he questioned him thoroughly, asked him to describe all the feelings, even the most intimate ones, which Bonifácio didn't deny, even the one he experienced when he found the tuft of hair in the drawer. In the end, looking over his glasses, like in the nightmare, he said with a diabolic smile:

"Do you want to know? You forgot to take the foremost victuals: precisely the ideas…"

The commentary was very funny to Bonifácio, who laughed. Tobias, laughing as well, flicked Bonifácio's forehead. Then, he asked him for news, and the other gave him lots, big and small, facts and rumors, this and that, and the old Tobias listened with his eyes half closed, thinking about something else.

Notes

1   Neighborhood located in the North of Rio de Janeiro

2   A well-known research institute located in the South of Rio de Janeiro. It was founded by D. João VI in 1808 with the name of "Real Horto." This also was, and is until nowadays, one of the most important tourist attractions in the city, the Botanic Garden.

3   A small city located in the metropolitan region of Rio de Janeiro.

4   Neighborhood located in the North of Rio de Janeiro, considered to be one of the most populated, traditional and oldest neighborhoods in the city.

5   Famous store and Italian restaurant, respectively, both located in Botafogo neighborhood.

6   A municipality located on the North of the city of Rio de Janeiro, at Serra da Estrela, which belongs to the set of mountains called Serra dos Órgãos.

7   A card game that involves bidding, trump, and tricks, with three players and forty cards. Despite its difficult rules, complicated point score and strange foreign terms, it swept Europe in the last quarter of the 17th century, becoming *Lomber* in Germany, *Lumbur* in Austria and *Ombre* or *Hombre* in England.

8   The second card from the black suits in *voltarete*.

9   A short tenor aria from Giuseppe Verdi's opera *Il trovatore* (1853). In English. It could be translated as "The horrible blaze of that pyre burned…"

10   Verse taken from *Norma*, an opera by Vicenzo Bellini (1801-1835). In English it could be translated as "at last you are in my hands…"

11   One of the most famous streets in Rio de Janeiro in the nineteenth century. It was considered to be a symbol of modernity and sophistication, with many stores, restaurants and meeting points for people, especially women.

12   A city next to Rio de Janeiro, on the other side of the Guanabara Bay.

Agradecimentos

As tradutoras e o editor gostariam de agradecer ao Ministério da Cultura e Fundação da Biblioteca Nacional do Brasil pelo apoio que tornou este livro possível. Agradecimentos também são devidos ao editor Ralph Hunter Cheney, que dedicou seus olhos afiados às palavras, estilo e design deste livro.

Agradecimentos da Dra. Greicy Pinto Bellin:

Ao meu marido Sidney Jefferson Cleto, pela inusitada ideia que resultou nesta coletânea;

Ao Glenn Cheney e a Ana Lessa-Schimdt, que corajosamente aceitaram traduzir e editar narrativas pouco consagradas de Machado de Assis;

A Luciana Tanure, editora da Fogão de Lenda, por ter me colocado em contato com o universo da tradução da obra machadiana;

À Fundação Biblioteca Nacional, mais especificamente ao Programa Nacional de Apoio à Tradução, que nos possibilitaram a realização deste projeto, colaborando assim para a divulgação da obra machadiana no exterior;

À professora Ana Cláudia Suriani da Silva, que muito gentilmente aceitou fazer o prefácio da coletânea;

A Andressa Cleto Mildemberg, pelo seu entusiasmo contagiante e confiança no meu trabalho;

À minha família, pelo apoio contínuo;

A todas as pessoas que, direta ou indiretamente, colaboraram para a realização e divulgação deste projeto.

Agradecimentos da Dra. Ana Lessa-Schmidt:

Os sinceros agradecimentos de Ana Lessa-Schmidt vão também para Helmut Schmidt, Terezinha Maria Moreira, Mauro Alexandre Lessa Lima, Socorro Santos, Mary Ellen Cacheado Girondi, Fernando Loureiro por seu apoio e conselhos.

# Acknowledgements

The translators and editor would like to thank Brazil's Ministry of Culture and Fundação da Biblioteca Nacional for the support that made this book possible. Thanks are also due editor Ralph Hunter Cheney, who applied his sharp eyes to the words, style, and design of this book.

Thanks from Dr. Greicy Pinto Bellin:

To my husband Sidney Jefferson Cleto, for the unusual idea that originated this book;

To Glenn Cheney and Ana Lessa-Schimdt, who bravely accepted to translate and edit almost unknown narratives by Machado de Assis;

To Luciana Tanure, the editor of Fogão de Lenda, for putting me in contact with the universe of machadian translation;

To Fundação Biblioteca Nacional, more specifically to Programa Nacional de Apoio à Tradução, that gave us the possibility of making this project, collaborating for the dissemination of Machado de Assis's work outside Brazil;

To Ana Cláudia Suriani da Silva, who gently accepted to write the preface of the book;

To Andressa Cleto Mildemberg, for her contagious enthusiasm and confidence in my work;

To my family, for their continuous support;

To all the people who, directly or indirectly, collaborated for the execution and the dissemination of this project.

Thanks from Dr. Ana Lessa-Schmidt:

Ana Lessa-Schmidt's many thanks go to Helmut Schmidt, Terezinha Maria Moreira, Mauro Alexandre Lessa Lima, Socorro Santos, Mary Ellen Cacheado Girondi, Fernando Loureiro for their support and advice.

Greicy Pinto Bellin

GREICY PINTO BELLIN, nascida em Passo Fundo (RS), possui bacharelado em Português e Inglês pela Universidade Federal do Paraná (2007), sendo também mestre em Estudos Literários pela mesma instituição (2010). Em 2011, passou a se interessar pela obra de Machado de Assis em uma perspectiva comparatista, dando início à sua pesquisa de doutorado, que resultaria na tese *Modernidade, identidade e metrópole cosmopolita em Poe, Baudelaire e Machado de Assis,* defendida em 2015 também na Universidade Federal do Paraná. Possui uma série de artigos, alguns deles publicados nos Estados Unidos, a respeito das obras de Poe e Machado. Está atualmente conduzindo uma pesquisa de pós-doutorado acerca das relações entre Machado de Assis e escritores portugueses, entre eles Camilo Castelo Branco. Está também interessada em iniciar a tradução das crônicas de Machado, a fim de preencher a lacuna existente em relação à inserção deste escritor no contexto da literatura mundial.

Greicy Pinto Bellin

GREICY PINTO BELLIN was born in Passo Fundo (RS). She has a bachelor's degree in Portuguese and English by Universidade Federal do Paraná (2007). She also has a master's degree in Literary Studies for the same institution (2010). In 2011, she began to be interested in Machado de Assis's works in a comparatist perspective, and began her doctoral research, which resulted in the thesis entitles *Modernity, identity and cosmopolitan metropolis in Poe, Baudelaire and Machado de Assis,* defended in 2015 also in Universidade Federal do Paraná. She has many articles, some of them published in the United States, about Poe's and Machado's works. She's currently conducting post-doctoral research about the relationships between Machado de Assis and Portuguese writers, among them Camilo Castelo Branco. She's also interested in the translation of Machado's essays in order to bridge the gap related to the insertion of this writer in the context of world literature.

Ana Lessa-Schmidt

ANA LESSA-SCHMIDT, Ph.D, é linguista e tradutora. Ela pesquisa e ensina Estudos Culturais brasileiros nas áreas de Pós-conflito, Cultura Visual (Cinema e Fotografia), Literatura, Música e Artes, e também Língua Portuguesa. Ela concentra sua carreira e interesse de investigação na literatura lusófona, música, e cinema onde examina imagens de identidade nacional no Brasil, Angola, e Portugual. Ela já havia traduzido os escritores brasileiros Machado de Assis em *Ex-Cathedra: Histórias de Machado de Assis*; e também a antologia de João do Rio: *Religions in Rio* (Edições Bilíngues).

Ana Lessa-Schmidt

ANA LESSA-SCHMIDT, PhD, is a linguist and translator, who researches and lectures Brazilian Cultural Studies in the areas of Post-Conflict, Visual Culture (Cinema and Photography), Literature, Music and Arts, and also Portuguese Language. She concentrates her career and research interest on Lusophone literature, music, and cinema where she looks into images of national identity in Brazil, Angola, and Portugal. She has previously translated Brazilian writers Machado de Assis for *Ex-Cathedra: Stories by Machado de Assis*; and also João do Rio's anthology *Religions in Rio* (Bilingual Editions).

Ana Cláudia Suriani da Silva

Ana Cláudia Suriani da Silva, Ph.D., é Lecturer in Brazilian Studies em University College London e realiza pesquisas nas áreas de literatura e imprensa brasileiras do século XIX. Publicou artigos e livros sobre a obra de Machado de Assis, Artur Azevedo, Joseph Conrad e sobre a relação entre a literatura, moda e imprensa, entre os quais *Machado de Assis: do folhetim ao livro* (NVerso), *Books and Periodicals in Brazil 1768-1930: A Transatlantic Perspective* (Legenda), and *The Cultural Revolution of the Nineteenth Century: Theatre, the Book-Trade and Reading in the Transatlantic World* (I. B. Tauris). Também atua na área editorial com a produção de edições de obras de Machado de Assis, entre as quais *Linha reta e linha curva: edição crítica e genética de um conto de Machado de Assis* (UNICAMP), *Queda que as mulheres têm para os tolos, tradução de Machado de Assis* (UNICAMP), e a edição em hipertexto da versão em folhetins de *Quincas Borba* (http://www.machadodeassis.net/).

Ana Cláudia Suriani da Silva

ANA CLÁUDIA SURIANI DA SILVA, Ph.D., is a Lecturer in Brazilian Studies at University College London, and she researches 19th century Brazilian literature and press history. She has published on the works of Machado de Assis, Artur Azevedo, Joseph Conrad, and the relationship between literature, fashion, and the press. Among them are *Machado de Assis's Philosopher or Dog?: From Serial to Book Form* (Legenda), *Books and Periodicals in Brazil 1768-1930: A Transatlantic Perspective* (Legenda), and *The Cultural Revolution of the Nineteenth Century: Theatre, the Book-Trade and Reading in the Transatlantic World* (I. B. Tauris). She is also active in the editing of works by Machado de Assis, including *Linha reta e linha curva: edição crítica e genética de um conto de Machado de Assis* (UNICAMP), *Queda que as mulheres têm para os tolos, tradução de Machado de Assis* (UNICAMP), and the hypertext edition of the serial version of *Quincas Borba* (http://www.machadodeassis.net/).